U0096312

人民共和國文化與文學叢書

五 編

李 怡 主編

第 6 冊

性別視閾中的當代文學

喬以鋼 著

花木蘭文化事業有限公司

國家圖書館出版品預行編目資料

性別視閾中的當代文學／喬以鋼 著 -- 初版 -- 新北市：花木蘭
文化事業有限公司，2017〔民 106〕
目 2+262 面；19×26 公分
（人民共和國文化與文學叢書 五編；第 6 冊）
ISBN 978-986-485-077-8（精裝）
1. 中國當代文學 2. 文學評論
820.8   106013282

特邀編委（以姓氏筆畫為序）：

ISBN-978-986-485-077-8

9 789864 850778

吳義勤 孟繁華 張 檸
張志忠 張清華 陳思和
陳曉明 程光煒 劉福春
（臺灣）宋如珊
（日本）岩佐昌暲
（新西蘭）王一燕
（澳大利亞）鄭 怡

人民共和國文化與文學叢書
五 編 第 六 冊   ISBN：978-986-485-077-8

性別視閾中的當代文學

作　　者　喬以鋼
主　　編　李 怡
企　　劃　北京師範大學民國歷史文化與文學研究中心
　　　　　四川大學現代中國文化與文學研究中心
總 編 輯　杜潔祥
副總編輯　楊嘉樂
編　　輯　許郁翎、王 筑　美術編輯　陳逸婷
印　　刷　普羅文化出版廣告事業
出　　版　花木蘭文化事業有限公司
社　　長　高小娟
聯絡地址　235 新北市中和區中安街七二號十三樓
　　　　　電話：02-2923-1455／傳真：02-2923-1452
網　　址　http://www.huamulan.tw 信箱 hml810518@gmail.com
初　　版　2017 年 9 月
全書字數　246006 字
定　　價　五編30 冊（精裝）台幣56,000 元

版權所有・請勿翻印

性別視閾中的當代文學

喬以鋼 著

作者簡介

喬以鋼，女，南開大學文學院教授、中文系主任。主要從事中國文學文化與性別研究，著有《中國女性的文學世界》《二十世紀中國女性文學史》（合著）《低吟高歌——20世紀中國女性文學論》《多彩的旋律：中國女性文學主題研究》《中國女性與文學——喬以鋼自選集》《中國當代女性文學的文化探析》等，在《中國社會科學》《文學遺產》等期刊發表論文百餘篇，主持完成教育部重大課題、國家社科基金項目等，多次獲教育部、天津市社會科學優秀成果獎。

提　　要

　　本書在性別視閾下深入研究中國當代文學文化現象。第一章將當代女性文學的興盛置於文學史的視野中進行考察，揭示20世紀80年代女性主體精神的高揚為文學創作帶來的新質，考察女性文學書寫與現代國家意識之間的深層關聯，分析「人」的主體性啓蒙與女性的自我追求在文學創作中的體現，在社會思想文化變遷的背景下認識90年代女性文學創作出現的新景觀。第二章和第三章借鑒性別視角，對一系列當代文學文化創作現象展開分析，著重涉及「80後」的個性發聲，婚戀觀念與90年代的小說敘事，城鄉交叉地帶敘事中的「新才子佳人」，鄉土文學敘事中的「好女人」書寫，「文革」敘事的性別化表述，當代女性小說中的流產敘事，女性散文的文體探索與精神訴求，女性詩歌創作中的「黑夜」意象等。第四章集中探討當代文學性別批評的實踐。首先對中國現代女性文學研究的歷程加以梳理，在此基礎上，反思現代女性文學史觀的構建及內涵，探尋80年代女性主體在批評實踐中的成績和不足，進而對21世紀以來文學領域的性別研究作出綜合性把握。第五章為個案分析與文本闡釋，包括解讀張潔的女性觀及其前期創作、史鐵生的兩性觀及其《務虛筆記》，分析民族傳統與現代文明糾葛下的性別敘事以及探討當代兒童小說中的性別意識形態等。

當代的意識與現代的質地——
《人民共和國文化與文學叢書》第五編引言

李　怡

　　我們對當代批評有一個理所當然的期待：當代意識。甚至這個需要已經流行開來，成為其他時期文學研究的一個追求目標：民國時期的文學乃至古代文學都不斷聲稱要體現「當代意識」。

　　這沒有問題。但是當代意識究竟是什麼？有時候卻含混不清。比如，當代意識是對當代特徵的維護和強調嗎？是不是應該體現出對當代歷史與當代生存方式本身的反省和批判？前些年德國漢學家顧彬對中國當代文學的批評引發了中國批評家的不滿——中國當代文學怎麼能夠被稱作「垃圾」呢？怎麼能夠用作家是否熟悉外語作為文學才能的衡量標準呢？

　　顧彬的論證似乎有它不夠周全之處，尤其經過媒體的渲染與刻意擴大之後，本來的意義不大能夠看清楚了。但是，批評家們的自我辯護卻有更多值得懷疑之處——顧彬說現代文學是五糧液，當代文學是二鍋頭，我們的當代學者不以為然，竭力證明當代文學已經發酵成為五糧液了！其實，引起顧彬批評的重要緣由他說得很清楚：一大批當代作家「為錢寫作」，利欲薰心。有時候，爭奪名分比創作更重要，有時候，在沒有任何作品的時候已經構思如何進入文學史了！我們不妨想一想，顧彬所論是不是大家心知肚明的事實呢？

　　不僅當代創作界存在嚴重的問題，我們當代評論界的「紅包批評」也已然是公開的事實。當代文學創作已經被各級組織納入到行政目標之中，以雄厚的資本保駕護航，向魯迅文學獎、茅盾文學獎發起一輪又一輪的衝鋒，各

級組織攜帶大筆資金到北京、上海，與中國作協、中國文聯合辦「作品研討會」，批評家魚貫入場，首先簽到，領取數量可觀的車馬費，忙碌不堪的批評家甚至已經來不及看完作品，聲稱太忙，在出租車上翻了翻書，然後盛讚封面設計就很好，作品的取名也相當棒！

當代造成這樣的局面都與我們的怯弱和欲望有關，有很多的禁忌我們不敢觸碰，我們是一個意識形態規則嚴厲的社會，也是一個人情網絡嚴密的社會，我們都在爲此設立充足的理由：我本人無所謂，但是我還有老婆孩子呀！此理開路，還有什麼是不可以理解的呢！一切的讓步、妥協，一切的怯弱和圓滑，都有了「正常展開」的程序，最後，種種原本用來批評他人的墮落故事其實每個人都有份了。當然，我這裡並不是批評他人，同樣是在反省自己，更重要的是提醒一個不能忽略的事實：

> 中國當代文學技巧上的發達了，成熟了，據說現代漢語到這個時代已經前所未有的成型，但這樣的「發達」也伴隨著作家精神世界的模糊與自我僞飾。而且這種模糊、虛僞不是個別的、少數的，而是有相當面積的。所謂「當代意識」的批評不能不正視這一點，甚至我覺得承認這個基本現實應當是當代文學批評的首要前提。

因爲當代文學藝術的這種「成熟」，我們往往會看輕民國時期現代作家的粗糙和蹣跚，其實要從當代詩歌語言藝術的角度取笑胡適的放腳詩是容易的，批評現代小說的文白夾雜也不難，甚至發現魯迅式的外文翻譯完全已經被今天的翻譯文學界所超越也有充足的理由。但是，平心而論，所有現代作家的這些缺陷和遺憾都不能掩飾他們精神世界的光彩——他們遠比當代作家更尊重自己的精神理想，也更敢於維護自己的信仰，體驗穿梭於人情世故之間，他們更習慣於堅守自己倔強的個性，總之，現代是質樸的，有時候也是簡單的，但是質樸與簡單的背後卻有著某種可以更多信賴的精神，這才是中國知識分子進入現代世界之後的更爲健康的精神形式，我將之稱作「現代質地」，當代生活在現代漢語「前所未有」的成熟之外，更有「前所未有」的歷史境遇——包括思想改造、文攻武衛、市場經濟，我們似乎已經承受不起如此駁雜的歷史變遷，猶如賈平凹《廢都》中的莊之蝶，早已經離棄了「知識分子」的靈魂，換上了遊刃有餘的「文人」的外套，顧炎武引前人語：「一爲文人，便不足觀」，林語堂也說：「做文可，做人亦可，做文人不可。」但問題是，我們都不得不身陷這麼一個「莊之蝶時代」，在這裡，從「知識分子」

演變爲「文人」恰恰是可能順理成章的。

在這個意義上，今天談論所謂「當代性」，這不能不引起更深一層的複雜思考，特別是反省；同樣，以逝去了的民國爲典型的「現代」，也並非離我們「當代」如此遙遠，與大家無關，至少還能夠提供某種自我精神的借鏡。在今天，所謂的批評的「當代意識」，就是應該理直氣壯地增加對當代的反思和批判，同時，也需要認同、銜接、和再造「現代的質地」。回到「現代」，才可能有眞正健康的「當代」。

人民共和國文學研究，我以爲這應當是一個思想的基礎。

前　言 ···················· 1

第一章　當代女性文學的興盛 ··············· 7

　　第一節　80 年代女性主體精神的高揚 ········· 7

　　第二節　女性的文學書寫與現代國家意識 ····· 22

　　第三節　「人」的主體性啓蒙與女性的自我追求 ··· 30

　　第四節　90 年代女性文學創作新景觀 ········ 42

第二章　文學創作現象與性別（上） ·········· 51

　　第一節　「80 後」女作家的個性發聲 ········· 51

　　第二節　婚戀觀念與 90 年代的小說敘事 ····· 67

　　第三節　城鄉交叉地帶敘事的「新才子佳人模式」

　　　　　　 ·············· 78

　　第四節　鄉土文學敘事中的「好女人」書寫 ····· 94

第三章　文學創作現象與性別（下） ········· 107

　　第一節　「文革」敘事的性別化表述 ········· 107

　　第二節　女性小說中的流產敘事 ··········· 120

　　第三節　女性散文的文體探索與精神訴求 ····· 129

　　第四節　女性詩歌創作中的「黑夜」意象 ····· 142

第四章　女性文學研究及性別批評實踐 ········· 157

　　第一節　現代女性文學研究的歷程 ········· 157

　　第二節　現代女性文學史觀的構建及內涵 ····· 174

　　第三節　80 年代女性批評主體的文學實踐 ····· 188

　　第四節　21 世紀以來文學領域的性別研究 ····· 202

第五章　個案分析與文本闡釋 ·············· 217

　　第一節　張潔的女性觀及其前期創作 ········· 217

　　第二節　史鐵生的兩性觀及其《務虛筆記》 ····· 226

　　第三節　民族傳統與現代文明糾葛下的性別敘事 · 238

　　第四節　兒童小說話語層的文化解讀 ········· 250

後　記 ···················· 261

目
次

前　言

　　本書借鑒性別視角，對中國當代文學進行考察。

　　在人類獲取知識的過程中，認知事物的視角和方法起著重要作用。人們獲得怎樣的知識與此有著直接的關係。視角和方法不同，認知的結果也會不同。一種新的學術概念的提出，往往意味著研究視角的拓展或研究方法的更新。「性別」這一範疇在文學研究領域的引進和運用就是生動的例子。

　　所謂性別，在傳統的理解中，被認爲是一種人類的分類方法，它或指男性或指女性，不包含內質判斷，不摻雜情感色彩。20 世紀後期，這一詞義在西方一些女性主義理論家那裏發生重要變化，她們開始大量使用這個詞來表示兩性關係中的社會結構和意識中存在的性別差異。70 年代，美國的女性主義者確定了性別（Gender）與性（Sex）之間的區別，其內涵在於強調影響男女兩性發展的非生物因素——社會和文化因素的重要性，並引導人們將對性別差異含義的質疑，轉移到對構成（所謂男性氣質和女性氣質）這些含義的社會文化因素的質疑。西方女性主義史學家在將「性別」作爲一個術語引入學術研究領域並演變爲一個分析範疇的過程中做出了重要貢獻。他們不僅以婦女史研究證明了婦女有自己的歷史並參與了人類文明的整個進程，而且向歷史的更深處開掘，致力於探討性別在人類社會關係中如何發揮作用，性別如何對歷史知識結構和知識觀念產生影響等等。這一重新建構「性別」含義的過程，也正是女性主義者爲尋找有效的、系統的理論表達方式艱辛努力的過程。

　　「性別」一詞在學術研究中得以彰顯，並往往作爲「婦女」的替代詞出現，反映了一種不無策略性而又關乎根本的學術意識。首先，與「婦女」這

一概念相比較，「性別」給人的感覺更近於中立、客觀。它包括婦女，但並非特指婦女，因此其本身就不再僅限於代表在不平等關係中處於不利位置的一方。其次，「性別」肯定和強調了男女兩性之間密切關聯、互爲參照的關係。它指出這樣一個基本事實：無論男性世界還是女性世界，都不可能是一種孤立的存在。因此，對婦女問題的研究實際上也關聯著對男性的研究、對人類的研究。再者，「性別」還潛在地成爲男女兩性角色與社會文化之間關係的一種指代，它暗示著男女兩性主體認同的社會根源，也即提示著社會文化建構性別、造就兩性角色分工的事實。性別研究是以「人」爲對象並爲宗旨的綜合－分析模式。性別是一種關係過程，各種社會發展均在這一視角下得到反映。它不僅僅是一個指代婦女的新名詞，而且是一種改變全部舊觀念的分析方法。它突破了民族、國家、革命、戰爭乃至家族、家庭、婚姻這一類社會範疇以及傳統文化所設置的判斷尺度，以「女人」的名義推舉出一系列「人」的問題。以性別研究作爲一個角度、一種方法，去分析和解構一個民族、一種傳統、一段歷史，是婦女研究正在走向成熟的標誌。〔註1〕

應當說，在文學研究中引入性別分析，是一個自然而合理的選擇。因爲文學作爲人類把握世界的精神生活的重要方式之一，天然地與「性別」聯繫在一起。文學的創作者皆是有性別的人，其在社會實踐中的人生經歷和精神體驗無疑會打上性別的烙印。這種烙印會以不同方式、在不同程度上帶入文學創作，成爲文本所負載的豐富信息的一部分，對文本的產生、內在的面貌及其讀者的接受產生深刻影響。正是這一事實的客觀存在，使我們有理由嘗試從性別因素在藝術審美創造中的滲透、表現以及它對文學受眾產生的影響等方面入手，展開對人類文學活動與性別之間相互關係的分析考察。事實上，從世界範圍看，對性別這一範疇的關注，已經與對種族、階級等範疇的討論一起，成爲當下文學研究的重要發展趨勢之一。

當然，性別與文學的關係是複雜而深刻的，絕非一目了然。正如有的學者所指出的：「性別對文學並不構成直接的和必然的關係，它是文學作品的一種非結構因素，並不直接構成文學的結構要素如人物情節、環境、語言等。性別與文學的關係通過有性別的作者功能這個媒介來實現。……問題的複雜性在於，這不同的性別內涵，對於有性別的男讀者與女讀者來說，其意義並

〔註 1〕參見李小江、朱虹、董秀玉主編：《性別與中國‧序言》，生活‧讀書‧新知三聯書店，1994 年。

不是一種現成的自明的性別姿態，而是潛藏在文本之中，是一個有待發現和
分析、闡釋、顯現的過程。」〔註2〕與此同時，所謂性別，無論在現實生活中，
還是在文學創作、文學研究中，都不是一種孤立、靜止的存在，它與階級、
種族、文化、宗教等方方面面的因素縱橫交織，相互聯繫、相互滲透，在由
人的活動所構成的歷史與現實中呈現出極為豐富的樣態。

　　在中國，文學領域性別批評有聲有色的興起和展開還只是最近二三十年
的事。然而，其所產生的影響和取得的實績已是有目共睹。在以往的文學研
究中，性別因素對作家、作品和讀者的影響曾長期處於被忽略的狀態。20 世
紀 80 年代中期以後，隨著西方女性主義理論方法的引進，性別分析開始被嘗
試納入中國文學研究，一批相關研究論著先後出版、發表，顯示出性別視角
存在的合理性及其鮮活的生命力。其間，「性別」作為文學研究的一個有效範
疇，體現出如下特點：

　　第一，研究宗旨帶有鮮明的政治文化批評色彩。在性別研究發展史上，
凱特·米利特《性的政治》（1970）一書的問世具有里程碑意義。它指出，性
是人的一種具有政治內涵的狀況。這裏的「政治」指的是人類某一集團用來
支配另一集團的那些具有權力結構的關係和組合。該書揭示出前人未曾注意
到的問題：性別間的支配和從屬的關係，就其傾向而言，它比任何形式的種
族隔離更堅固，比階級的壁壘更嚴酷，更普遍，更持久。社會意識形態中的
性觀念凝聚和折射著這種衝突和鬥爭，因而性問題的實質是「政治」問題。
性別與種族、階層和階級一樣，具有「政治」的屬性。〔註3〕女性主義者在此
所談到的「政治」，並非僅關注當下的社會與一般意義上的政治問題。在更深
的層面上，它是試圖求取一種改變現存文化和意識形態的可能性。文學領域
的性別批評的展開，正是建立在這樣一種對歷史文化的基本判斷之上的。

　　由於以往的社會和文學無不具有男性中心色彩，因此性別批評的提倡勢
必具有突出和強調女性立場、女性感受、女性視角的內涵。可以說，它主要
是一種女性主義批評的實踐。性別理論認為，以往人類文明進程中所發展起
來的知識理論體系，一貫輕視、忽略乃至抹煞女性的視角、女性的感受；而

〔註 2〕劉思謙：《性別理論與女性文學研究的學科化》，《文藝理論研究》2003 年第 1
　　　期。
〔註 3〕參見凱特·米利特著、鍾良明譯《性的政治》第一章，社會科學文獻出版社，
　　　1999 年。

所謂男女之別在社會生存中的意義，也絕不僅僅是生理學或生物學範疇的一種劃分，而是具有特定的文化內涵。它事實上不只是標示著自然性別的不同，而是同時意味著涉及主從、上下、尊卑、內外等諸種關係定位的差序。這種劃分與差序滲透於歷史和現實，包括文學領域。正是基於對人類歷史與現實的如此把握，性別批評對文學的觀照，也便十分自然地融入了質疑、反撥兩性關繫傳統格局的自覺意識。於是，當研究者從性別視角出發，從各不同側面展開對文學的考察時，很自然地帶有鮮明的政治文化批評色彩，必然蘊含帶有一定「性政治」內涵的尖銳質疑和犀利批判。

第二，強調基於「女性經驗」建立的真實性尺度的批評標準。性別批評是以「女性經驗」為基礎的，它不以中立面目出現，而是有著鮮明的性別立場和強調「女性經驗」的傾向。在批評展開的過程中，「女性經驗」往往成為檢驗文學作品的內容真實與否以及以往對它的評價是否片面的標準。同時，對「女性經驗」的不同理解，也為女性主義批評各種分支並存提供了理由。由於性別批評主體自身生活在各不相同的階級地位、種族群體、文化背景、個人身份及其人生狀態中，她們所持的具體觀點和所擁有的生活體驗勢必存在著極大的差異，因此賴以構成評價尺度的經驗和方法也就必然是多種多樣的。

當然，倚重「女性經驗」的批評實踐中也面臨許多問題。因為這一強調女性生命真實的評判標準，實際上建立在本質主義的假設之上，所謂大一統意義上的「女性經驗」並不具有真理性和普遍性。而那些致力於開掘女性個體經驗、特別是開掘女性軀體和欲望，希望藉以實現傳統文化「突圍」的女性寫作，實際上也由於純粹意義上的「女性語言」的根本性匱乏以及深陷於男性中心意識主導的大眾閱讀心理的汪洋大海之中而舉步維艱。並且，女性中心批評對所謂「女性經驗」的訴求，實際上暗含著對父權社會女性特質定義的肯定與複製。此外，所謂「女性經驗」勢必帶有很強的主觀性和隨意性。因此，女性主義批評基於「女性經驗」建立起來的真實性尺度以及運用這一尺度展開批評的具體方法，其適用性、有效性因批評對象的情況千差萬別而不可避免地有著明顯的局限性。

第三，在研究實踐中具有多學科理論資源越界綜合的特徵。性別作為一個在人類生活中具有重要意義的範疇，有關它的研究必然是一種跨學科的實踐。當我們立足於文學對其進行考察時，自然而然地涉及歷史學、社會學、

政治學、語言學、符號學、藝術學、心理學、生物學等各個學科領域，需要借鑒與之相關的多種社會科學乃至自然科學的理論資源和研究方法。由此決定了文學領域的性別研究需要跨越傳統學科的界限劃分，依據自身的邏輯，對各種理論和方法進行取捨、整合，加以必要的吸納借鑒、綜合運用。這意味著，研究者不能孤立地注目於女性文本或女性形象，而是要關注其間所體現的性別關係結構及其與社會運行機制和文化形態之間的聯繫。

　　綜上，以往的社會科學理論和學科體系中沒有「性別」的立足之地，女性主義理論改變了這一傳統格局。在中國文學領域，近三十年來的性別研究取得了引人矚目的進展，但總體上仍處於探索階段，無論理論建設還是批評實踐都有待於付出更大的努力。在這部書中，我們試圖借鑒性別視角以及其它研究方法，從一個特定的方面豐富和深化有關當代文學文化現象的理解。

第一章　當代女性文學的興盛

　　「五四」時期勃興的現代女性的文學創作，伴隨中國社會的變革經歷了風風雨雨。三四十年代血與火的洗禮增強了女作家們的階級意識、集體意識和民族意識，進一步開闊了她們的視野胸襟，同時也使女性意識受到壓抑。這種狀況延續到共和國建立之後。真正在內質上獲得突破、形成新的時代特徵的，是文化大革命結束後 20 世紀 80 年代的女性文學。

第一節　80 年代女性主體精神的高揚

　　與 80 年代文學的整體走向相一致，女作家們的創作最初是從揭示十年動亂所造成的種種社會悲劇、歷史悲劇開始，伴隨思想解放運動的進行和深入而發展的。此時女作家共同關心的，首先是社會問題和人的命運。粉碎「四人幫」後較早問世的一批作品，如張潔《從森林裏來的孩子》、宗璞《弦上的夢》、竹林《生活的路》等小說均屬此類。

　　真正從女性生存的角度向傳統挑戰、具有時代女性「宣言」性質的創作，是舒婷的詩作《致橡樹》。詩中不僅塑造了自尊自立的女性形象，而且觸及了一個幾十年前即有周作人等論及，但在社會生活和女性創作實踐中一直未能得到充分重視，乃至長期被擱置、被冷落的命題：「女性——人——作為女性的人」。80 年代的女性文學創作在思想解放的時代背景下取得了重要進展。

一、女性意識的自覺與深化

　　《致橡樹》的表層是一位女子的愛情道白，深層則貫穿著強烈的現代女

性意識。詩人把女子看作有獨立人格的、與男子居於同等地位的人，否定對男性的依附，不滿足於女子單方面的奉獻、給予，而是強調「我必須是你近旁的一株木棉，作為樹的形象和你站在一起。」與此同時，充分重視男女兩性的差異，用一系列貼切而美麗的比喻描繪兩者個性的不同。詩中將男子比作具有陽剛之美的橡樹，將女子喻為富於陰柔之美而又內蘊健朗質素的木棉。在詩人筆下，正是同等而不同樣的男女兩性共同支撐起一個世界：「我們分擔寒潮、風雷、霹靂，／我們共享霧靄、流嵐、虹霓，／彷彿永遠分離，卻又終身相依。」作品透過愛情外觀，表現出更為普遍深刻的人格主題，即對人性尊嚴的呼喚，對理想的兩性關係的追求。沒有女性的解放，人性的解放就只能是空談；沒有「人」的意識的覺醒，也就談不到女性意識的高揚。詩人將二者結合起來，展現出時代女性的精神風采。

以張潔《愛，是不能忘記的》為標誌，女性小說進入自覺階段。這部作品以愛情為題材，通過女作家鍾雨的情感生活揭示了現實社會中存在的愛情和婚姻相分離的不合理現象，從家庭、婚姻、愛情與道德之間的關係方面對這種客觀現象的社會根源進行了探索。這曲愛的哀歌沒有從與社會政治相關的角度切入，而是由個人生活、特別是女性人生的角度落筆，細膩描寫了相愛而不能相親的人性痛苦，展示了在嚮往理想愛情的同時卻又恪守傳統道德的知識女性複雜矛盾的心靈世界。鍾雨不同於丁玲筆下的莎菲，她沒有將愛情作為生活的全部，在銘心刻骨的思戀中，始終不曾忽略自己的社會責任。鍾雨也不曾像楊沫《青春之歌》中的林道靜那樣，將全部情感都奉獻給從事革命政治鬥爭的集體，而是保留了個人天地。小說結尾呼籲女人百倍珍惜自己選擇終身伴侶、安排個人生活的權利。

張辛欣《我在哪兒錯過了你》最早觸及女性氣質轉化問題。小說描寫一個普通女青年在愛情思慕中的心靈躁動。這位女主人公動亂歲月下放農村，同男人一樣從事繁重的體力勞動。回城以後她當了公共汽車售票員，辛苦勞累的本職工作之餘堅持創作。她內心深處不乏女性的溫情和對異性慰藉的渴望，然而多年的社會生活要求她「像男人一樣」生存。她不得不時常有意隱去女性的特點，戴起中性或男性的面具，聽憑一種類乎男性的強悍精神滲入自己的身心。而當她面對愛情時，卻因女性氣質的失落而「錯過」了「他」。這個普通人的故事深蘊對社會歷史和性別文化的思索。張潔的中篇小說《方舟》進一步揭示了現實生活中知識女性的沉重負荷。在社會上，她們面臨比

男人更大的壓力；在家庭中，她們履行比男人更多的職責。生活要求她們付出從體力、外觀到心靈、氣質的代價。

女性的解放與人性的解放從根本上說是統一的。女性的解放有助於不斷豐富人類的內在本質，建築由男女兩性構成的人類整體的「美的結構」。然而，現實社會的經濟發展、精神氛圍尚不能夠為兩性的性別氣質得到比較近乎自然的展現提供充分條件。生存在特定歷史環境中的女性一方面受到社會的、文化的制約，一方面要以活潑的生命力與之抗衡。可是她們的努力一時還遠不足以撼動男性中心社會的基礎，更加之以一個相當長的時期裏對婦女解放問題某些方面的誤解，無形中使女子身上潛在的「男性心理」得到滋養，進一步促使她們壓抑乃至拋棄自身的特性。女作家通過筆下形象痛切剖示，這種狀況的受損者首先是女子自身，同時也不可避免地給男女兩性間的關係帶來負面影響。在作品中，她們無意把女性氣質的被迫丟失歸咎於某個具體男性的人格缺陷，而是通過女主人公與社會的種種聯繫及其在生活中扮演的種種角色啟發人們思考：這種不合理的現實究竟有著怎樣的文化土壤？我們能夠為改變它做些什麼？其批判鋒芒不僅指向將女性作為男人奴隸、附庸的封建傳統勢力的殘餘和以女性為男人玩物或裝飾的陳腐意識，同時也是對一個時期以來「左」的思潮影響下抹煞性別差異、引導女性走無性化或男性化道路的反撥。

追求獨立、自尊、自強是女性現代意識的基本內容，不同歷史時期有不同的表現。「五四」時代這種精神主要體現在爭取婚戀自主、人身自由和經濟獨立等方面；30 年代以後，革命文學範疇內的女性創作主要是在反映工農兵生活、將個人的一切彙入時代主旋律的實踐中追求價值。80 年代女作家開始清醒地認識到，社會政治經濟制度的變革為中國婦女的解放提供了必要前提，但並不意味著已經徹底實現了這一解放。婦女在經濟上和政治上擺脫對男性的依附之後，還必須實現社會意識的變革，培養女性自我精神上的獨立。王安憶早期小說中的少女雯雯為了追求心靈相通的美好愛情，摒棄世俗的各種觀念和經濟考慮。在她心目中，與自由感相伴的愛慕是一幅透明的畫，一首無聲的歌，有著非凡的美。宗璞的《三生石》和徐小斌的《河兩岸是生命之樹》，譜寫了熱烈而持久的現代性愛的奮鬥曲。兩篇作品所寫都是醫生與病人之間的戀情。愛的至情使人生閃爍否定死亡戰勝黑夜的光芒，這是一種超越生死的高層次情感。劉西鴻筆下的孔令凱（《你不可改變我》）天生麗質，

自愛自信，不因世俗觀念束縛自己的身心，以瀟灑的風度勇敢地自薦當時裝模特兒。鐵凝所寫的 16 歲的女中學生安然（《沒有鈕扣的紅襯衫》），同樣堅持用自己的眼睛認識世界，用自己的聲音來說話。航鷹《金鹿兒》、張抗抗《夏》等作品也描寫了純眞坦蕩、心靈舒展、志趣廣泛、具有女性自然美和全面發展的個性的年輕女性。

在現實生活中，當理想的境界難以相逢時，不少女作者讓自己的人物做出了維護女性獨立人格的抉擇。張抗抗的小說《北極光》中，陸岑岑執著追求美好的生活理想，憧憬著被作者賦予象徵意味的奇美的「北極光」。在發現未婚夫不是志同道合的伴侶後，她基於「寧可死在回來的愛情懷抱中，而不活在那種正在死去的生活裏」的信念，於拍攝結婚照之際毅然離去。岑岑先後接觸了三位男友，在與他們的交往中思考人生。她對愛人的選擇實際上是對自己人生道路的選擇。黃蓓佳的《請與我同行》描寫修莎醉心藝術建築事業，渴望愛情但不能接受以犧牲事業爲代價，哪怕爲此滿懷悽楚地錯過它。修莎認爲，人不能失去自己，把自己化爲別人的影子，人生應該是創造的。她有一種發自內心的使命感和人類總在不斷前進的信念。修莎對男友的呼喚是：請與我同行！張潔《方舟》中的梁倩、荊華和柳泉在失敗的婚姻面前勇於擺脫傳統女性命運的枷鎖，寧願獨自在生活中艱難拼搏也不去依靠心靈無法相互溝通的男人的臂膀。張辛欣《在同一地平線上》的女主人公清醒地認識到自己的生存處境，不願單純做丈夫的「內助」而要獨立地闖天下、幹事業，爲此不惜承受沉重的心理壓力和精神痛苦。即使愛情和婚姻得而復失，也決不放棄自己的追求。她所堅持的，其實並不僅僅是事業本身，而首先是女性在現代生活中的立足之地。

女劇作家白峰溪在《風雨故人來》中有一句雋永的臺詞：「女人，不是月亮，不借別人的光來炫耀自己。」現代女性由「五四」時期注重婚戀問題本身到 80 年代更爲注重追求自我社會價值的實現，顯然是觀念上的進一步變革。這種變革在女作家的創作中衍化爲多種女性形象，她們分別以各自的方式去尋求女性的人生價值。例如諶容《人到中年》中的陸文婷。她固然不失爲當代中國相當一部分中年知識分子超負荷運轉的生存形象的一個縮影，但這一人物在奮鬥和隱忍中對人生艱窘的心靈體驗，卻是充分女性化的。陸文婷默默肩負著事業和生活的重擔，在成爲一名救死扶傷的好醫生的同時，努力做一個好妻子，一位好母親。她的身軀瘦弱而精神豐腴。她以委屈自己的

方式求取女性人生價值的實現。在她身上，體現了傳統女性意識和現代因素的融合。又如《方舟》以及《在同一地平線》中的女主人公們。她們以事業上的頑強拼搏、精神上的自強自立充實生命，在激憤、焦躁乃至偏執的情緒中與男性中心的社會意識和生活現實抗爭，在女性獨立支持的奮鬥中尋求社會價值的實現。較之陸文婷式的女子，她們身上更多地體現了女性意識的現代性質。再如張潔《祖母綠》中的曾令兒。她在生活中屢遭磨難：大學時代，為了所愛的男人，她頂替左葳承受了政治上被摧毀的命運。20 多年邊疆生活中，她含辛茹苦帶大的兒子卻又不幸身亡。曾令兒頑強經受生活的不幸，心中的火花沒有因左葳的自私、薄情而熄滅，對事業的追求沒有因坎坷的命運而消融。新時期到來後，她懷著「無窮思愛」投身事業，在超越自我痛苦、為社會做出貢獻的奮鬥中實現了自身價值。凡此種種，均呈現出與社會生活的密切關聯。女人不再僅僅屬於家庭。儘管她們依然渴望愛情，但這是以保存自身社會價值為前提的平等的愛。她們心目中的男子漢不是作為依附的對象而是作為並肩前行的知音。歸根結底，她們是在自立的旗幟下尋求生命的另一半，希望在獲得自我價值實現的同時擁有生命的完美。倘若不能如此，則寧可選擇「孤軍奮戰」。

可是這裏又面臨新的矛盾。在現實生活中，當職業女性擺脫舊有的依附關係，在充滿艱辛的道路上為事業拼爭時，往往會體驗到作為一個女人的欲望和需求的新的壓抑。既要做屬於現代的自立女子，又要生活在很大程度上還為傳統所左右的社會環境裏，這種「錯位」勢必使她們在因自我社會價值得以實現而感欣慰的同時，夾雜著另一種苦悶。女作家們對此沒有迴避，在高揚女子自立旗幟的同時，也寫出了人物內心的苦澀和缺憾。

可貴的是，女作家們在對外部世界抗衡、挑戰的同時，不曾忽略對女性自身的剖析和審視。在觀照和剖析外部世界與女性生活關係的同時，她們清醒地認識到，女性全面發展的障礙和阻力，不僅來自現實社會，而且來自女性自身。不少婦女在長期封建壓迫和男權統治下形成一定的性格弱點和心理機制方面的缺陷，如柔弱、自卑、狹隘、妒嫉等，這些負面的東西牽制著她們的前進步伐。婦女要奔向徹底解放，就必須掙脫舊習俗、舊觀念的羈絆，克服自身弱點，否則就仍然只能作為傳統命運主宰的羔羊。基於這樣的認識，女作家們自覺地將女性自我的心靈剖析與對社會歷史的反思融合在一起。

諶容小說《錯，錯，錯！》中的慧蓮心靈脆弱而貧乏。她是純情的，又

是虛榮、自私的。她神往想像中的愛情，奢望丈夫汝青成爲「天堂的王子」，聽憑丈夫代替自己履行生活的責任。她不懂得生活不能立足於夢幻，愛情應當與眞實的人生、豐富的社會實踐聯繫在一起。作者通過汝青在慧蓮亡靈前的沉痛緬懷和懺悔，細密剖示了女主人公的精神品格。王小鷹的《失重》通過一位被人認爲「很具有現代氣息」的女研究生在愛情波折中的情緒歷程，寫出她內在人格的虛弱和心理的嬌脆。萬方的《在劫難逃》借一家三代女性的婚姻遭遇，考察婦女對其自身命運所應當承擔的責任。小說中，外婆的自私、麻木和愚昧，母親的軟弱順從，都對她們自身悲劇命運的形成起著重要作用。她們根本沒有意識到女人應當享有的幸福和權利，而只是沉潛於癡情忘我的母愛中，迷失了自己。

女作家筆下也有另外一些可悲可鄙的女人。《方舟》中的錢秀瑛處處透著淺薄，她工作漫不經心，卻「永遠記得自己是一個女人」，頗善於以千嬌百媚支配周圍的「騎士」，洋洋得意於男人把自己當作「性」而不是當作「人」。《人到中年》裏的秦波，身上混雜著妄自尊大的傲氣，矯揉造作的酸氣和實用主義的俗氣。《沉重的翅膀》（張潔）中的夏竹筠只知道靠做高官的丈夫顯示自己的價值，以佔有「貴夫人」的寶座爲滿足。《祖母綠》中的盧北河，明知軟弱自私的丈夫對自己只是「需要」而沒有愛，但爲了虛榮自欺欺人，與丈夫「演了幾十年戲」……女作家們揭示了一部分生活在現代的婦女身上殘留的舊意識的印痕，提示婦女應當征服弱者意識，清醒地面對自己，面對生活，切忌在生活中充當著可悲的角色而不自知。

在女性命運的自我審視中，女作家們常取積極的人生姿態，對女性自尊的維護不再只依憑外界的承認，而是注入了把握現實的信心、勇氣，並且訴諸行動。喬雪竹的電影文學劇本《山林中的頭一個女人》取材於舊時代東北林區生活。作品以一個下層妓女大力神爲主角，熱烈謳歌這個受辱女子身上的「人」的靈魂。大力神強壯、蠻獷又內蘊母性柔情。儘管她因生計無著被迫爲娼，但並不自輕自賤。在她身上，凝聚著一種由不屈的人性喚醒的力。這不僅表現在她面對惡棍的粗豪氣勢以及援助受難姐妹的俠肝義膽上，而且體現在她決心建立自己的家庭，做山林中的頭一個女人，爲自己所憐愛的林業工人小勃帶繁衍後代的生命渴望和平等意識中。當小勃帶受「妓女不算女人」意識的支配，忽略她的存在與深情時，大力神在風雪中演出了一場「拉郎配」，強烈震撼了這個男人的心。大力神的卑賤地位與她的理直氣壯形成巨

大的反差，賦予作品一種悲壯色彩。作者對這一人物的描寫，突出的是她主動自覺的「人」的意識和情感。儘管在黑暗的社會中，個人的抗爭不可能從根本上改變被壓迫的命運，但大力神畢竟以自己精神上的強悍衝擊了男性中心的傳統道德，為自己的生活拼出一絲光亮。

陸星兒的小說《啊，青鳥》借鑒比利時劇作家梅特林克的童話劇，將「青鳥」作為一種幸福的象徵。女主人公榕榕苦苦追尋「青鳥」的過程，就是贏得和創造美好愛情、新的生活的過程。榕榕在丈夫上大學後被輕視、被疏遠，經過思索她懂得了：「沒有平等，是不會有愛情的。」她沒有哭鬧或乞求，而是默默工作，頑強學習，在腳踏實地的奮鬥中克服自卑，改變了自己在生活中落伍的形象，「青鳥」也重新飛到她的生活中。王安憶《金燦燦的落葉》中的莫愁，也有著相近的精神歷程。她曾為保證丈夫升學深造承擔起家庭重任。當丈夫以缺少共同語言為由另尋新歡時，莫愁醒悟到，只有實現兩性社會價值的對等才可能有鞏固的愛情。她決心以更新自己來爭取新的生活。這些具有現代思想的女性不再寄希望於在對「負心漢」的哀哀哭訴中喚回良知，或以可憐女子的形象換取社會同情，而是在反觀自身中認清主觀方面的弱點和不足，勇敢、積極地矯正自己的生活姿態，使自己能夠在生活的波折中邁向人生的新高度。在劉西鴻筆下，《你不可改變我》中自薦當模特兒的孔令凱有著更為鮮明的自我發展意識。雖然她的選擇被一些人認為低下，但她卻堅定不移地認為，「人應該及時展示自己並且發揮自己的長處」。這是女性在自我審視中對自身優長的大膽肯定。這些女性以自己的實踐表明，婦女在現實生活中並不是只能處於被動地位，扮演被賜予者或被損害者，而是完全有可能通過不懈的努力成為自身命運的選擇者和塑造者。

不論從事文學創作的女作家是否持有鮮明的女性立場，一個顯而易見的客觀現實是，女性並不總是真、善、美的化身，如若一味陶醉於盲目的自戀之中，便會失去女性的真實。因而，當女作家們的自審意識上陞到自覺階段時，就必然包含對女性世界假、惡、丑的揭示。鐵凝認為，如果不寫出女人的卑瑣、醜陋，反而不能真正展示女人的魅力。她以《玫瑰門》冷峻透視女性生存狀態中的陰暗面，驚心動魄地揭示出「文革」特殊境遇下幾代女人生存競爭中的較量廝殺，其中不乏狡計、卑瑣、醜陋和血污。池莉的中篇《你是一條河》描繪底層小人物的生活本相，塑造了寡婦辣辣這個靈魂為惡劣的環境所毒化、但又以獨特方式保持著母性的女子形象。她身上有很多令人難

以容忍的惡習，但卻並未從根本上喪失人類的尊嚴感。這一形象複雜而有生命力。

80 年代女作家對「女性——人——作為女性的人」的探索在女性文學中的提出和表現具有鮮明的時代特色。一方面，它是對「五四」以來女性文學創作在更高層次上的發展；另一方面，它所包含的豐富的社會性、歷史性以及人的自然性又決定了其「開放」的性質。事實上，80 年代女作家們從未把自己封閉在一個狹隘的圈子裏，將對女性命運的觀照和思索作為自己唯一的出發點和歸宿，她們在為女性的歷史際遇和現實命運而歌哭的同時，無時不在以開闊的視野、深情的目光注視著整個世界。

二、主體精神的拓展與昇華

80 年代女作家筆下建造的並非只是女性的文學殿堂，而是一座同時包含著社會、歷史和人生種種的大廈。這之中凸顯著女性主體精神的拓展與昇華。80 年代文學發軔之初，女作家們即基於「五四」以來中國歷史所賦予她們的深沉的使命感、強烈的責任感，表現了對社會生活的嚴肅關注。當她們的女性意識不斷趨向自覺而愈益鮮明時，這種社會意識非但不曾被沖淡，而且同樣在發展、深化。

正當人們從十年噩夢中醒來，撫摸身心累累傷痕，在創作中發出控訴和歎息之聲時，女作家茹志鵑和劉真以敢於正視社會矛盾的不凡勇氣和膽識，分別在《剪輯錯了的故事》和《黑旗》等小說中，穿透蒙在歷史上的迷霧，通過對 50 年代以來「左」的錯誤的揭示，總結歷史的經驗教訓，率先打破「傷痕文學」的格局，為新時期「反思文學」的發展開了先河。竹林知青題材的長篇小說《生活的路》大膽攝取「文革」期間中國青年的命運以及中國農村生活的現實加以真切反映，揭露醜惡，呼喚光明，為後來知青文學的發展提供了有益的借鑒。

80 年代初，社會經濟體制改革拉開序幕之際，張潔的長篇小說《沉重的翅膀》問世，在相當廣闊的領域裏展開生活畫面，深刻寫出了改革所面對的現實——不僅是長期以來極左路線的影響，也不僅是經濟的落後和體制的不完善，而且是整個民族文化意識中積澱的封建殘餘和落後的傳統勢力、陳舊觀念。鐵凝的短篇小說《哦，香雪》則從一個農村姑娘對外面大世界和文化知識的嚮往中，折射出物質文明建設對人的精神的深刻影響。在《「大篷車」

上》、《啊，朋友》等反映城市青年生活的小說裏，方方較早將那些在文化浩劫中長大、精神上不無缺損而潛在素質中又不乏閃光之處的青年工人和待業青年納入藝術視野。作者不是簡單化地對待他們，而是充分尊重他們的情感；不是居高臨下地訓誡，而是滿懷熱忱地諷諭他們身上的弱點，對他們的成長寄予希望。繼《人到中年》之後，諶容又有一系列涉及各種社會問題的小說問世，如《眞眞假假》、《散淡的人》、《減去十歲》、《懶得離婚》等等。80 年代中期的「文化熱」中，王安憶以現代人的眼光，在世界文化的比較、參照中，審視古老的民族，寫出中篇小說《小鮑莊》。霍達的長篇《穆斯林的葬禮》則在呈現回族人民風俗民情的同時，展示了華夏文化與穆斯林文化的撞擊與交融，成爲一部反映中國少數民族生活的史詩。張辛欣與桑曄合作出版的《北京人》直接選取 100 個普通人，用口述實錄的方式，映現著一個文化群體，在紀實文學寫作中走在前面。

文學多元化浪潮中，劉索拉率先以先鋒姿態寫出中篇《你別無選擇》，向人們展示了 80 年代出現在中國的「迷惘的一代」的心理狀態。殘雪以荒誕的眼光審視荒誕的存在，在展現精神異常者的夢魘和下意識方面開闢了新領域。方方、池莉、范小青等以特定地域的風俗人情爲審美對象，在市井生活的本色描繪中寄寓與傳統文化相聯結的悠長人生，於生活常態的刻畫裏透出時代新潮的湧動。陳祖芬、黃宗英和石楠等女作家，分別在報告文學、傳記文學領域裏馳騁，創造著一部部眞與美結合的動人篇章。

在她們面向整個社會所進行的藝術耕耘中，生活在具體社會時空中的人，始終是關注的中心。對人之生存狀態及其人性特徵的表現和探討，也便成爲 80 年代女作家創作中一個特別富於光彩的部分。

由於「左」的錯誤的影響，在相當長的一段時間裏，有關人性、人道主義等問題成爲文學創作中很少有人敢於觸及的禁區。隨著思想解放運動的開展，眞正意義上的大寫的「人」被重新發現，「人」的文學的創作出現前所未有的局面。女作家們歌詠身陷逆境而灼灼發光的靈魂，讚美普通人身上的美好品格，弘揚「小人物」善良的人性，寫出諸如《永遠是春天》（諶容）、《從森林裏來的孩子》（張潔）、《三生石》（宗璞）、《雨，沙沙沙》（王安憶）、《心香》（葉文玲）、《遺忘在病床上的日記》（喬雪竹）等許多優秀之作。與此同時，她們更注重從各個角度、不同方面考察人的生命存在，思考對人的問題的正確態度。

其一，關於人的價值、人的尊嚴。戴厚英的長篇小說《人啊，人》是 80 年代文學發展早期關於人性問題的具有代表性的一聲疾呼。作品以 1957 年「反右」運動到 1978 年黨的十一屆三中全會召開前後這段風雲變幻的歲月爲背景，對社會主義的歷史和現實進行嚴肅思考，通過人物靈魂的集中刻畫，揭示和批判了封建殘餘和極左思潮對人性的壓抑、扭曲和扼殺，提出了社會主義制度下如何重視人的尊嚴和價值的問題。宗璞在《三生石》等反映知識分子命運的作品中，展示了十年動亂在人們精神上造成的惡果，痛心於人心的「硬化」、人情的衰微。她寫於 1979 年的短篇《我是誰》是 80 年代心理小說的首篇創作。小說以變形的藝術手法表現韋彌在「文化大革命」中慘遭迫害後產生的幻覺，把對知識分子命運的描寫集中轉向他們的內心世界，爲被摧殘的人性提出申訴。

喬雪竹的短篇《蕁麻崖》取材知青生活，而其內涵是對特定歷史時期「人」的悲劇進行審視。現役軍人「連長」、女知青「副連長」以及復員轉業來的「上士」之間在特定情境中劇烈的矛盾衝突構成小說主要情節。副連長在大庭廣眾中扮演的是先進分子的角色，暗地裏卻長達五年被迫同連長保持難堪的關係。原本純眞的少女之心變得冰冷、麻木，「上士」與另一位女知青的眞摯愛戀受到由她主持的嚴厲批判。而當她得到上大學的機會即將離去時，被扭曲的心靈所積蓄的逆轉能量終於爆發。她拒絕臨行前爲連長最後提供一次動情的歡悅，撕開心扉向天地呼喊：「我——再——不——假——惺——惺——了！」蕁麻崖下，她作爲獨立的「人」重新站立起來。小說眞實地寫出畸型的政治運動所造就的畸型靈魂。作品中的連長赤裸裸地宣稱：「這整個兒地是個假的年代！」純眞的愛情不能生長，醜惡的兩性關係卻長久持續，人的尊嚴的喪失令人觸目驚心。

另一位知青出身的女作家竹林的長篇小說《女性——人！》（又名《嗚咽的瀾滄江》）是作者爲當代青年人寫的「招魂曲」。魂之迷失與魂之尋覓構成它的主旋律。這裏的所謂「魂」不含任何宗教或迷信色彩，它特指使人區別於動物的最基本的人性。小說的女主人公蓮蓮從一條充滿苦難的路上走來。蓮蓮及其女友的遭遇集中了女性人生的多重悲劇：一是蒙受與「四人幫」反動政治結合在一起的「權力野獸」的性凌辱、性欺虐；二是在特定文化背景中具有人之尊嚴感的女性自我的扭曲和淪喪；三是靈與肉、情與欲的對立和分離。以蓮蓮爲代表的那一時代的許多青年經歷了由盲從、狂熱到失望、迷

茫，從彷徨、苦悶到反思、追尋的人生之路。他們的失落不是單一的，其尋覓也就勢必是多元的。其中包括面向社會政治、經濟、文化生活以及面向自身精神、物質乃至性生活的多方面的追索探求。作品通過蓮蓮等人的經歷啓示人們，人魂的對立物是神道、獸道。當人將別人奉爲神明頂禮膜拜、完全取消自我思考時，就成爲神道的奴隸；當人無力保護自己甚或放棄這種努力，一味屈從、忍受邪惡勢力的凌辱特別是性壓迫時，就會成爲被獸道吞噬的羔羊。作爲女性，往往承受更深重的社會苦難，人魂的喪失更爲慘重，其尋覓與回歸也就更爲曲折艱難。然而，這種追尋是有重大意義的，當蓮蓮開始追求眞正具有人之尊嚴的女性自我，追求自己作爲有個體價值的人的社會存在，追求靈肉統一的性愛，並在一定程度上實現了這幾個層面的回歸時，她就開始成爲「大寫的人」。

其二，關於人性的構成。在現實生活中具體人物身上，人性的善與惡、眞誠與僞飾有時並非判然分明，對這種複雜人性的描寫突出顯示著女作家認識生活、解剖人性的深度。

畢淑敏的《崑崙殤》以十年動亂時期席捲全國的政治狂熱爲背景，通過對崑崙駐防部隊在亙古荒原上一次空前絕後的野營拉練行動的反思，沉痛展示了在「革命」的名義下漠視軍人生命價値而演成的一場悲劇。作品成功地塑造了拉練總指揮「一號」的形象。他決斷果敢，有著軍人的氣度和身先士卒、與戰士同甘共苦的品格，然而荒謬的時代政治又賦予他另外的一面。爲了壓倒其它一切對手，創造榮譽和功勳，他變本加厲地執行上級命令，違背客觀規律進行指揮。他剛愎自用，一意孤行，率部隊在攝氏零下 40 度的嚴寒中穿越海拔 5000 米以上的高原永凍地帶。拉練結束後，「一號」獲得陞遷，烈士陵園卻留下座座新墳，許多年輕的生命長眠在崑崙山上。在反思這段歷史時，作者沒有將發生悲劇的根源僅僅歸因於個人的品質，而是如實寫出時代對人的局限。「一號」堅毅而殘忍、勇敢而虛妄的複雜人格及戰士們甘灑熱血守邊疆的革命英雄主義氣概和含有某種蒙昧、幼稚成分的品性，給讀者留下了沉甸甸的思考。

張抗抗的長篇《隱形伴侶》是一部心態小說。它超越了一般化的對人性善惡的分析判斷，努力揭示人性世界的結構特點。作品蘊含著一種日益爲現代人所困惑、所焦慮的關於人的存在本質的苦惱。張抗抗從文化和哲學的高度探索人性的眞實，在 80 年代文學中，率先對人性二重性、對「顯我」與「隱

我」的人性結構做了冷峻的透視和藝術的展現。小說中的女主人公肖瀟崇尚做人的真誠，為此無法容忍喜好說謊的陳旭，結束了兩人間的愛情和婚姻。但肖瀟在尋求自主之路時痛苦地發現，自己以及周圍人們身上原來也無不有著虛偽、謊言和惡念，潛意識的惡原來是時時糾纏著每個人的「隱形伴侶」。那是一個看不見的「我」，它與人之顯形的「本我」同時存在。作者在勾畫這幅人性結構圖式時形象地寫出，這種狀貌的人性世界的存在不是孤立、靜止的，而是與社會歷史、時代變遷緊密聯繫在一起。小說對人之自身的審視，對人性本相的剖露，促人警醒，令人震撼。

同樣是從人之本體的視角出發，老作家楊絳的長篇小說《洗澡》以解放後第一次思想改造運動──「三反」運動為背景，以「北京文學研究社」為環境，對知識分子的人格和內在素質進行剖析。作者不動聲色地描寫人物在不自由的環境中的自由選擇，從中表現各種不同人物的心態、個性以及身上存在的種種弱點甚或醜惡（比如虛榮心、自我保護意識、窩裏鬥的狠辣等等），在對知識分子精神世界、人格構成的分析及其藝術表現方面，取得了重要成就。

其三，關於人的生存狀態。人的生存是歷史的、具體的，其狀態豐富多彩，女作家們對此所進行的藝術描畫同樣鮮活生動。廣義上說，她們以人為中心的各種題材的創作都涉及人之生存狀態。除了對知識女性的生活表現出較多的關注外，女作家們對普通人民的生存狀貌也有著成功的刻畫。

她們寫傳統文化的影響對現實人生的制約。《心祭》（問彬）為一位孤苦一世的母親築起心靈上的祭壇。這位母親早年寡居，獨自一人含辛茹苦帶大了五個女兒。可是，當新社會新生活喚起她追求愛情幸福、改變孤苦命運的渴望時，恰恰是愛她、敬她、自以為比母親有知識的女兒們，在傳統倫理道德觀念的支配下扼殺了她的幸福。竹林反映農村生活的小說《網》、《蛇枕頭花》、《漁舟唱晚》等篇中，女主人公生活時代不同，具體遭際不同，但都承受著封建傳統勢力的重壓，心懷怨楚卻無力反抗，生命之杯只能斟滿苦酒。作者在以真誠的情感對她們寄予哀憐的同時，借作品中的描寫形象指出，構成壓迫弱女子的具體環境的，並不僅僅是那些封建意識濃厚的男人，也還有被封建毒素俘虜的愚昧女性。方方的小說《祖父在父親心中》拉開歷史距離，觀照兩代知識分子的人生命運和心路歷程，從中折射出時代、文化的投影。祖父為人迂闊刻板、嚴厲清高，書卷氣十足而極富正義感。他深受儒家精神

影響，憂國憂民，言談舉止頗具古風。日本侵略者佔領家鄉後，祖父抱著寧爲玉碎、不爲瓦全的信念，在敵寇面前正氣凜然痛罵不止，直到慘遭殺害。他 50 歲生命留下的一片深沉苦難的血浸入父親靈魂，然而父親人生存在的意義幾乎只是他「行進時痛苦而扭曲的姿勢」。年輕時父親是一個健壯活潑、瀟脫自負的書生，曾像鬥士一樣衝破封建繩索爭得了自由婚姻。他幾十年夙興夜寐鑽研苦學，渴望爲國爲民奉獻才智。然而，先是日寇的鐵蹄踏碎了父親的幻想，後來當他滿心喜悅迎來新中國誕生時，卻又「活得糟爛」，在一次次政治運動的衝擊下變得謹小愼微、脾氣古怪、逆來順受，越來越怯弱猶疑，似乎只想縮成一團。作者深情地剖示流貫於前輩知識分子血液中的傳統文化精神，對知識分子的性格和命運作了嚴肅的思考。既傾心於他們的耿介美德，又惋歎他們的精神重荷。如果說祖父的人生較多體現了民族存亡對知識者個體生存的重大影響以及傳統文化的正面作用的話，父親的命運則更多地顯示著特定時代、社會環境對知識者人格的塑造以及傳統文化的負面影響。小說在促動知識者自省方面，具有相當強的思想力量。

她們寫現實生活中人們的情緒心理、內心感受。張辛欣《我們這個年紀的夢》、池莉《少婦的沙灘》、《長夜》等，描寫了理想與現實的衝突給主人公帶來的失落和寂寞。殘雪從《山上的小屋》開始，在一系列風格獨特的作品中，超越政治歷史現實，透露出病態中對人和人生的異常深刻的感受。蔣子丹《黑顏色》、《今夕是何年》等亦包容關於人及人的存在、情感的存在的哲學思考。黃蓓佳的「情緒小說」《雨巷》、《在水邊》、《去年冬天在郊外》、《終曲》等旨在傳達人物感覺，表現人物心理。這裏有愛情上的錯忤與追求，事業上的失意與奮鬥，失落與尋找成爲互補互斥的情感現象。蔣韻《無標題的音樂》寫的是某大學居民樓中的知識分子住戶同前來加固房屋的建築工人之間的隔閡、猜忌、防範乃至對立，這種矛盾來自生活方式和思想文化上的某些差距所造成的偏見。而小說的女主人公嚴炎——一個富有現代意識，能夠以眞誠友好的態度對待工人的女大學生，卻走出陳舊的思維框式，使人際關係在情感的相互溝通中趨於和諧、融洽。喬雪竹的長篇小說《無碑年代》取材於告別了知靑生涯的「老知靑」生活。禹辰出身於北京城一個高幹家庭，自幼肩負著父母非同一般的期待，而十年插隊生活孕育了他作一個凡夫俗子的願望。儘管告別風雪草原時他已是人大代表，後來又進入部級領導部門成爲「第三梯隊」人選，然而禹辰痛切地感到，在層層傳奇的包裹下，他失落

了真正的自己。為了尋找真實的生命，他主動自降其職，到基層工作，渴望在「反傳奇」中把握自己的命運。可是，面對生活的大量瑣碎、平庸，禹辰內心又不無困惑。他曾積極籌劃為當年獻身草原的一位知青重塑紀念碑，最終卻醒悟到碑已用自己的倒塌最後完成了自己，再不可能找到一個比它自己這選擇更勇敢更坦率的形式了。「勇敢地面對大量平凡的生活」，這就是禹辰從碑之消失中獲得的人生啟迪。小說在對這一人物特定心態的刻畫中暗示了一個帶有普遍性的問題：如何對待人生的不完美、歷史的不完美、世界的不完美，如何在「無碑年代」坦誠對待平凡的人生。張辛欣《瘋狂的君子蘭》運用荒誕手法，既變形誇張又抓住本質，真實地摹寫了現實社會存在的精神畸變現象，圍繞瘋狂的君子蘭拜物教展開生活圖景，尖銳揭示了當今社會一部分為實利所主宰的人們的情緒心理。

她們寫市井細民的日常生活，凡俗人生的原色原貌。方方的「三白」(《白霧》、《白駒》、《白夢》)，繪出現實生活中在舊的道德大廈的廢墟和新的價值世界的地基兩相交接處，一些青年人認可現實又不滿現實，以「玩社會」的姿態對待生活的人生面貌，反映了由他們的存在所構成的世俗生活的一個側面。《風景》矚目於漢口最貧困的一隅，客觀再現了社會底層人們的塵世滄桑、文化心理，以原生態的真實震撼人心。《行雲流水》、《無處遁逃》等則觸及當今社會商品經濟發展給高等學府文化生態帶來的深刻影響，表現了部分大學教師在世風影響下雖不情願卻無可奈何，拋棄清高貼近市俗，悄然向「小市民」轉換的生活傾向，以及伴隨其中的心理矛盾、精神苦惱。池莉的「人生三部曲」(《煩惱人生》、《不談愛情》、《太陽出世》)真切記述了普通市民日常生活中的種種人生煩惱和他們於其中的忍耐與超越，並通過戀人、夫妻、婆媳、鄰里、同事等人際關係，將家庭這個社會細胞同整個現實社會聯繫起來，在人物困窘、瑣屑的生存狀態和複雜的內心世界的描繪中，透出濃厚的市井文化氣息。《熱也好冷也好活著就好》、《白雲蒼狗謠》以更為不避庸常的世俗化情調展示了市民生活的本相。范小青的長篇小說《褲襠巷風流記》、《個體部落紀事》、《採蓮濱苦情錄》和若干中短篇小說，將目光投放於有著古老文化傳統的蘇州小巷，著力開掘一方土地一方人的生態和心態，形成富於小巷特色的人生小說建構。現代工業破壞了蘇州曲橋流水式溫柔平和的古典生存氛圍，但那飄逸千年的氣息仍籠罩著普通市民的生活、心理。吳文化的某些側面，特別是受佛教影響的蘇州民風對人物品性的無形浸染，從中得到生動

的表現。

　　她們寫民族群體的生存狀態。鐵凝的長篇小說《麥秸垛》回響著歷史歲月的悠悠訴說。作為一種意象，「麥秸垛」凝聚著民族文化的深沉積澱。在超穩定的文化傳統束縛下，以大芝娘為代表的幾代女性重複著生活的悲劇。她們大都只是作為傳種接代的工具生存著並且對此認同。而這種以喪失獨立人格為代價的給予、付出中，又奔騰著華夏民族繁衍不息的意志，流動著勞動者的熱血。作品既有對愚昧麻木、逆來順受的民族惰性的反思，又有對堅毅忍耐、博大寬厚的民族生命力的弘揚。生命的沉重、荒涼同生命的不息、頑強交織在一起。王安憶的《小鮑莊》同樣相對超越了某時某地的具體時空，成為民族生存的一個縮影，呈現著古老文化的底蘊以及它同文明進化所形成的衝突。傳統道德的薰陶使小鮑莊的人們純樸善良，以重仁義而聞名遐邇；貧困閉塞的生活又使他們木訥守拙，滯後不前。他們有著由強烈的群體意識協調共存的生活秩序，卻非常缺乏現代文明所要求的自我意識、個體精神。傳統倫理風尚沉積在每個人心底。仁孝、謙讓的撈渣是小鮑莊風範的代表。而從外莊來到這裏，頂著村人的排斥和歧視，大膽與寡婦二嬸結合的拾來，到頭來也很自然地呈現出被環境同化的趨勢，將個性湮沒在小鮑莊人的群體意識之中。傳統文化令人感佩的一面與使人悲哀的一面，在小鮑莊人的身上交融在一起。這個普普通通的村莊有著民族歷史和現實的生存狀態的投影。

　　她們寫人的自然欲望和生命衝動。還在 80 年代初，鐵凝的短篇《灶火的故事》便深入人物內心，披露了有著遲鈍、嚴肅而淡漠的外觀的灶火，在「原則」的禁錮下隱秘多年的對女性的神秘感與渴求，令人於深深的酸楚之中對壓抑人類原欲的冷冰冰「原則」產生懷疑。數年之後，王安憶更以涉足性愛的「三戀」（《荒山之戀》、《小城之戀》、《錦繡谷之戀》）引起人們關注。三部作品分別寫了三對男女之間的情戀、性戀、婚外戀，其核心是審視男女兩性生命本體對相互融會的渴望。這種渴望促使作品中的「他」和「她」相互追求又相互角逐，從而突現了人與自身的矛盾，也即作為個體的「文化的人」與「自然的人」的矛盾。其中《小城之戀》尤為鮮明而集中地刻畫了人物的性饑渴、性苦悶，勾畫出生命本能強烈跳動的原始情態。作者以嚴肅的、審美的態度來對待性描寫，力求從人的性本能的角度追索人性的奧秘和生命本體的價值。

　　以上主要涉及創作的思想內容方面。而實際上，80 年代女性文學的現代

性衍進是全方位的。思維空間的拓展，感情世界的豐富，文學觀念的更新，必然帶來對傳統審美形式的突破和創作風格上的新變。她們在文學實踐中施展才華，爲文壇獻上簇簇鮮美的花朵。如果說「五四」時期的現代女性文學創作主要顯示了作爲「人」的女性靈魂蘇醒的話，20 世紀 80 年代女性文學的發展則是在更高的層次上體現出女性現代精神的豐富和深邃。

第二節　女性的文學書寫與現代國家意識

在 80 年代女性文學進程中，現代國家意識是一個不容忽視的存在。實際上，當代學界對「文學新時期」的命名本身，首先依據的就是國家的歷史經驗，而並非文學自身發展的階段性。不僅如此，「現代性」作爲一個國家形態的政治、經濟目標，被指定爲文學的敘事核心。這樣的敘述語言所體現出來的歷史連貫性，向我們提示著歷史戲劇的「秘密」：新時代否定的是舊的歷史時期的具體政治目標與手段，而繼承的卻是百年來知識分子建立現代性民族國家的信仰本身。它作爲男、女知識分子共同享有的思想文化背景和資源，以文學的形式展示了國家的政治轉型過程。

正因爲如此，當研究者試圖在 20 世紀的中國女性文學創作中尋找所謂比較純粹的「女性寫作」時，總不免陷於迷茫。於是，有關「女性」和「女性意識」的闡發，往往不得不進入對女性與其所處的民族國家文化狀況關係的分析。而這種狀況的形成，既是基於現代女性對國家、民族責任感的內在覺悟，同時也反映著中國近現代民族國家狀況對包括女作家在內的文化人士提出的外在規約。

一、女性經驗的敘寫與國家民族苦難

20 世紀 80 年代女性文學的現代國家意識，首先體現於女性自我經驗的傾吐。「終於，我衝下樓梯，推開門，奔走在春天的陽光裏……」（王小妮《我感到了陽光》）這雖是年輕女性的青春抒懷，卻也可看作新時期女作家精神狀貌的描述——這是一個驟然洞開的精神空間，景象朦朧卻又富於魅力。類似這樣的表達比起「文革」時代的詩歌來，顯然更重視作者主體經驗的原生性。80 年代初的女作家提供給文壇的許多作品，如小說《三生石》（宗璞）、《愛，是不能忘記的》（張潔）、《愛的權利》（張抗抗）、《老處女》（李惠薪）、《一個多天的童話》（遇羅錦）；詩歌《致橡樹》（舒婷）、《給他》（林子）等文本中，

都明顯隱含著一個經驗主體「我」，講述的是「我」的故事，抒發的是「我」的情感。其中所書寫的創傷性體驗，來自人之身心的不同層面，既涉及肉體，更觸碰靈魂。

　　近代人文主義者曾經借助於日常經驗的合理性，對經院哲學進行抨擊，義無返顧地進行世俗生活啓蒙。20 世紀的實用主義思潮也再次肯定了經驗對真理的認識作用。總的來看，「經驗」的被重視，趨向於對人的感受合理性的拯救，力求消除各種知識話語的蒙蔽，返回到事物未被異化的原初狀態。正是在這個意義上，西方的女性主義批評家埃萊娜・西蘇等人主張女作家應該實踐一種自傳性的純粹經驗寫作，認爲循此途徑可以消除那些男性話語對女性身體的統治，實踐將女性從潛在的歷史場景恢復到前臺的可能性。而在中國新時期以人道主義名義進行的女作家的創作中，對「日常經驗」的敘述無論是從作家自身還是從社會效果來看，都具有明確的追求現代性的啓蒙功能。

　　有學者指出，80 年代中國人道主義的主要任務是分析和批判反現代性的現代化的意識形態及其歷史實踐，「在中國向資本主義開放的社會主義改革中，它的抽象的人的自由和解放的理念最終轉化爲一系列現代性的價值觀」，並且由此「催生了中國社會的『世俗化』運動」﹝註1﹞。實際上，最初的人道主義的世俗生命關懷，就表現在那些曾被「革命理念」壓抑的自我經驗重新成爲文學的敘述對象之時。研究者發現，那些被命名爲「傷痕文學」的作品一個重要的敘事指向就是「對日常生活的正面書寫」﹝註2﹞。新時期文學的世俗化運動催生的正是現代社會中個體日常生活經驗的複雜性與原生性。林子《給他》中有這樣的詩句：「我送過你一縷黝黑的長髮，／在我們訂婚的那天晚上，它上面滴落過／純眞少女幸福的眼淚，像一串最珍貴的珍珠。」這裏以純情的回憶語調傾訴了一個初戀少女的記憶，也許曾經是眞實的感情事件。詩中通過敘述者「我」訴說昔日經驗的方式娓娓道來，格外富於感染力。

　　與此相聯繫，這種文學化的生活感受能夠得以復原，很大程度上是伴隨著第一人稱「我」的敘事功能重新獲得合法性而實現的。敘事視角的轉化本身就意味著主體放棄了先驗性地對世界本質的佔有與構造，轉而在日常生活領域重新尋求經驗個體存在的合理性。如果按照埃萊娜・西蘇的觀點，呈現

﹝註1﹞汪暉：《當代中國的思想狀況與現代性問題》，《文藝爭鳴》1998 年第 5 期。
﹝註2﹞孟繁華：《1978：激情歲月》第二章「人道主義的話語實踐」，山東教育出版社，1998 年。

自我經驗的自傳性敘事對女性意識的生成是有利的，因為借助於這種寫作方式，女性可以驅除意識形態話語的遮蔽，實現對自己身體的把握。比如宗璞的《三生石》中有關主人公梅菩提在醫院中透過顯微鏡觀察自己身體的一段描寫：「……她很容易地看到了鏡頭下的幾個細胞，顏色很深，顯得很硬。最奇怪的是它們竟給人一種很兇惡的感覺。菩提猛然覺得像觸到蛇蠍一樣，渾身戰慄起來。要知道，這些毒物，就在她身體裏呵。……正常細胞顏色柔和，看上去溫潤善良。菩提默默地看著，那種毛骨悚然的感覺消失了。」這裏，作者採用隱喻的方式來表達女主角梅菩提細膩的身體感受，其中傳達出來的、彷彿可以觸摸到的歷史動亂所施加於個體的創傷與疼痛，在「十七年文學」中是讀不到的。這樣的「敘述的深切與格式的特別」必須借助於一種人道啓蒙的整體語境才能產生，因此，這種梅菩提式的女性對身體的復原描寫就有了明確無誤的歷史「反動」意味，不僅在文學啓蒙意義上突破了「寓言式」的革命意義模式對女性的慣有敘述，而且在性別意義上也是對性別本質主義的一種反動：女性經驗敘事致力於超越作為男性想像的女性溫柔本質，寫出女性日常存在的複雜狀態。

在 80 年代女性文學正面敘述女性生活經驗的作品中，我們還可以看到，《恬靜的白色》（谷應）中，年輕的邵雪晴斜倚在病床上，雙腿像兩根麻杆，只剩下一雙手還殘留著女性的美麗；《方舟》（張潔）中的梁倩在已分居的丈夫眼裏，「又乾又硬，像塊放久了的點心，還帶著一種變了質的油味兒」。後者將男、女兩性直接置於被審視的地位的描述，在當代文學傳統中是具有啓示意義的，它包含著作家本人那些被灼疼了女性生命體驗，因此這一「對視」的諷喻性質也就不言自明：它消除的是相互想像的性別浪漫主義傳統，女作家在此「謀殺了家庭中的天使」〔註3〕，這一「冒險」帶來的則是新時期文學男、女兩性描寫趨於自然。

依靠知識分子新啓蒙主義的思想力量，新時期女性文學開始了意欲重塑個人經驗空間的努力。實際上，以「日常經驗」敘述所展開的文學主題，從一開始其內在的精神向度就不是單一的。新時期初年的「傷痕」作品都有一個明確的批判對象，這一對象的具體所指與國家制度有關。如果對 1978 年至 1982 年發表的表現女性命運的作品進行抽樣分析，就會發現這些小說的敘事

〔註 3〕 朱虹：《中國當代小說中的病婦形象》，見李小江等主編：《性別與中國》，生活·讀書·新知三聯書店，1994 年。

結構往往非常相似，內容則往往具有雙重意味。對女性主人公生活經驗的敘述僅僅是作品的表層，而作品的意義深層支點則主要集中在「國家」、「民族」之類語義的介入。於是有關內容可以毫不費力地轉化爲明確的社會批判意識。例如竹林在長篇小說《生活的路》中對主人公娟娟的描述。作者在深入描寫女性的經驗世界以及心理波瀾時，始終沒有忘記敘述的目的：揭露虎山黨支部書記爲代表的極「左」勢力的罪惡。

　　不過有些時候，文本或經驗的二重性質是在一種不自覺的矛盾狀態中結合著，比如舒婷的詩作《祖國啊，我親愛的祖國》。從敘述者的心理經驗來看，詩句應屬一個歷經滄桑的歷史參與者的自我感觸，但在書寫過程中語言主體不知不覺轉換爲國家。也就是說，這並不是一首單純的祖國頌，而是承載著女性個體經驗的「小我」與國家「大我」合而爲一的產物。舒婷曾表示：「我從來認爲我是普通勞動人民中間的一員，我的憂傷和歡樂都是來自這塊被河水和眼淚浸透的土地……縱然我是一枝蘆葦，我也是屬於你，祖國啊！」〔註4〕新時期女作家出之自然地參與了時代語言的交替，呈現出「過渡」特徵。而其中程度不同地包含著的敘述個人經驗的指向，並非埃萊娜·西蘇所倡導的性別自覺，而是基於對建立特定的國家目標的渴求。只不過她們有時會近乎本能地從個人經驗出發，批判現存社會結構。

　　我們如果進一步追問80年代女性文學中這種現代化理念的性別標準，就不難意識到問題所在，即新啓蒙主義思維本身所具有的片面性。正因爲如此，此期女性創作中有關女性經驗的敘寫，主要體現的並不是女性性別的苦難，而是對國家、民族苦難的承擔，其實質仍是一種國家話語的美學形式。與此同時，那些似乎不帶有意識形態色彩的個人感情空間的存在意義也不能不受到制約。

二、愛情敘事與啓蒙語境

　　新啓蒙主義的現代國家意識在80年代女性文學創作中是「具體」的，其具體性的一個重要表現就在於，即使像「愛情」這樣的文學話題，都因爲時代賦予的批判功能而承擔了啓蒙精神。比如張抗抗《愛的權利》、李惠薪《老處女》、喬雪竹《蕁麻崖》、葉文玲《心香》、航鷹《金鹿兒》、鐵凝《沒有鈕扣的紅襯衫》、遇羅錦《一個冬天的童話》和《春天的童話》等作品中有關男

〔註4〕舒婷：《生活、書籍和詩》，《福建文藝》1981年第2期。

女情愛的表達。

在這些作品裏，張潔的《愛，是不能忘記的》是出現較早的一篇。儘管批評家圍繞女主人公鍾雨與老幹部的心理活動進行了許多有關道德的爭論，但是這部作品其實未必如同一般所認爲的那麼超前。就其內在的敘事結構來看，仍然是一個知識分子挑戰革命婚姻的老故事。鍾雨與理想中的愛人「老幹部」所有的麻煩都是因爲老幹部有一個合法的妻子，而且由於這個妻子具備革命道德理念等最基本的價值「代碼」（出身工人階級，父親爲革命而犧牲）因而具有道德權威性。雖然這個妻子在小說中並沒有正面出場，但是圍繞她的那些道德裁決構成了故事的敘述基礎，也使鍾雨的內心表白帶上了原罪性質。其實，這樣的愛情故事在 20 世紀 50 年代的「百花時代」就曾有過短暫的上演，比如鄧友梅的《在懸崖上》、豐村的《美麗》等。作爲當代文學史上帶有連貫性的一種「精神原型」，它表達的是以「沒有愛情的婚姻是不道德的婚姻」爲宗旨的，知識分子之間相互尋找共同經驗的努力，是以一種「純」精神的姿態來試圖維護那些被排斥在秩序外的東西的價值。

比較富於時代新意的是，在這些愛情故事裏，自「五四」以來的女性創作中關於「理想愛人」的焦慮被強化。《愛，是不能忘記的》故事中潛在地包含了「尋找男子漢」的主題，這一主題後來演化爲具有一定代表性的性別審美意向。而張潔《方舟》中一位女主人公的憤激之言將這種焦慮得做了更爲突出的表現：「難道中國的男人都死光了？」當然，80 年代女性文學對「理想男性」的焦慮與「五四」時期是有所區別的。「五四」時代女作家對「父親」家庭的否定，旨在否定壓制子一輩的父親權威，表現的是個性解放與民主思想對封建傳統的反抗，而非女性主義精神，故而有人認爲，那時的女性文學「只反父親，不反男性權威，女性只不過從父親的家庭逃到另一個男性的家中」。隨著文學革命事業的開展，文學觀念中「社會革命這一性質的突出和極端化，給中國女性解放運動帶來了兩個結果。首先它淡化了男性批判，其次它淡化了女性的自我反思」〔註5〕。而前一結果不管是從思想觀念上還是從實踐效果上來看，顯然更爲突出。因此，80 年代女性文學愛情敘事中所具有的將性別批判對象由「父親」角色向「丈夫／男性」角色轉移的內涵，就具有了繼 20 世紀前期部分女作家（例如白薇、廬隱、蕭紅、袁昌英等）之後，重新將啓蒙主義精神從社會領域引申到性別內部的意義。

〔註 5〕禹燕：《女性人類學》，東方出版社，1988 年，第 154 頁。

　　這一轉移的實現是以道德的現代性重塑爲突破口的。80 年代女作家引起爭議的愛情題材作品，往往都是由女性主體的反傳統而引起的。有時這種道德挑戰達到相當激烈的程度。例如，1981 年 11 月《光明日報》在討論張抗抗的小說《北極光》時加了一段按語，指出：「近幾年的創作實踐說明，如何對待文藝創作中的愛情描寫，已經成爲關係到我國社會主義文藝健康發展的一個很值得注意的問題。」按語強調廣大讀者和觀眾對一些作品在「愛情與革命」、「愛情與社會主義事業」及「愛情與道德」方面的「不正確觀點」表示了「強烈的不滿」，同時指出，也有不少人認爲這樣的愛情題材作品是「衝破禁區，解放思想」的表現。〔註 6〕從這篇按語的措辭中，不難看到主流媒體對類似作品的微妙表態。既然愛情描寫「是一個很值得注意的問題」，因此像《北極光》這樣的借愛情描寫要探索「青年們所苦惱和尋覓的」「豐富深廣」的努力引起爭議就是不可避免的了。爭論的焦點集中在女主人公陸岑岑一而再地更換戀愛對象是一種「資產階級的人生觀」，還是一種新型的社會主義道德？〔註 7〕爭論雙方都引用馬克思、恩格斯、列寧諸人的有關言論爲依據。然而，馬克思本人雖然讚賞自由的愛情，但同時也批評過那種僅僅是「夫妻個人意志」的「幸福主義」〔註 8〕；列寧既明確批評婚姻生活中「杯水主義」的做法，指出「那個著名的杯水主義是完全非馬克思主義的，並且還是反社會的。在性生活中，不僅表現著自然所賦予的東西，而且也表現著文化所帶來的東西，儘管程度上或有高下之分」；同時也闡明了「克己自律並不是奴役」的思想〔註 9〕。革命導師似乎前後不無「矛盾」的觀點常常使爭論變成一種策略性的事件，同時愛情選擇本身的私人化性質，也往往讓道德評判者流於瑣碎的動機分析。

　　實際上，在 80 年代整體化的啓蒙語境中，關於愛情的道德與非道德的爭論往往隱含著在現代化實踐中傳統價值觀與現代價值觀的對立。那些主張對愛情選擇採取更自由姿態的論者主要是出於一種營造現代道德範型的啓蒙信

〔註 6〕見《光明日報》1981 年 11 月 26 日第 3 版。

〔註 7〕陳文錦：《創作意圖與作品實際傾向的矛盾——評〈北極光〉》，《光明日報》1981 年 11 月 26 日；怡琴：《從〈北極光〉〈方舟〉談婚姻道德》，《解放日報》1982 年 6 月 27 日；曾鎮南：《恩格斯與某些小說中的愛情理想主義》，《光明日報》1982 年 4 月 22 日第 3 版。

〔註 8〕（德）馬克思：《論離婚法草案》，《馬克思、恩格斯全集》第 1 卷，第 183 頁。

〔註 9〕（德）克拉拉‧蔡特金：《回憶列寧》，人民出版社，1957 年，第 59、62 頁。

念。因此，如果仔細探究陸岑岑那些「超前的觀念」的內在本質的話，主要還是體現爲一種由現代性信念所激起的前傾式的價值準則，這使她對未婚夫傅雲祥悉心構造的大眾型日常生活有一種本能的厭倦。當傅雲祥問她「你希望的生活是什麼樣子」時，陸岑岑回答「反正不是現在這個樣子」、「一定不是像現在這個樣子」！這裏看不到兩性之間作爲日常生活形式的交流，而只是超越物質主義的對「未來」的崇拜與想像。其實在陸岑岑的生活空間中，已經呈現出中國 80 年代特有的現代化表徵。

小說中有一段關於「新房」的敘述：

> 確實什麼都齊了，連岑岑一再提議而屢次遭到傅雲祥反對的書櫥，如今也矗立在屋角，裏面居然還一格格放滿了書。岑岑好奇地探頭去看，一大排厚厚的《馬列選集》，旁邊是一本《中西菜譜》，再下面就是什麼《東方列車謀殺案》、《希臘棺材之謎》、《實用醫學手冊》和《時裝裁剪》……她抿了抿嘴，心裏不覺有幾分好笑。這個書櫥似乎很像傅雲祥朋友們的頭腦，無論內容多麼豐富，總有點不倫不類。

從這段描寫中可以看出，現代型社會特有的大眾文化消費已經開始與精英文化搶佔市場，雖然尚處在萌芽階段，但是那種戲謔深度、消解意義的存在方式已經對精英文化形成了包圍之勢，不過由於它在當時的新生性質，因此顯得有點「不倫不類」。應該說，消費主義文化是現代化進程中必然伴隨的現象，它通過多種信息資源的共享，生活目標的實用化，拆碎了人們曾經賴以生存的古典意義模式，使人們的生活經驗趨於無序化、平面化。但是在 80 年代，類似的現代化徵候常常被理解爲是一種失去了生活目標的混世哲學，因爲啓蒙主義的理想精神有自己的生活信條：「不管生活是什麼樣子，反正不是現在這個樣子」。

鑒於 80 年代女性知識分子自身文化衝突與文化選擇的普遍性，一篇分析文章指出，「回顧 20 世紀 20 年代的『莎菲』，70 年代的『鍾雨』到 80 年代的『岑岑』，再後來同一地平線中的『我』，皆以女主人公的西方現代意識與傳統文化積澱的衝突構成作品的內質核心。」〔註 10〕這種看法頗有代表性，即通過強調女性知識分子對「西方現代意識」的價值選擇，明確了這些帶有先

〔註10〕 呂紅：《從情感到欲望：女性文學的流向》，見高琳主編：《論女性文學——中外女性文學國際研討會文選》，中國婦女出版社，1995 年。

行色彩的女性人物在情感衝突中的「啓蒙者」地位。不過，我們或許有必要分析這些評論在啓蒙語境中所運用的獨特的修辭方式，即以「現代西方」與「傳統積澱」這兩個主詞構成一種對立關係。它恰正反映了中國 80 年代啓蒙思想本身的邏輯構成：傳統／現代、西方／東方、現在／未來……顯然，這樣的二元判斷不免失之於簡單，因爲它拋棄了事物存在的豐富性及其發展的多元性。事實上，在 80 年代由現代性啓蒙話語所敘述的愛情故事中，矛盾的構成主要並不是出於女性價值與男權傳統的對立，而更多的是性別模糊的現代人群與傳統人群的衝突。但與此同時，作品對女性文化身份的認定，又往往透露出女性參與現代化事業的困境。

比如竹林寫於 80 年代的小說《蛻》。雖然作者牢記自己作爲一個女性知識分子要時刻保持社會批判的鋒芒，但是如果仔細辨析小說的敘事結構，就可以看到在強大的現代啓蒙話語的生產過程中女作家自身視界的有限性。這篇小說的基本情節是：鄉村女性阿薇不甘心作丈夫的附庸，想發展自己的事業。儘管丈夫一再阻撓，阿薇仍然去聽回鄉好友克明講課，並幫助克明努力改變村辦工廠的落後面貌。當村中傳出他們兩人的流言，丈夫金元以自殺相威脅時，阿薇反而提出離婚訴訟。在克明事業遇挫遭到排擠不得不離去的前夜，阿薇勇敢地踏進他的小屋，奉獻自身，爲之壯行。在這篇小說的敘事結構中，有著現代性啓蒙敘述最爲常見的結構模式：作爲「啓蒙」的一方，克明有著開放的思想、科學的信仰和不拘於傳統的新型性別交往方式；而作爲反啓蒙的一方，金元具有的則是保守的觀念、鄉土意識以及對男主外、女主內的傳統模式的認同。在這兩個男性之間展開的現代與傳統的爭奪中，女性阿薇歸屬的選擇很自然地突出了女性的精神地位問題。

作品中我們看到的是，雖然阿薇自主地選擇了「現代」，但是在她傾慕於克明那一套具有積極拯救意義的行爲模式時，兩者之間的精神地位並不對等。這不只表現在女主人公所嚮往的現代化事業在沒有男性參與時就無法獨立開展，更關鍵的是阿薇的女性「身體」在這場現代與反現代的較量中所充當的角色。無論「現代」還是「反現代」，都只是男性精英的事業，阿薇並沒有在這場轟轟烈烈的現代化進軍中獲得自我人生意義的完整性，而只是在向克明奉獻了自己的身體以後才部分地具有了意義。在這個有關現代性啓蒙的悲劇故事中，女性的身體顯然並不屬於自己：當阿薇選擇了「傳統」的金元時，她是「物」；而在選擇了「現代」的克明時，她依然是「物」。

可以看到，在 80 年代女性創作中，即使像「愛情」這樣的文學話題，也因時代賦予的批判功能而承擔了啓蒙精神；與此同時，女性於其間也有著自己的突破和創造。

綜上，在中國 20 世紀 80 年代的歷史情形中，知識分子植根於落後的社會現實，建立現代「國家」與樹立現代性的「人」的努力幾乎是同步進行的。此期的女性文學創作大體上同樣遵循著這一思路。女性文學實踐者和倡導者所強調的女性意識和女性解放的目標也正於此具體化了。也就是說，既然是依照啓蒙的思想邏輯來思考女性問題，那麼啓蒙的思想目標也就在很大程度上制約著女性解放的目標，從而使女性解放問題轉化爲女性與「國家」、與「人」的啓蒙的關係問題。在此過程中，中國的女性文學創作呈現出不同於西方的發展特點。它是 80 年代女性文學對「五四」傳統軌跡的延伸，也理所當然地成爲我們考察 80 年代女性文學與啓蒙思想「關係」的一個重點。

第三節　「人」的主體性啓蒙與女性的自我追求

20 世紀 80 年代，新啓蒙主義在精神科學領域裏提出的思想命題，與「把人作爲人本身」這一啓蒙思想的基本原則有著密切的內在聯繫。對致力於婦女解放的女性知識分子來說，在自覺借助這一思想命題展開討論時，關於「人」的主體性的思考，既是她們努力開拓的領域、深信不疑的眞理，而與之相伴隨的種種思想困境，又充分體現了在啓蒙主義「人」的視野中確立女性自我的難度。

卡西爾指出，近代的啓蒙主義精神在有關人的認識上與其說是發現了新的事實，不如說是發現了一種新的思想方式。從這時起，現代意義的科學精神第一次進入了爭辯的場所。在對於人的探究方面，逐漸拋棄了中世紀宗教哲學關於人的本質認識的先驗性與神秘性，而側重於以經驗的觀察和普通的邏輯原理爲依據。這種新的人類學科學精神的第一個先決條件，是拆除那些人爲的將人類世界與自然分離開來的柵欄，將對人類事物的研究，建立在自然宇宙的秩序上〔註 11〕。啓蒙主義精神由此奠定了「人」的科學基礎：主客二分的自然觀與認識觀。換句話說，啓蒙主義有關人的知識前提是建立在將自然客體化的基礎上的。

〔註11〕　（德）卡西爾：《人論》，甘陽譯，上海譯文出版社，1985 年，第 18 頁。

　　然而，這種關於「人」的知識前提 20 世紀以來遭到了女性批評家的抨擊。她們認為，雖然在 17 世紀的文化中，將自然女性化、智慧男性化並非新生事物，但是這些常見的指代卻被賦予了一種新的關係，一種從屬於男性利益的新的認知政治，並且這種新關係適應了男性創造現代科學理論的需要。如果說女性批評的理論尚不足以在關於人的近代傳統之外建立一套屬於女性的知識體系的話，這種批評行為本身卻是具有發現並提出問題意義的。這也正構成了我們進一步追問 80 年代啓蒙思想對「女性」問題認識的起點：在中國 80 年代的啓蒙語境中，女性文學始終不渝遵循的人道啓蒙以及重建個人自主性的努力，是不是與女性自身發展的內在要求完全一致？80 年代新啓蒙主義關於「人」的主體性的知識表達，究竟在何種程度上能夠與建立女性主體的目標相契合？以下分別從女性文學創作中人道主義的「自我表現」以及所塑造的「社會主義新人」的性別指向入手，對此加以探討。

一、「自我表現」與「眞實」的標準

　　同西方人道主義啓蒙的邏輯相一致，20 世紀 80 年代女性文學創作關於「人」之主體性的敘述，一開始也是以肯定人的自然本性為前提的。像宗璞小說《我是誰》中對人的尊嚴的直白的呼籲，張抗抗小說《愛的權利》中對人的情感要求合法性的述說，都可以看成是為人的自然本性正名的先導。戴厚英在《人啊，人》小說「後記」裏談到，實踐是檢驗眞理的唯一標準的討論把她的靈魂從黑暗引向了光明，使她從 20 年前批判老師所宣傳的人道主義，轉變為自己要在創作中宣揚從前所批判過的「人性、人情、人道主義」。與此同時，作者闡述了自己對「自我表現」的重新理解，反思了以往對現實主義和現代主義認識中的誤區，突出強調在藝術創作中作家主觀世界的重要意義以及調動一切藝術手段表現作家主觀世界的重要性，並且對形成一個「中國的、現代的文學新流派」充滿期待〔註12〕。

　　然而，在女作家的創作中，現代主義的自我表現並不是在馬赫主義的「感覺復合論」或柏格森的「主觀意識內容」基礎上談論的。西方非理性主義的感覺論往往包含著對啓蒙主義知識「人」的否定力量。這種內在的分裂在中國 80 年代的歷史情形裏卻達成了某種一致：非理性主義對外在世界的批判與對內心感覺的強調，與啓蒙思想要恢復人的自然本性的前提是一致的。「人」

〔註12〕戴厚英：《人啊，人》，花城出版社，1980 年，第 358 頁。

的命題的情感先行性質，使它首先在倫理領域獲得了突出的發展，但是這種自上而下的批判運動，由於忽略了思想命題背後的物質經濟形態，因此在 80 年代文學內部引發了一系列有關「自我表現」在歷史時間上是否「真實」的爭論。

比如對青年作家張辛欣在作品中表現的「社會達爾文主義」思想的爭論，就可以看成是這種「真實」論的一個開端。張辛欣在一系列小說中表現出來的情感類型與心理狀況，不僅是青年生活的一種「超前性」的表達，而且以一種無法化解的矛盾狀態，為分析 80 年代人道主義命題的深層背景提供了一個入口。當時，批評界對張辛欣小說中人物的看法基本上是一致的，即認為這是一類「與整個世界對立的唯我主義者」，「赤裸裸地宣揚主人公的利己主義的人生哲學」。它的根源大概「植根於十年浩劫時期人與人之間」的「真實關係的土壤裏面」，也可能來源於「新時期我國經濟生活、文化生活中所出現的一些從表面看來好像類似於『生存競爭』的社會現象的錯誤思考」〔註13〕。而聯繫後來張辛欣在《瘋狂的君子蘭》中表現的「社會主義的異化」思想，有評論認為張所犯的可能是對兩種社會階段認識不清的錯誤。「資產階級作家反映的是現代資本主義社會確實存在的人的『異化』現象，而張辛欣同志所表現的是社會主義時代的人『異化』成為君子蘭」。這樣的描繪「同思想理論界某些同志宣揚的『社會主義異化』論頗為合拍，而同現實生活相去甚遠」。〔註14〕

在此無意探究這種理論本身的正誤，我們感興趣的是評論者在評判是否「真實」時所持的標準。反「真實」論者主要基於這樣的歷史判斷：將張辛欣所描繪的那些帶有自我表現特徵的人物進行橫向比較，認為這些強者無非是自由資本主義時期「個人奮鬥形象」的翻版。巴爾扎克《高老頭》中的拉斯蒂涅、《紅與黑》中的於連……這些富有生氣的資產階級力量是張辛欣筆下那些所謂強者的精神兄弟。這裏涉及如何理解恩格斯的一段話。恩格斯稱讚巴爾扎克「用編年史的方式，幾乎逐年地把上陸的資產階級在 1816～1848 年這一時期，對貴族社會的日甚一日的衝擊描寫出來，……這些人在那時（1830～1836）的確是代表人民群眾的」，而巴爾扎克「在當時唯一能找到未來的真

〔註13〕曾鎮南：《評〈在同一地平線上〉》，《光明日報》1982 年 7 月 15 日。
〔註14〕士林：《失誤在哪裏——評張辛欣同志一些小說的創作傾向》，《文匯報》1983 年 12 月 6 日。

正的人的地方看到了這樣的人」〔註15〕。這段話隱含的真實標準在於它的歷史性質。反「異化」的真實論者據此認為，既然那些富於生氣的早期的自由經濟者在今天早已蕩然無存，取而代之的也只是一些沒落分子，那麼即使把張辛欣那些自我表現的個人主義者放到當代的資本主義社會中去考察，也是過時的英雄，更何況在我們這個正在以整個人民的力量開創社會主義現代化建設新局面的社會中呢？

怎樣確定一個「真實」的標準——這個被 80 年代評論家用來質疑那些「自我表現者」產生的歷史條件的問題，很容易讓人想起 50 年代有關「文藝真實」的爭論。確實，強調真實反映生活並不為錯，「但是，要的是什麼樣的『真實』？怎樣才能達到『真實』？問題的前半涉及衡量標準以及有關現象與本質、細節與規律的區分；問題的後半，則又回到『真實論』者竭力想加以『掩埋』的世界觀與創作方法上的關係這一陳舊的話題上來」〔註16〕。

在當代文學的演進中，真實論的有關表述往往突出體現著意識形態對中國知識分子話語生產所具有的制約作用，從而使那些頗為嚴肅的話題流於無法確證的語詞分析。比如《我們這個年紀的夢》（張辛欣）中所表現的那種內化了的青年的心理狀態，就面臨著這樣的批評：「把『現實』（即『存在』）當作某種由個人在精神上構成的東西，當作由個人自由假定的東西——這種觀點，實際上就是貝克萊的『存在就是被感知』這一主觀唯心主義原則在藝術論上的反映」〔註17〕。在 80 年代，以張辛欣為開端，後經徐星、劉索拉、殘雪等人發展了的「自我表現」小說，以及一些女性詩人著意抒寫女性內在感覺的「女性詩歌」，都不斷面臨這種詰問。而判定「主觀唯心主義」的理論尺度不在於作品是否寫了直覺、潛意識和夢幻，關鍵是現實是否僅僅是非理性的、神秘的「自我感知」，現實的「價值」是否僅僅以自我的形式來評斷〔註18〕。從這種尺度出發，就必須明確張辛欣「自由競爭」的「個人奮鬥思想」，劉索拉非理性的荒誕觀念等究竟是「國產」的還是「舶來」的。如果是前者，那就大體意味著符合真實的判斷；如果是後者，則將直接涉及人道主義命題關於人的「主體性」是否「真」的問題。對這個問題，1986 年一

〔註15〕《馬克思恩格斯選集》第 4 卷，人民出版社，1972 年，第 462～463 頁。
〔註16〕洪子誠：《關於五十至七十年代的中國文學》，《文學評論》1996 年第 2 期。
〔註17〕王春元語。轉引自：《1983 年短篇小說爭鳴綜述》，《飛天》1984 年第 1 期。
〔註18〕朱晶：《請從心造的灰色霧中走出來——讀張辛欣小說隨想》，《文藝報》1984 年第 2 期。

篇關於劉索拉的訪談筆記做出了這樣的判斷：「我敢說流瀉在劉索拉、徐星筆下的青年的靈魂、心跡、言行，並非舶來，而是國產。不是只因爲受了西方現代派文學的影響，他們才寫出了中國現代派味兒的新體小說，而是因爲在中國的大都市中，現在已經出現了比較敏銳地感受到現代生活氣息、矛盾、苦悶的青年，出現了上述的那種青年的身姿、心態，出現了現代人的特有情緒……」〔註 19〕

其實對於這個問題，張辛欣在 1983 年的時候已經用當時通行的反映論模式做了回答。她說，「作品試圖追蹤一個在我們這一代人中極常見的、普普通通的年輕勞動婦女心理變化的軌跡」，試圖「藝術地表現一代青年人對人生、對未來、對愛情……懷抱不那麼切合實際的幻想和願望，在經歷了十年動亂期間知識青年那種普遍的命運變遷之後……重新適應、重新尋找到自己在生活中所應當佔據的位置的過程」〔註 20〕。不過在爭論中無所不在的意識形態力量的主導下，當時幾乎沒有人理會張辛欣這種「爲婦女講幾句話」的苦心。

80 年代「社會主義」意識形態的生產過程就體現在這種「本土化」情緒的具體參與上。這種心理狀態無可避免地將日常生活中個人的生存困境視作一個與己無關的經典資本主義的「他者」問題，以此來維護對「社會主義」理念的純粹信仰。然而歷史的諷刺性也許就在這裏。其實當時就有論者指出，中國現代派作家絕沒有像詹姆斯那樣刻意表現人的「黑暗感覺」的經典現代派問題，制約他們的問題意識往往是那些最具中國特色的社會問題，例如幹部作風、幹群關係、知識分子遭遇和中國革命的性質等等。因此，像張辛欣、劉索拉這樣的青年女性知識分子雖然「也曾茫然回顧，憂鬱迷茫，……然而事實上，他們從未動搖過人的力量和人的尊嚴的信心」。這就「一下子」劃清了他們與卡夫卡、加繆的界限，也「一下子」溝通了他們的人道主義追求與新時期文學主流的關係〔註 21〕。

這種主題的傳統性也便成爲解讀這些女作家作品的有效途徑。比如殘雪的小說。雖然她的小說在形式上具有鮮明的先鋒色彩，然而其內在意義仍構築在現實中國的情境當中。小說《突圍表演》主要情節圍繞五香街展開。在這裏，眾人將性行爲稱作「業餘文化活動」諱莫如深。不過當外來戶 X 女士

〔註 19〕 解璽璋：《劉索拉說：我別無選擇》，《中國青年》1985 年第 10 期。
〔註 20〕 張辛欣：《必要的回答》，《文藝報》1983 年第 6 期。
〔註 21〕 許子東：《近年小說探索與西方文學影響》，《文匯報》1986 年 3 月 31 日。

將性行為大膽地宣稱為「個人的事業」的時候，五香街虛浮的道德表象就被打破了。人們在「可愛的寡婦」的帶領下，展開了一場捉拿 X 女士和 Q 男士「姦情」的活動，並就這兩人「姦情」的諸般細節進行了史無前例的爭論。小說中所敘述的人們參與事件的熱情與事件本身的意義極不相稱，從而構成了一種荒誕氛圍。然而小說整體的意義指向又很明確，它尖銳揭示了「文革」時代政治革命教育走向反面之後的荒謬。

作者非常善於在她的一系列小說中營造「看客」式的精神環境，比如《黃泥街》中的「黃泥街」、《山上的小屋》中「我」所面對的家庭、《蒼老的浮雲》中的更善無家與老況家等。西方現代小說家讓·熱內在小說《偷兒日記》中曾敘述主人公斯提里坦諾身入「萬鏡之宮」的經歷。在萬鏡之宮中，斯提里的形象被眾多的鏡子反射得支離破碎。這一細節常常被讀作現代人之人格分裂的隱喻。然而在殘雪的小說裏，看不到這種人格的內在分裂，她刻意拷問人類靈魂的淒厲與冷酷都是魯迅式的。事實上她的作品所完成的也仍然是一種啟蒙敘述，不過其中不再有魯迅作品正面喻指人性價值的「啟蒙者」，而是被一種女性特有的受傷與恐懼情緒所代替。與此同時，女性先鋒作品主題的傳統性也構成了問題的傳統性質，有關張辛欣、殘雪等人創作內容的「眞實」與「假定」、「現象」與「本質」、「國產」與「舶來」的問題，實際上就存在於關於「人」的啟蒙命題的生息環境當中。

在 80 年代，最難於取得社會認可的是張辛欣、劉索拉、殘雪等女青年以現代主義的藝術形式所傳達的自由主義思想，因為它忽視社會主義制度由於公有制的生產關係所決定了的集體主義的巨大作用，在道義上放縱了個人主義的生存法則〔註 22〕。平心而論，反對者的這些說法是有充分理論根據的。現代主義強調返回內心世界的話語方式，在道德上必然聯繫著個人主義的自我表現倫理觀。而這種倫理觀在一定時期內能否得到大眾的認可，則取決於現實中是否存在自由主義的經濟方式。自由主義的個人主義觀點並不排除對社會目標的認可，但是將社會目標建立在與「個人目標」內在結構一致性的基礎上。中國 80 年代的經濟思想中沒有這種自由主義傳統，個人主義的觀念作為一種外來的思想方法主要是在社會批判精神上體現出存在價值，而在作為一種思想原則具體落實到個人的人生信念時，自然就引發了與本土思想觀

〔註22〕朱晶：《請從心造的灰色霧中走出來——讀張辛欣小說隨想》，《文藝報》1984年第 2 期。

念中慣有的集體主義經濟、道德模式之間的激烈衝突。

　　「路呢？先前認定有一根必然的鏈條，被什麼東西打散了，再來看，似乎原本也只是一些偶然的碎片……設身在紛亂的退潮中，茫然地被沖來沖去，把握不住別人，也把握不住自己」。這樣的迷惘情緒傳達出了女性個人主義者所掌握的歷史力量的單薄：雖然確信有一種嶄新的價值在，可是「通向它的道路爲什麼這樣長？」（張辛欣《我們這個年紀的夢》）。韋伯曾經指出，早期的資本主義經濟主要是從新教中的清教精神轉換爲自由資本主義所需要的意識形態，但是在中國 80 年代的歷史情形裏，要實現這種轉換並不容易。它以一種精神先行者的姿態首先在部分經濟較發達的都市裏培養了自己的人格代表。例如張辛欣、劉索拉、殘雪等人都以文化冒險的方式體現了歷史自身的追求。「我願意，這就是價值」——後來有評論者以比較理解的態度指出了她們同「上一代人」生活觀念上的差異〔註 23〕。然而其間「創痛的酷烈」和無法說清的「本味」卻體現了舊有意識形態力量的密集，以及在這種力量中尋找敘述縫隙的難度。

二、「社會主義新人」的性別指向

　　在 20 世紀 80 年代與人道主義的「自我表現」具有截然不同命運的是「社會主義新人」的提法。同前者面臨的情況相反，「社會主義新人」理論及其實踐在新時期得到了眾多人士的認同。實際上 80 年代的「社會主義新人」所喻指的並不僅僅是一種理想女性的標準，而是超越性別思考的一種總體設計，它同「自我表現」的提法一樣，通過一正一反的形式提示了時代精神的某些深層特徵。鄧小平 1979 年 10 月《在中國文學藝術工作者第四次代表大會上的祝辭》中指出：「我們的文藝，應當在描寫和培養社會主義新人方面付出更大的努力，取得更豐碩的成果」。〔註 24〕究竟什麼是社會主義新人？新人應該具備那些素質？於此並沒有進一步解釋。不過依照中國革命文藝組織者傳統的資料來源，也並非無跡可尋。比如恩格斯曾經在《詩歌和散文中的德國社會主義》一文中提到「倔強的，叱吒風雲的和革命的無產者」〔註 25〕。前蘇

〔註 23〕許子東：《近年小説探索與西方文學影響》，《文匯報》1986 年 3 月 31 日。

〔註 24〕鄧小平《在全國文學藝術工作者第四次代表大會上的祝辭》，《人民日報》1979
　　　　年 10 月 31 日，收入《鄧小平文選》，人民出版社，1983 年，第 181～182 頁。

〔註 25〕恩格斯：《詩歌和散文中的德國社會主義》，《馬克思恩格斯全集》第 4 卷，人
　　　　民出版社，1958 年，第 224 頁。

聯 20 世紀 30 年代文學界曾經有過塑造「社會主義英雄人物」的要求，新中國建立後也有「工農兵英雄人物」的提法。可以看出，「新人」的「新」，是相對於資產階級的經濟社會觀而言的。作爲特定年代的中心話語之一，它從屬於一種「新社會意識」的生成，即致力於舊有文化秩序的破壞，通過預約未來而表現出「新」的特徵。這實際上仍然是用文學實踐來體現意識形態領域要求不斷革命的主張。因此某種意義上可以說，它是與人道主義的「自我表現」具有對立性質的一種理論語言。當時的批評也證明了這一點。那些主張個人表現的女作家如張辛欣、劉索拉等，就未被認可爲「社會主義新人」形象的塑造者。不管怎樣，「新人」在 80 年代的提出，寄予著知識分子對政治自由、文藝開放的精神追求與經濟正義、物質豐富的現代理想，它很快轉化爲塑造「新女性」的新標準。

作爲「新人形象」被廣泛談論的喬光樸（蔣子龍《喬廠長上任記》）、陳抱帖（張賢亮《男人的風格》）、鄭子雲（張潔《沉重的翅膀》）、李向南（柯雲路《新星》）等男性英雄自不待言，就說《赤橙黃綠青藍紫》（蔣子龍）中的解淨，由於「思想的解放」，「信念的執著」，「生活的充實」，「處世態度的嚴肅」，「無疑是一位新人典型」〔註26〕。而對於正面描寫女性價值的短篇《瑪麗娜一世》（楚良），批評家用略帶鋪陳的句子概括了主人公的總體特徵：「她是舊傳統的毀壞者，新生活的建設者，農業現代化的開拓者，黨在農村的新經濟政策的實踐者，當代科學文明的實驗者，爭取婦女徹底解放的身體力行者」。因爲它具備這樣多的嶄新素質，因此「她是搏擊風雨的海燕，遨遊太空的彩鳳——我們時代呼喚的新女性」〔註27〕。這類充滿了「光榮與希望」的話語模式與劉索拉等人著意書寫人的「黑暗感覺」形成了鮮明的對比。這種批評家與作家之間漸趨一致的精神表達方式，逐漸將女性解放的思考引向這樣一個判斷：社會主義新時期婦女的「獨立精神」當然應該是與「物質文明、精神文明建設的不斷發展分不開的」，而關鍵是女性在現實發展中形成了這樣的精神覺悟，即「總是從與婦女解放的需要相聯繫，走向與社會需要相聯繫」〔註28〕。

〔註26〕 張學敏、朱兵：《反映現實生活，推進社會改革——蔣子龍中篇小說集讀後》，《芙蓉》1984 年第 1 期。
〔註27〕 吳宗蕙：《時代呼喚的新女性——評〈瑪麗娜一世〉》，《光明日報》1984 年 3 月 15 日。
〔註28〕 程文超：《新時期女作家創作上的情感歷程與時代意識》，《批評家》1987 年第

　　不過這種時候並不是很多。實際上在具體作家的實踐中，由於複雜經驗的參與和個人主觀意志的作用，往往在具體文本中形成對這個「中心話語」的微妙改寫。從眾多的「不是新人」或「不夠新人標準」的判斷中，我們或許可以窺見時代精神的一些隱密特徵。比如對陸岑岑「不是新人」這一點，張抗抗解釋說：「新人是不應該有什麼固定的概念和模式的，而主要應該看她（他）的思想主流所反映和代表的是否屬於社會的進步潮流」，其次是「他們的所作所為應當帶有新的時代的鮮明特徵……」〔註29〕張抗抗所理解的「新」也許是從「政治自由，精神進步」的啓蒙主義的思想原則出發的，但是它與新人所「應該」有的語義內容或許存在著某些偏差。

　　這樣，「新人」雖然負載了時代精神的共同期待，而且也部分地滿足了「人」的解放要求，但是由於生成語境的非自我性質，使它的命運如同「自我表現」的理論預想一樣，逐漸暴露出內部的分裂性。比如張賢亮《男人的風格》這篇小說中的「新人」陳抱帖。小說中作家石一士對陳抱帖的評價是：「中國需要他這樣的人」。然而這些人「對情感極為淡漠」，「對人的關懷也彷彿是達到一定政治目的的手段」。可以看到，所謂「社會主義新人」作為一種意識形態的東方形象設計，迴避了現代化過程中對個人利益、生活空間的必要的協調，因此它提供的主體是一個虛幻的、分裂的主體，由於這種對「新人」的敘述是出於一種保衛東方價值與道德的意識形態戰略，因此它在婦女觀念上天然地具有返回傳統的可能性——陳抱帖「骨子裏還是一個農民」。

　　在經歷了大約四五年的時間以後，文學批評開始從對「社會主義新人」的輕意指認，轉化為「她們真是新人形象嗎」的疑慮。這一微妙的變化體現了歷史選擇超越主觀判斷的意志作用，而且正是基於這種無法意識到的選擇，批評家從為「新人」理論提供的不分性別的「新人」典型中，醞釀出「女性雄化」的話題。

　　對於「女性雄化」的具體所指，創作上的例證並不太多。大體上「雄化」不僅是指像張辛欣筆下的一些要與男性爭地位、爭事業、爭尊嚴的女性精英，而且更多是指像小說《燕兒窩之夜》（楚良）、《瑪麗娜一世》（魏繼新）中那些社會主義現代化建設事業中的女英雄們。《燕兒窩之夜》中的姑娘們在大洪

4 期。

〔註29〕張抗抗：《我寫〈北極光〉》，《文匯月刊》1982 年第 4 期。

水中搶救油桶的行為本來無可非議，問題是此類小說在著力突出女性的英雄氣質時，刻意渲染了英雄行為與自身家庭生活之間不可調和的矛盾。針對所謂「女性雄化」的文學現象，持反對意見的人認為，「『女人雄化』不是婦女解放的方向」，「雄化」的歷史根源是「長期的左傾宣傳灌輸了可悲的盲目性」〔註30〕——這基本上是一種政治立場；持理解觀點的則認為，這種現象是「婦女壓迫的矯枉過正，是在恢復女性本來面目的必經階段」，「一方面是女性對真正男子漢的心理呼喚……另一方面則是社會對女子及女子自身形象的扭曲所產生的疑惑」〔註31〕——這是從社會文化的角度而言的；還有一種代表性的觀點是從女性的自然生命價值出發，認為「女性雄化」是一種「歷史的必然」，「是女性身上原本存在的異性氣質終於得到了合理發展的機會」，是「男子氣質與女子氣質同時在一個個體身上得到均衡的發展」，因此不應看作「女性文學發展的歧路」〔註32〕。

這三方面的看法從一個側面體現了 80 年代人們對女性意識的評價標準。那些堅持政治立場的論者主張批判「極左」，以此來達到女性自身價值的實現；而堅持社會文化立場的論者其實也有一個隱含的批判目標，即社會主義文化中以「民族文化」名義保存下來的封建男權觀念。因為它們以各種「社會主義」化的人情觀和倫理觀制約著女性的全面發展。比較難於定位的是堅持「女性雄化」不是「女性發展歧路」的自然生命派。她們於此提供的似乎是一個超越性的話題，然而倘若細究其闡釋語言及問題意向，卻又並非如此。她們實際上傾向於建立一個區別於「社會主義新人」沉重的社會義務的婦女自然生命角色的嘗試，這種嘗試的出發點是將女性還原，即將女性還原到家庭、愛與身體體驗之中，並且在倫理上認為這種自然還原在道德上並不低於那些承擔著沉重社會義務的女性。

比較能說明這一傾向的是伊蕾、唐亞平、翟永明等人的「女性詩歌」。女性詩歌作為一種創造現象，包含著女性詩人十分豐富的生命體驗。僅就這三位女詩人來看，伊蕾對獨身女人生命過程的悲劇性抒寫（《獨身女人的臥室》），翟永明所表現的女性對自我存在價值的反思（《女人》組詩），以及唐

〔註30〕　王福湘：《「女性文學」論質疑——與吳黛英同志商榷兼談幾部有爭議小說的評價問題》，《當代文藝思潮》1984 年第 2 期。
〔註31〕　吳黛英：《女性世界和女性文學》，《文藝評論》1988 年第 2 期。
〔註32〕　吳黛英：《女性文學「雄化」之我見》，《文藝評論》1988 年第 2 期。

亞平對女人與性的哲學思考（《黑色沙漠》），也可以證明女性敘述自我感受的豐富性。不過這裏強調的是在將女性由「社會自我」向「生命自我」還原這一點上，這一類「女性詩歌」的特定文學史意義：同是女性，諶容筆下陸文婷積極籌劃人生的責任感，在這裏成為「走投無路多麼幸福，我放棄了一切苟且的計劃，生命放任自流」（伊蕾：《獨身女人的臥室》）。張辛欣筆下的女性對家庭責任分配不公的哀怨，在這裏則轉變為這樣的女性姿態：「我是最溫柔最懂事的女人，看穿一切卻願分擔一切。」（翟永明：《獨白》）此類「女性詩歌」以敏銳的心理感覺傳達出部分女性知識分子的自我探索。不過這種通過無限還原營造的「只屬於女性的世界」就像無性化的「新人世界」一樣，都是社會倫理與女性自我倫理無法平衡的極端形式。

「女性」在啓蒙語境中的問題性質，或者說啓蒙主義的婦女解放觀點在建立人的主體性的時候，從理論邏輯上肯定了人的主體性思想對摧毀外部舊世界的批判作用，而迴避了由「人」的主體性敘述到對女性「自我覺醒」的理論思考。由於理論上缺少對「女性」作為「人」的必要設計，在現實觀念上就有可能導致與男性世界的絕對對立。王安憶的小說《弟兄們》中三個女性所建立的小世界似乎是完整的，但是仔細分辨她們之間的稱謂——「老大」、「老二」、「弟兄們」，仍然近乎一種對男性身份的假想。換句話說，這個似乎是純女性的世界根本沒有能恰如其分地表達自己的語言。離開了男性世界的存在，三個女性的關係也就失去了存在意義。這種與生俱來的「表達困境」最終導致了這個女性世界的解體。另外如「改革文學」創作浪潮中「改革加愛情」模式的流行，大男人與小女子的搭配，以及貫穿80年代大部分時間的男、女兩性作家對女性審美「傳統」與「現代」兩種價值的截然不同的選擇，乃至「女性雄化」問題，從一種抽象的哲學意義上講，都屬於啓蒙主義內部男性（主體）與女性（客體）二元對立哲學思維方式的具體體現。這種主體性敘述的性別盲點，使女性問題在80年代經常處在一個被期待的位置，以至釀成不斷重臨起點的話題。

實際上在80年代中期以後，經過啓蒙階段的討論，婦女問題不僅沒有趨於消失，反而呈現出更為激進的姿態。「激進」的重要特徵首先表現在一批比較具有「代表性」的女性文本的出現。例如王安憶的《神聖祭壇》、《小城之戀》、《荒山之戀》、《錦繡谷之戀》、《崗上的世紀》以及鐵凝的《麥秸垛》、《棉花垛》、《玫瑰門》等，都是被女性批評家所經常引證的。當然更直截了當的

還是「作為女性的閱讀」的女性批評的推波助瀾。比如 1987 年《上海文論》第 2 期首次在中國以「女權主義」名義推出的文學批評專輯，就可以看成是一個具有歷史意味的事件。如果說女性批評家對「女性雄化」問題的討論體現了她們對那種膚淺的男女同一論的警覺，那麼此時此刻，當進一步提出以「女權主義」為名義的批評戰略時，則可能表現出她們對一種更具衝擊力的女性批評的嚮往。

就像這個專輯的編者解釋的，之所以給「女權主義」四個字加上引號，是因為在中國尚不存在真正意義的女權主義批評。然而儘管如此，《上海文論》的這個專欄在新時期女性文學研究發展進程中無疑留下了頗有意義的一筆。專輯中的文章計有朱虹《對採訪者的「採訪」》、孟悅《兩千年：女性作為歷史的盲點》、陸星兒《女人與危機》、呂紅《一個罕見的女性世界》、錢蔭愉《女性文學新空間》、施國英《顛倒的世界》、王友琴《一個小說原型：「女人先來引誘他」》等。女性批評在此不同於 80 年代初的地方，是不再只是以攻擊「傳統性」來維護婦女的現代價值，而是轉化到探討對女性價值與男性價值關係的立場上來。她們思想敏銳，情緒激烈，力主從既有框架內掀起一場對「男權社會」及其「話語」的全面反動。或許，相對於理論分析的偏於薄弱，這裏更為重要的是一種「態度」，一種要從男性的話語世界中分離出來的女性姿態。

綜上，80 年代的女性文學始終處在一種緊張的衝突之中。這種「緊張」不僅來自女性文學外部思想環境的複雜多變，而且也來自女性知識分子自身在走向「現代」的過程中，由於思想觀念和倫理道德觀念的變遷所帶來的心理上的焦慮與迷惘。因此，如果試圖用一種簡單的話語來概括 80 年代女性文學的基本特徵，勢必面臨如何表述的困境。某種意義上甚至可以說，這種表述上的悖論正是 80 年代女性文學一個鮮明的特徵。因為生活於一個發展中國家的女性知識分子，其文化身份的含混與多重幾乎與生俱來。在西方女性主義者可以相對便捷地做出判斷與選擇的命題面前，中國女性知識分子卻不能不考慮到所選擇的思想資源的外來性，不能不考慮到傳統與現代之間的複雜關係，並為之付出加倍的熱情與痛苦。80 年代女性文學所蘊涵的思考主要不是對現實問題的總結和提升，它所表現出來的觀念上的凌亂以及時或顯得偏於「激進」的理論姿態，也許恰因為其自身正處於一個外來思想在古老而又正在煥發青春的國度裏尋找實踐的過程之中。

　　總的來看，80 年代女性創作在 20 世紀女性文學發展史上更重要的是其處於新階段起點的位置上。在經歷了 80 年代之後，進入 90 年代，啓蒙主義有關「女性／人」的混同敘述的矛盾漸趨突出。這一方面提示了婦女解放任務的延續性，另一方面，女性知識分子那種試圖擺脫政治意識形態話語和男性中心話語的影響，渴望固守內部經驗獨特性的強烈要求，又預示了 90 年代女性文學的某些特徵。此時文學視野中對女性問題的關注，既體現了啓蒙主義思想模式的滲透，同時也昭示出，正是啓蒙主義的思想目標對女性自我意識的塑造以及它所帶來的新問題，爲後來的女性解放之旅提供了反思的契機。

第四節　90 年代女性文學創作新景觀

　　1995 年聯合國第四次世界婦女大會在北京的召開推動了中國的女性寫作的發展。一個時期裏，創作界、出版界和研究界都對女性創作表現出濃厚的興趣。多種文學雜誌推出女性文學創作專號，多家出版社以叢書形式出版女作家文集，一些地方舉行了女作家作品研討會以及有關女性文學的國際學術研討會。然而，一派熱烈景象背後隱藏著深刻的矛盾：一方面，女性從長期受壓抑、處於近乎失語的狀態到在思想文化革命的春潮湧動中浮出地表，無疑是值得肯定的；而另一方面，女性寫作究竟是在什麼樣的意義上被承認、被關注，究竟有著怎樣的定位，又值得深思。難怪處身其間的一些女作家往往有所顧慮，不願自己的性別被特別提起，不願使人產生一種她們需要藉此才能使作品受到讀者重視的感覺。與此同時，傳媒宣傳中商業炒作成分的混雜，也使抱著嚴肅、莊重的態度從事文學創作的女作家不能不心存警惕。

一、關於「女性寫作」

　　「女性寫作」是文壇言及 20 世紀 90 年代女性創作時常見的提法。從字面上看，這一漢字組合很容易使人聯想到女性的文學創作，然而 90 年代以來的文化語境使情況變得複雜。一方面，女性主義話語賦予「女性寫作」批判男權文化的特定含義；另一方面，商品經濟、消費文化對文學活動的全方位滲透又將「女性寫作」裹挾其間。於是，在社會文化生活中，人們對它的運用各行其是。

　　不妨看一下「百度百科名片」如何闡釋：「20 世紀 90 年代中國文壇湧現出了一批關注女性命運的女性作家。她們以特有的人生體驗、獨特的視角和

極具個性化的敘述語言，創作了一批耐人尋味的女性題材的作品……一種被指稱爲『個人化』和『私人化』的女性寫作堂堂正正地走進了文壇，她們對女性經驗和女性心理全方位敞開，對個人的生存體驗和生命體驗的書寫，對個體欲望的書寫達到了前所未有的境地。」顯然，這裏對「女性寫作」持肯定態度，但其所指僅限於「女人寫女人」的創作；也即是說，關注女性題材，表現女性心理和生命體驗的創作，構成了「女性寫作」的基本內涵。不難看出，這一理解偏於狹義。作爲網絡提供的百科知識之一種，它通過網絡面向大眾傳播，反映出部分專業人士認知「女性寫作」的側重點。

　　另一種常見的情況是將「身體寫作」與「女性寫作」視爲同義語。這類看法高度聚焦於女作者書寫女性欲望、女性身體特別是性經歷的創作。儘管衛慧、棉棉、九丹、竹影青瞳等若干以寫「性」出名的女作者及其寫作現象始終伴隨爭議，但這並不影響她們的作品一度在市場上大熱。一些女作者不僅赤裸裸地描繪女性的性行爲和性心理，而且公開宣稱其文字帶有自傳或半自傳性質。一時間，「性而上」的文字彷彿成爲「女性寫作」的代表。

　　其實，法國女性主義學者埃萊娜·西蘇《美杜莎的笑聲》一文所提倡的描寫女性軀體具有特定的含義。她認爲女性要觀照自己，首先不能迴避的是自己的身體和最眞實的生命體驗，因爲它一直被男權文化禁錮、異化。但她同時強調，在用身體表達思想時，必須忠實於女性視角、女性立場和女性的眞實感受。這個過程中不能有男性的價值觀、審美觀潛在地發生作用，更不能成爲被男性觀賞、窺視、玩弄、界定的對象和客體。然而在本土接受中，西蘇有關「身體」與女性書寫之間關係的思想，很多時候並未得到確切的理解。

　　實際上，不論是片面強調女人寫女人、寫私人生活，還是過度矚目女性有關身體和性的書寫，都有以偏概全之嫌。其間包含著有關女性和女性生活的古老定位：女人從屬於家庭；女人是感性的動物；女人是「性」的化身……儘管也有批評家提醒注意女性寫作在商業化的「身體寫作」之外的歷史之維，可是這樣的聲音在消費時代市場和大眾傳媒極力營造的「身體」狂歡中，很容易被湮沒。

　　毋庸諱言，當代女作者涉及身體和性的文學書寫既不乏包含女性主體立場和訴求的情況，也有主要訴諸感官、迎合男性中心價值觀的現象。然而，這些文本的構成和傳播在特定的性別文化生態中情況複雜，對其一概而論並

不恰當。如若將「身體寫作」中存在的某些傾向簡單歸之於「女性寫作」，或是由此出發概括「女性寫作」的特徵，同樣有失公允。事實上，只須稍加留意便可看到，儘管語言層面的「女性寫作」未免含混，但它並不影響現實生活中 90 年代女作家絢麗多姿的創造。

二、女性創作的新景觀

90 年代女性創作主要涉及以下幾方面：

其一，建構以往被忽略、被湮沒的女性心靈史。這是對無視女性的傳統歷史敘述的顛覆，同時也關係到文學中女性形象譜系的確立。在這方面，上海古籍出版社於 20 世紀 90 年代推出的「花非花·歷史小說系列」可謂引人注目。這套叢書中，王小鷹、龐天舒、趙玫、蔣麗萍、石楠、王曉玉等女作家以女性的纖敏感悟切入「女人」的歷史，分別描繪了呂后、王昭君、武則天、高陽公主、陳圓圓、柳如是、賽金花等身份各異的女性人物。如果說正史敘事只是有時在記錄歷史時簡單牽涉極少數女性的話，那麼王小鷹等女作家卻是圍繞女性主人公施以濃墨重彩。與傳統歷史敘事中女人處於陪襯、附庸地位不同，在她們書寫的故事中，女主人公一定程度上以具有主體意識的形象和姿態存在。女作家賦予人物獨特的生命體驗和心靈感受，讓她們有血有肉地從歷史迷霧中浮現出來。

如果說在「花非花」小說系列中，人類史與女性史是寫作者同時並重的兩個方面的話，那麼，在王安憶的長篇小說《紀實與虛構》中，歷史則乾脆成為母系家族史。作品沿著母親、外祖母的生命歷程向上追溯，女性祖先的形象在這一追溯的過程中變得鮮活、立體而豐滿。她們不再是符號或點綴，而是意志的主體，擁有旺沛的生命。與此同時，在母系主線的敘事中，男性祖先的歷史則是相對缺失的，形象空洞而蒼白。這樣的寫作消解著正史的莊嚴，在男性主宰的家國史之外，增添了另一種歷史的言說。

其二，對都市女性生存狀況與精神狀況的體察和描繪。部分女作家在創作中表現了女性置身物質化、商品化都市中的人生沉浮，揭示了女性生存境況和女性個體身心成長的歷程。她們常從女性敘述人的角度，講述女性主人公或女性家族的生活經歷，著力挖掘作為個體的女性其性別身份如何在特定的生活環境中形成，此間身心兩方面有著怎樣的遭際等，從中探詢性別經驗對人生的影響。這些小說一定程度上具有精神自敘傳色彩，較富於代表性的

如陳染《私人生活》、林白《一個人的戰爭》、海男《我的情人們》等。作品中主人公的經歷往往涉及與身體相關的私密性生活，諸如對身體以及性體驗的描述等，藉此刻畫了與經典文學中的女性形象截然不同、包含了種種「越軌」色彩的人物，對傳統閱讀經驗產生了強烈的衝擊。在都市生活變幻的背景下演繹女性歷史，是此類創作中的一個亮點。一些女作家自覺地以性別眼光觀察生活，嘗試書寫城市女性的生命歷程，其中王安憶《叔叔的故事》、《長恨歌》，鐵凝《大浴女》，池莉《你是一條河》等堪稱力作。在這些創作中，女作家以日常生活的經驗方式，不動聲色地建構由女性主體構成的歷史，作品在相當高的程度上涉及女性生存、女性境遇，但其豐富的內涵本身又並非性別角度所能概括。

其三，對女性自身精神內核的審視和思考。當部分年輕女作家在書寫身體的實踐中一再出新、探險並招致有著種種含義的關注目光時，也有一些女作家堅持以更為深沉、練達的筆觸和不同的方式書寫女性人生，表達女性的思考。例如，在王安憶的「三戀」（《小城之戀》、《荒山之戀》、《錦繡谷之戀》）以及《崗上的世紀》中，女主人公在性愛面前主動、大膽，充滿生命活力，煥發而健壯，男人則相對怯懦。作者力圖探索性愛在人生中的意義和位置，雖然作品中相當多的筆墨涉及兩性生活，但其內涵並不限於女性主題，而是同時包含對人性深度的探求。寫於 80 年代末到 90 年代初的「三垛」（《麥稭垛》、《棉花垛》、《青草垛》），集中體現了鐵凝對女性生存狀態和命運的思考。《棉花垛》通過米子和女兒小臭子的故事，揭示了女人對男性世界的依附心理和不可逆轉的悲劇命運。《麥稭垛》表述了女性渴望瞭解男性、瞭解自己的欲望。麥稭垛被賦予了生命意義，其中蘊含著女性對生生不息的生命的熱情，隱喻了生命的勃發和躍動。小說通過大芝娘痛楚的人生寫出婦女天性的被扭曲，沉痛揭露了傳統思想對女性精神的重壓和束縛。鐵凝之深刻在於，她在審視男性中心社會下女人的屈辱掙扎的同時也揭示出她們靈魂的病灶。她的長篇小說《大浴女》進而對女性進行了從靈到肉的全面審視，但又不曾脫離外在環境的變遷。作品中女性的靈與肉、軀體與精神，經歷著大時代的風雲變幻，女主人公在社會風雨的沐浴中思考和成長。

其四，對男性傳統文化心理的透視。70 年代末，張潔《愛，是不能忘記的》表現出女性對理想男人的神往以及寄情於理想男性的情思；80 年代以後，這位女作家顯然換了一副眼光來審視男性。《方舟》中三個女主人公都失望於

男人的自私和無能，寧可生活在她們自己的「寡婦俱樂部」；《祖母綠》中高品位的女子同矮小卑猥的男人形成鮮明對照。進入 90 年代，作者對男性的逼視更加無情，《她吸的是帶薄荷味的煙》中的男主人公為尋找出路過豪華生活，不惜扮演男妓角色，在海外來的闊女人面前出賣自己，結果被女人羞辱得無地自容。鐵凝的《對面》映現出作者對性別關係特別是男性心理的敏銳洞察。男主人公窺視對面宿舍樓一個已封閉做了廚房的陽臺，觀察那裏女主人的裸體以及她與丈夫之外一高一矮兩個情人的偷情，後來配了望遠鏡更是將一切盡收眼底。他企圖滿足下作的心理，而這一舉動無情摧毀的，則是一個女人最後的生命隱秘。徐坤、蔣子丹等女作家更多地致力於在日常生活場景中透視男性文化心理，體察男權社會的強悍與冷酷，於最平凡的生活角落拆解男女平等的神話，如徐坤《狗日的足球》等。

其五，對女性之間相互關係的探索。在揭示男性中心社會真相的同時，部分女作家試圖在創作中探詢新的性別格局。林白、陳染等人的一些作品涉及女性同性戀，不過她們所寫的，主要是一種精神上的同盟。《破開》（陳染）中寫到出現在夢裏的母親的忠告：女人是散落在地下、彼此隔離、互不覺察的石子，一旦穿起，便成為珍貴閃光的珠串。姐妹之邦在此成為人生歸宿。小說中的人物商量建立一個真正無性別歧視的女人協會，拒絕以「第二性」命名，而叫「破開」。作品中的「我」認為，人與人之間的親和力，不僅限於體現在男女兩性之間，女人與女人之間也存有一種長久被荒廢了的生命潛能。女作家筆下的女性聯盟實際上大都屬於社會學意義上的不帶愛欲色彩的同性聯合，如《方舟》（張潔）中的「寡婦俱樂部」，又如《小姐，你早》（池莉）敘述的一個男人與三個女人之間發生的故事。中年副研究員戚潤物發現了丈夫王自力與保姆的私情。同事李開玲深切同情她的遭際，不僅從生活上熱情照顧她和她那弱智的兒子，而且用溫情和友誼喚起她對美的覺醒與追求，幫助她重新獲得生活的自信。另一個女人艾月則在對男性同懷怨恨的基礎上與她們走到一起，共同策劃了溫柔陷阱：先是艾月以美色去引誘王自力，接著戚又開出高額離婚條件。在她們齊心合力的雙向夾擊下，王自力人財兩空，一敗塗地。

可以看出，在女作家有關女同性戀和女性情誼的描寫中，同性交往的內涵主要並不是作為一種性生活方式，而是更多的包含著對現存性別秩序根本性批評的意味。陳染、林白等人小說中的女主人公起初都曾試圖與男性建立

美好、和諧的關係，但現實使之失望，男人的自私、陰暗或庸俗的佔有欲令她們難以容忍，於是或走向自戀、幽居，或走向與同性互戀。從某種意義上可以說，她們是試圖在這樣一種外在生活方式的選擇中盡可能保持內在生命的純淨，實現自我感情的昇華。當女作家在文本中沉浸於女性細密的情感世界與身體世界，以詩性的沉思來張揚女性意識時，實際上是力圖建立一個自足的愛與美的女性世界。

不過，女作家們並非只是一廂情願地沉浸在女性同盟的夢境中。她們不僅注目於女性性別意識的覺醒和性別自尊的反抗，同時也能夠自覺地意識到這種反抗的脆弱與虛幻。王安憶《弟兄們》對三個女大學生姐妹之情的描寫，探詢的是女人在同性情誼方面究竟能走多遠。幾個曾經雄心勃勃，一心要掙脫男性、獨立生活的女大學生，畢業後最終還是十分自然地各自融入了常人生活。畢淑敏《女人之約》寫的是同性相斥。女廠長在三角債危機中，派出漂亮、妖媚、風騷的普通女工郁秋容充當催款員。郁秋容果然為廠子索回鉅款立下大功。然而此時廠長為個人的尊嚴卻不肯遵守此前簽訂的奇特的女人之約：當眾對郁秋容鞠上一躬，甚至在其病危時也不肯去醫院看一眼。女工在自己人格價值得不到女廠長承認的遺恨中死去。徐坤《相聚梁山泊》勾畫了一場虛幻的女性友誼。眾女酒桌相聚，用男性語言說話，似乎是一個開心的女性同盟。可是當一個女性的男友進來後，滿桌女士立刻爭現綿柔討其歡心，姐妹豪情頃刻間蕩然無存。作者辛辣嘲諷的筆觸構成對女性烏托邦的反撥。

總之，與80年代女作家較多關注社會層面問題不同，90年代的一部分女性創作的確更注重個人生活和個人體驗，生命意識較強；但如果對「女性寫作」的理解不是過於狹隘的話就可以看到，這並不意味著她們從社會生活中逃遁。女作家們有的專注於女性視角，著力於對女性自我的探索；有的不僅取女性視角，而且包含人性化視角，努力探求帶有人類性的命題。女性寫作並沒有統一的模式，也不限於描寫女性自身，它是千姿百態的飛翔。

三、文化悖論與文學困境

女性創作的文化環境對其形成了根本性制約，這主要表現在女性訴求與傳統文化的衝突：一方面，女性在爭取解放的進程中，渴望擺脫「第二性」的地位，做與男性平等的「人」，但由於這裏「人」的標準忽略了兩性差異，

缺乏女性文化的背景，因而實際上是以男性爲尺度、爲中心的。另一方面，女性要衝破這一尺度，在強調差異的基礎上做女人，又難免循著對女人生物性的強調走向性別本質主義，陷入男性中心傳統對女性角色的預設。正因爲如此，90 年代的女性創作從一開始就充滿困惑、面臨艱險。當女作家爲了與浸透男性中心社會色彩的傳統女性形象區別開來，爲了實現女性自我言說的話語權的推廣和擴大而努力創造屬於自己的文學時，部分人所採取的著意強調女性身體經驗以反抗性別遮蔽的方式，無形中卻從另一角度落入男權文化的性別指認。男權文化與市場合謀，誘導女作家突出強調、暴露自己的性別特徵，鼓勵她們展示性別意味強烈的私人生活，其中又主要側重性心理和性經歷的描繪，於是寫「私」寫「性」隨之成了一大熱點和出版商的賣點。如此，女性便在贏得自己富於特色的寫作空間的同時，又無可奈何地陷入了一個對女性文學健康成長極具殺傷力的男性文化陷阱。

對此，已有女評論家尖銳指出：「一旦女性的隱私，女性的軀體，女性的性欲及情感欲望，被他人或自己出於商業投機的目的，以向世俗的男性閱讀市場示愛、討歡或獻媚的方式進行『季節性降價銷售』時，無疑將女性小說生命召喚的意義，在一片美麗的謊言中降格爲一攤鼻涕。」〔註33〕不僅如此，受到威脅和損害的還包括女性創作主體：「女性大膽的自傳寫作，同時被強有力的商業運行所包裝、改寫。……於是，一個男性窺視者的視野便覆蓋了女性寫作的天空與前景。商業包裝和男性爲滿足自己性心理、文化心理所做出的對女性寫作的規範與界定，變成一種有效的暗示，乃至明示傳遞給女作家。如果沒有充分的警惕和清醒的認識，女作家就可能在不自覺中將這種需求內在化，女性寫作的繁榮，女性個人化寫作的繁榮，就可能相反成爲女性重新失陷於男權文化的陷阱。」〔註34〕與女作家的初衷相反，由於大眾傳媒的炒作和商業化的庸俗包裝，使此類寫作成爲對女性性別的一種褻瀆和玷污。她們本想顛覆男權文化中的傳統女性角色定位，然而某種程度上卻成爲變相的獻媚或皈依，於是恰在「突圍」之處面臨「落網」。而這一局面客觀上是在消解著眞正意義上的女性寫作。

另一方面，女性寫作雖然在盡情揭穿男權社會面具方面取得了成績，但

〔註33〕王緋：《世紀之交的女性小說》，《小說評論》1996 年第 5 期。

〔註34〕戴錦華：《猶在鏡中：戴錦華訪談錄》，知識出版社，1999 年，第 204～205 頁。

卻無力建構出一個眞正健康的雙性協作模式。解構、顚覆之後往何處去？如何在顚覆男性神話的同時張揚健康的女性意識，而不是去製造新的女性神話？如何在創作中融入更具普遍意義的女性關懷、人類關懷的生活情思，而不是僅僅駐筆於少數都市女性私人生活中的心弦顫動？這是女性寫作所面臨的有關自我定位和未來發展的重要課題。

　　儘管存在種種不足，90 年代女性創作的成績無疑仍是值得肯定的。它顯示了在時代所提供的多種選擇面前女性自我探尋、自我實現的深入。

第二章 文學創作現象與性別（上）

性別意識是生命意識的一部分。文學創作的主體作為有性別的人，在創作實踐中往往自覺不自覺地受到自身性別意識、性別觀念的影響。借鑒性別視角可以看到，這種影響在各類文學現象中以不同的方式體現出來。以下結合當代文學創作的實際進行探討。

第一節 「80 後」女作家的個性發聲

進入 21 世紀，一批出生於 20 世紀 80 年代的青年寫作者紛紛進入人們的視野。2003 年 7 月，《萌芽》雜誌社在其新書中以「文壇 80 後」為其命名。2004 年 2 月，春樹登上了美國《時代》周刊亞洲版的封面；5 月，馬原主編的《重金屬——「80 後」實力派五虎將精品集》出版，其中收錄了李傻傻、張佳瑋、胡堅、小飯、蔣峰五位「實力派」的作品；7 月，具有里程碑意義的《我們，我們——80 後的盛宴》由中國文聯出版社出版發行；11 月，《十少年作家批判書》由中國戲劇出版社出版，80 年代出生的批判者直擊李傻傻、春樹等 10 位「80 後」寫手。之後，一些研究性雜誌也開始發表文章關注這一文化現象，如《南方文壇》在 2004 年第六期「批評論壇」欄目推出了白燁、張檸和「80 後」寫手張堯臣對於「80 後」文學寫作的相關評論。其中，部分「80 後」女作家（例如春樹、張悅然、周嘉寧、蔣離子、蘇德等人）被研究者納入新世紀女性寫作的範疇。

一、難以承受的成熟之重

有人將「80 後」的寫作稱之為「身體寫作的毒生子」。這種說法很尖銳，

也很容易引人注意，然而細讀「80 後」的作品便會發現這樣評論並不合理。1990 年代產生的所謂「身體寫作」文本大都帶有濃鬱的性別意識，無論是衛慧、棉棉，還是木子美等人，她們各自持有不同的生活態度，甚至表達著對女性截然不同的認識，但是她們都共同關注著女性這一概念，也從性別的角度關心著身體。然而，被視爲她們的「毒生子」的春樹卻並非如此，她更注重在小說中表現青年男女面對成熟人生的無措和倉皇。在此，以小說《北京娃娃》〔註1〕爲例進行分析。

在這部作品中，春樹以一顆表面上玩世不恭實際上卻敏感至極的心描繪出自己在理想、情感、欲望和成人世界之間奔突呼號甚至絕望的歷程。爲此，小說被人冠以「殘酷青春」的名號。然而，無論是糾纏不清的感情還是讓成年人不可接受的性的嘗試，都是一個青春期少年懵懂的渴望甚至是理想。爲此，春樹在一次採訪中對一些人將其與衛慧、棉棉、九丹並列爲「身體寫作」的美女作家表示了很深的無奈。

如前所述，春樹的小說《北京娃娃》描寫的是一批年輕人在理想、情感、欲望和成人世界之間奔突呼號甚至絕望的歷程。雖然它令人震撼，但是我們依然難以從中找到一個清晰飽滿的男人或是女人形象。因爲故事裏的「我」只是一個「小女孩」，所以喜歡一個人又說不出口，打了一天沒有人接的電話，只能不停地哭泣；因爲「我只是一個小女孩」，所以只能以一個新生嬰兒而不是一個成熟女人的姿態出現在與男人的性交往中；因爲「我只是一個小女孩」，所以被人覺得可愛和好玩便能興奮地滿臉通紅，喜歡一些人便一心一意做出喜歡他們的樣子。「我」在約會前拼命地試衣服，總是到華聯的 CK 香水櫃檯試噴香水並暗暗發誓以後也用這個牌子；儘管極端討厭學校，但是清華附中還是讓「我」留戀，因爲它「符合我所有關於理想中學校的一切想像」。這一切都說明儘管主人公嚮往長大，拼命裝成大人的樣子，但她還沒有眞正長大。而作者在小說中留下對天眞、純潔等極端厭惡的話語（例如：「我討厭那個天眞的自己。我討厭那個不懂世事的自己。我討厭那些純潔的年代。純潔是狗屎！」）也恰恰暴露了天眞純潔的未成年心態。

小說中，在與趙平的感情出現問題之後，林嘉芙曾經有這樣的感慨：「作爲一個人，作爲一個女人，我的悲劇色彩已經很明確了……」這樣的話如果出現在一些比較年長的女作家筆下，讀者大概不致產生異樣的感覺，然而它

〔註 1〕春樹：《北京娃娃》，遠方出版社，2002 年。

鑲嵌在《北京娃娃》裏，卻不免令人感到有些可笑。因為是在整部小說所提供的比較混沌的性別生存狀態中，冷不丁地冒出一個「女人」，而且是一個帶有「悲劇色彩」的女人。事實上，如此帶有標榜意味的性別歎息，反而更為清晰地映襯出作者性別意識的模糊和幼稚。這一點在小說的其它一些地方也有體現。例如小說中人物對待性的態度：「其實我認為理想中的性愛關係應該像美國一些俱樂部，比如『沙石』一樣，大家本著共有的精神，每個人都是自由的，包括基本層次的真實、身體上的裸露及開放的關係，只要不攻擊他人，不把自己的意志強加給他人。毫不保留，毫不遮掩。」這種想法所要表明的不過是一種態度，一種在作者看起來標新立異的個性。但是對於真正的性，特別是成熟女人的性，無論是小說中的「我」還是作者本人都尚缺乏真切的瞭解，所以儘管「我說的振振有詞，彷彿多老道。其實連自己都心虛」。

事實上，無論是年輕的作者還是小說裏的主人公，都還只是尚未成熟的女孩，她們還沒有充足的人生閱歷足以支撐起相對成熟的性別觀念，甚至還不懂得十分關心女性的身體。既不知道如何享受它，也不曾自覺地把它當作「武器」，更不清楚男女之間的複雜關係。她們失落、憤怒、玩世不恭，與周圍的人糾纏不清，奮力表現出抵抗的姿態。然而，無論她們怎樣在性與感情的問題上出言不遜甚至付諸行動，其所尋求的也首先還是那種成為潮流的特立獨行，而與真正意義上的性和性別並沒有太大的關係。

張悅然的《水仙已乘鯉魚去》〔註2〕也暴露了同樣的問題。小說講述一個女作家坎坷的成長歷程。女主人公璟生在一個不幸的家庭，疼愛她的奶奶很早過世，不久生父也因心臟病突然去世。而母親立刻找到了新的家庭：一座位於桃李街 3 號的豪宅，一個具有藝術氣質的收藏家陸逸寒以及他和前妻的兒子——先天孱弱多病的小卓。因為父愛的缺失，她將愛情簡單地理解為尋求保護和關照，從而導致了女性的成長包括對於身體和性的感受能力滯留於少女時期。璟在桃李街 3 號度過的第一個晚上就因透過鎖孔看到了繼父與母親做愛的場面而大受刺激；隨後，璟感到前所未有的飢餓，吃掉了冰箱裏所有的東西，從此患上了暴食症。在璟對愛的理解中，身體感受與精神感受是分開的。如果說女性的精神成年的重要方面在於懂得追尋靈肉合一的性愛，懂得追求和駕馭身體感受的話，那麼，璟卻一直無法清晰地確立自己的性別身份。當青梅竹馬的小卓與璟收留的小顏做愛也被她看到時，「便是另一道閃

〔註2〕張悅然：《水仙已乘鯉魚去》，作家出版社，2005 年。

電，在她如今的天空上劃過」。再次目睹性愛場景，使璟對性越發持有一種恐懼和拒斥的態度，她的暴食症更加嚴重。此後她在與沈和同居的很長時間裏，所能接受的只是親吻、擁抱和撫愛，正如一個慈愛的父親對幼年的女兒所做的那樣。一旦沈和來到床邊她就恐慌，「她不與他做愛」。往日經歷造成的傷口「像是溝壑一樣無法填平」。

二、殘酷的青春體驗

相對於中學教育的呆板、教條，大學的環境比較寬鬆。於是，走出高考煉獄、初入大學校園的學生很自然地渴望著輕鬆和宣泄。他們有的急著戀愛，有的投身參加各種社團活動，也有的抽煙酗酒……這一切常常進入「80 後」的小說，於是產生了《草樣年華》、《理工大風流往事》、《誰的荷爾蒙在飛》等一系列作品。

有人以「殘酷青春」形容春樹的小說，但若論殘酷，特別是對小說中女性的殘酷，同代作家蔣離子有過之而無不及。她的《走開，我有情流感》〔註3〕、《俯仰之間》〔註4〕等幾部作品，都以近乎殘忍的筆調書寫了女性的悲慘命運。

長篇小說《走開，我有情流感》描述了離家出走的少女橙子的曲折經歷。橙子是一個私生女，親生父親就是她的老師。這種不正常的身世時時刻刻折磨著橙子的心，在家庭中也感覺不到絲毫溫暖。橙子認識了年輕的編輯方子牙，兩人通過書信往來並漸漸相愛。16 歲的橙子最終決定離家出走，去投奔子牙。在火車上，她把自己叫做「子夜」，同時誇大了自己的年齡。子夜和子牙過著貧窮的生活，生了病也無錢醫治。但是這並沒有泯滅他們對文字的追求。子牙帶著子夜來到北京，希望能夠找到文學的出路。但是他們所獲的收入只能維持基本的生存需要。最後，在子牙的引導下，子夜開始嘗試「下半身」寫作並由此成名。子夜的成名讓子牙感到失落甚至心存妒忌，由此開始生出矛盾。19 歲的寫手少年狼來北京投靠子牙，之後子夜不可挽回地愛上了少年狼。子夜和少年狼趁子牙不備登上火車，準備私奔到新疆。半路上少年狼突發重病，他們不得不中途下車。在陌生城市的醫院，兩人幾乎身無分文，只好打電話向子牙求救。子牙用極其隱蔽的方式殺死了少年狼並且霸佔了他的遺作，讓自己一夜之間成了紅透的詩人。心碎的子夜無法繼續忍受被傷害

〔註3〕芷辛：《走開，我有情流感》，朝華出版社，2006 年。
〔註4〕蔣離子：《俯仰之間》，朝華出版社，2005 年。

與被欺騙的痛苦，再一次選擇了出走。

這是一個被多少作家反覆訴說的主題。女人為了尋找自由與愛情一路走去，到頭來卻是傷痕累累。蔣離子更加殘酷地讓子夜被一次次地拋棄，從父母到子牙，再到少年狼。除卻心靈上的重創，在身體上也是受盡傷害。墮胎和子牙的毆打徹底毀掉了她的子宮，當火車上帶孩子的媽媽告訴子夜她也將會有一個可愛的孩子時，她「下意識地摸了摸自己的腹部，那裏空空如也」。除了殘酷，也許難以再找另一個詞來形容這部小說。從中幾乎無法挖掘那些所謂的意義，更無從找尋某種預設的手法，但是蔣離子確實又一次把女性的悲劇命運血淋淋地放在讀者面前，讓人一次又一次地心痛不已。

相比《走開，我有情流感》，蔣離子的另一部小說《俯仰之間》雖然出版時間更早，但卻蘊含了更為豐富的內容。

> 她在車站門口等他乘坐的夜班車，有個男人過來問她價錢，她讓男人估價，男人說她不夠專業。
>
> 她問：「免費怎麼樣？」男人逃得有些倉皇。
>
> 她打算把這當笑話講給他聽，後來沒能等到他。
>
> 嫖客不要免費的妓女，他不要謙卑的她。
>
> 遇到他之前她一心求死，遇到他之後她一心求他。他是她的救世主。

這是小說《俯仰之間》的自序，寥寥幾句話就為整篇定下了一個灰黑色的基調。小說在敘事者的不斷變換中，寫下了一個高幹子女柳齋和出身貧賤的少男鄭小卒之間的愛情悲劇。其中還穿插了人妖，一個處於性別邊緣的少女的故事。

小說的女主人公柳齋出生在幹部家庭，有著顯赫的背景。她在家裏與母親作對，在學校恣意妄為，但卻愛上了生在民生巷的鄭小卒。鄭小卒的父親是個修自行車的殘疾人，母親擦皮鞋兼職修鞋子，家裏還有哥嫂和三姐。這個家庭用鄭小卒自己的話說就是「婊子和混混，倒也和諧。」為了拒絕柳齋，鄭小卒把她帶到自己生活的民生巷，本以為會以此嚇退她，結果卻適得其反。柳齋以為自己的出身妨礙了他們的交往，拼命地作賤自己，無所顧忌地亂來，跟自己的小姨夫，跟各式各樣的男人，跟女同性戀妖姐……柳齋試圖以這種方式來打破她跟小卒之間那層難以跨越的距離，結果毫無成效。六年裏，小

卒不斷和女人發生關係，柳齋不斷和男人發生關係，但兩者卻沒有一點關係。他們不是朋友，不是戀人，相距很近卻又無法擁彼此入懷。柳齋押上了全副身家，輸到一無所有，最後只有選擇自殺。

小說以一種殘酷的方式描寫了一個少女爲了愛情所進行的苦苦掙扎。爲了配合小卒的玩世不恭，柳齋也拼命把自己扮作太妹；爲了保護小卒，柳齋一次次地忍受人妖的騷擾。一方面柳齋爲了自己的愛情不惜任何代價，試圖在身世上與小卒獲得某種平等；但另一方面，由於那些根深蒂固的觀念，小卒對柳齋既愛護又疏離。可以看到，小卒的確深愛著柳齋，而柳齋最終還是成了某種無形制度的犧牲品。在看上去玩世不恭的語言下，小說蘊含著作者對女性命運的深切同情。一些既有的觀念，甚至是一些荒誕的理由，都會迫使女性失去追求自身幸福的權利。

在一篇專訪中，蔣離子說：「我是個僞女權主義者。就是說，我崇尚女權，而我則沒有女權。要女權，很難。不如做個溫柔的女子，內心保持著清醒，好好在這個以男人爲主的社會裏殘存下來。」〔註5〕僅從這段話裏，我們就可以感到蔣離子對女性命運充滿了悲觀的情緒。在她的眼中，女性的負隅頑抗只會給她們帶來更多的傷害。由此，我們便不能把小說中的人妖簡單理解爲一個無足輕重的配角。

人妖是個發育不良、細瘦、平胸還有喉結的女孩兒。她 15 歲時被村裏幾個小青年輪姦，只因他們想剝光她的衣服看看她到底是男是女。她家裏人也常常取笑她的喉結和平胸，對於她的受侮置若罔聞。她越來越難過，於是進了城。幾年之後她在城裏混成了氣候，開了一家網吧，據說黑白兩道都有朋友。她跟《古惑仔》裏的十三妹學習，白天在網吧照看店面，晚上進行軍火和毒品交易，還插手拐賣人口，逼良爲娼，在柳城也算是個赫赫有名的風雲人物。但是多年之後，人妖也嫁了人，不喝酒，怕老公罵；不喝飲料，怕發胖，成了一個平常的主婦。小說中，人妖的一段話耐人尋味：「誰容易啊，女人都不容易。好看也好，難看也好，女人就這賤命……連我自己都不相信世界上會出現個要娶我的男人，一心只想去做變性手術。呵呵，得了，最後還是本分做女人。我老公說了，等我生了孩子，我就能長開了，有女人味了。」且不管人妖之前具體做了些什麼，可以肯定的是她不滿於做一個處於弱勢地

〔註 5〕《青春別樣紅——專訪 80 後女作家蔣離子》，秋韻文學社論壇：http://cq.netsh. com/bbs/814218/html/table_14959545.html

位的女性當中的更弱者。她通過做毒品買賣起家，不擇手段地成了柳城的一霸，被一夥男性的嘍囉前呼後擁，總之貌似是一個領域的強者。但當她獲得了嫁人機會的時候，自願放棄已經擁有的一切，甚至在與小卒無意間的身體碰撞之後露出了羞澀的神情。人妖的變化顯然不是特例，有多少被迫走上抗爭與奮鬥之路的女性一有機會便回到了某種所謂合乎常理的位置。小說形象地傳達了蔣離子的看法：女性無論怎樣不如做個溫柔的女子，以便在以男人爲主的社會裏殘存下來。「俯仰之間，一場風流雲散。」這句話幾乎囊括了作者對生活的全部理解。那些不得不被改變的生活，那些難以逃離的愛情悲劇，以及那些隨時可能被瓦解的抗爭，到頭來不過是風流雲散。

同爲「80後」女作家的周嘉寧在幾部長篇小說中完好地保持了體驗生活的姿態。其中，《往南方歲月去》〔註6〕將這種姿態表現得尤爲淋漓盡致。整個小說以「我」看似沒有目標的遊蕩爲線索，有意無意中顯示出一批年輕女性甚至是一代人面對生活的態度。小說中的「我」是生在東部城市的女孩，嚮往著與眾不同的生活，追求著自己也說不清的理想。一切都是從「我」與好朋友忡忡一起考到南方山坡上面的一個學校開始的。兩人從青春期的禁忌中掙脫出來，拼命地消耗生命，染頭髮，交男朋友，逃課，似乎要把中學時代錯過的事情都加以補償。無論是「我」、忡忡還是小夕等人，對於性和身體都採取與之前人們截然不同的態度。作品中的異性或同性之間，更多的是某種基於嘗試的體驗。

「80後」一代暫失了沉重的社會歷史責任，於是豐富生活，或者說找尋多樣的生命姿態成了他們拼搏、奮鬥、消沉甚至墮落的主要目的。從學理上講，在男性話語及其權力結構所主導的生活現實和文學現實當中，女性唯一能夠相信並依靠的只有她們的個人體驗。這一體驗被視爲有別於男性話語下的「眞實」。唯有依據這種「眞實」，她們才能建立屬於自己的王國。儘管我們無法確定作者是有意地在創作中強化「體驗」對於女性的意義，但可以肯定的是，周嘉寧確實爲我們提供了這樣一個解讀年輕一代的入口。

由「我」和忡忡到達南方之後所表達出的生活狀態我們可以看到，女性對於掙脫束縛的最初的理解就是逃脫外物的制約。無論是小說中的青春期禁錮還是其它的男性，無論是身體或是感情，綠色的頭髮、忡忡與J先生的愛情，以及「我」與馬肯之間的肉體接觸，都表達了女性對某些既有限制的突破。

〔註6〕周嘉寧：《往南方歲月去》，春風文藝出版社，2006年

體驗全新的生活是小說自始至終的主題。她們由東部城市來到南方，之後又到北方去，再到後來的離開。其中的漂泊、遊蕩乃至受到的重重傷害完整了她們的生命。她們肆無忌憚地體驗著新到一處的細微感受，在古典文學課上從教室後面跳窗而出，沿著長滿綠色植被的小路往山下飛奔，讓「身體處於慣性滑翔……總得咬緊嘴唇才能夠忍住尖叫」。在和馬肯的糾纏中，其實「我」並沒有沉迷於馬肯的聲音，讓「我」更加著迷的是在水房彌漫出的蒸汽中，穿著薄睡衣靠在果綠色的走廊牆壁上，來回踢著牆壁，看走廊裏面的女孩子們端著臉盆走來走去，還要故意壓低了聲音來說話。正是在這樣的體驗中，馬肯始終不能真正進入「我」的生活，雖然他們經常在一起，但馬肯只是一個某種體驗的提供者，所以，「我」與馬肯的分手也就成了必然。

對於性、對於身體，她們採取與之前的人們截然不同的態度。異性之間，同性之間，更多地是為了體驗某種滋味。在高中時代「我」決定跟忡忡接吻。在沒有人的教室裏，常常是嘴唇靠近的時候就開始發笑，一直鬧到日落時分。這在「我」看來，是在禁錮的青春期中，如同女孩親吻鏡子裏的影像，只是「迫不及待地想知道另一個嘴唇的滋味」。在「我」、忡忡、馬肯還有安迪的郊遊中，忡忡與安迪在夜裏接吻、互相撫摸，只是因為「接吻令我平靜」，而「撫摸總是令我高興，也不感到陌生，好像回到在河堤上的日子，那是過去最值得記憶的時間」。「我」的第一次也給了馬肯，雖然疼痛難忍，但是不想有更多被推遲、被錯過的第一次。「我」哭了，但是「內心充滿了驕傲」，好像「那個由母親陪著去內衣店裏買胸罩的小女孩，充滿期待地看著那些花邊，那些蕾絲，在試衣間裏羞澀而又雀躍地脫去衣服，再穿上那緊繃繃的小衣裳」。其實不論是面對馬肯還是其它人，「我只是想盡早地變成女人」。

在這種看似殘酷的體驗中，情感與身體是徹底分離的，甚至與欲望都沒有了關聯。上一代作家創作了大量有關「靈」與「肉」的作品，試圖在「靈」與「肉」之間分出個你高我低，或至少也要找到一個「靈」與「肉」的平衡點。但是在這篇小說中，作者已然不再糾結於二者之間的關係，而是在本體之外為「靈」與「肉」找到了一個新的出口——體驗——無論它是出於什麼樣的目的。

周嘉寧以「我」和忡忡遊走於南方、北方的體驗建構了她們的成長。在小說的結尾，從北方走出的已不是那個懵懂地體驗生活的女孩子了，她已經成了一個堅強的女人。為自己的愛情，為忡忡的愛情，也為自己與忡忡之間

的情義，她做出了完全受控於自我的選擇，映像出一個成熟女性的姿態。此時的「我」已經不再是一個迷戀於體驗生活不同面目的女孩子，而是在種種體驗和挫傷中蛻變成了一個有著對自身價值的尊重與肯定的獨立的人。女性的生命力不再執著於細小的感受，不再受控於追逐與眾不同或特立獨行的姿態，而是開始漸漸領悟到生命和友誼的重量，並且毫不妥協地抗拒虛假的情愛，追求心中的真實。小說重申了體驗對於女性自主與獨立的重要意義。一方面，體驗為女性在多重禁錮之下的自主判斷打下了基礎，另一方面，體驗又是促進女性成長，進一步走向成熟的重要資源。這其中所包含的意義，不僅僅是放棄一個「不配再得到愛」的男人這麼簡單，對虛假的情愛的拒絕同時也是對真實自我的確認。在「愛」這種男性掌握主導權的體系下拒絕男性的權威，需要的不僅僅是反對一個生活中的虛偽個體的力量，同時也是選擇一種生活方式的嘗試，是認同於內心世界不妥協於外部規則的勇氣。也許作者在創作時並沒有刻意地表達自己的性別觀，或者作者只是想以另一種方式記錄下曾經讓自己心動的成長故事，但是，她在小說中對年輕一代身心體驗的描寫確實讓我們對文學的解讀以及對性別的理解打開了思路。

三、戀父者的歸宿

　　戀兄情結在心理學上與戀父有著相同的原理，因而人們常把戀兄歸入戀父的範疇。戀父情結在文學作品中不斷出現，這是一場倫理與愛情之間的衝突，它彷彿是一場沒有盡頭的戰爭，不可迴避又無從解決。倫理的形成始於人類社會規範的初建，是一種具有強力的理性存在，而愛情更多地來自於原始的生命衝動，更易被劃入感性範疇。因此，長久以來，倫理作為一種社會意旨與愛情存在著與生俱來的衝突。與之前那些作家一樣，蘇德也在她的小說《鋼軌上的愛情》〔註7〕中涉及到了倫理與愛情交鋒──戀父（戀兄）。

　　小說的男主人公郁是個孤兒，自小被寄養在眉家，兩人以兄妹相稱。郁學畫畫，是為了殘留母親的印象，而眉學畫畫，卻是因為郁要學畫畫。眉對郁分外地依戀，「我喜歡跟在郁的身後，拉他的衣角，背著畫板走安福路那條狹長的馬路折去靜安寺看佛，再沿著華山路去美校學畫。」在《恐龍特級克賽號》的遊戲中，郁扮演克塞，眉是爾他夏公主。每當爾他夏公主身陷困境，克塞都會及時出現，救她於危難之中。「所以從小，郁就是我的克塞，爾他夏

〔註7〕蘇德：《鋼軌上的愛情》，春風文藝出版社，2004年

公主最最信賴依戀的英雄。」在拉著郁的衣角去學畫的路上，她有被無限寵愛的幸福感覺；在童年的遊戲裏，她獲得了其它人所不能代替的安全感。郁，作爲她的哥哥，這一倫理的角色在眉的心中建立起一個不可動搖的形象，成爲了她日後愛情的源泉。眉的生活中也充滿了郁的痕跡，這些點滴、細碎的事情伴隨了她的一生，她始終也沒能從自己的戀父情結中走出來。

許或的出現使得郁和眉之間的感情明朗起來。如果說之間郁與眉之間是還是那種模糊的、曖昧的兄妹之情，那麼，許或的介入使他們確認了相互之間是一種男女之情。眉因爲許或與郁的親密感到無比難過，獨自一人來到花鳥市場——林深處。郁在「林深處」找到眉，兩人緊緊擁抱在一起，郁向眉承諾永遠不會離開她。那是她們在成年後的第一次親密接觸，眉小心地感覺著郁的身體，而郁也感受到了自己心裏的不同。從那時起，他們已經不再是小時候的模樣，「郁發出『妹』這個音的時候，我確定地知道那個字不再是妹，而是眉」。這是蘇德在小說中設置的第一次倫理與愛情的轉變，雖然這時他們不是親兄妹，但是在作者創作的思路上需要他們是生活在一個家庭中有著兄妹關聯的兩個人。

之後，蘇德試圖進一步強化他們之間有別於兄妹的人倫關係，於是，性在這裏成爲了最有力的工具。眉的母親忽然失明，原來那個嚴肅的女法官變得暴躁不已，眉的父親，抱著心臟病日夜守護著眉的母親。眉和郁互相陪伴，彼此需要，眉把自己最寶貴的第一次給了郁。在郁夢境中的畫完成的那天，他們再次結合，回來取日記本的父親看見這個場景，心臟病發作，不久便離開了人世。眉的母親在得知丈夫的死訊之後也割脈自殺。幾天之內，眉和郁一樣變成了孤兒。父母如此劇烈的反應出人意料，其中必有讓父親無法接受事實。蘇德在此設置了第二次倫理與愛情的衝突：從父親的日記中，郁和眉得知他們竟是親兄妹……如果說之前二人超越兄妹之誼的情份還處於倫理約束之外的話，那麼現在，倫理的強制力才眞正介入到郁與眉的感情之中。郁和許或結婚了，開了一家名叫「Golden rod」的酒吧。郁一直假裝平靜，假裝漠然，然而，郁是無法忘記眉的。在這種壓抑的巨大黑暗編織的網裏，郁自殺了。而眉在把他們的故事畫出來並且在麒麟島上找到了秋麒麟草之後，也選擇了死亡。

蘇德試圖通過倫理的力量來製造一個愛情悲劇。也許小說在這裏就應該停止，但是最後蘇德還是在小說中讓許或發現他們並非眞正的兄妹。一切都

來源於一場誤會，這讓眉至死還以爲自己深深地愛著親哥哥，痛苦地愛著，永不悔棄，而郁也是如此。兩條平行的鋼軌其實可能存在交點，可是，還沒等到交點的來臨，他們就走上了不歸之路。很顯然，蘇德沒有足夠的勇氣去製造一場眞正的悲劇，在愛情與倫理面前，蘇德最終選擇了後者。她通過郁與眉身份在最後的明晰爲他們的愛情在倫理中尋找一個合理的位置，試圖以倫理上的合法爲眉的戀父找到一個出口。

　　這種戀父的悲劇在藝術上固然有它的感人之處，但是從女性的角度來看，它又蘊含著更多的內容。有學者認爲，女性的戀父情結是男性權威和男性秩序得以維持的重要原因之一，它是「陽具中心」的異化體。女性對父親，對兄長，包括對所有代表著威嚴、強力與安全的男性的依戀甚至是依賴，嚴重阻礙著女性在心理上的成人。不可否認，大多數女性在童年都或多或少地存在著戀父、戀兄的情緒。在成長中，有的人將這種情緒慢慢消解，在心理與生理上都走向成熟，但有的人始終不曾改變，乃至嚴重地影響之後的生活。小說中的眉就屬於後者。她習慣於郁像長輩一樣按按她的頭然後跟她說話，她依賴郁帶給她的安全感。當郁死去，無法再給眉帶來這一切的時候，眉如同失去了生命的動力。眉有一支只有郁知道號碼的手機，無論去哪兒，她都會將它貼著皮膚攜帶，即使在郁已經長時間地離開人世之後也是如此。有時候它會突然震動起來，但打開之後不過是系統消息。於是絕望一次次地摧殘著眉，而這一切都來自於眉對郁不可救藥的依戀，來自於眉自小就有的優越感——我是郁的眉。這種情緒已然遠離了愛情的執著，成爲一種病態的戀父情緒。

　　除卻心理上的依賴，在身體上眉也無法擺脫郁的印跡。十歲那一年，眉還是像往常那樣偷偷溜進郁的屋子。郁把自己學到的第一個英語單詞念給眉聽——Cat——「尾音的 t 發得很輕促，輕輕爆破在耳邊」，聲音「撞在耳膜上，回應給心臟……我抱著郁，閉起眼睛，那是我的第一次心動」。而多年之後，在南方的海島上，情人羅慢與眉做愛時反覆地輕喃著 perfect，excellent，他發出性感的 t 的尾音在眉的耳邊輕緩地掠過，而這時，眉總會在黑暗中認爲郁再次到來。眉清楚地記得郁第一次進入她身體時的感受，而多年之後，坐在亞龍灣細沙灘上的眉依然記得當時的疼痛和彼此取暖的依靠。心靈上的依戀與肉體上的記憶不斷地摧殘著眉，因爲郁的死，更因爲郁是自己的親哥哥。沒有郁的愛她便無法存在，於是，眉的自殺也就成了必然發生的悲劇——一個

戀父者最極端的歸宿。

從女性寫作的角度來說，蘇德是令人失望的。一方面，眉和郁的身世在小說結尾得以真相大白，雖然這是作者試圖以一種不可挽回的遺憾來打動讀者，但它卻解構了小說在倫理上的悲劇。可以看出，小說作者無力或是無意去對抗現有的倫理秩序，哪怕這種倫理是維護男性權威、由男性一手建造的。另一方面，如前面所提到的，戀父的悲劇固然有其感人之處，但是對於女性來說，戀父情緒阻止了女性在心理與生理上的全面成人。雖然不能將小說中的人物與作者等同，但作者隱含的性別意識也略見一斑。

「戀父」的反向極端則是對男性角色的失望。《北京娃娃》即通過描述一個北京女孩兒林嘉芙從 14 歲到 17 歲之間坎坷的情感經歷和看上去令人心痛的生活狀況，向讀者展示當下女性眼中的男性世界，暴露了少女敏感之心對兩性關係的失望。在春樹筆下，B5、A26、李旗、石鈞、趙平、池磊、Janne、G、T 甚至更多男性的臉都是模糊不清的。李旗是在一個音樂雜誌的徵友活動認識林嘉芙的，他在魯迅美術學院進修。兩人第一次見面就上了床，但即使在床上擁抱、接吻，也會讓林嘉芙覺得「一切都有點不真實」。李旗混在北京的藝術圈裏，花家裏的錢租房子，從哥們兒那兒蹭飯吃，「無聊、懶惰、自以為藝術家者，還有臉活著？」後來的趙平固執吝嗇，「保守、實際、縱慾、世故、矛盾、虛榮。有著強烈的功名心，所有的人際關係支離破碎」。他會像個無賴一樣逃票，到處賒賬吃飯、打電話。他自私又怯懦，甚至在警察例行盤查時要求林嘉芙來保護他。在林嘉芙提出分手後又不停地電話騷擾，直到被痛罵之後才有所收斂。還有 G，他為林嘉芙從飯費裏省錢買胭脂，也因為與她的關係被父母逼得焦頭爛額。T 是林嘉芙見過的「最現實（不是理智）最奸詐的一個人」，在小旅館過夜之後，把她一個人丟下，準時去了雜誌社。他曾經問林喜芙說等她以後有了錢他可不可以花。

在小說中，作者只賦予男性人類共有的或美或醜的各類屬性。他們有時像孩子那樣任性、蠻不講理，有時又像孩子一般脆弱、易受傷害，有時還有孩子樣的純真，所以他們更應該被稱作男孩兒，因為他們還算不上是男人。他們的年齡不大，在心理上存在許多相同之處，而且都處在青春期的躁動過程中。他們憤世嫉俗，刻意張揚個性，極端地強調自己與他人的不同；他們不停地標榜一些東西，甚至讓自己帶上一些並不理解的文化符號；他們喜歡搖滾樂，對一切被稱作「非主流」的東西有著莫名的好感；他們對穩定的生

活不屑一顧，刻意製造與主流文化的對立。然而事實上，他們又不是這個社會真正的憤怒者。他們不停地高呼著搖滾精神卻沒有一顆能夠承受激流金屬與哥特的心臟；他們一窩蜂地套上印有格瓦拉頭像的 T 恤卻對這個長著鬍子的男人一無所知；他們對周圍的一切充滿了藐視卻從來沒有能夠做得更好；他們學著昆德拉、米勒或是凱魯亞克小說裏的人物那樣談論感情與性卻不知自己的語言那麼空洞；他們盲目地反抗，既沒有實力也不知目標何在，到頭來往往是把自己弄得狼狽不堪。事實上春樹所寫的正是這樣的一些男孩子，即使他們已經成年，但在她的筆下，他們還是更多地呈現出孩子氣，從他們身上無從找到那些能夠使一個性別區別與其它性別的特質，他們彷彿只是一些符號，散佈於小說主人公林嘉芙的周圍。他們並不是一些獨立的性別個體，而僅僅是為了協助林嘉芙完成某種特定的生活姿態而存在。所以，在林嘉芙以及作者的眼裏，這些男人是那麼微不足道，存在於與戀父完全相反的精神軌道。

張悅然的《水仙已乘鯉魚去》對「父親」的描寫也是消極失望的。璟的生父是一個怯懦而卑微的小人物。他失業之後，只是每天聚集一批人在家裏打麻將，甚至在璟的奶奶驟然去世之後仍然舊習不改以致心臟病突發死在麻將桌上。「她的爸爸只給她留下太過稀薄的影像，這將是女孩終生無法逆轉的事」。這份「猥瑣的弱小的父愛」，毫無疑問承擔不起父親的角色。桃李街那所豪華的房子，房子裏富有、優雅、又對她及其體貼關愛的男主人，不僅使璟心中的童話兌現為現實，也成為了璟痛苦的來源。童年時代父愛的缺失給璟留下了濃重的陰影，這不僅導致她對於被愛與被保護的強烈渴望，也意味著當一個男性保護者的角色，一個成熟、穩重、有責任感、藝術氣質、體貼入微的男性進入視野時，強大衝擊力注定給璟的愛情觀念帶來模糊與不健全。事實上，無論璟對陸逸寒的迷戀，陸逸寒去世後她對和父親越來越像的小卓的愛，還是成年後與沈和的愛情關係，都沒有逃離她對一個對理想中完美父親形象的追尋。也就是說，張悅然所塑造的這個女性形象，從未真正地在精神上成年。

璟的愛情扭曲地建立在「尋父」的階段，並停留在少女時期一直沒有成長。陸逸寒之所以成為璟理想中的情人是因為他阻止璟的生母對她的苛責和打罵，使其免受外界的傷害；他給了璟很多她從來沒有享受過的細膩的被愛的感覺，甚至在她初潮的時候給她買衛生巾。而成年之後與沈和的愛情，幾

乎就是少女時期這種感情關係的延續，是璟對繼父的沒法兌現也不可能實現的愛情幻想的發展。沈和從一上場就充當了一個保護者的形象，他同情璟的遭遇，幫她擺脫與書商的糾紛，鼓勵她寫作、幫她出書；他在璟需要人關心並且無家可歸的時候，初次謀面即無微不至地照顧她，給她提供舒適的住處；和璟住在一起後，堅持不懈地幫她克服暴食症和抑鬱症，帶她出去旅行，將她從身體和精神瀕臨雙重崩潰的狀態中解救出來。

如果說陳染的《與往事乾杯》等作品是一種「精神上尋父」和尋求靈肉和諧的藝術表徵，那麼張悅然的作品則更多地幻化為一種青春期少女的懵懂心事。張悅然作品中人物對於關愛保護和自我表達的尋求，既不同於「五四」時期女作家那種對尋找自由和掙脫束縛的精神欲求的渴望，也不同於林白、陳染們尋求女性的獨立自足和兩性關係中的平等、理解的願望。張悅然的作品更傾向於一種單一的自我迷戀和肯定，更多的是一種自戀自賞的表達。所以，三個關鍵的男性形象都以保護者和關愛者的形象出現，充當了性別概念尚不明確的女主人公的護祐者。

四、當身體不再成為「武器」

對於「80後」的年輕女作家來說，她們還遠沒有深入體驗兩性之間的相互依賴與複雜紛爭，面對男性，她們即使不無怨悱，也並非在真正的意義上從內心裏將其視為「敵人」。因此，在「80後」女作家的身體書寫中，身體意象的運用大致屬於表意「工具」的範疇。女性主義的身體論認為，身體的意義和價值不僅在於其物質存在，更重要的是，它與女性主體性的建構有密切關係。而日常現實是，身體被普遍的權力關係所制約，成為權力關係中無法解脫的一環。在這一前提下，女性主義者力圖通過揭示各種強加於身體的使之不能自由的權力關係和運作，以積極的反抗姿態和行動來爭取達到平衡與和諧意義上的身體的自由。基於這樣的認識，在一些女性主義寫作中，身體常常被當作反抗男性中心話語的「武器」，作者試圖通過強調和運用身體的主體性來實現對男性中心話語的質疑與反抗使身體獲得權力，獲得對話語的操控，從而實現身體內在的意義和價值。

在張悅然的《水仙已乘鯉魚去》中，璟的身體變化就是十分值得注意的。之前，璟是一個肥胖而醜陋的女孩子，皮膚很黑，鼻子上長著蟎蟲。但是，經過漫長而痛苦的努力，她成了一個「美得眩目的姑娘」。究其成因，這種變

化的動力一方面來自繼父陸逸寒，另一方面則是針對她的母親。《水仙已乘鯉魚去》中的成年女性，沒有一個不是充滿嚴重缺陷的人物。璟的母親曼漂亮、冷酷，對女兒充滿仇恨，只因懷孕和女兒的出生毀壞了她身體和容顏的美麗。被璟作為自己的目標、榜樣，作為自己的希望和精神上母親的女作家叢薇，後來被發現只是一個精神完全崩潰、生活在療養院裏的病人。張悅然沒有為璟安排任何一個可以與之在精神和外表上抗衡的女性形象，曼美麗但是愚蠢自私，叢薇迅速毀掉了自己的美麗和才華，她缺少璟的頑強；在同齡女子中，憂彌、小顏等也只是璟的陪襯，她們存在的全部意義似乎只是襯托出璟在外貌、才華以及精神上的優越。在這些平面人物中間，作者對主人公的描寫因為篇幅過長以及心理描寫的過度而顯得有些誇張，並且不自覺地顯露出一種自傷自憐的情緒。

在作品中，璟在進入走讀學校後一直拒絕直面陸逸寒。每當陸逸寒到來的時候，她總是在樓上看著他，滿含熱淚，而後又站在窗戶前面默默地看著他離開。璟決心「讓自己好起來」，再光豔奪目地出現在他面前。這裏引人注意的是，璟在身體上的改觀並非出於某種性別價值觀上的變化。對璟來說，陸逸寒娶了她漂亮的母親是一個不可改變的事實，在潛意識裏她有替代母親的意願，所以，璟在身體上的改觀首先是對陸逸寒的一種迎合，而不是女性價值的體現。對璟的母親曼來說，璟變化的意義更是複雜。璟和曼之間是用仇恨連接的，曼「常常看著璟就心生怨氣……她覺得璟醜陋，覺得璟累贅」；而在璟的成長中，「也生出一份相當的恨」來回饋曼。在璟長大之後，她深深地愛上了繼父陸逸寒，而陸逸寒直到離開人世都是愛著曼的。於是，在那個曾經被厭棄和鄙夷的女兒讓母親的臉上露出「因妒忌而誘發的苦楚」時，身體便成了母女之間復仇的工具。在爭奪過程中，張悅然又賦予了璟強大的自戀情緒，這種情緒一直延續到璟以後的生活中。璟則在懷孕時對自己腹中的孩子說：「我要叫你 Narcissus，我的寶貝，因你應該像希臘神話中美少年納瑟斯一樣好看……並且我希望你懂得愛自己，讚美自己，在獨處中找到樂趣。……你該學習自戀的納瑟斯，他迷戀自己的影子，終日與影子糾纏玩耍，不知疲倦。」甚至作品中璟的寫作動力，也只不過是一種療傷，一種修補，一種幻化出完滿自我的願望，滿足被愛和自我陶醉的渴望：「這本書其實暗藏著璟的一個夢：她曾以為會和小卓交換能夠療救的愛，親密無間地一起長大。」

　　由此，張悅然和筆下的璟都癡迷於自我表達，但又完全不同於以往女作家們的精神歷險，不同於時代重壓和繁複的靈肉探索中產生的作品。張悅然和璟的女性意識均模糊不清，對於性、身體、思想、自由、權利、兩性關係、社會角色等幾乎沒有任何涉及。在某種程度上，作爲一個女作家，張悅然對文學的理解明顯地停留在自傳性的自戀自賞的基礎之上。

　　張悅然的文筆細膩，感受力敏銳，這種自我噴發式的寫法也確實眞摯、眞實，但是這種特定的、不成熟的女性表達確是一柄雙刃劍，有其優越的地方，也很容易受到拘囿和限制。張悅然式的文本敘述方式和語言運用方式很難有超越於「發自肺腑」之外的更深的探索。女性那種需要自我聲音，需要表達和認同，需要理解和關愛的特質（就像《水仙已乘鯉魚去》中的女作家璟和張悅然）如果僅僅停留和依賴於性別系統下的單一的申訴，必將由於簡單的處理和定式思維而失於粗糙、粗暴，過度地拘囿於自我而陷於自憐自戀的敘述圈套。這不僅導致除卻女主人公外所有其它人物一律平面和平板化，不再擁有人性的複雜、微妙而簡單地被注解爲女主人公人生歷程和精神探索中一個對應的符號，也導致了過度膨脹的女性聲音在淹沒他人聲音的同時，也淹沒了眞正的女性欲求並阻礙了女性思索的發展，使那種本可以更加複雜多元的文本內容，可以更深入探討、更尖銳地質疑和批判的力量，退化爲一種顧影自憐、形影相弔的自傷和自賞。

　　從市場方面來說，張悅然是「80後」女作家中最受關注的作者之一。張悅然的作品不僅受到了一些作家同行的好評，更是擁有爲數眾多的青少年讀者。這些曲折煽情的故事賺足了讀者的眼淚，並一版再版，每部書累計印刷都在十萬冊以上，而且這些數字還在攀升。拋開作品的發行宣傳等外界因素，張悅然的作品也的確具備了不少可具探討的「80後」女作家特徵，《水仙已乘鯉魚去》〔註8〕不僅是對張悅然寫作特點的一個說明，更因爲文本內容本身——一個女作家的成長故事——具有了象徵性和性別研究的意義。

　　在蔣離子的小說《俯仰之間》〔註9〕裏，作爲「武器」的身體最終走向了悲劇。小說在敘事者的不斷變換中，描繪了高幹之女柳齋和出身貧賤的少男鄭小卒之間的愛情悲劇。身體於此非但不再是抗爭的「武器」，而且負載著女性精神的下滑。在蔣離子的眼中，女性的「負隅頑抗」只會給她們帶來更多

〔註8〕張悅然：《水仙已乘鯉魚去》，作家出版社，2005年
〔註9〕蔣離子：《俯仰之間》，朝華出版社，2005年

的傷害。基於對女性命運的悲觀，蔣離子對身體的書寫也是帶有悲劇性的。

通過前邊的分析，我們對部分「80 後」女作家在寫作中有意無意間呈現出來的身體觀有這樣的印象：她們有關身體的書寫不像女性主義寫作那樣具有鮮明的性別政治意味或意識形態色彩，她們借助身體所表達出來的性別姿態常是比較含混而稚嫩的。其中原因之一是，在她們成長的大環境中，兩性相處的社會文化氛圍發生了重要改觀，在身體書寫方面已經很少束縛，她們切實擁有了多樣處理身體與文學關係的可能；而另一方面，年輕的她們還有待於在更多的社會實踐和個人閱歷中去體驗、認識和思考包括兩性關係在內的人與人之間各種關係的複雜和隱密。「80 後」在自己的小說創作中雖然觸及了對性和身體的書寫，但是他們顯然並沒有清晰地意識到真正意義上的女性主義身體書寫所具有的性別文化意義上的深刻含意。於是，身體意象在一些年輕女作家的作品中，被簡單地型構為一種情感或誘惑的出發點，被當成了一種叢林式競爭的有力工具。而在這一過程中，女性身體所承載的性別文化內涵很大程度上被忽略和屏蔽。

綜上，「80 後」女作家的思想狀態、性別觀念還處於不斷變化、發展的階段，其文學創作表現出不同的性別姿態。她們的文學探索展現出女性寫作的多元化路徑，呈現了種種精彩。未來值得期待。

第二節 婚戀觀念與 90 年代的小說敘事

20 世紀 90 年代的小說敘事逐漸從政治文化的巨型寓言中脫身，演變為著力書寫生活中人之情性與命運相糾纏、傳統婚戀文化與商業大潮相碰撞的豐富場景。在多元文化背景下，婚戀觀念的變化和其它因素相交織，賦予相關題材的小說文本駁雜的色彩。

一、注重生活實利

注重生活實利，是 90 年代頗為突出的文化景觀。這既是經歷了八九十年代之交的特殊時期以後普通民眾的精神姿態，也受制於政治導向和經濟效應。如果說政策提供了重視「生活」的允諾與導向的話，那麼市場經濟本身則提供著活生生的教材。作為市場經濟最基本法則的「等價交換」，其作用面遠超「市場」範疇，強烈衝擊著人們頭腦中根深蒂固的傳統價值觀念。市場經濟一定程度上把個人從體制中解放出來，注重現實生活與實利的思潮在大

眾層面迅速生長。體現在婚戀觀念中，浪漫、神聖的愛情觀逐漸淡出，現實生活的實利原則產生了越來越大的影響力。這種傾向在文學敘事中獲得了明確而又意味深長的表達。

> 記得是在秋末的花園裏，我和姨母整理著葡萄架。黃葉像蝴蝶一樣在我們身邊飛舞。滿目皆是老乾枯藤的褐色。
>
> 姨母說：我也不同意你的觀點。到談婚論嫁這一步，就必須冷靜地看看對方的人品，才貌，性格及家庭背景。家庭必須是有文化的，性格要溫和，要會體貼人，要有良心。人材也應該有十分。在以上條件具備的情況下，再看你們兩人是否相處得合宜。合宜就是最好的了。
>
> 我紅著臉說：那麼愛情呢？
>
> 姨母說：傻孩子，我們不談愛情。

——池莉《綠水長流》

小說中姨母的話傳達了一種頗具代表性的婚戀觀，它的簡要表述便是「不談愛情」。我們知道，池莉在 80 年代後期的小說創作已經開始消解「愛情」的神聖色彩。《煩惱人生》中男主人公印家厚之所以抵制了可能成為情人的多個女性的誘惑，堅持沒有背叛妻子，最重要的原因是他深知婚戀必須以「過日子」為首要原則。進入 90 年代，「不談愛情」在池莉以及其它不少「新寫實」小說的創作中成為婚戀觀的主流。

池莉的另外兩部作品《你是一條河》和《生活秀》以女性人生歷程為主線，描畫了飽含艱辛與無奈的生活本相。兩篇小說各自的女主人公辣辣和來雙揚，一個早年喪夫，在非同尋常的歷史環境中拉扯七個孩子長大；另一個母親早亡，父親拋家再婚，過早地承擔起撫養弟妹的生活重擔。愛情與婚姻在她們的生存中被排擠到絕對邊緣的位置。辣辣以生存為依據來選擇委身對象。丈夫死後，向她伸出援助之手的男人不止一個。糧店的老李和血販子老朱帶來的是糧食和金錢，小叔子王賢良奉獻的是情詩。前者是物質的援助，後者是精神的慰藉。辣辣欣然接受了前者，對後者卻清醒地保持距離。生活至上的婚戀觀同樣深植在《生活秀》的敘事中。儘管文本所呈現的來雙揚的生活時段已無衣食之憂，然而她與卓雄州的愛情較之實實在在的生活而言仍然輕若浮雲。並且，九妹繼續扮演了理智的婚戀抉擇者。放棄對來雙久的「愛

情」，嫁給房琯所所長的花癡兒子，來雙揚稍作點撥，渴望成爲城市人九妹馬上心領神會。與其說九妹與來雙揚、辣辣心有靈犀，莫若說文本蘊含的婚戀觀具有一致性。在平凡而碌碌宛若螻蟻的生存面前，婚戀的浪漫、神聖只能是不著邊際的神話。

同是出自池莉之手，《懷念聲名狼藉的日子》和《致無盡歲月》在對女性青春感受天馬行空般的書寫中消解著「愛情」的神聖。前一部小說中「豆芽菜」所擁有的「聲名狼藉」的青春歲月充滿了生命的暢想和自由飛揚的愛情夢幻。但是，儘管她眞摯地憑藉爲所欲爲般的膽識選擇了愛情，愛情最終卻沒有選擇她。無論是她不顧一切愛上的小瓦，還是冒著危險離棄的關山都一個個離開，奔著自己的美好前程而去，留給她的是「聲名狼藉」而又實實在在的生活。「豆芽菜」張揚而懵懂地主動迎接她的「愛情」得到的不過是生活的教訓，《致無盡歲月》中的「我」則一直懷著朦朧的情愫觀望潮起潮落，最終看到的仍然是生活壓倒愛情。

池莉 90 年代的寫作大都關涉婚戀問題，她的小說也總是在強調生活的重要性。辣辣們和「豆芽菜」們的愛情故事，一而再、再而三地印證了《綠水長流》中那個「我」閱盡古今婚戀故事之後做出的決定——「不談愛情」。這是日常生活的婚戀哲學，也是融入凡俗女性生存智慧的婚戀總結。相對於寫於 80 年代後期的名篇《煩惱人生》、《不談愛情》等小說中所隱含的男性中心意識，池莉 90 年代的小說創作隱隱發生了變化。在一些作品中女性生存意志有所凸顯。她筆下的一些女性人物常能窺破愛情神話，作爲行爲的主體以符合自身利益的標準來衡量和選擇男性配偶。所謂「不談愛情」無疑蘊含著對現實生活中兩性關係的失望與無奈。

不獨池莉，以探究生存本相爲重要特徵的新寫實小說，在「過日子」的人生哲學主導下，不約而同地將「不談愛情」的「幸福生活」當作了婚戀描寫的主調。在劉恒《貧嘴張大民的幸福生活》和蘇童帶有轉向意義的《離婚指南》中，「幸福生活」佔據了絕對的優勢地位。楊泊、張大民以婚姻生活中的摸爬滾打證明，結婚是實在的，離婚是虛妄的，婚戀的主旨在於生活。《貧嘴張大民的幸福生活中》中，「愛情」和「幸福生活」暗含著一種相互排斥的關係。小說中李雲芳的戀人去美國後向她提出分手，張大民的「貧嘴」適時地驅走了她失戀的絕望情緒，「從此，兩個人就過上幸福的生活了」。曾經的「愛情」是那麼脆弱、不可靠，而「幸福生活」雖瑣細煩雜卻有滋有味。無

論對於李雲芳還是張大民，只有這樣的「幸福生活」才是看得見摸得著的，才通向婚姻的本質。這部作品與《你是一條河》等小說在展示「小人物」生活的原初形態方面是相似的，其所體現的婚戀觀也很接近，但是作為認識生活、承載生活重擔的主要人物，主人公的性別不同。

《離婚指南》同樣是由男性主體來闡釋相似的婚戀觀，只是選擇了另外的角度。如果說《貧嘴張大民的幸福生活》是以主人公的「幸福生活」顛覆了愛情神話，那麼《離婚指南》則是在生活與「愛情」的對決中證實了前者的力量。小說中，楊泊厭煩了同妻子朱芸的婚姻生活。他眼裏的妻子形象粗鄙，而促使楊泊決意離婚的更重要的原因是妻子行為庸常。如果說文本中的妻子與生活是合一的，那麼，他心目中純潔的公主俞瓊則是與心靈、與愛情合一的。離婚恰恰是對妻子、也是對生活的逃離，它「只跟我的心靈有關」。然而漫長而複雜的離婚過程令楊波遍體鱗傷、尊嚴盡失。最具毀滅性的打擊是想像中的天使竟對他頤指氣使，暴露出「邪惡與兇殘」的一面。先是連續寄「今天是元月 5 號，算一算離立春還有多少天」式的明信片催逼他離婚，後是授予他髮夾，喝令他劃破妻子的臉以證實「清白」。這個可怕的發現令四面楚歌的楊泊更加心灰意懶。「愛情」在生活面前丟盔棄甲。當春天匆匆來臨，離婚這件「冬天的事」就成了過眼煙雲。作品中，楊泊身邊的女人們成為楊泊生活中無窮無盡的麻煩，直接構成了迫使他喪失精神理想、陷入平庸的強大力量。而楊泊因之萌生的「仇女」心理在「他媽的，又是一個瘋女人」的怨責和牢騷聲中表露無遺。

注重生活實利的婚戀觀滲透在 90 年代小說敘事中。「先鋒作家」余華在90 年代創作了長篇小說《活著》、《許三觀賣血記》等作品。以往其文本中常可見到的人與人之間的孤獨隔膜、刻骨仇恨以及一見鍾情、跨越生死的古典愛情轉化為平凡的「過日子」的溫情，苦難生存中磕磕碰碰、相依為命的夫妻情感得以凸顯。此外，所謂「現實主義衝擊波」創作所體現的婚戀觀也具有現實主義色彩。小說《年前年後》（何申）、《無邊無際的早晨》（李佩甫）中的一些基層幹部為著仕途前程努力維護「後院」的平靜，生怕「起火」。他們將「愛情」打入生活奢侈品之列，就連妻子「紅杏出牆」也選擇忍氣吞聲。在這些文本中，男性是敘事和體驗的主體，女性人物則意味著大大小小的麻煩，體現的是卑微的現實生存。

文學文本中注重實利的婚戀觀與 90 年代創作中現實主義的「回潮」，是

時代文化講求利益與高度務實因素的直接產物。在特定的時代語境中，平庸的生命個體得以理直氣壯地追求實利性因素。這種傾向比較早地透露出 90 年代文化思潮的重要信息，即「生活的目的取向的重點挪到了此岸」，以及「所有意趣、思想和訴求之此岸性的超常高漲」〔註 10〕。審美現代性對宏大敘事的消解於此可見一斑，這對於婚戀書寫而言也是一次解放。當然與此同時，相關創作中精神內涵不同程度的缺失，又意味著寫作具有墮入庸常的可能。

二、強調個體欲望

性愛觀念的解放是 90 年代婚戀文化之演進的重要方面。此時，在 80 年代多少仍是小心翼翼的性話語開始變得堂而皇之。在 90 年代的文學書寫中，性愛即使脫離了《綠化樹》、《古船》式的宏大敘事，卸載了《紅高粱》式召喚生命力的內涵，也足以擁有自身的價值。這一時期，涉及性愛的文學書寫在創作中相當普遍，其間所體現的觀念以及作家所取的態度紛繁各異。其中，王小波、韓東、朱文、陳染、衛慧、棉棉等人的創作，比較突出地表現出為欲望正名的傾向。

「新狀態」小說所體現的強調個人欲望的婚戀觀頗具代表性。例如，對於韓東來說，「性書寫是他全部小說的不可或缺的重要構成部分，是我們進入作家創造的精神世界的一個重要通道」〔註 11〕；朱文的《我愛美元》、《大汗淋漓》、《上帝的選民》，張旻的《情戒》以及韓東的《障礙》、《我的柏拉圖》、《煙火》等同樣凸顯了原生態的欲望，甚至某種程度上將其上陞為婚戀的首要目的。「我真想和那個女人睡上一覺啊」（《大汗淋漓》），幾乎成為這些小說中某些人物的基調。而主人公千方百計獵取欲望對象的過程，則構成了基本的故事情節。當《煙火》中的「我」離婚後遭受性壓抑折磨的時候，朋友呂翔將小彭介紹給「我」。於是，一場精心設計的、誘使小彭落入圈套的計劃展開了。「我」事先預謀了晚宴、到樓頂看煙火等活動，唯一的目的就是將獵物引上床。《上帝的選民》所體現的性愛意識更為執著，也更為直白。于小克心儀偶遇的美女時曉晴，但這種心儀與「愛情」無干，于小克的願望就只是同她「睡上一覺」。為此，他不惜在炎熱和瘟疫的環境中用盡心機糾纏不休。不

〔註 10〕劉小楓：《現代性社會理論緒論》，生活・讀書・新知三聯書店，1998 年，第 348 頁。

〔註 11〕林舟：《在絕望中期待──論韓東小說的性愛敘事》，《當代作家評論》2000 年第 6 期。

僅如此，于小克的「求愛」乾脆就是直截了當地告訴對方自己的目的是「做愛」。這裏，不但「結」婚成為一種虛妄，就連「談」戀愛也不合時宜。只有單純動物性的、來自身體本能衝動的「性」真實存在。

此類性欲書寫達成的效力是多重的。朱文《我愛美元》中，當父親提出「一個作家應該給人帶來一些積極向上的東西，理想、追求、民主、自由等等」的主張時，兒子的回答是：「我說爸爸，你說的這些玩藝，我的性裏都有。」小說在嘲弄「父親」權威的同時，也嘲弄著「知識」建構的權力機制。性愛敘事放飛身體的欲望，本身就是在反抗權力對肉體由來已久的控制。而個體的真實困境不僅來自於知識、道德等權力機制對肉體的束縛，還與個人生存的卑微、人與人關係的緊張有關。這種現實困境在創作中往往被形象化地微縮於兩性關係的結構中，使之具有了一定的象喻性。無論是窘迫的男性和故作忸怩的女性（韓東《煙火》），還是玩世不恭的男性與欲望符號化的女性（《我愛美元》）；也無論是束手無策的男性與充滿心機的女性（畢飛宇《男人還剩下什麼》），還是遲疑的男性和熱情主動的女性（張旻《情戒》），對象化的、被征服的女性人物對作為征服者的男性而言，恰如難以立足的現代社會。這些婚戀故事的敘事中融入了男性在現代社會的困境體驗。

王小波的小說中有著更為堅決、純粹地強調本能的性欲，藉以反抗權力機制的書寫。已有不少論者指出，「王小波的小說自始至終貫穿著對軀體的各種展示，對刑罰場景的描繪、對權力與反抗的書寫和對性的奇異表現，並且軀體、刑罰、權力和性之間構成了盤根錯節、錯綜複雜的關係」。〔註12〕值得思考的是，正如上述韓東等的小說文本中女性人物與都市社會作為有待征服、又難以征服的對象物是同一的，對於王小波小說中浪漫騎士般的男性主人公而言，女性人物與「體制」在鉗制個人身體、扭曲自由精神方面也具有某種一致性。因而，王小波與韓東、朱文的文學敘事中婚戀觀的相似處並不止於為個人性欲正名和對抗權力機制，而是還在於在對女性人物進行的欲望化、對象化描寫中所流露出來的男性中心意識。這一現象與韓東、朱文、王小波的男性作家身份及其所選取的男性人物視角不無關係。

在個人欲望的表現方面，女性寫作往往選取女性人物作為視點，從而呈現出別具風致與內涵的景觀。在特定的文化語境中，「她是在用自己的血肉之

<hr/>

〔註12〕張伯存：《軀體 刑罰 權力 性——王小波小說一解》，《小說評論》1998 年第
　　　　5 期。

軀拼命地支持著她演說中的『邏輯』」〔註13〕，同時也充滿複雜的危險性。90年代「風頭正健」的陳染、林白、海男、徐小斌等女作家的小說中，不但建立在精神之愛基礎上的婚戀書寫是尊重欲望的，而且性欲的存在有時是可以自足的。在藝術方面，她們的書寫以「愛欲摹寫的象喻性、想像性」顯示出與男性書寫不盡相同的審美特質〔註14〕；在思想意蘊方面，其對欲望的認同與尊重比80年代王安憶的「三戀」（《小城之戀》、《荒山之戀》、《錦繡谷之戀》）更側重於女性主體體驗的傳達，也更為大膽和坦然，彰顯了一種新的、更具時代開放性的婚戀觀念。

　　然而，女性作者的寫作並不等同於女性意識自覺的寫作。在男性中心文化浸染下，兩性作家文化心理中已然植入了某些集體無意識因素。更何況1990年代末期商業文化與傳統男性中心文化極易一拍即合，繼陳染等而起的衛慧恰是在認同欲望的同時，將其演化成一個符合男性目光的看點。在倪可（《上海寶貝》）的經驗世界中，「愛」與「性」是矛盾的。她一次次為性欲所俘獲，更為馬克的西方文化特徵與「男性氣質」所俘獲。文本籠罩在一種被征服、被虐戀的快感中，一再出現直露的性場面書寫。故事中人物的婚戀觀顯然不具備自主精神，而著意迎合商業與男性中心文化的二重標準。棉棉的小說與之相近但又不無差異。若就在敘事中對性欲泛濫的場景以及難以自抑的衝動進行描繪而言，《糖》與衛慧的書寫具有相似性；而兩者不同點之一在於，《糖》中的「我」之性欲望，是發自主體性要求的，並且與一種「對抗」相關。純潔的渴望與愛情的無法達成之間的矛盾造就了「末路天使」的殘酷之美：「『我』的每一次『濫交』都由於對無望的愛情的執著追求，是奉向愛情祭壇的自戕」〔註15〕。這種對抗在針對賽寧之「不忠」的同時，也是對現代文明的質詢。它構成了棉棉小說敘事的一個重要的精神指向。

　　總之，對原生態性欲的認同與強調，構成了90年代小說的重要方面。這與相對寬鬆的政治政策下世俗生活得到認同、文化趨向多元的文化大背景有密切關係；同時，或許與當時國家推行的獨生子女政策相關。避孕措施的普

〔註13〕　（法）埃萊娜・西蘇：《美杜莎的笑聲》，見張京媛主編《當代女性主義文學批評》，北京大學出版社，1992年，第195頁。

〔註14〕　趙樹勤：《當代女性愛欲書寫的歷史演變及其審美特徵》，《中國文學研究》2001年第2期。

〔註15〕　張英：《棉棉：關於文學、音樂和生活》，轉引自邵燕君《傾斜的文學場》，江蘇人民出版社，2003年，第290頁。

及、流產的合法化客觀上為部分人追求「性解放」提供了便利，一定程度上催化了性愛與生殖之間必然關係的解體。但是只有在 90 年代市場經濟發展的條件下，在世俗性張顯、個人與體制出現更多的游離的氛圍中，個人欲望才得以逐步凸顯。無論對於社會文化還是對於文學書寫而言，這一傾向都值得思考。

按照審美現代性是「人身上一切晦暗的，衝動性的本能的全面造反……反抗倫理性的生命法則，即反抗對身體之在的任何形式的歸罪」〔註 16〕的說法，承認個人欲望體現著對人性的尊重，這無疑是把「人和人的關係還給人自身」的一次重大解放。然而泛濫的欲望與欲望書寫也潛在著不言而喻的精神危機。特別是對於文學書寫而言，大肆地渲染、複製欲望未免暗含著迎合商業文化的動機。類如衛慧現象既是文化精神貧血的表徵，也是商業文化與傳統性別文化的畸形產兒。這種危險性值得文學寫作者與研究者警醒。

從性別文化的角度看，也出現了值得深思的現象：男性作者在文本中對欲望的認同，往往被認為是體現了對「個人」的尊重以及對邏格斯中心體制的反抗，儘管其中常有著明顯的男性中心意識；而當作者換為女性時，評價尺度往往無形中就發生變異。

三、信守精神之愛

90 年代小說敘事也出現了著力表現精神之愛，跨越政治、道德的樊籬，抵禦平庸的生活和泛濫的欲望洪流的創作。儘管這樣的主題並不新鮮，但其中注入了新的時代氣息。

遲子建的相關文本深切描摹了平凡夫妻間相濡以沫的溫情和恩愛。她往往從凡俗生活落筆，卻並未將其平面化。《親親土豆》、《一匹馬，兩個人》等小說中的夫婦在社會底層默默討生活，其中的艱難自不待言。但也恰是這平凡和艱辛，澆灌了夫妻間相依為命的感情。這種感情並非熾熱如火，也並不驚天動地，然而，不易察覺的情思中蘊蓄著生命的熱能。生離死別的關頭，日常蓄積的情愫被擠壓到爆發的極限；在短暫的終點反觀人生，愈加感人肺腑。即便是書寫死亡凝固的一霎那，作者也以樸素的憂傷代替了長久的慟哭，充滿溫情的生活場景輕音樂般緩緩流淌。《親親土豆》充滿了精雕細琢的細節

〔註 16〕劉小楓：《現代性社會理論緒論》，生活・讀書・新知三聯書店，1998 年，第348 頁。

刻寫。李愛傑和秦山的日常生活，相濡以沫，平凡而幸福。生離死別之際，一條寶藍色的旗袍、五麻袋渾圓的土豆，將情之深切樸實渲染到極致。與此不同的是，《一匹馬，兩個人》寫一對老夫妻的相依為命對生活苦難的緩解。小說中，妻子死後丈夫託人畫像的情節尤為動人。在得到充滿生命之美的畫像之後，老頭去墳前探望他的「老太婆」，靜靜地死在緩緩行走的馬車上。見證這一切的只有一匹老馬。在遲子建充滿夫妻間溫情的小說敘事中，凡俗生活樣態的書寫、個人情感的價值得到肯定和認同。有趣的是，《一匹馬，兩個人》中的老夫妻之間竟有一個「第三者」——王木匠。他對老太婆長及一生的深愛伴隨著作者的溫情書寫靜靜流淌，三個老人之間達成了一種溫暖的默契。文本通過老馬的視角展開了王木匠對「老太婆」的愛，敘事者的身份突破了「人」的界限，愛情的敘寫打破了「道德」的常規。惟其如此，對精神之愛的信守才凸顯了極強的個人性，純粹而明淨。類似的情境在《逝川》、《原始風景》等文本中也有所體現。這樣的情感表達超越了政治或道德話語，洋溢著濃鬱的人性之美。

在談到自己的女性觀時，遲子建曾說：「上帝造人只有兩種：男人和女人。這決定了他們必須相偎相依才能維繫這個世界」。〔註17〕如此滲透了微笑和寬容的性別觀念無形中影響著小說中婚戀書寫的格調。

愛情對個人精神世界的健全具有十分重要的價值。如果說遲子建小說的婚戀觀整合了此岸的熱愛與精神的守望，那麼另一類小說的精神之愛則有助於對現實生活的超拔。在 90 年代市場經濟大潮的裹挾下，各種欲望空前膨脹，傳統價值觀念發生了錯位與迷失。一些小說作者借助精神之愛的書寫，表達了擺脫困境的願望和尋找靈魂棲居之所的努力。例如，陳染、林白、徐小斌、海男等往往借助抽象之境達成現代文明語境中的精神救贖：「我坐在倫敦南部的這座花園宅舍裏等待一個人——我兄弟般的愛人！每日每刻都在等待這個人走近我」。《另一隻耳朵的敲擊聲》（陳染）的女主人公在走出母親、伊墮人、大樹枝的世界後的這段獨白，代表了部分文本中所傳達的對精神之愛的渴望。

張欣的寫作更為切近地表達了商業社會中的精神信守。《浮世緣》、《親情六處》、《愛又如何》等小說，涉及了商業社會裏人與人之間的情感背叛。然而，一對堅守真誠之愛的男女卻總是出現在故事的結局。戴來的精神之戀書

〔註17〕遲子建：《我的女性觀》，譚湘主編：《花雨・飛天卷：首屆中國女性文學獎獲獎作品精品卷》，花山文藝出版社，2001 年。

寫寄予著個人在「單向度」的現代文明中超拔的希望。她的小說敘事似乎有
兩幅筆墨。《我看到了什麼》以及新世紀初年發表的《我們都是有病的人》等
「安天系列」小說，在焦灼地講述現代人精神困擾與卑微人格的同時，無奈
地否定了愛情的精神內涵。「妻子」、劉末在多個男人之間的穿梭與安天漫步
大街可隨時對街頭女孩產生性幻想雙向印證了「愛情」的虛妄。即便如此，
安天在逃離現實之際沒有忘記攜上劉末的香水瓶。戴來別一類型的小說《找
啊找》、《半支煙》等，以淒美的愛情描述了一幅幅夢幻圖景。小史（《找啊找》）
從年輕時就以「人民教師、大辮子」的雙重標準尋找他失蹤的愛人，直到變
為「老史」；大可不倦地尋找身上帶有糖炒栗子味道的嬌小女孩，直至車禍死
去；老人以珍藏的半支煙尋找離去多年的心上人……（《半支煙》）。

　　頗有意味的是，這類女性寫作大都在男性形象身上寄予了某種理想。海
男創作了《私奔者》、《勾引》一系列小說，女性主人公不斷從虛偽、渾濁的
現狀出走，尋找真純的、充滿生命力的生活以及與之相匹配的愛情。在《勾
引》中，「我」從充滿賭博與爭戰的家出走、從毫無尊嚴的富人世界出走、從
塑料戒指所象喻的虛偽愛情中出走，終於發現了蘋果園這片理想的生命樂
土。「一旦我靈魂附體的那一刻，我就會鑽進蘋果園，鑽進蘋果園主的手臂之
下去，站在泥土上，手一往上伸就摘到那只讓我的生命芬芳四溢的青蘋果」。
可見，蘋果園主正是「我」理想世界的載體。「蘋果園主」具有某種普泛性，
尹楠（陳染：《私人生活》）、牙醫（陳染：《嘴唇裏的陽光》）、子速（林白：《空
心歲月》）、駕著諾亞方舟的男孩和丹朱（徐小斌：《羽蛇》）、小史、大可等人，
多具有類似的敘事功能。

　　可以說，將男性人物作為理想的化身是女性寫作中較為常見的現象。作
者一方面在迷戀和認同、審視和反思的糾結中建構著女性主體世界，一方面
將男性客體化，使之一定程度上充當了「隱含作者」的精神烏托邦。與此相
應，一些男性作家不斷重寫著「永恒之女性引導我飛升」這一古老母題，例
如張煒。

　　在有關愛情理想的個人敘事中，張煒往往借助巧妙的象喻傳達人性理想
和對社會的期待。他的《家族》、《九月寓言》等系列文本中有一個男性主人
公「我」。「我」在對現代文明有所反感的同時也反對專制，反抗粗暴的歷史，
堅持尋找符合人性的理想。而精神烏托邦的重要組成部分之一是理想化的婚
戀對象。小說中，「我」的愛人（如出現在多個文本中的梅子及柏慧）是城市

女性，不願與「我」一同到大自然中去追尋理想。文本在此抹去了女性人物的思想和艱辛，只是將其作為城市生活的象徵符號來供「我」告別。故事中精神上的流浪與尋求是由複雜的男性主體「我」來完成的。但與此同時，張煒的作品中還創造了一批富於光彩的女性形象，如鼓額、響鈴（《我的田園》），趕鸚、肥、金敏、香碗、三蘭子（《九月寓言》），大貞子（《看野棗》），小能（《天藍色的木屐》），大萍兒（《三大名旦》）等。她們生於、長於野地，身體如同果實和秋天一般壯碩、健美，心靈像平原一般坦蕩，沒有絲毫雜念和詭計；她們熱愛勞動，善良正義，勇於站在弱勢一方，敢於懲惡揚善；她們以原始的懷抱收留、撫慰著相對軟弱的婚戀對象。不過與其說作者刻畫了這樣一群美好的少女，不如說她們象徵著「我」所尋求的大自然中本眞、健全的人性。有意味的是，這些渾沌天然的女性對掌握知識的男性充滿敬仰和愛慕。趕鸚、小能、大萍兒等「拔尖」的姑娘都是拋開眾多追逐者，選擇了毫不起眼但有知識的人，連鼓額這樣一個羞澀的小女孩都將愛戀交給了「我」。然而，她們又大都只限於駐足野地表達對「我」的傾慕，在現實生活中，「我」的婚戀對象只能是不太理想的梅子們。正是在現實與理想的張力下，「我」才得以告別和追尋。這些野地中的女性僅僅是原始的生命、清潔的精神的對象物，「我」才是靈魂歷險的主體。

　　無論是溫情的緬懷，還是永遠「在路上」的追尋，都有著對精神之愛的信守。90 年代小說敘事的婚戀觀明顯提升了個人情感因素的地位，這無疑是相對開放的時代文化的一個映像，是審美現代性的一個表徵。而對於商品經濟飛速發展的 90 年代來講，精神之愛顯然還兼具質疑現代文明的後現代意味。在馬爾庫塞所代表的一部分學者看來，愛欲的解放是人的解放最重要的部分。而愛欲不僅僅是性欲，它是一種感性的狂歡，會使個人獲得全面、持久的快樂。強調包括愛情在內的人本身的欲望所蘊含的生命力、活力對單向度的現代文明的對抗作用。〔註18〕這是 1990 年代的小說敘事不容忽視的一個精神向度。

　　以上從幾方面探討了 90 年代婚戀書寫所蘊涵的性別文化觀念和意味，其中比較突出的是「個人」因素的提升。個人的生存利益、本能欲望、情感需求成為公開、合理的訴求。中國傳統文化強調「男女正，天地之大義也。」「有

〔註18〕參見（美）馬爾庫塞：《愛欲與文明》，黃勇，薛民譯，上海譯文出版社，2005年。

天地然後有萬物，有萬物然後有男女，有男女然後有夫婦，有夫婦然後有父子，有父子然後有君臣，有君臣然後有上下，有上下然後禮義有所錯」（《周易·序卦傳》）。封建統治者借助禮、法、俗的途徑，將個人之間的婚戀納入家國秩序，有關婚戀的文學書寫往往程度不同地承擔著載道功能。「五四」時代，新型知識分子將婚姻視為影響社會變革的重要因素之一，揭露和批判舊式婚姻實質及其習俗，大力提倡婚戀自由，相關的文學書寫也因而負載著「啟蒙」的思想文化功能。此後，在 20 世紀各個時期，婚戀觀念的文學表達一直較多地受到來自社會政治意識形態的影響，個人話語很大程度上淹沒在「宏大敘事」中。在 90 年代小說中，性愛、情感等個人因素得到了前所未有的重視，這與九十年代的文化語境有著重要的關聯。同時，90 年代的經濟、文化等多重因素還對傳統性別關係形成前所未有的衝擊。一方面，經濟的高速發展對兩性地位變動帶來深刻影響，兩性平等與女性生理、心理的特殊性問題日益受到重視，男女平等成為促進社會發展的基本國策；另一方面，傳統性別文化根深蒂固，商業文化大潮的湧動中沉渣泛起，女性身體常常淪為新的看點和消費品。性別關係的這些變動無疑給 90 年代小說中婚戀觀注入了新的內涵。女性書寫者透過女性視角、以或隱或顯的女性意識言說自我身體與靈魂的體驗，拓展了文學書寫的場域。

第三節　城鄉交叉地帶敘事的「新才子佳人模式」

　　20 世紀 70 年代末開始的改革開放，促使中國的城鄉之間逐漸出現融合態勢，這一態勢隨著 20 世紀 90 年代的市場化以及 2001 年中國加入 WTO 變得更為顯著。當代文學對這一態勢的把握幾乎是同時的。路遙在 80 年代初就提出了「城鄉交叉地帶」概念，意指新舊時代交叉帶來的城市和鄉村在生活方式及思想意識等方面的交叉（交往、滲透與矛盾）〔註 19〕。這一對社會轉型與城鄉變遷的敏銳把握，得到不少作家的回應。如果說 90 年代有關「現實的情況，城與鄉的界限開始了混淆，再不一刀分明」〔註 20〕的感慨往往還是由

〔註 19〕曉蓉、李星：《深入農村、寫變革中農民的面貌和心理——在西安召開的農村題材小說座談會紀要》，《文藝報》1981 年第 22 期；路遙：《關於〈人生〉和閻綱的通信》，《作品與爭鳴》1982 年第 2 期。

〔註 20〕賈平凹：《〈商州：說不盡的故事〉序》，《商州：說不盡的故事》，華夏出版社，1995 年，第 1 頁。

作家道出的話，進入 21 世紀後，類似的感喟已經出現在一些小說中人物的口中，例如：「在歷史上的某一個時期，城市和鄉村是如此的對峙又如此的交融」〔註 21〕。從創作情況看，城鄉交叉地帶敘事以描寫鄉下人進城、還鄉為主。80 年代此類敘事雖不多見，但在主人公的性別與進城方式上已經表現出明顯的差別。

通常而言，鄉村青年男性大多通過參軍或高考進入城市，如賈平凹的《雞窩窪人家》中的禾禾、李銳的《五人坪紀事》中的劉滿金（小名狗蛋）都通過參軍進城，張承志的《黑駿馬》中的白音寶力格、莫言的《白狗秋韆架》中的「我」都通過讀大學離開鄉村；而鄉村青年女性的進入城市，則多與婚戀有關，路遙的《黃葉在秋風中飄落》中的麗英、《風雪臘梅》中的馮玉琴、李銳的《指望》中的小玉都是因為長得漂亮被城裏人看中，在確立婚戀關係前後得到了進城工作的機會。到了 90 年代以後，有關城鄉交叉地帶的敘事已然成為潮流。在人物的進城方式上也發生了很大變化：首先，鄉村青年大多通過高考或者打工進城，以參軍方式進城的幾近於無；其次，在性別與進城方式的情節處理上，通過打工方式進入城市的已不再有男女之別，譬如孫惠芬的《民工》、《吉寬的馬車》、尤鳳偉的《泥鰍》、賈平凹的《高興》、劉慶邦的《家園何處》、盛可以的《北妹》等小說中，不論鄉村青年男性還是女性都是因打工進城的；但是，通過高考進城的還是以青年男性為主，如賈平凹的《高老莊》中的高子路、閻連科的《風雅頌》的楊科、方方的《涂自強的個人悲傷》的涂自強、畢飛宇的《家裏亂了》中的苟泉都是如此，而鄉村青年女性通過高考進入城市的就少得多，只有畢飛宇的《玉秧》中的玉秧、方方《奔跑的火光》中的春慧等。可見，將男性與知識、才華聯繫起來是此類小說的一個敘事慣例。

需要說明的是，本節在使用「城鄉交叉地帶」這一概念時，既把它當作一種物質時空的現實（即指轉型時代的交叉和城鄉的交叉），也將其作為一種心理現實，即指處於城鄉交叉地帶的人所產生的既非城亦非鄉的異鄉人的漂浮體驗。而在文本方面，主要選取路遙的《人生》（1982）、賈平凹的《高老莊》（1998）以及閻連科的《風雅頌》（2008）作為考察對象。

這三部小說，在各自的時代都產生了相當的影響，可謂近三十年「城鄉交叉地帶敘事」中的著名文本。它們共同呈現出這樣一種敘事模式：鄉村出

〔註21〕羅偉章：《我們的路》，《長城》2005 年第 3 期。

身的知識男性先是與當地最美麗的女性確定婚戀關係，而當他有機會進入城市後，就轉而選擇與一位美麗的城市女性建立起新的關係並同時拋棄鄉村女性；但在另一方，被拋棄的鄉村女性卻對其癡情不改。本節借用以往學者對傳統文學創作中「才子佳人模式」〔註22〕的概括，將此類小說敘事命名爲「新才子佳人模式」。同時，權且以「鄉村才子」指稱鄉村出身的知識男性，而相應地以「城市佳人」與「鄉村佳人」分別指稱小說敘事中的城市與鄉村女性。之所以如此借用，是因爲無論新舊，此類文學敘事都是以「才子」的人生進退及其與「佳人」的關係爲中心的，體現著相近的性別文化觀念。而此一模式的書寫與傳統模式在故事表層的一個明顯區別在於，傳統故事中的愛情波折多是出於壞人作梗，而「新才子佳人模式」中的愛情波瀾卻是與鄉村才子的「進城」或「還鄉」密切相關。也正是在這一現象背後，有著城市／鄉村、現代／傳統的複雜糾葛以及主流價值觀的悄然演變。

一、從「鄉村才子」到城市精英

《人生》中的高加林、《高老莊》中的高子路、《風雅頌》中的楊科，這三位男主人公都是農民的兒子，鄉下人是他們的原初身份。然而，現代化自身的發展邏輯，新中國建立後幾十年間的政策調控以及其它種種因素，導致城市和鄉村存在巨大差異。在很長的歷史階段中，城市無論在政治、經濟還是文化上，都毫無疑問地具有鄉村無法比擬的優越性，並由此生產出城裏人／鄉下人的等級關係：城裏人生下來就得以享受城市提供的基本生活、教育、就業等各種優惠條件，鄉下人卻只能依靠土地生存，在土地上艱辛勞動、忍受貧窮。因此，擺脫鄉下人身份、做個城裏人，理所當然地成爲鄉村青年的夢想。這一點，在農村出身的作家那裏得到了充分表述。莫言在回憶自己 20世紀 70 年代當兵離開農村時說道：「當兵、參軍對鄉村青年來說是一件了不起的事情，是許多鄉村青年夢寐以求的事情。當了兵就可以離開農村，起碼在部隊可以發軍裝，吃的很好，穿的很暖。如果在部隊表現好，還有可能被推薦上大學，如果表現的更好，可以當軍官，可以徹底和農村擺脫關係，即

〔註22〕何滿子認爲，唐代元稹的《鶯鶯傳》開創了才子佳人型小說模式，屬男子負心型，是文人得意後的自我炫耀；明清時期才子佳人小說大量出現，屬大團圓型，是不得意的中下層文人對佳人與榮華的幻想式滿足。何滿子：《中國愛情小說中的兩性關係》，上海書店出版社，1999 年，第 69～71 頁、第 145～150 頁。

便轉業以後，也要安排你的工作。」〔註 23〕可見，離開農村既關乎物質條件（吃飽穿暖）的改善，更關乎個人的美好前途（上大學、提幹、轉業）。同樣，賈平凹在離開農村時，也以「我把農民皮剝了」表達自己的欣喜之情〔註24〕。女作家孫惠芬則表示當年在農村時「太不願意幹農活了，太想到外面的世界走一遭了」〔註25〕。這裏，「外面的世界」顯然不會是農村，而是城市，它否定了農村與幹農活之於鄉村青年的價值。更重要的是，這樣一種想法不僅僅是孫惠芬一個人的，而是全體村民的，它表現爲整個農村社會對城市生活的豔羨，「我的祖輩、父輩以及鄉親們，很早就信奉外面，凡是外面的，就是好的，凡是外面的，就是正確的，從不固守什麼，似乎只有外面，才是他們心中的宗教。」〔註26〕

不過，儘管鄉村青年普遍具有進城的願望，他們進城後的處境與身份卻並不相同。普通鄉村青年在進城時，除了體力很少擁有其它生存資本或技能，因而只能靠出賣體力維持生計並因此獲得農民工的身份。問題是，這一身份使他們在城裏人面前普遍有一種自我卑微感。《平凡的世界》中的孫少平、劉慶邦《家園何處》中的何香停、賈平凹《高興》中的劉高興分別是 80 年代末、90 年代中期、2000 年後的農民工，雖然時代不同，但他們都體驗到城裏人對自己的輕視或排斥，並因此自卑。

與農民工不同的是，鄉村才子擁有跨越城鄉壁壘、實現身份轉換的資本——通過接受現代教育掌握一定的知識，進而爲獲得相對較好的在城裏工作的機會打下基礎。三部小說中，高加林在縣城讀了高中，高子路在省城讀了大學，楊科則在京城一直讀到博士。布爾迪爾指出，「文化修養和教育經歷能

〔註23〕莫言：《著名作家莫言作客新浪訪談實錄》，http://book.sina.com.cn/41pao/2003-08-06/3/13818.shtml。

〔註24〕參見賈平凹：《棣花街的記憶——〈秦腔〉後記》，《中國作家》2005 年第 4 期。實際上，賈平凹的成功逃離並非是因爲偶而的機遇，而是一位女性（他當時的未婚妻）把機遇讓給了他，因爲按照當地習俗，他們訂了婚，將來就是一家人了，所以當時他們所在的公社上大學的名額從原來的 2 個減爲 1 個時，公社幹部因爲他是男性就把名額給了他，他的未婚妻大哭一場之後接受了這一安排，可見當時的習俗在對男女外出及地位安排上是有利於男性的。詳見賈平凹的回憶性散文《我是農民——鄉下五年的記憶》，《大家》1998 年第 6 期。

〔註25〕孫惠芬：《城鄉之間》，崑崙出版社，2004 年，第 34 頁。

〔註26〕孫惠芬：《城鄉之間》，崑崙出版社，2004 年，第 28 頁。

在特定場域裏，成爲行動者們獲取社會地位的憑藉。」〔註27〕對於他們來說，知識就是其文化資本，而城市就是其建構主流身份的場域。

資本的關鍵問題是積纍和轉換，文化資本亦然，「資本是積纍的勞動（以物化的形式或『具體化的』、『肉身化』的形式），當這種勞動在私人性，即排他的基礎上被行動者或行動者小團體佔有時，這種勞動就使得他們能夠以具體化的或活的勞動的形式佔有社會資源。」〔註28〕三位鄉村才子在文化資本的積纍方面都非常勤奮。高加林在縣高中時是學習尖子，在縣委做通訊幹事時寫出許多出色的通訊報導；高子路考上了省城的大學，並在工作後寫出古代漢語研究的專著；楊科在京城的全國最高學府清燕大學一直讀到完成博士學業，留校任教後寫出不少重量級的《詩經》研究論文和一部磚頭厚的《詩經》研究專著。從積纍的角度看，他們的文化資本呈上陞趨勢，越來越多且越來越高級。但文化資本能否幫助他們建構主流身份，還有賴於不同歷史時期場域的結構，即各種資本所處的位置。

在 20 世紀 80 年代，高加林雖然只是個高中生，卻近乎文理兼修的全才。重要的是，當時百廢初興的城市，爲他有限的知識提供了施爲的理想空間。在這裏，他寫作的通訊報導這一文化產品能夠迅速轉化爲經濟資本；更重要的是，縣廣播站、地區報、省報、縣委重要會議、燈光球場等各種公共空間全部向他敞開，讓他有可能大顯身手。在成爲縣委的出色通訊幹事和燈光球場上的籃球健將之後，高加林終於被捧上縣城「明星」的寶座。「明星」身份的獲得是他的文化資本轉化爲社會資本的標誌。在依靠知識建構主流身份這一點上，生逢其時的高加林無疑是一個成功者。現代場域的「明星」，某種意義上恰與 80 年代知識分子想像中的理想身份——時代的文化英雄是一致的。

《高老莊》中的高子路雖是大學畢業生，他的知識卻只涉及人文領域。他的專業古代漢語屬於中國傳統文化範疇。高子路的活動場域，也已經從高加林的整個縣城（在高加林看來縣城就是大城市）縮小到省城大學校園這一象牙塔的狹小空間。而他的文化資本——古代漢語研究專著，爲他換取的不過是文化體制內的教授崗位。90 年代大學校園裏的教授與 80 年代公共空間中

〔註27〕 張意：《文化與符號權力——布爾迪厄的文化社會學導論》，中國社會科學出版社，2005 年，第 127 頁。

〔註28〕 （法）布爾迪厄：《文化資本與社會煉金術——布爾迪厄訪談錄》，包亞明譯，上海人民出版社，1997 年，第 189 頁。

的知識分子的不同在於，他已經不是可以「指點江山、激揚文字」的啓蒙式知識分子，而只是專業知識的「闡釋者」，他「在越加制度化的學術與學院機制中求得的自由表達，已經與社會現實及其實踐之間產生了距離」〔註29〕。這就是說，人文知識分子雖然依舊擁有較高的社會地位，卻已經「去政治化」，已經不再具有塑造現實的雄心與能力了。

《風雅頌》中，楊科的知識被設定爲《詩經》研究，同樣屬於中國傳統文化。楊科的文化資本經歷了一個從成功轉化到難以轉化的過程：先是他的論文能夠順利發表並獲得不菲的稿費；之後是他要發表論文就必須交版面費；最後是他歷時五年寫出的專著必須交五萬元才能出版。對小說中的楊科而言，這一問題的嚴重性在於，由於不能順利發表論文、出版專著，他的文化資本已經不能幫助他在文化體制內從副教授晉升爲教授，他的《詩經》研究課也備受學生冷落。總之，楊科作爲一位人文知識分子經歷著全面失敗，這一失敗內含三個層面的社會現實：一是「大學」以及相應的精英文化本身在整個商品社會的邊緣化；二是其安身立命所倚賴的專業「古典文學」，受西方話語霸權以及科層化的現代知識體系內部結構變動的影響，位置邊緣化〔註30〕；三是進入新世紀之後學術論文版面費與專著出版費問題的凸顯，應該說，這既是雜誌社與出版社市場化的結果，也是學術泡沫泛濫的重要原因之一。最終，楊科無法在大學這一文化場域內順利地建構起自己的主流身份，只能落荒而逃。

從高加林的佔領整個現代場域（成爲「明星」），到高子路的安身於大學（擔任教授），再到楊科立業的艱難（評不上教授），可以看到，雖然三位男主人公的文化資本呈上陞趨勢，但城市這一現代場域分配給他們的發展空間卻越來越少。這一文化資本與發展空間之間的不對等關係，無疑揭示出一個嚴重的問題，那就是知識分子的邊緣化。布爾迪厄的論述有助於我們理解這一問題產生的原因，「在特定的時刻，資本的不同類型和亞型的分佈結構，在時間上體現了社會世界的內在結構。」〔註31〕在這個意義上，三部小說中鄉村才子的文化資本的位置遷移以及由此產生的身份轉換的艱難，恰是近三十

〔註29〕周憲：《審美現代性批判》，商務印書館，2005年，第446頁。

〔註30〕這裏值得反思的一點是，楊科之類的男性傳統文化人在社會現實面前毫無反抗的意識和能力；作家在塑造他們時，也未能爲社會提供相關的思想資源。

〔註31〕（法）布爾迪厄：《文化資本與社會煉金術——布爾迪厄訪談錄》，第190頁。

年中國社會結構變遷的表徵：20 世紀 80 年代前期，文化資本一枝獨秀佔據優勢；隨著 90 年代中國社會的市場化轉型，經濟資本取代了文化資本的優勢地位；21 世紀以來，中國社會轉型進一步深入，經濟資本已經從社會場域侵入到文化場域，並形成強勢。

對鄉村才子來說，主流身份建構的成功與否直接影響著他們的自我認同感。高加林的成功使他在縣城裏自信而驕傲，高子路雖然只是大學校園裏的一個教授，但他也把自己看成一個了不起的「人物」，楊科身份建構的失敗則引發了他的嚴重焦慮。在被迫逃回家鄉後，他總是在別人面前說自己是教授（而非副教授）、知識分子，動不動就讓人看自己清燕大學的工作證，還假冒校長給村長打電話把自己說成最有學問、最有威望的名教授。可見，楊科的行為已經成為無法停止的重複扮演。其悲劇性在於：一方面，他在扮演中對「知識分子」、「最有學問、最有威望的名教授」等主流身份符碼的佔有，暴露出他的實際身份和言說出的主流身份的分裂；另一方面，他又必須不斷地把這種言不副實的扮演重複下去，才能在幻想中確認自我的主流身份。這樣，他的扮演就顯示出強迫性、重複性及儀式化特徵〔註 32〕，從而成為精神疾病的某種「症狀」；並且，按照拉康「無意識是大寫他者的話語」〔註 33〕的著名論斷，他的「症狀」——那脫韁的無意識欲望雖然真實，但他的欲望對象卻不過是主流話語這個「大寫他者」提供的幻象。

二、「城市佳人」與男性主體身份的建構

如果說，鄉村才子進城後對主流身份的建構要面對的是自我、知識與現代場域的關係，是在公共空間中追求「是其所是」，那麼，他們在城市裏的戀愛或聯姻則指向私人空間。在這個領域裏，他們需要「城市佳人」的愛情對其身份的再度確認。而兩者之間在出身和知識上的差異，必將參與構建甚至左右他們相處過程中的兩性關係。

《人生》中的黃亞萍是高加林的高中同學，她生長在幹部家庭，依靠這一背景，她能把高加林從小縣城帶到更大的城市南京。就家庭出身而言，她顯然是優越的。但小說對二人戀情萌生的書寫，卻是黃亞萍朗讀高加林那文

〔註 32〕（奧）弗洛伊德：《精神分析學引論・新論》，羅生譯，百花洲文藝出版社，1997 年，第 224 頁。

〔註 33〕張一兵：《不可能的存在之真——拉康哲學映像》，商務印書館，2006 年，第 10 頁。

采斐然的文章時，「感情頓時燃燒起來」，輕而易舉便折服於高加林的才華之下，主動展開對高加林的追求。這裏所呈現的是，高加林的才華構成了壓倒黃亞萍城市與幹部家庭出身優勢的砝碼；但是，高加林也並非不需要城裏人尤其是黃亞萍對他的肯定：「你實際上根本就不像個鄉下人了」。〔註34〕

　　事實上，「不像個鄉下人」不僅是高加林，而且是當代文學中很多鄉村青年進城後追求的重要目標之一。《廢都》中，柳月進城時還是一個徹頭徹尾的鄉下人，「穿著一身粗布衣裳，見人就低了眉眼，不肯說話。」在拿到第一個月工資後，她全部用來買衣服裝扮自己，並因此迅速得到城裏人的認可，「滿院子的人都說是像陳沖，自此一日比一日活泛，整個兒性格都變了。」〔註35〕可見，「不像個鄉下人」的第一步，就是外表的「去鄉村化」。鄉村青年正是以此為基礎，逐漸改變面對城裏人時的卑微感，變得大方而自信。無獨有偶，蔣韻的《麥穗金黃》中打工男孩的願望，就是像城裏的時尚青年一樣，把頭髮染得如同麥穗般金黃燦爛。事實上，從外表到生活方式的一系列「去鄉村化」，正是進城後的鄉村青年建構新身份——城裏人的重要一環。潘毅的田野調查顯示，進城後的打工妹們最喜歡去價廉物美的市場購物。因為，這裏作為具有西式風格的消費空間，既可以讓她們體驗到時尚的生活方式，更可以「滿足她們作為現代女性進行自我肯定的需要」。具體而言，就是買到價廉物美的化妝品與時髦衣物。而其中最受歡迎的，是美白護膚品，因為，較黑的膚色被認為是農村人在田裏長時間勞作的標誌，較為白皙的皮膚則看起來更像城裏人。〔註36〕可見，「不像個鄉下人」，是文學與現實中的進城鄉村青年的普遍訴求，它意味著一系列自我改造工程，且與消費主義文化有著千絲萬縷的聯繫。

　　也正是因為上述原因，小說中的黃亞萍事實上被塑造成了一個前後不無矛盾的人物形象〔註37〕，這種矛盾又與她是否表現出女性特徵密切相關。在沒有和高加林確立戀愛關係之前，她被放置在文化館這一公共文化空間中，與高加林就國際局勢和世界能源等重大問題展開熱烈交流。這時的黃亞萍聰

〔註34〕路遙：《人生》，人民文學出版社，2006年，第113頁。

〔註35〕賈平凹：《廢都》，北京出版社，1993年，第50～51頁。

〔註36〕潘毅：《中國女工——新興打工者主體的形成》，任焰譯，九州出版社，第159～160頁。

〔註37〕在小說發表後一個時期的研究中，只有雷達指出黃亞萍的性格前後不一致。參見雷達：《簡論高加林的悲劇》，《青年文學》1983年第2期。

敏而博觀，是一個性別特徵並不明顯、形象頗為「正面」的知識女性。而當二人確立戀愛關係後，黃亞萍就呈現出讓高加林陶醉又頭疼的矛盾性。一方面，高加林陶醉於黃亞萍所代表的當時最現代的生活方式。從時尚的服裝到在河邊穿著泳裝、戴著墨鏡曬太陽等，無不是黃亞萍的主動選擇和策劃，而高加林只是一個抱著「實習」態度的被動參與者。此時，高加林對現代生活方式的陌生和迷戀，與他對黃亞萍的迷戀非常相似。在高加林看來，黃亞萍身上彌漫著一種「非常神秘的魅力」。「神秘」，暗示著黃亞萍魅力的陌生性即魔性，也就是「他者」性。恰如高加林的老父親所說，黃亞萍是個「洋女人」。「洋」正透露著某種現代品格與消費主義特徵。

作者很可能意識到對這個「洋女人」的迷戀會危及高加林的男性主體性，使他面臨被同化的危險〔註 38〕，於是，後期的黃亞萍性格中加入了「任性」的負面成分，以致高加林頭疼於黃亞萍總想支配自己。小說中有這樣一個饒有意味的情節：高加林正在參加縣委重要會議時，黃亞萍執意要他冒雨去郊外尋找她的進口水果刀。等到高加林空手而歸，黃亞萍卻說水果刀根本就沒丟，她是想知道高加林對她的話聽到什麼程度。高加林當即大發雷霆，黃亞萍被嚇哭，向他道歉並保證再不惹他生氣。這一情節蘊涵的潛在邏輯是：黃亞萍（女性）竟然讓高加林（男性）不顧國家大事（重要會議）去做私人小事（找水果刀），這是一種感性至上的弱智者的荒唐和任性。在這裏，黃亞萍的所思所為顯然是反面的，而高加林的大發雷霆則是正面的，代表著具有理性的男性的威嚴。黃亞萍的最終臣服，既是在她與高的兩性關係中爭奪主導者位置的失敗，也是高加林對具有某種現代品格的女性之魔性的成功馴服。

《高老莊》中，高子路和城市女性西夏之間的關係，與他們之間隨種族差異而來的體貌、性格和習性之別密切相聯。在體貌上，高子路的醜陋、矮體短腿、黃面稀鬍、大板牙等，是高老莊人特有的純種漢人的標誌。西夏則相反。她容顏美麗、身高腿長，臉龐不是平面的，頭髮是淡黃色的，這些都突出了她的非漢人的「他者」特徵〔註 39〕。並且，這些差異已經暗示了各自

〔註 38〕 路遙對黃亞萍代表的現代生活方式並不認同，他不僅在小說中描寫了縣城人諷刺高、黃是「業餘華僑」，在「創作談」中，更是把現代生活方式和資產階級意識直接掛鈎。見路遙：《面對新的生活》，《中篇小說選刊》1982 年第 5 期。

〔註 39〕 西夏的「他者」性在小說中曾得到高老莊人和法國女人的指認。高老莊人懷疑她是外國人，法國人則問她是否有歐洲人血統。

的優劣：子路是衰朽的漢人後裔，西夏則是年輕、強壯、充滿活力的混血美人。西夏不僅在性格上比子路優越（如西夏慷慨大方，子路斤斤計較；西夏果斷熱情，子路優柔寡斷），在生活習性上，也是西夏衛生、子路骯髒，西夏勤快、子路貪吃貪睡等。值得注意的是，相對於子路明確的漢人出身，西夏的父母和家庭從未被提及。她第一次出現在子路面前是從博物館中出來，子路發現她腳小腿長，很像自己剛才在博物館裏看到的大宛馬（「大宛馬」正是子路給西夏的綽號）。因此，或許有理由認為，西夏這個形象並非完全寫實，而是在作者心目中多少具有表徵某些現代特質的虛化意味。當然，另一方面的事實是，西夏所承載的觀念幾乎可以等同於近現代時期所流行的種族優劣論，子路對「西方美人」的身體意淫也早在晚清小說中屢見不鮮。

西夏的優勢，決定了子路和她之間交往的開端不再是《人生》中的「女追男」型，而是子路對西夏糾纏不捨才終於把她娶回家。而他們的相處，也多是西夏以現代生活方式影響、改造子路，回鄉後更是以現代目光審視他從教授到農民的蛻變：「你現在是教授，教授！你一回來地地道道成了個農民了嘛！」在高老莊，是西夏而非子路發現並研究了高家族譜，並最後做出權威性結論：「純粹的漢人太老了，人種退化了！」〔註40〕她還有權出入於這裏的任何空間。這使西夏在高老莊的行動近乎成為現代人類學家對某個非現代區域的全面考察。她挖掘高老莊人窩裏鬥、貪婪、愛說是非、好色貪淫等種種劣根性，並充當高老莊人的指導者和拯救者〔註41〕。

在子路和西夏的關係式中，如果說西夏對子路的審視是蘊含著現代知識權力的凝視，那麼，子路也可以相應地進行反凝視。事實上，他的男性欲望的目光已經把西夏的身體分割為長腿、細腰、大臀等性感部件，進行戀物癖式的觀賞；更何況，西夏還是子路換種的工具。因此，兩人在不同層面上可謂互為主體又互為客體。

《風雅頌》的敘述者是楊科。在他的第一人稱主觀性敘述中，他與城市女性趙茹萍的婚姻是他的導師——趙茹萍父親的預謀。也就是說，他一開始就充當了這場婚姻中「被俘獲者」的角色。妻子趙茹萍與他在知識的擁有方

〔註40〕賈平凹：《高老莊》，太白文藝出版社，1998年，第105頁、第125頁。
〔註41〕西夏的形象類似於晚清時期王韜的《媚梨小傳》、《海外壯遊》等小說中出現的愛上中國才子的西方美人，但賈平凹看到的鄉村現實使他不可能再把西夏塑造成王韜想像中的中華文明愛慕者，而主要是一個批判者。

面差距懸殊：相對於楊科的正牌本科、碩士、博士學歷，趙茹萍高中沒畢業就當了圖書館管理員，後來讀的是函授本科、碩士，但她卻就此當上了清燕大學影視藝術系的教師；相對於楊科有分量的學術論文，趙茹萍的所謂論文不過是拼湊而成；相對於楊科深奧古雅的《詩經》研究課，趙茹萍的公開示範課不過是靠搬演影星名導的軼事吸引學生；相對於楊科靠自己實力寫出的專著，趙茹萍的出版物不過是對楊科專著的剽竊。簡言之，二者的知識構成明顯呈現出高／低、真／偽之別。趙茹萍學歷的速成、論文的拼湊、專著的剽竊，與卡林內斯庫對媚俗藝術特徵的總結類似：「媚俗藝術的整個概念顯然圍繞著模仿、偽造、假冒以及我們所說的欺騙與自我欺騙美學一類的問題。」〔註42〕當趙茹萍以媚俗為手段輕易獲取了楊科夢寐以求的教授職稱以及住專家樓的待遇時，她的成功強烈地映襯著楊科的失敗。更有甚者，趙茹萍還背叛丈夫投靠權勢人物。這樣，在楊科的敘述中，趙茹萍被徹底妖魔化了。然而，這一敘事雖然揭露了趙茹萍的種種劣跡，卻也暴露出楊科無力應對時代變遷的恐慌，或許還有對女性超越男性的恐懼以及文人的自怨自艾。

弔詭的是，儘管楊科知道導師預謀把女兒趙茹萍嫁給自己，卻從未反對；趙茹萍背叛他與人通姦，他卻在他們面前下跪；他認為趙茹萍的講課是譁眾取寵，自己卻又不由自主地模仿。也就是說，楊科從未試圖與媚俗的趙茹萍劃清界限，反而曲意逢迎。這就更深刻地顯示出，楊科對建構主流身份的渴望和他的全面失敗，已經蛀空了他作為一個男性的「人」的尊嚴。在趙茹萍對他所施加的壓抑和扭曲中，始終有他自身的合謀。為了在城市中立足和發展，他實在太需要得到趙茹萍的「愛情」以便完成對自己身份的確認，以至即使趙茹萍已經提出離婚，他還在臆想「趙茹萍往死裏愛我」。

從《人生》中前後矛盾的黃亞萍，到《高老莊》中帶有一定的理想、虛幻色彩的西夏，以及《風雅頌》中被敘事者妖魔化的趙茹萍，幾位女性的形象變化極大且意味深長。從現實的層面說，這與 20 世紀 80 年代以來「鄉村才子」進城後的生存體驗和現代性焦慮是密切相關的。他們通過與「城市佳人」的交往，從一個側面體驗著現代性的魅力和魔性。從《人生》中的高加林輕易俘獲並馴服黃亞萍從而在兩性關係中獲得主導位置，到《高老莊》中高子路與西夏在不同層面上互為主體又互為客體，再到楊科完全失去優勢，

〔註42〕 （美）馬泰・卡林內斯庫：《現代性的五副面孔》，顧愛斌、李瑞華譯，商務印書館，2002 年，第 246 頁。

幾乎成爲趙茹萍的奴隸，可以發現男主人公們在私人空間中的主導性力量逐漸弱化衰頹的軌跡。或許可以說，這樣一條由幾部小說中所表現的男性人物命運折映的軌跡，與近三十年來從鄉村到城市的知識分子在公共空間中所經歷的從相對中心到基本邊緣的主流身份建構處境，在相當高的程度上呈現出一致性。

三、被動而癡情的「鄉村佳人」

在鄉村才子身邊的城市佳人形象系列變幻不定的同時，鄉村佳人形象系列則很少變化：《人生》中的劉巧珍、《高老莊》中的菊娃、《風雅頌》中的付玲珍，都具有美貌、善良、溫柔、癡情等基本特點。不過，此時男女雙方關係的建立、維繫與破裂，是與他們之間知識資本有無的差異密切相關的，這使他們的關係有可能重蹈「郎才女貌」的傳統模式〔註43〕。曾有學者把「郎才女貌」的實質概括爲：「男子以自己的才力以及由此得到的社會地位，自上而下地向女子體現自己的佔有權」。〔註44〕這裏，兩性之間的不平等以及男性對女性的佔有是其要點。不難看到，在我們主要考察的三部文本中，情形也是如此。

鄉村才子與鄉村佳人關係建立的契機，往往是前者的失意。高加林被人頂替了民辦教師的工作，楊科接連考了三次大學都沒考上。也就是說，他們是在不得不做鄉下人時俯就鄉村姑娘的。此間，美貌作爲女性的價值砝碼，並不具有與知識資本同等的分量。因此，在他們的關係中，一方面是女性因美貌而淪爲被觀賞的客體，一方面是男性所擁有的知識資本成爲支持性別壓迫的力量。《人生》中，劉巧珍對高加林的愛情，很大程度上是基於她對知識的仰慕以及由此產生的自卑感。她總是不假思索地聽從高加林的一切指令。而高加林所得意的，恰是她無時無刻的溫柔與順從。譬如小說中完全由高加林策劃的二人的第一次公開亮相：

> 巧珍是驕傲的：她，一個不識字的農村姑娘，正和一個多才多藝、強壯標致的「先生」，相跟著去縣城囉！

〔註43〕何滿子認爲「郎才女貌」是古代下層社會的愛情標準（何滿子：《中國愛情小說中的兩性關係》，第100頁）；劉慧英認爲「郎才女貌」就是「才子佳人」（劉慧英：《走出男權傳統的藩籬——文學中的男權意識批判》，生活·讀書·新知三聯書店，1996年，第17頁）。在此傾向於對二者加以區分，因爲不少「才子佳人模式」中的佳人是才貌雙全的。

〔註44〕李劼：《高加林論》，《當代作家評論》1985年第1期。

> 加林是驕傲的：讓一村滿川的莊稼人看看吧！大馬河川裏最俊
> 的姑娘，著名的『財神爺』劉立本的女兒，正像一隻可愛的小羊羔
> 一般，溫順地跟在他的身邊！〔註45〕

儘管二人驕傲的姿態是相似的，但是那驕傲的理由，卻完全符合才子佳人的設定。《高老莊》中，高子路致力於把菊娃改造成理想的觀賞客體，他指責她不注意打扮，「恨不得一下子把她改造地盡善盡美」。一旦菊娃表示反抗，高子路就以發火來彈壓。可以說，才子從來就無意以知識對鄉村女性進行啓蒙，而是非常樂於讓她們如同傳統女性一樣，充當喪失自我意願和決定意向的被動客體。因此，他們之間關係的維繫，其實質只能是男性憑藉知識資本佔有女性身心的過程。

鄉村才子與鄉村佳人關係破裂的關節點是男方的進城。此時，城裏人與鄉下人的區隔使女方成為男方進軍城市的累贅。因此，拋棄的發生幾乎是必然的。如果說高加林在拋棄劉巧珍時還感到難過和內疚的話，楊科在拋棄付玲珍時則根本就不曾考慮對方是否會受傷害。高子路和菊娃關係的破裂是因為他與一個城市女性有染，菊娃執意要離婚，高子路卻認定這是菊娃在認死理。支撐這一判斷的，是他有權犯錯、菊娃則理當容忍的陳腐意識。所有的斷裂都類似於傳統的「始亂終棄」（不論是精神的還是身體的），即以犧牲女性的方式為進城的男子進一步建構主流身份掃清障礙。其間一個引人深思的現象是，男主人公在拋棄鄉村女性後，卻對她們的貞潔有著極為苛刻的要求。高子路與菊娃離婚多年，也不能容忍菊娃和別人發生戀愛關係；楊科拋棄付玲珍20年，一旦聽說她可能與吳胖子有過關係，就聲言自己要去找小姐傷害她。對女性貞潔的苛求既暴露了他們的佔有欲，也昭示了男權傳統觀念是何等的根深蒂固。

耐人尋味的是，三個文本不約而同地描寫了鄉村佳人被拋棄後不改的癡情。《人生》中的劉巧珍，面對提出分手的高加林，殷殷訴說「你不知道，我是怎樣愛你……」；《高老莊》中的菊娃，和高子路離婚多年卻未再嫁，只因為「這心還在你身上」。堪稱極端的是《風雅頌》中的付玲珍。在楊科向她提出退婚之時，她竟然要獻身於他；她後來嫁給楊科的一位本家親戚，只因為這樣可以便於聽到楊科的消息；在丈夫死後，她用楊科當年用過的傢具把自己的臥室布置成楊科臥室的複製品；她的死亡，是因為聽說楊科去找小姐而

〔註45〕路遙：《人生》，第 75 頁。

自殺；她臨死前的願望，是楊科能把貼身衣服和自己葬在一起，以實現生不能同室，死可以同穴的癡夢。顯然，付玲珍的生與死全都圍繞著楊科這個男人。但是，既然斷裂的基點是城裏人與鄉下人的區隔，鄉村女性也無意以癡情修復兩性關係，她們何以要進行如此的精神自虐呢？為了深入解讀作品中的相關描寫，這裏嘗試對男主人公們的生存現實、心理處境以及作者寫作動機略加探討。

　　首先，從男主人公們的處境看，進城後的他們在現實和心理上都處於「城鄉交叉地帶」。就現實處境而言，高加林春風得意之時被人告發，只好回鄉當農民；高子路努力向現代文化看齊，卻無法完全剔除自己身上的農民性，從而只能成為城裏人和鄉下人的混合體；楊科既無力成為城市精英，也無意當個農民。再看心理處境。走在回鄉之路上的高加林「感覺到自己孤零零的，前不著村，後不靠店。他不知道自己從什麼路上走來，又向什麼路上走去……」〔註 46〕；高子路無論對菊娃還是故鄉，都抱著情感眷戀和理性批判的矛盾態度；楊科感到：「我在這個世界閒餘而無趣……原來我在哪兒待著都是一個閒餘人。」〔註 47〕無論是高加林的彷徨，高子路的矛盾，還是楊科的「閒餘人」之感，都是處於「交叉地帶」的異鄉人的無根性體驗，屬於非常典型而真實的存在性焦慮。當作者立足於鄉村才子（男性）本位、希望在創作中探求消解而不是加深他們的焦慮時，小說中與之對應的女性人物取何姿態，自是很容易根據需要被設定的。

　　其次，不妨聯繫作者的寫作動機進行思考。20 世紀 80 年代初的路遙，感受到城鄉交叉地帶「資產階級意識和傳統美德的衝突」〔註 48〕，當他筆下的高加林和黃亞萍所代表的個人主義這一「資產階級意識」，竟然一度戰勝了劉巧珍代表的「我們這個國家、這個民族的一種傳統的美德，一種生活中的犧牲精神」〔註 49〕時，作者的道德焦慮促使主人公選擇了回歸鄉村和傳統美德。而巧珍正是這一傳統美德的化身。高加林一回村，德順爺爺就告訴他，巧珍為他勸走了試圖羞辱他的姐姐，還去向支書求情讓他當民辦教師。不過，當高加林的回歸被敘述成癡情的劉巧珍繼續為高加林奉獻愛心時，就不能不暴

〔註46〕路遙：《人生》，第 178 頁。
〔註47〕閻連科：《風雅頌》，江蘇人民出版社，2008 年，第 170 頁。
〔註48〕路遙：《面對新的生活》，《中篇小說選刊》1982 年第 5 期。
〔註49〕路遙：《關於〈人生〉的對話》，《路遙文集》第 5 卷，人民文學出版社，2005
　　　年，第 409 頁。

露出作者的局限性。一方面，作品再次以帶有褒揚傾向的書寫，強化了二人分手前女性奉獻、男性享用的兩性關係格局；另一方面，巧珍傳統美德的功能，不過是給高加林提供了暫時的精神小憩，並不能真正解決他的精神危機，高加林回歸之路的前景終不免可疑。但無論如何，巧珍在作者的安排下，始終是應高加林之需履行著人生使命。

1998 年，賈平凹創作了《高老莊》。當時他自陳寫作意圖時，曾表示「意在哀高老莊的不幸」，批判其「文化僵死，人種退化」〔註50〕。如果說「文化僵死」是借還鄉者子路和新妻西夏之口批判的高老莊人的劣根性，「人種退化」則首先體現為子路和原妻菊娃生下了殘疾孩子。此時，傳統在子路這裏已非美德，而是他和高老莊走向現代的重負；菊娃亦不意味著精神的撫慰，而是一份無法擺脫的情感眷戀和責任（這與子路對待自己的傳統之根的態度近似）。因此，既然子路在眷戀，菊娃自需以癡情做出回應；但既然批判以及斬斷與傳統（也包括菊娃）的關係是小說的鵠的，菊娃的癡情姿態就不免顯得曖昧。於是，儘管小說中有許多二人之間藕斷絲連的描寫，結局卻是高子路絕然離去再不回來。《高老莊》對《人生》回歸路向的反轉，固然顯示出不同時代不同作家在處理現代和傳統這一對矛盾時的複雜性，但小說中女性人物菊娃的癡情，顯然充當了無謂犧牲的角色。

2008 年，《風雅頌》的作者閻連科坦言，寫楊科就是「寫我」。他說：「我只是描寫了我自己漂浮的內心」，「這部小說的土壤，就是多少年來『回家的意願』。」〔註51〕在小說中，閻連科「漂浮的內心」置換為楊科的「閒餘人」之感，閻連科「回家的意願」置換為楊科的回鄉之舉。那麼，當閻連科重複了路遙式的回歸，他是否會重複路遙存在的問題呢？從小說情節看，作者確是繼續讓付玲珍的癡情為楊科提供物質和精神的休憩的；並且，由於楊科不能在城市和趙茹萍那裏得到認同，他對付玲珍的癡情要求的程度更高。可是，儘管付玲珍的癡情已經達到極端，卻非但沒有解決楊科的精神危機，反而使楊科滋生出更加瘋狂的男性佔有欲。付玲珍死後，楊科竟然因為其女兒小敏長得和母親相像，就想當然地認為小敏應該嫁給自己；一旦小敏要嫁給別人，他就認為自己的權力受到了侵犯，於是殺死了小敏的新郎，並為小敏一結婚就成了寡婦而感到報復的快意。這裏，閻連科在重複路遙的回歸路向時，通

〔註50〕賈平凹：《寫作是我的宿命》，《文學報》1998 年 8 月 6 日。
〔註51〕閻連科：《風雅頌·後記三篇》，《風雅頌》，第 328 頁。

過故事的敘述不期然間暴露出這一路向可能導出的更為嚴重的問題：當失意的男主人公回歸時，可以從鄉村女性那裏獲得撫慰；但他未必會真誠感激女性的癡情付出，反有可能要求更多、甚至實施更無理的佔有，從而迫使女性付出更大、更慘烈的代價。

毫無疑問，這三部小說所觸及的，遠不是鄉村現實生活中兩性關係真實圖景的全部，但它確可從一個側面反映出傳統性別文化的本質。我們看到，滲透在作家文化心理中的男性中心意識，給文學創作中的性別想像及兩性人物塑造帶來了十分深刻的影響。在鄉村才子與鄉村佳人婚戀關係的建立、維繫、斷裂及至斷裂之後的整個過程中，女性始終處於被獲取（美貌）、被改造（溫順）、被苛求（貞潔）、被期望（癡情）的位置，在屈從的角落裏做出奉獻和犧牲；而男性卻憑藉其知識資本佔據優勢，進而可以從女性那裏獲取盡可能多的現實的和心理的利益。正因為如此，新時代「鄉村才子」與「鄉村佳人」之間的關係，終未超出「郎才女貌」的實質。它既昭示了傳統性別秩序的歷史性延續，也自有其當代意涵：近三十年間，隨著人文知識這一文化資本從中心被擠到邊緣並逐漸被經濟資本所掌控，鄉村才子們越來越難以建構自己的主流身份，也越來越難以在與城市佳人的關係中佔據主導位置；對他們來說，也許只有借助於對鄉村女性的身體、情感甚至生命的宰制，才能有效地重建其自我中心意識。在這個意義上，小說中的鄉村佳人或可說是一些男性作家有意無意間努力為其男主人公保留的一個美妙夢幻。

綜上所述，這裏對近三十年「城鄉交叉地帶」敘事中「新才子佳人模式」的考察，既指向「城鄉交叉地帶敘事」中的關鍵問題之一：身份（即進城後的鄉村才子能否成功建構起城市精英這一主流身份）；也指向這一模式的性別文化內涵（即在鄉村才子與城鄉佳人的關係中，是哪些因素在起作用，男女雙方遵循著怎樣的性別秩序）。其間，涉及鄉村才子的身份建構與兩性關係之間的互動。通過考察我們看到，三個文本中的「新才子佳人模式」並未表現為傳統才子佳人小說「千部共出一套」的重複，而是在人物主體位置的交互遷移中，映現著近三十年社會結構的變遷。「鄉村才子」憑藉知識建構城市精英這一主流身份相對而言從易到難的歷程，是近三十年人文知識分子處境的縮影。他們與「城市佳人」之間從主導位置的爭奪到全面讓渡，與其身份建構所面臨的基本狀況相一致；而他們與「鄉村佳人」之間基於知識資本之有無的關係歷程，在強化男性中心的性別文化格局時，也塑造著女性的被動性。

然而，對女性的佔有和壓抑無法真正消除他們處於「城鄉交叉地帶」的心靈漂浮體驗，並不能使其獲得精神拯救。

當前，現代化進程和全球化浪潮正在生產出更多的「城鄉交叉地帶」以及在物理和心理上處於其中的人。置身這個時代，如何處理身份認同的困惑、新身份的建構以及兩性之間的關係，越來越成為無法迴避的問題。在這個意義上，「新才子佳人模式」的寫作實踐或可從一個特定的角度促人思考。

第四節　鄉土文學敘事中的「好女人」書寫

21 世紀以來，中國更深地捲入全球經濟和文化競爭之中。一方面，中國必須繼續大力發展經濟，將現代化進行到底；另一方面，隨著經濟實力的增強，中國對文化軟實力和文化自主性的追求也愈益迫切。處在這一社會文化語境下的鄉土文學，也必然以自己的方式參與這一時段的歷史想像與文化建構。此間一個值得注意的現象是，鄉土文學中出現的一批「好女人」書寫。比較重要的文本有：賈平凹的《秦腔》、李佩甫的《城的燈》、周大新的《湖光山色》、孫惠芬的《歇馬山莊》、《上塘書》、張煒的《浪漫或醜行》、莫言的《蛙》、閻連科的《母親是一條河》（電視小說）、羅偉章的《大嫂謠》、胡學文的《蕎蕎的日子》、《掛呀麼掛紅燈》、葛水平的《黑脈》等等。其中，張煒的《浪漫與醜行》、莫言的《蛙》、閻連科的《母親是一條河》、羅偉章《大嫂謠》、胡學文《蕎蕎的日子》、《掛呀麼掛紅燈》、葛水平《黑脈》對好女人的書寫基本上延續了 20 世紀鄉土文學中的好女人書寫範式，將其模塑為勤勞、善良、克己、文化水平低的地母或底層不幸女子，在此不擬討論。而《秦腔》中的白雪、《城的燈》中的劉漢香、《湖光山色》中的楚暖暖、《歇馬山莊》中的翁月月、《上塘書》中的徐蘭，雖也保留了勤勞、善良、克己等美德，同時還具有較高的文化水平與社會身份。這種對好女人品德與能力配置的變化使其書寫顯示出某種新質。然而，到目前為止，有關評論似乎過多強調了其中的女性形象與傳統美德的關聯，將其定位為聖母、地母。這種基於品質的認定當然是必要的，但更重要的或許在於，將這幾位好女人形象與文本的敘事類型相結合，探究作者為什麼要塑造這種好女人形象，即他們在這種好女人形象中寄予了何種意識形態訴求？這種意識形態訴求在新世紀的文學／文化空間中佔據一個怎樣的位置？又說明了什麼問題？

一、後尋根敘事：召喚肖／孝之媳女的幽魂

　　賈平凹的《秦腔》以「密實的流年式」寫法，鋪敘清風街上生老病死、吃喝拉撒睡的日常生活碎片，於無數的細節中展現廣義的父子（老一代與新一代）衝突以及父子秩序的全面崩塌。總之，這是一曲傳統農耕文明的輓歌。從這一意義上講，《秦腔》應該屬於後尋根敘事〔註52〕。雖然賈平凹並未將其中的父輩仁義禮智（夏家父輩之名）理想化，但其同情顯然在他們一邊，《秦腔》的立場也更傾向於文化守成主義。

　　《秦腔》中的好女人白雪出身於清風街上的白氏大家族，是縣劇團的秦腔名角。由於白雪與夏風的婚姻是這部碎片化的小說的一條潛在線索，目前關於白雪的評論多著眼於她與夏風的婚姻悲劇或其隱喻〔註53〕，還有評論稱其為鄉村版才子佳人〔註54〕，其依據大概是，夏風是省城的名作家，白雪是清風街出名的美人。然而稍加注意就會發現，二人之間絕無古典才子佳人故事的纏綿愛情，反倒是爭吵不休，最後以離婚告終。因而，關於他們的婚姻，清風街人的說法值得注意，「清風街過去和現在的大戶就只有夏家和白家，夏家和白家再成了親家，大鵬展翅，把半個天光都要罩啦！」則白雪的婚姻是夏、白兩大家族的聯姻，她的大家族出身乃是為了和夏家相匹配；「不是一家人不進一家門，白雪活該就是給你爹當兒媳的。」這甚至不是夏風娶白雪，而是夏家娶了合意的兒媳。總之，這場婚姻與當事人無關，只與家族利益與家族中長輩的喜好有關。如果進一步聯繫賈平凹對小說中各種婚外情和自由戀愛的粗鄙描寫，白雪的婚姻就是賈平凹精心設計的、有意剔除愛情的婚姻。因為按照儒家文化的規定，愛情對婚姻不僅是不必要的，還可能妨害家庭和

〔註52〕後尋根敘事出現於20世紀90年代，與80年代的尋根敘事相比，它不再表現子對父所象徵的傳統文化精神的追慕，而是表現子對父及其所象徵的傳統文化精神的背棄，傳統文化因後繼無人最終土崩瓦解。而且，後尋根敘事的寫作立場也發生了偏離，不再是站在子的立場上尋找父親，以解決「我從哪裏來」、「我是誰」的主體認同問題並面向未來，而是站在父即文化守成主義的立場上，為傳統之根的衰頹而挽悼。陳忠實的《白鹿原》與阿來的《塵埃落定》都是其著名文本。

〔註53〕參見王春林：《鄉村世界的凋蔽與傳統文化的輓歌——評賈平凹長篇小說〈秦腔〉》，《海南師範大學學報》（社會科學版），2005年第5期；劉志榮：《緩慢的流水與惶恐的輓歌——關於賈平凹的〈秦腔〉》，《文學評論》2006年第2期。

〔註54〕孫新峰：《怪胎女嬰：解讀〈秦腔〉作品的一把鑰匙——重讀〈秦腔〉》，《當代文壇》2009年第3期。

社會秩序，引生對白雪的癡情可作爲反證〔註55〕。

實際上，除了與夏風關係的隱喻，關於白雪還有另一個被普遍忽略了的解讀角度：白雪之於夏家父輩、子輩的關係。

從白雪與夏家父輩的關係看，她是夏家唯一的好兒媳。首先，她是一位肖媳。白雪熱愛的秦腔，是公公夏天智最心愛的。這一設置並非偶然，因爲秦腔在小說中的意義，絕非僅僅是一種民間戲曲，而是「傳統鄉村中國的象徵，它證實著鄉村中國曾經的歷史和存在。」〔註56〕因此，白雪對秦腔的熱愛和在其衰落後的堅持，就主要不是在堅持一己之事業，而是在堅守父輩代表的傳統鄉土精神。其次，白雪還是一位孝媳。這從其中的兩個細節可以見出。其一，白雪在河邊偶遇婆家的二伯夏天義，見其衣服髒了，主動給他洗衣，二伯爲其乖巧而感動；其二，白雪因懷孕吃不下飯，婆婆端飯到她的房間，公公夏天智說，「你眞輕狂，你給她端什麼飯？你再慣著她，以後吃飯還得給她餵了不行？！」由此可知，夏家平時吃飯都是白雪伺候公婆而非相反，夏氏大家族的等級與規矩之森嚴及白雪平日對公婆的恭敬可見一斑。

白雪的肖與孝，使她與夏家子輩（包括子侄及孫輩）構成對比性關係。也就是說，夏家子輩是不肖不孝的。從不肖的角度看，夏天義堅持「土農民，土農民，沒土算什麼農民」，把土地當成農民的根，子孫們卻紛紛離土而去，使其不僅後繼乏人且深感恥辱。夏天智這位鄉村文化人酷愛秦腔，他的兒子夏風雖是省城的文化名人，卻明白表示自己煩秦腔，夏雨根本無意於文化，乾脆開酒樓去了。簡言之，無論在生存方式還是文化觀念上，子輩都表現出與父輩的主動斷裂。從不孝的角度講，夏天智在侄子夏君亭初任村幹部時，教導他要像老虎一樣「無言先立意，未嘯已生風」，夏君亭卻說，「是嗎，那老鼠的名字裏也有個『老』字？」其言語方式的放肆表明子輩對父輩毫無恭敬之儀；小說中還出現了相當多的子與父頂嘴、爭吵或陽奉陰違的細節，可

〔註55〕 小說在一開頭就爲引生對白雪的愛情定下了基調：「她還在村裏的時候，常去包穀地裏給豬剜草，她一走，我光了腳就踩進她的腳窩子裏，腳窩子一直到包穀地深處，在那裏有一泡尿，我會呆呆地站上多久，回頭能發現腳窩子裏都長滿了蒲公英。」可見，引生的癡情並非純情，而是混合著強烈的情慾成分。他不斷尋找白雪的身體留下的蹤跡以及和白雪的身體接觸過的物品，她洗過衣服的棒槌、乳罩、手帕都使他激動不已。賈平凹把引生的癡情做如此粗鄙的處理，其實也就否定了其愛情的正當性。

〔註56〕 孟繁華：《風雨飄搖的鄉土中國——近年來長篇小說中的鄉土中國》，《南方文壇》2008 年第 6 期。

見子輩也全無遵親之意；夏天義的五個兒子經常爲贍養父母互相推諉、爭吵，夏天義死後，他們甚至不願爲父親均攤一塊碑錢。夏家子輩的做法離「尊親、遵親、養親」的傳統孝親觀念相去甚遠。

從後尋根敘事的角度看，白雪的位置並不特別重要。因爲作爲女性，她並不是父子秩序中的一環。她的肖孝在子輩中也不具有示範效應。然而，對於夏家沒落的父輩，白雪又是重要的，因爲只有她能給他們帶來些許安慰。因此，夏家的子輩越是不肖不孝，白雪就越必須符合肖孝之道。甚至僅僅讓她做好兒媳還不夠，她必得成爲夏家的好女兒。在白雪與夏風離婚後，夏天智收白雪爲女。可以預期的是，離婚後的白雪不會像未嫁之女那樣結婚離去，而是將永遠留在夏家，做夏家的肖孝之女。

簡言之，如果說《秦腔》是文化守成主義者賈平凹在爲儒家文化傳統——仁義禮智送終，白雪就是他從儒家文化傳統中召喚出的典範孝媳／女的幽魂（完美的孝文化的承載者），她不需要活生生的身體，但必須保證身體的貞潔。則從保證貞潔的角度看，引生的自閹就是必須的，因爲只有這樣才能徹底杜絕白雪失貞的可能性。既然白雪是個概念化與功能性的幽魂，她的個人幸福當然不在寫作者的考慮之列。

二、啓蒙敘事：對好女人的分裂性形塑

李佩甫的《城的燈》與周大新的《湖光山色》，分別講述了女主人公劉漢香與楚暖暖爭取自由婚戀與引導前現代鄉村走現代化之路的故事。顯然，它們繼承的是 20 世紀鄉土文學的啓蒙敘事傳統。不過其啓蒙敘事的成分稍微複雜一些：公共空間中的啓蒙與改革相交織，且都以女主人公家庭空間中的自由婚戀爲前奏。

在公共空間中，劉漢香與楚暖暖首先是掌握知識／眞理的主體。劉漢香通過笛卡爾式的「我思」發現了物質貧困與精神貧困的必然聯繫這一「國民性」眞理，通過學習和科學實驗掌握了培育果樹和月亮花的致富知識；楚暖暖的高中文化和進城經歷使她具備了現代商業以及民主、法律知識。其次，她們還是說出與實踐知識／眞理的主體。劉漢香教導村民放棄仇恨彼此愛護，叫出媳婦們的名字喚醒其主體意識，命令村民種果樹致富，又用月亮花引來鉅資重建花鎮，終於使村民擺脫了物質與精神的雙重貧困；暖暖憑藉敏銳的現代商業意識和足夠的膽略，帶頭開發鄉村旅遊業，在使自家成爲村中

首富的同時帶動村民致富，她還憑藉現代民主、法制知識和強烈的正義感，抓住民主選舉的時機將腐敗的村主任詹石磴趕下臺，並及時發現度假村經理薛傳薪捕捉國家保護動物娃娃魚、帶來按摩姑娘賣淫、與權力聯手強拆民房、強佔良田等惡行，爲保護村民利益與生態環境挺身而出，堅持上告並獲成功，使鄉村最終走上可持續發展的綠色旅遊之路。簡言之，劉漢香與楚暖暖是知、言、行的現代主體。

如果說知、言、行的能力不具備性別意味，劉漢香與楚暖暖也類似於 20 世紀 80 年代鄉土文學啓蒙／改革敘事中的男性啓蒙與改革主體的話，她們的善就使她們與他們區別開來。因爲他們對自由或財富的追求大多是個人主義的，她們的善卻表現爲寬恕和利他，保證村民的而非一己的公共幸福。並且，知、言、行的能力，一向是 20 世紀鄉土文學中以善爲核心品質的聖母／地母型好女人形象所不具備的。因此，筆者傾向於將劉漢香與楚暖暖看作新世紀出現的集知、言、行、善於一身的新型好女人形象。

這兩位新型好女人形象背後的意識形態訴求異常鮮明。劉漢香的現代化之路分明是一條「物質文明與精神文明一起抓」的道路；暖暖的現代化之路包含著的富裕、民主、公平、正義、環保等現代理念，則是十六大提出的「和諧社會」的關鍵詞。並且，劉漢香與楚暖暖的現代化改造的「成果」，都與「社會主義新農村」這一概念內含的「生產發展、生活富裕、鄉風文明、村容整潔、管理民主」有相當多的契合之處。如果說略有差別，那大概就是劉漢香對村民的管理裏沒有民主這一項，暖暖的改造中少了「村容整潔」這一條。因此，可將這兩部小說的思想立場概括爲現代化派。

劉漢香與楚暖暖在家庭空間中的婚戀似乎頗具現代意味：都自己選擇戀愛對象且都勇敢地反對父親的包辦婚姻。小說也渲染了她們的「革命行動」帶來的爆炸性效應：父親的震怒以及村民們的紛紛議論。但這不過是 20 世紀的「中國娜拉」故事：不是從夫家而是從父家出走。並且，不應忽略她們的婚戀從高到低的階層跨越：劉漢香是村支書的女兒，馮家昌家卻是最窮的；暖暖家的經濟條件也明顯高於曠開田家。這種女高男低的社會身份與經濟條件設置，意味著她們的出嫁都是下嫁。下嫁在違反父親「女嫁高」的期望的同時，卻暗合了民間傳統的七仙女／織女敘事語法（高貴的仙女愛上並嫁給凡間的窮小子）。然而，當娜拉的故事被嫁接在七仙女／織女的故事之上，其革命性還能剩下多少？

　　果然，一旦走進夫家，革命的娜拉立即就變成了夫家的七仙女／織女。《城的燈》中，劉漢香一到馮家就說，「一個家，不能沒有女人。」她的出走根本不是爲了與相愛者廝守（馮家昌遠在城裏當兵），而是甘願爲馮家昌的父親和四個弟弟奉獻上有飯吃、有衣穿並最終住上新房的好日子。暖暖雖然遠比丈夫聰明能幹，卻自動遵循著把權威地位留給男人的男權制規定，在成立旅遊公司時讓丈夫做經理，在醞釀民主選舉時鼓勵丈夫競選村主任。因而，家庭空間中的兩位女主人公，都是傳統的捨己爲家爲夫的好女人。

　　並且，兩位作者爲了突出她們的「好」品質，都將她們的身體放在了家庭共同體的祭壇之上。《城的燈》中兩次寫到劉漢香的手，「那手已經不是手了，那手血乎乎的」，「那手已不像姑娘的手了，那手已經變了形了，那手上有血泡、有一層層的老繭，那手，如今還纏著塊破布呢……那就是一天天、一年年磨損的記錄！」「不是手」、「不是姑娘的手」的定位，顯然突出了劉漢香雙手的磨損、變形與傷痕，表徵著她的勤勞與獻身美德，但與此同時，卻也凸顯了劉漢香雙手的非身體性：當身體的傷痕與變形成爲精神的象徵，身體及身體的疼痛就消失了。在這一意義上，劉漢香的雙手是「女人的楷模」這一道德符碼的祭品。《湖光山色》一面強調暖暖的貞潔，一面又讓她在夫家遇到困難時兩次獻出身體，且有意把這一「身體事件」處理成被迫失貞。值得注意的是小說爲暖暖失身準備的諸多條件：丈夫曠開田因被騙把假農藥賣給了村民，村主任詹石磴授意鄉派出所逮捕曠並暗示她只有獻身才能救回丈夫，公公忽然肚子疼盼望兒子盡快回來，別人告訴她如果丈夫被判刑會影響兒子的前途。這些條件全部來自家庭中的男性成員：公公、丈夫、兒子，卻沒有哪一條與暖暖自己相關。這是否表明，在周大新的潛意識中，家庭中男性的利益高於女性的利益，女性的身體只有在貢獻給家庭共同體時才有意義？

　　如此說來，劉漢香與暖暖在公共空間與家庭空間中的形象是分裂的，在公共空間中她們代表著理想的主動的知、言、行、善的現代精神，指引鄉村走向現代化的美好未來，在家庭空間中她們卻是傳統的好女人，是次要而被動的隨時準備接受傷害的身體。人物形象的巨大裂隙是症候的表徵，既表徵著兩位男性作家陳舊的性別意識，還表徵著啓蒙敘事自身的缺失。一方面，支撐啓蒙敘事的啓蒙哲學中隱含的精神與身體的分離以及精神相對於身體的優越性，早就爲啓蒙敘事在必要或未必必要時獻出身體埋下了伏筆，另一方

面，啓蒙敘事更爲關注的是前現代鄉村亟待現代改造的現實問題，卻未必會把劉漢香和楚暖暖作爲鄉村女性的「現實」問題提上日程，尤其是其身體的「現實」。啓蒙敘事對鄉村好女人形象的現代與傳統的分裂性形塑，是對鄉村好女人形象的又一次符號化徵用。

三、質詢敘事：好女人良心／道德與愛欲的兩難

孫惠芬的《歇馬山莊》將三代村長（唐義貴、林治幫、程買子）、兩代婦產醫生（潘秀英、林小青）、兩代好女人（翁月月之母與翁月月）的觀念與行爲的差異以及農民打工、開店並置於歇馬山莊中，書寫當下鄉村的變遷，好女人翁月月的故事在其中占的分量最重；《上塘書》以風俗志的方式寫上塘村莊的地理、政治、交通、通訊、教育、貿易、文化、婚姻、歷史，好女人徐蘭的故事是其中的一個片段。

如果說在以上男性作家那裏，好女人的諸多品質都是天生的，在孫惠芬這裏，好女人的品質卻由後天培養而成。《歇馬山莊》中，翁月月的好女人品質是家庭教養的結果，《上塘書》中徐蘭之所以克己、孝順，是爲了贖回好女人的名聲。好女人因此不再是被徵用的文化符號，而是有著內心訴求的人。

翁月月出身於當地的翁氏大家族，她的奶奶和母親，都正派正直、重教育重家法，任勞任怨地爲家庭付出，對月月有深刻影響，「月月對翁家傳統的操守、把持，不是一種理性的選擇，是已經深入了血液鑄成了性格。」小姑子小青說她「出身優越，卻偏覺得自己欠所有人」可謂一語中的。月月的「欠所有人」當然並非事實，而是她的主觀感覺。弗洛伊德曾這樣討論正直與良心的關係，「一個人越正直，他的良心就越嚴厲、越多疑，因此，最後正是那些對上帝最虔誠的人指責自己是罪孽深重的人。」〔註57〕也就是說，正直與良心是成正比的。在月月這裏，良心是家庭教養內化成的嚴厲超我，無時無刻不在監視著她的身心。同時，月月的中學教師、村長家兒媳這兩種社會身份，無疑也期待月月的道德自律。

月月的確像奶奶和母親一樣正直、善良、無私，她體貼照顧親人、學生甚至是給自己造成過災難的人。但這絕非一個月月的奶奶和母親的故事，而是月月的故事。事實上，月月的奶奶和母親的故事已經被無數遍講述：眾多

〔註57〕 （奧）西格蒙特・弗洛伊德：《文明及其不滿》，《一個幻覺的未來》，楊韶鋼譯，華夏出版社，2003年，第58頁。

的古代女德故事，20 世紀以來鄉土文學中的聖母或地母書寫均屬此類，白雪、劉漢香、暖暖在家庭空間中的故事也不例外。它們共同構成月月故事的前文本。

　　月月的故事既是良心（超我）與愛欲〔註 58〕（本我）的故事，也是月月的愛欲與外部世界相碰撞的命運故事。月月故事的開端，是新婚之夜丈夫林國軍被大火嚇成陽痿。愛欲一開始就處於弗洛伊德所謂的匱乏狀態，而良心又使她無時不在對愛欲／匱乏進行稽查與精心掩飾：爲了維護丈夫的自尊，月月從不許自己表現愛欲，也不讓任何人知道丈夫陽痿的事實。月月的愛欲就此被壓抑入潛意識區域。然而，月月不知不覺間愛上了已故女友慶珠的男友買子，她生命中被良心壓抑著的愛欲漸露崢嶸，從此陷入明晰的良心與混沌的愛欲的牽扯中不斷掙扎、擺蕩。

　　如果小說就此打住，月月的故事就類似於凌淑華筆下的《酒後》，表現發乎情而止乎禮的好女人心中瞬間即逝的愛欲波瀾，就依然是母親的故事。但是，小說卻讓月月的愛欲日漸強大且衝破了良心的屏障。她主動向買子說出「我愛你」，並讓愛欲在身體的歡愛中得到滿足。「當那最後的顛簸和衝撞終於澆鑄成一個結局、一個美麗的瞬間，月月感到一個女人，一個完整的女人，在毀滅中誕生！」經由愛欲的實現，月月不再僅僅等於良心／道德的符號，而是一個活生生的兼具良心與愛欲、道德與身體的「完整的女人」。月月的身體在其中扮演的角色是創造，「一切都是可能的……身體再次要求創造。不是把符號的精神生命吹入身體的那種創造。而是誕生，是身體的分離和共享。」〔註 59〕

　　月月主動走出「道德的莊園」的意義的確非比尋常。對於月月自己，是直到事後才知道「她在這一天裏做了一件對自己是多麼重大多麼了不起的事情」，「重大」與「了不起」，表明月月對自己勇氣的讚賞。在背後起支撐作用的，是她對時代的認知，「媽是舊時代的人，我是新時代的人，我們趕的時候不一樣。」「時代不同了」是月月爲自己的愛欲爭取合法性的認知前提，這其中，當有她接受的現代教育的影響。對於孫惠芬來說，讓好女人月月走出「道

〔註 58〕 在《歇馬山莊》中，「欲望」與「愛情」這兩個詞語是先後出現的，前者側重於身體欲望，後者側重於內心激情。這裏借用馬爾庫塞的「愛欲」一詞指稱「欲望」與「愛情」兩方面含義。

〔註 59〕 （法）讓—呂克・南茜：《身體》，陳永國譯，汪民安、陳永國編：《後身體：文化和生命政治學》，吉林人民出版社，2003 年，第 97 頁。

德的莊園」，則是對已有的好女人書寫的大膽冒犯：歷來的好女人書寫都以貞潔爲首要條件。

如果孫惠芬把月月的故事處理成偷情故事，其意義就很有限，而當她選擇讓月月的愛欲公之於眾，就指向了一種新的愛情敘事和一場廣泛的有關月月愛欲的討論。

從愛情敘事的角度看，愛情在月月這裏不再是千年不變的神話，而是一個流變的過程。先是愛情作爲一股非理性的力量裏挾了月月的理智，要求她不顧一切地宣告其存在，小青的突然插入、買子選擇小青以及丈夫的控告，讓她相繼失去了所愛、婚姻與工作；愛情繼而要求證明和堅持，月月發現懷了買子的孩子後不去打胎，買子卻與小青結婚；月月在愛情幻象中久久沉迷；月月在一次大哭後清醒，發現自己不再愛買子；小青與買子離婚提出讓月月頂替自己的位置，買子也來找她等著做孩子的父親，月月只得打胎。月月的故事始於愛欲的匱乏終於愛情幻象的破滅，在愛情命運的一次次轉機中，月月複雜細膩、瞬息流轉的女性心理經驗得以呈現：

> 其實那混沌的，一時無法理清的疼痛一直都在……月月心裏的疼已不再是過程中的疼，不再是糾纏在某一件單一的、暫時的事情上的，而是看到了命運中某種不曾期望的結果。這疼裏沒有怕沒有恐怖——面對這種結果月月毫無畏懼，而只有委屈和恨。自己一向遵循秩序，遵循鄉村已成定局的風俗法則，像自己的母親，卻不想在關鍵的事情上，在山莊人唾棄的事情上走出軌道。
>
> ……
>
> 在此之前，月月從不知道感情是隻狂犬，當它發現快到嘴邊的心愛的獵物被別人搶走它會這麼樣的瘋狂，這麼的不顧一切；在此之前，月月也從不會知道，在這個世界上，會有一種東西使女人與女人之間變得如此喪心病狂，沒有理智，變得如此堅硬。那東西在打碎著屬於平常人的尊嚴的同時，又是那樣不可思議地建立著只屬於女人的、似有些神聖而偉大的尊嚴……

以上是月月在離開林家又遭到買子拒絕後的心情，這是慣常的好女人書寫有意刪削、根本就不曾進入的空白區域，孫惠芬卻揭示出這空白壓抑著的灼熱內裏：傷痛、委屈、決絕、瘋狂以及對瘋狂的訝異。

從討論愛欲的角度講，《歇馬山莊》有意識地構建了一場「表現了愛欲的

月月還是不是好女人」的討論。參加這場討論的，既有鄉村輿論，更有與月月關係密切的人們。鄉村輿論發動的是對月月的重新評估：「越是不聲不響的女子越能做出震天動地的事情」，「月月是一個因為跟了人而被婆家不要的女人」。它們遵循的是古老的道德話語。婆婆和丈夫從受害者的立場出發，一個對月月發出「臭不要臉」的怒罵，一個鄙夷地罵她「賤人」、「下爛貨」。他們毫不猶豫地把月月驅逐到好女人的邊界之外。疼愛她的母親既代表家族說出「我們翁家對不起林家，我養了這麼個敗壞家風的閨女」，嚴正指出月月對翁家好女人傳統的背叛，但也要求林家「不許打我閨女」。這是母親對女兒實實在在的維護──女兒身體的尊嚴與精神的尊嚴同在。月月的校長說：「人言可畏，為人師表，你要慎重」。他雖然理解愛情但必須從權威位置的發言。月月的學生孫小敏的母親姜珍珍既安慰月月「你是好女人，你不是好女人沒有好女人」，也對她發出「人總得有點良心」的輕微責備。這是因為她從月月給女兒補課、照料她們的生活中體會到了月月的人性之善。月月來自京城的二叔給予她最高的評價：她忠貞的愛情豈止應該被允許，而且是高尚的。可以看到，由於不同的人與月月的關係不同、看問題的立場不同，他們關於月月品質的討論各執一端，從而使討論呈現出眾聲喧嘩的複調性。這場討論是對既有的好女人書寫的質詢：如果月月始終善良，盡其所能體貼、照顧他人，能否因為她的愛欲就否定她是個好女人？

筆者以為，孫惠芬對月月的出身、社會地位的設置，以及讓她走出「道德的莊園」並將其愛欲公之於眾，乃是為了通向這場討論。在這一意義上，筆者把《歇馬山莊》命名為質詢敘事。

《上塘書》中的徐蘭是小學教師和村長的妻子，與翁月月的社會身份類似。徐蘭的故事是一個本我、超我與大寫他者的故事。其中，本我欲望的表達只是短暫的起點：做姑娘時的徐蘭為一件衣服和姐姐爭吵。姐姐的意外自殺使鄉村輿論這一佔據了「法律的位置」的大寫他者立即判給她「要尖」的壞名聲。為了從鄉村輿論那裏贖回好女人的名聲，徐蘭的超我斷然閹割了本我的欲望。她專門嫁給有病媽的劉立功，婚姻不再與愛情相關，而是長達十幾年的對好女人規範的主動順從：精心侍候病婆婆、孝順公公、永遠聽命於小姑子們。然而，鄉村輿論並不永遠公正，它的判斷常常受到謠言的干擾。當徐蘭的小姑子們、弟媳以及村婦們先後傳播徐蘭不孝的謠言時，徐蘭終於沒能贖回好女人的名聲。猶如卡夫卡筆下的 K 一樣，徐蘭陷入了荒誕境遇。

她那被超我閹割的本我再次尋求表達——向村中的道德權威鞠文采訴說冤屈。徐蘭在訴說中發現了自己最大的福分：一個男人看著她的眼睛和她說話。愛情從做人的尊嚴中誕生，照亮了徐蘭被重重壓抑的黯淡生命。

質詢敘事要求將愛情公之於眾。因為徐蘭和鞠文采的社會上層身份，他們的愛情立即被鄉村輿論判為非法，「它一次性地毀掉了上塘人們過日子的信念：那徐蘭老師，孩子還放心讓她教嗎？那鞠文采，家裏有事還能找他說嗎？」好女人的道德與愛情的兩難問題再次提出：如果徐蘭一直在努力做好女人，卻得不到好女人的名聲反而受到冤屈，悲苦中的她有沒有權利獲得愛情的慰藉？而如果她的行為關乎一個村莊的道德信念，她是否應該把自己送上鄉村輿論的祭壇？

總之，孫惠芬的《歇馬山莊》中月月的故事和《上塘書》中徐蘭的故事，在背離既有的好女人書寫成規的同時，打開了好女人書寫的另一條路徑：揭示出好女人的品質乃是後天培養而成，讓好女人在欲望的匱乏中走出「道德的莊園」，讓她那被刪削為空白的內心體驗得以浮現，並提出好女人良心／道德與愛欲的兩難問題。

以上三種敘事類型的「好女人」書寫在新世紀的文學／文化空間中佔據的位置，在一定程度上表徵著它們是否有效參與了當代文學／文化的建構。這裏從它們的出版、「觸電」、獲獎、評論幾方面窺其一二。

從出版與「觸電」情況看，《秦腔》的出版業績最好〔註60〕；《湖光山色》與《城的燈》在出版上雖比不上《秦腔》，但前者被改編為電視劇，後者被改編為廣播小說；《歇馬山莊》與《上塘書》在出版上無法和《秦腔》相比，且無緣「觸電」。在獲獎方面，《秦腔》獲得第四屆「華語文學傳媒大獎」、「首屆紅樓夢大獎」（香港）、「茅盾文學獎」等多項大獎；《湖光山色》獲「茅盾文學獎」；《歇馬山莊》與《上塘書》雖獲「茅盾文學獎」提名但均未獲獎，只有《歇馬山莊》獲得「馮牧文學新人獎」。最後，關於《秦腔》的評論最多且最有分量，不僅京、滬評論界都召開了作品研討會，知名評論家們也紛紛為其撰文；《湖光山色》與《城的燈》得到的評論也不算少；關於《歇馬山莊》

〔註60〕有消息稱：《秦腔》出版後一年就已第六次印刷，2008 年獲「茅盾文學獎」後，出版界迅速掀起《秦腔》熱，據不完全統計，目前《秦腔》已有 8 種版本。參見郭志梅：《賈平凹，乘著〈秦腔〉的翅膀》，http://xinfang.shaanxi.gov.cn/0/1/8/30/45/668.htm。

與《上塘書》的評論寥寥，有分量的評論更為少見。可見，在新世紀文學／文化空間中，後尋根敘事佔據中心位置，啟蒙敘事居於非中心亦非邊緣的位置，質詢敘事居於邊緣位置。個中緣由，固然與作家在當代文壇的知名度有一定關係，但不能忽略的是，在中國主動加入全球文化競爭的今天，後尋根敘事表現出的文化守成主義立場正在得到社會各界越來越多的情感與價值認同，近年政府對提高國家文化軟實力的重視，也鼓勵對傳統文化的適度復興。從這個角度看，《秦腔》生逢其時。而啟蒙敘事所表達的現代化立場則與國家意識形態關係密切。質詢敘事雖然對當下鄉村的變遷有深切表現，但它們顯然很重視揭示鄉村女性的欲望、心理等問題。這樣，它就與後尋根敘事與啟蒙敘事這兩種相當主流的書寫樣式拉開了距離，反而在內質上更接近20世紀90年代中後期的女性寫作。

如果從以上三種類型的好女人書寫分別佔據的位置，觀察其參與當代文學／文化建構的有效程度的話，質詢敘事對當代文學／文化的參與是最少的。這從一個側面提示我們，在全球化／現代化進程發展迅猛的今天，鄉村女性的問題仍在被當代文學／文化有意無意地忽略。

第三章　文學創作現象與性別（下）

　　本章接續第二章的內容，聯繫當代文學創作現象，在性別視閾中進行考察。

第一節　「文革」敘事的性別化表述

　　「文革」（1966～1976）作爲中國革命史、政治史、文化史的重要一章，作爲中國大陸整整一代人建立在共同經驗上的集體記憶，在 1978 年以後的文學創作中投下了深遠的影響。以「文革」爲時代背景、記憶資源和表現主題的創作爲數眾多。1989 年以後，隨著全球範圍內社會主義實踐的挫折，否定中國革命和中國社會主義實踐的知識氛圍開始浮出水面，它賦予 90 年代之後的「反思文革」以既定的認識論框架，同時也爲文革記憶的處理指明了新的出路──當「文革」作爲集體記憶的政治正確性不復存在、「文革」日漸成爲一種與個人經歷有關的、隨著個人生命終結而注定要消亡的個人記憶時，關於「文革」的敘述反而獲得了某種程度的可能。特別是在大眾傳媒高度全球化的當下，基於個人立場的有關「文革」經驗與記憶的敘事作品藉由印刷出版物、影視、網路在超國界的傳媒空間中傳遞，客觀上造成了某種全球化的「奇觀」：以「文革」爲高潮和終結的中國革命（這一對於西方世界來說被隔絕的「他者」經驗）在西方知識界引起普遍重視，它作爲西方世界思想資源無法完全處理的歷史認識的問題形成知識焦點。在此背景下，日益邊緣化的文學能否以及如何對這一嚴肅的問題做出呼應，頗值得研究。本節以當代女作家的「文革」敘事爲考察對象，試圖討論其性別化表述對政治的別樣呈現。

一、「文革」敘事的新階段和新語境

從 1977 年到 1988 年，中國作家協會每年舉辦「全國優秀短篇小說獎」、「全國優秀中篇小說獎」以及專門為長篇小說而設的「茅盾文學獎」的評獎活動，獲獎作品會被及時收入國家級出版社（如人民文學出版社）的新選本，並受到文學評論界的廣泛重視，從而獲得大量讀者，引起社會廣泛重視〔註1〕。這一時期，「文革」敘事的重要文本都來自於這些獲獎作品。學者許子東的專著《為了忘卻的集體記憶——解讀 50 篇「文革」小說》專門研究了這些獲獎作品。從這些文本中，許子東歸納出四種敘事模式：契合大眾審美趣味與宣泄需求的「災難故事」；體現知識分子和幹部的憂國情懷的「歷史反省」；先鋒派文學對「文革」的「荒誕敘述」；以「我不懺悔」為主要情感立場的紅衛兵／知青敘事〔註2〕。

20 世紀 90 年代以後，上述四種敘事模式中的前三種逐漸消失，而以「文革」親歷者身份寫作的個人敘事（包括紅衛兵／知青敘事）佔據「文革」敘事的主流。這一現象對應著中國社會及其文化政治環境發生的具體變化；同時，金錢物欲成為整個社會替代性的價值指標，而處於價值空虛日益深重狀態的中國社會，文學所能提供的種種社會、政治和文化想像，已經招致越來越廣泛的懷疑。曾經對「文革」敘事的主流化、經典化起到重要作用的文學評獎逐漸式微。某種程度上，文學因「拒絕進入公共領域」而「演變成一種『自戀』式的文字遊戲」〔註3〕，從而喪失了應有的社會現實回應能力。以政治、經濟、文化資本為指標的社會階層重新出現並高度分化，加之個人享樂匱乏期之後的巨大反彈，使得人們普遍對歷史、社會、道德、進步、革命之類的大事情失去了興趣，而愈益珍重個人的具體的生活。於是，對「文革」進行集體敘事的文化環境消失了，「文革」敘事所蘊含的沉重的集體記憶與心理癥結成為時過境遷的話題。「文革」日漸成為一種只是與個人經歷有關的、隨著個人生命終結而注定要消亡的個人記憶，「文革」敘事以個人化、碎片化、多媒體化的新特徵而存在。

其中海外女作家的作品，比如《鴻：三代中國女人的故事》（張戎，1991）；

〔註1〕許子東：《為了忘卻的集體記憶——解讀50篇文革小說》，生活・讀書・新知三聯書店，2000年，第11頁。

〔註2〕許子東：《為了忘卻的集體記憶——解讀50篇文革小說》，生活・讀書・新知三聯書店，2000年，第225～226頁。

〔註3〕蔡翔：《何謂文學本身》，《當代作家評論》2002年第6期。

《紅杜鵑》（閔安琪，1994）;《往事並不如煙》（章怡和，2004）;《暴風雨中一羽毛——動亂中失去的童年》（巫一毛，2007）等，大多基於自傳或家族回憶錄。其間，作者對經驗與記憶進行了不同程度的想像、虛構與改造。最顯著的改造因素之一是西方讀者的閱讀期待和情感預設的影響。例如，美國華裔作家閔安琪以英文發表的《紅杜鵑》和《成爲毛夫人》都是「文革」題材的作品〔註4〕。《紅杜鵑》是一部描述「文革」生活的自傳小說。小說第三部分中的「首長」以江青爲原型。在這兩部作品中，「文革」的意義都是從江青這個女性經由個人奮鬥反抗中國男性政治的壓迫來揭示的。「個人奮鬥」和「女性解放」這兩個基本價值立場符合英語讀者的接受期待和問題傾向，《紅杜鵑》由此博得美國文學批評家的青睞，被讚譽爲一部對「文革」中的人性有深刻認識的著作。《成爲毛夫人》也同樣被贊爲一部把江青「去妖魔化」、「給江青以她自己聲音」的佳作〔註5〕。

又比如，同樣是文革敘事，嚴歌苓在旅美之前創作的《一個女兵的悄悄話》和旅美之後創作的《白蛇》在敘事倫理上存在著明顯的差異。《一個女兵的悄悄話》講述了一個豆蔻年華的文藝女兵在文革中的人生遭際：她怎麼鍛鍊都難以「政治成熟」、怎麼改造都難以「進步達標」，從而只能置身於更艱苦更殘酷的鍛鍊改造中，直到生命最後一刻。小說對文革經驗的價值判斷隱含在另一條敘事線索（初戀的神聖、純潔、美好）當中。作者在後記中說：「荒唐年代的荒唐事，我也莊嚴地參加進去過，荒唐與莊嚴就是我們青春的組成部分。但我不小看我的青春，曾經信以爲眞的東西，也算作信仰了。凡是信仰過的，都應當尊重」〔註6〕。對青春和信仰所做的肯定性價值判斷代替了對

〔註4〕Anchee Min, Red Azalea. New York: Berkley Books, 1995; Becoming Madame Mao. Boston: Houghton Mifflin, 2000.

〔註5〕See for example, Wendy Larson, "Never This Wild: Sexing the Cultural Revolution." Modern China 25: 4 (1999): 423～50. Wendy Somerson, "Under the Mosquito Net: Space and Sexuality in Red Azalea." College Literature 24: 1 (1997): 98～115. For a criticism of these critics see, for example, Judy Polumbaum, "The Cultural Contradictions of Communism." Rev. of Red Azalea by Anchee Min. Women's Review of Books 11: 8 (1998): 1～3. Ben Xu, "A Face That Grows into a Mask: A Symptomatic Reading of Anchee Min's Red Azalea." MELUS 29: 2 (2004): 157～180. 轉引自徐賁《全球傳媒時代的」文革」記憶：解讀三種」文革」記憶》，見徐賁網絡文集 http：//www.tecn.cn/homepage/xuben.htm，2005 年 9 月 23 日。

〔註6〕嚴歌苓：《一個女兵的悄悄話·後記》，春風文藝出版社，1998 年，第 372 頁。

「文革」歷史的道德審判。而在《白蛇》中，作者講述了一個名叫孫麗坤的、以飾演「白蛇」而著稱的女舞蹈演員，在「文革」中遭到批判和關押，並被一個從小迷戀她舞姿的、有著高級軍官家庭背景的少女徐群珊所誘惑和解救，最後兩人身陷同性情慾，卻最終都被「撥亂反正」的時代所「矯正」，恢復「正常」和陌路。在敘述方式上，小說以「官方版本」、「民間版本」、「不爲人知的版本」分別代表了同一歷史在不同話語層級（官方、民間～公共空間、個人自我）中迥然相異的表述和劇烈的價值衝突，並且以剝繭抽絲的方式凸現了官方意識形態、傳統歷史文化對個人情感規約宰制下的女性同性情慾。在此，個人的欲望對象與情感方式的選擇權利成爲在意識形態巨石下頑強生長、呼之欲出的野草。兩相比照，可以看出作者在中美不同文化、制度、政治環境下所做出的不同價值選擇。

二、大陸女作家「文革」敘事的轉變與新質

　　20 世紀 90 年代以來，大陸的「文革」敘事經歷了敘事形態的不斷變化，總體趨勢是經驗與記憶的個人化、瑣屑化、玩物化和頹廢化。與此同時，與海外華文文學的女作家異軍突起的局面相呼應，女作家在大陸文壇也聲譽日隆，雖然這一現象有著鮮明的文化市場運作背景〔註7〕，但就鐵凝、王安憶等堅持嚴肅文學創作的女作家而言，其作品依然蘊含新的價值因素。仔細考察這兩位女作家的「文革」敘事作品，在作者身份、敘事立場、歷史觀念等方面都可以發現值得探討的新特徵。

　　第一，不滿足於區分「受害者／加害者」的表層倫理，而是深入到對「文革」歷史動因的探討，從普遍的人性悲憫轉向深度內省的懺悔。由此，女性這一性別不再是歷史後果的被動承受者，而是具有了承擔罪責的主體身份。

　　與「文革」敘事常見的「受難～悲憫」模式的歷史抽象不同，鐵凝沒有把「文革」敘事的情感邏輯簡單抽象爲普遍意義上的人類悲憫情懷，而是把主人公安置在具體事件的倫理拷問之上，逼迫其進行內省和懺悔。她創作於80 年代末的長篇小說《玫瑰門》講述了一個名叫司漪紋的女人——她的生命長度基本等同於 20 世紀——跌宕起伏的一生。換句話說，以司漪紋在不同年齡階段對應於「時代症候」的形象和角色，構成了二十世紀中國女性的「典

〔註 7〕相關分析參見賀桂梅《1990 年代的「女性文學」與女作家出版物》，《現代中國》第三輯，北京大學出版社，2003 年。

型形象」的序列。司漪紋青年時代在「五四」的時代語境下，是一個加入了「講著國家的存亡講著平等」的進步學生行列的大家閨秀。她被男性革命者「啓蒙」（具有精神和身體的雙層意蘊）卻不「徹底」，沒有「出走」而不得不成爲「莊家大奶奶」。這一身份使得司漪紋把全部的智慧和精力都用於家庭政治的鬥爭。然而，還沒等到她取得「徹底的」勝利，「解放」和「文革」相繼到來，「一箇舊社會被人稱作莊家大奶奶的、在別人看來也燈紅酒綠過的莊家大兒媳，照理說應該是被新社會拋棄和遺忘的人物。然而她憎恨她那個家庭，憎恨維護她那個家庭利益的社會，她無時無刻不企盼光明，爲了爭得一分光明一份自身的解放，她甚至詛咒一切都應該毀滅——大水、大火、地震……毀滅得越徹底越好。於是新中國的誕生與她不謀而合了」〔註8〕。

　　司漪紋的生命華采在「文革」的歷史背景下濃墨重彩地上演。她想盡一切辦法從舊社會舊階級的陰影中「站出來」，揭發、檢舉、投誠、示忠，不惜造成他人心靈和肉體的重創。這一在「文革」中心態和人格扭曲的女性形象不僅打破了女性作爲被動的歷史受害者的刻板印象，而且通過表現女性對暴力、權力與破壞的隱秘而強烈的渴望，試圖回答「文革」深層歷史動因——中國傳統政治文化中的暴力因素在西方「現代化」歷史觀滲透下的「基因突變」，導致了「文革」惡性後果的膨脹和對人性的致命摧毀〔註9〕。女性並非游離於這個文化氛圍之外而無辜的性別，而是其有機組成部分。這一方面是女性歷史能動性的體現，另一方面也是女性進入歷史、敘述歷史的「原罪」。

　　鐵凝創作於 1999 年的長篇小說《大浴女》〔註10〕，以尹小跳、尹小帆、尹小荃三姐妹爲主人公，用冷靜細膩而空靈的筆調和緩慢悠長的敘事節奏，精心描述「文革」對一個普通知識分子家庭的生活所造成的深刻影響以及女性心靈成長的各個細微側面。小說中，最小的妹妹尹小荃在出場後不久就死

〔註 8〕鐵凝：《玫瑰門》，作家出版社，1989 年。

〔註 9〕近來學界對於文革的歷史動因、特別是文革與「五四」的聯繫頗多看法，西方一些左翼學者也早就注意到「文革」與「現代性」問題的關聯。參見王堯《「文革」對「五四」及「現代文藝」的敘述與闡釋》，《當代作家評論》2002年第 1 期，以及同刊第 4 期蔡翔、王堯、費振鍾三人關於王堯文章的對話。

〔註10〕小說題目「大浴女」來自於法國畫家皮耶爾·奧古斯特·雷諾阿的一幅名作《大浴女》，畫的近景是三個出浴後休息的裸體美少女，洋溢著青春和生命的歡樂。這可以讓人聯想到小說的主人公三姐妹，但兩者更深層的聯繫在於「浴」這一字眼的抽象化——小說第一主人公尹小跳經歷了心靈的磨難、洗禮和昇華，才達到一種暢然酣然的生命境界。

了，她因為不會說話而被別人戲要，卻受到父母格外的寵愛。於是被恥辱感糾纏的尹小跳和充滿嫉妒的尹小帆「共謀」製造了一起「意外」，消滅了讓她們不安的小妹。從此，這個不在場的尹小荃卻成為尹小跳、尹小帆姐妹心靈成長的看顧者和審視者。

在閱讀的過程中，讀者絲毫感受不到在「文革」敘事中常見的性壓抑、政治暴力、人性淪喪等描寫套路所挾裏的暴戾之氣，因為作者把敘事的焦點對準了尹小跳的心靈自省，挖掘女性成長過程中蘊含在親情倫理當中的怨羨情結、搶奪欲望、犯罪本能等人性弱點，使得作品的批判性超越了針對「文革」及其特殊歷史經驗的反省，進而涵蓋了懺悔人性恒常的內在缺陷的高度。整部作品並沒有對典型的「文革」圖景進行細緻描繪，而是把它推到遠景；不是把人性之惡作為「文革」的後果加以控訴，而是把「文革」作為人性卑微與污濁的「顯微鏡」來拷問人自身。作品因此而充滿了強烈的宗教式悔罪與救贖意識，成為當代「文革」敘事和「女性心靈史」的一個獨特而重要的文本。這一文本提供給讀者的另一種意義在於，它告訴人們，「文革」的歷史後果是由不同身份、不同階層的人們共同承擔的；在不同的身份層面上，「文革」所造成的影響及其政治、倫理含義都是不同的。而超越這種身份與階層的區別，提供某種具有共性的心靈深度的歷史理性，則是一部有責任感的文學作品所要致力的方向。

第二，敘述主體轉向「文革子一代」，與「文革一代」控訴苦難的情感姿態保持距離，質疑「文革」塑造出的文化英雄及其特定歷史敘述，創造出一個反思「文革」的代際空間。

王安憶創作於 1990 年的中篇小說《叔叔的故事》即是這方面的傑作。小說以「文革」後成長起來的青年作家「我」的口吻，講述一個在「文革」中受難的右派作家即「叔叔」的人生故事——「叔叔」和「我」沒有血緣關係，而是「我的父兄輩」的縮影和抽象。王安憶運用了多個 80 年代「文革」敘事反覆出現、堪稱經典的情節〔註 11〕——包括叔叔由於一篇作品被打成右派、被發配到邊遠小鎮、作為「摘帽右派」被勞動人民接納並與民女結婚、在「文

〔註 11〕騰威在解讀《叔叔的故事》時總共歸納出 13 種經典情節，雖然沒有許子東所做的形式主義研究那樣細緻，但也非常明晰地拓出了小說的骨架。參見網址 http：//xiaoteng.bokee.com/5130995.html。即騰威 2006 年 5 月 29 日的博客文章。

革」中受難、平反後出名、以離婚作爲埋葬舊時代與落魄自我的儀式等等——每一個情節幾乎都可以在 80 年代「文革」敘事的代表作中找到。而當我們從中嗅到一絲若有若無的戲仿與遊戲氣息時，這種從受難到新生的悲劇英雄就變成了一種可笑的哈哈鏡象。

小說全篇 77 頁。作者從第 39 頁開始，消解了叔叔故事中滄桑、厚重、具有崇高美感的外衣——「叔叔終於獲得了新生，可是他卻發現時間不多了，時間已不足以使他從頭開始他的人生，時間已不足以容他再塑造一個自己。」於是叔叔開始和時間賽跑，不斷追求年輕的女孩子；拋棄原來的古典浪漫主義，追隨年輕一代的遊戲精神，顛覆一切。「什麼樣不合理的事情，都被他窺察到了合理的因素；什麼樣痛苦的事情都被他覷破了沒有價值之處；殘酷的事情被他視作歷史前進的動力；美麗的事情則被他預言了凋零的命運以推斷其腐朽的本質。樣樣事物都被他看到了反面，再由此推出發展的邏輯。叔叔變得越來越冷峻，不動聲色，任何事情都被他看得很徹底，已經到了大徹大悟的境界。」雖然叔叔已經變成了一個頗具投機傾向的犬儒主義者，但其作品卻被譯成多種文字，他成爲一個聲名鵲起的「國際人」。叔叔自認已經完全脫胎換骨。過去那個小鎮上土氣、懦弱、有些猥瑣的叔叔被埋葬了，「叔叔覺得他終於做成了一個新人，一個藝術家。過去的苦難全是爲了這個藝術的目的做準備，猶如一種素質的訓練。從此，現實的生活不再是眞實的，而是小說創造的素材，藝術才是全部的眞實的生活。叔叔沉浸在他的小說世界裏，觀望著現實世界，好像上帝俯視蒼生。」

就在叔叔以爲他「庇身於小說中的生活」非常安全、幸福時，他的好日子也過到了頭。在德國訪問時，叔叔對擔任翻譯的德國女孩生出非分之想，遭到對方的嚴厲拒絕。他「有一種時光倒流的感覺，他覺著自己好像又回到了很久的過去，重又變成那個小鎮上的倒楣的自暴自棄的叔叔」。如果這次僅僅是一個幻覺式的信號，那麼當叔叔打敗了自己那出生於小鎮的不成器的兒子大寶時，他「忽然看見了昔日的自己，昔日的自己歷歷地從眼前走過，他想：他人生中所有的卑賤、下流、委瑣、屈辱的場面，全集中於大寶身上了。……」叔叔終於發現他借助於「文革」苦難雕琢出的偉岸與高尚的形象是虛假的，他盡一切努力告別舊日的自我，沒想到那個自我卻是他命運的全部眞相：一個粗鄙、醜陋的小鎮上的男人。王安憶就這樣拆解了「叔叔」的故事中所有的神聖與崇高，打破了那個年代所特有的文化英雄與精神領袖的

幻象。

王安憶在《叔叔的故事》中把創作過程凸現至前臺，頗具「元小說」的色彩。但小說中彌漫的「不快樂」的人生詠歎，證明作者想要表達的遠比文本實驗更多。作者展現給讀者的，是把一堆「七巧板」式的、具有多重組合可能性的「文革」敘事經典情節拼接成有條理有邏輯的連貫故事的奇思妙想；是把一個普通人複雜的、非理性的人生經歷用「文革」敘事特有的情感邏輯編輯成一個落難英雄的浪漫傳奇的文學魔力。

「叔叔痛苦的經驗，他虛度的青春，他無謂消耗掉的熱情，現在合成了小說的題材。由於寫小說這一門工作，他的人生竟一點沒有浪費，每一點每一滴都有用處，小說究竟是什麼啊？叔叔有時候想。有了它多麼好啊！它為叔叔開闢了一個新的世界，在這個世界裏，叔叔可以重新創造他的人生。在這個世界裏，時間和空間都可聽憑人的意志重塑，一切經驗都可以修正，可將美麗的崇高的保存下來，而將醜陋的卑瑣的統統消滅，可使毀滅了的得到新生。這個世界安慰著叔叔，它使叔叔獲得一種可能，那就是做一個新的人。」叔叔的故事連同 80 年代文學中關於「文革」歷史的宏大敘事就這樣被解構了。但是王安憶的寫作並不僅止於此，叔叔的故事只是這篇小說中的一個敘事層面，與之並行的是敘述者自己的故事。

敘述者恰巧心裏也升起了一個與叔叔近似的思想，即「我一直以為自己是快樂的孩子，卻忽然明白其實不是。」兩代人經歷的都是一次夢醒時分的失落，都是虛幻的自我心象的無情打破。但是叔叔的故事是具體的、有情節的；而敘述者的故事卻始終含混不清，若隱若現。敘述者說因為她自己的故事是與情愛有些關係的個人故事，「不想將其公佈於眾」，「所以就決定講他的故事，而寄託自己的思想」。但實際上小說中敘述者在講到自己時，很少涉及個體經驗，而是將自己作為子一代的一員，與代表父輩的叔叔形成對照——敘述者用了一大段的文字來闡明「我和叔叔的區別」：首先，「叔叔是有信仰，有理想，有世界觀的，而我們沒有」；其次，叔叔的選擇與放棄是要經過理性的思考，要有理論與實際的依據的，而我們「接受什麼只是聽憑感覺，對自己的選擇並不準備負什麼責任，選擇和放棄於我們都是即興的表現」；再次，叔叔們往往是「以導師般的姿態來掩飾落伍的危機感」，而我們「總是用現代派的旗幟來掩飾我們底蘊的空虛」。另外，叔叔們「總是被思想所累，樣樣無聊的事物都要被賦上思想，然後才有所作為。我們認為天地間一切既然發生

了，就必有發生的理由與後果，所以，每一樁事都有意義，不必苦心經營地將它們歸類。」

當敘述者「我」成功地將父輩建構起來的敘事擊垮時，似乎完成了一種「文化弒父」的行為。但是值得注意的是，有一個問題阻礙了這一行為的最終實現，就是「我」和「叔叔」在文學創作上並不是嚴格意義上的前後相繼的兩代人。這「兩代人」的創作積纍期都是「文革」，都從「文革」後、80 年代初開始發表作品並聞名，在「叔叔們」以理想主義的熱情講述右派生涯時，「我們」以同樣的熱情回顧著知青歲月。如果顛覆掉叔叔的時代，那我們自己的時代亦隨之成為虛無。在這裏，王安憶表現出對「文革」進行文化解構的徹底性，「文革」子一代一邊剝開了上一代人的「文化假面」，一邊也毫不留情地清算了自身的「文化遺產」。這無疑是對「文革」歷史敘述所進行的另一次「文化革命」，也為「文革」的反省建立起一個代際的空間。

長篇小說《啓蒙時代》（人民文學出版社，2006）更加鮮明地體現出王安憶對「文革」代際問題的思考。在這部小說裏，王安憶通過塑造「思想型紅衛兵」的形象，詢喚出一個「思想史上的失蹤者」，這個「失蹤者」就是親歷「文革」、作為「文革」漩渦中心人物的子輩、對「文革」產生「在場」的懷疑與反思的一部分紅衛兵。學者朱學勤有過這樣的描述：「1968 年前後，在上海，我曾與一些重點中學的高中生有過交往。他們與現在的電影、電視、小說中描述的紅衛兵很不一樣，至少不是『打砸搶』一類，而是較早發生對文化革命懷疑、由此開始一系列有關中國前途的社會政治問題的思考，這種思考發展為半公開的思潮辯論，曾遭到『文革』當局的注意與迫害。我把這群人稱之為『思想型紅衛兵』，或者更中性一點，稱之為『六八年人』」〔註12〕。誠如許子東所言，「紅衛兵」與「知青」是一代人的兩種身份，是一種思潮的兩個階段〔註13〕，他們在城市大中學校裏是「紅衛兵」，出於自願或被迫離城下鄉之後就成為「知青」。但在當代「文革」敘事中，「知青」成為敘述主體，上演著長盛不衰的悲情劇目，而「紅衛兵」則成為游離的影子或者漫畫式的暴力丑角。

「紅衛兵」視角和主體表現的缺失，不僅意味著一種歷史敘述的危機，其背後還有一個「遠比這一危機更為嚴重的敘述歷史的思想危機」〔註14〕。

〔註12〕朱學勤：《思想史上的失蹤者》，《讀書》1995 年第 10 期。
〔註13〕許子東：《為了忘卻的記憶：解讀 50 篇」文革」小說》，第 207 頁。
〔註14〕王堯：《「思想事件」的修辭——關於王安憶〈啓蒙時代〉的閱讀筆記》，《當

這一思想危機，其實質就是對「文革」的「在場」反思（而不是「事後反省」）的可能性及其發生契機的迴避和沉默。而在《啓蒙時代》中，我們清晰地讀到了所謂「六八年人」的思想發育史。這在「文革」敘事的發展脈絡裏意味著新的闡釋空間。王安憶拋棄了把「文革」作爲社會層面的政治事件或者個人層面的命運事件的敘述框架窠臼，而是把「文革」作爲革命思想的「啓蒙」事件來描述，小說的重心不在於情節結構或人物性格，而在於始終圍繞「革命」的「思想流」──與「意識流」不同，「思想流」通過人物關於思想的自省表白與對話思辨來展開，甚至人物已經成爲「思想」的背景。或者說，「思想」才是這部小說的眞正主人公。

小說對「文革」的「思想」特質進行了人格化的描述：「這場運動，無論它眞正的起因是如何具體，落到遠離政治中心的地方，再落到尚未走進社會生活的學生中間，已經抽象成一場思想的革命，你可以說它空洞盲目，可毋庸置疑，它相當純粹。它幾乎是一場感情的悸動，甚至帶有審美的傾向」。小說的兩個主人公南昌和陳卓然，因爲都熱衷於思想而彼此吸引，一起討論諸如「文化革命的用意究竟是什麼」、「社會主義過渡時期的模式應該如何」等等關於中國革命的宏大命題。而他們所用的修辭，都是馬克思著作的英文句式，比如「憲法、國民議會、保皇黨派、藍色的和紅色的共和黨人、……自由、平等、博愛和一八五二年五月的第二個星期日」，他們「被這歐式的修辭法迷住了，沉浸在說話中」。南昌的父親，一個在「文革」中被邊緣化的軍隊幹部和老革命，這樣評價兒子和他的朋友：「你們有一個知識系統，是用語言文字來體現的，任何事物，無論多麼不可思議，一旦進入這個系統，立即被你們懂得了。」這個綿裏藏針的批判說明了南昌們的「修辭狂歡」式的思想模式在父輩的革命實踐經驗面前多少有些無足輕重，也直指父子代際衝突的「思想核心」，即兩代人理解革命和獲得政治意識的路徑差異。

很顯然，南昌們「這個相對年輕、缺乏歷史經驗和意識自覺的群體的政治意識不可能從其自身內部產生，而有賴於更成熟、更有歷史感的理論家從外部賦予，有賴於某些具有緊張感或衝突色彩的情景的啓示」〔註15〕。馬克思著作充當了「外部的理論家」，而「文革」恰恰提供了催生思想與政治意識

代作家評論》2007 年第 3 期。

〔註15〕 程巍：《中產階級的孩子們──60 年代與文化領導權》，生活・讀書・新知三聯書店，2006 年，第 87 頁。

的時代氛圍，但它們提供給南昌們的，還只是一種「前政治意識」，眞正的政治意識是必須要有深刻的自我認知作爲前提的。當南昌對父親說「我憎厭你」之後，父親對代際衝突的實質進行了具有相當思想深度的解釋：「我也憎厭我的父親，大概這也是一種遺傳現象……憎厭不是叛逆，……背叛蘊含著成長，就像蟬掙脫蟬蛻，憎厭卻如同沼澤一樣，黏滯失陷的情感，它導致的結果可能完全不是生長，而是相反，重複同一種命運。」他認定熱愛革命思想及其修辭的兒子身上，有和自己一樣的「小資產階級知識分子」的烙印。對這個群體的精神屬性，父親用詩意的象喻加以描述：「小資產階級知識分子是一個尷尬的處境……前不著村，後不著店，看見了，又看不全，世界有了輪廓，卻又沒有光，你渴望信它，懷疑又攫住你……」深刻反思自己信仰狀態和思想矛盾的父親對自己只能給兒子提供「輪廓」而不是「光」感到自責和慚愧，於是代際衝突在一個更爲宏闊的思想背景下淡化了，取而代之的是主宰了整個20世紀中國的革命、理想與信仰本身的矛盾衝突。

王安憶的別具隻眼在於，她從未把「文革」看作中國20世紀歷史的一個獨特階段，將「文革一代」看作歷史的特殊產物，而是把「文革」放置在20世紀中國革命歷史的整個脈絡中，把「文革一代」和「文革子一代」並置於思想歷史的延續格局與代際糾葛之中。於是，其反思「文革」的代際空間的建構具有了複雜的向度與縱深。在「子一代」的立場上，她既有解構「文革」文化英雄的輕鬆，也有喪失英雄、無所依傍的失落沮喪和淡淡憂傷（《叔叔的故事》）；她既有發現「思想史上的失蹤者」並爲其正名的喜悅，也有洞察一代又一代「思想者」之「重複同一命運」的痛感，以及20世紀的中國始終未能解決思想信仰問題的沉重困擾（《啓蒙時代》）。在此意義上，王安憶的「文革」敘事具備了新的歷史深度。

第三，專注於「日常生活」歷史敘述，既呈現了女性特有的歷史觀，又體現出時代特定的「文化語法」。

已有研究者注意到王安憶「文革」敘事中的「日常」風景〔註16〕。不論把「文革」作爲人物愛恨情仇表演的現場，如《「文革」軼事》，還是跨越「文革」、把「文革」作爲歷史長卷之一幀而頻頻回顧，如《長恨歌》，那些在慣常的「文革」敘事中已經「凝結成塊」的暴力、血腥、非理性、荒謬、悲情

〔註16〕郭冰茹：《日常的風景——論王安憶的「文革」敘述》，《當代作家評論》2007年第3期。

色彩，被王安憶稀釋成波瀾不驚的日常生活景致。她專注於筆下各式各樣的小人物如何在那樣一個年代裏專心應對日日恒常的穿衣吃飯、世故人情，從而使「文革」這一「非常態」的歷史「常態化」，甚至使讀者喪失了時間感。

把握住不同的歷史時間，使其混雜而且共置於上海日常生活的結構中的方式，在王安憶 1995 年創作的長篇小說《長恨歌》裏是獨一無二的。小說通過對 40 年代「上海小姐」王琦瑤一生游離於上海革命史（包括上海解放直到文革結束）之外的懷舊式「深描」，塑造出一個「歷史多餘人」的女性形象。主人公王琦瑤曾做過某國民黨官僚的外室，經歷了 1949 年，在上海過著一種平凡而壓抑的生活。但她的「生命時間」有某種執著的內容，那就是精緻、細膩、講究的吃穿日用。她用物質的方式不斷舉行對舊時代的哀悼與紀念儀式，與幾個懷有像她那樣心情的人沒完沒了地舉行派對，對老上海布爾喬亞式的生活方式保持著他們的忠貞。薄呢西褲、鑲滾旗袍和做工考究的大衣，胭脂、香粉和頭油，一周兩次的下午茶，糕餅點心、湯圓糖水和烏梅湯蓮子粥……王安憶不厭其煩地用巴爾扎克式的筆法「深描」王琦瑤日常生活的每個細節與剪影。「文革」在窗子外面轟轟烈烈，王琦瑤和她的追隨者們依然在爐子上烤魚乾、涮羊肉、包蛋餃。

王琦瑤的身份與文化歸屬與上海城市文化本身具有某種相同之處：突破了地域性的、全球化的資產階級文化認同下的市民階層。所謂「市民階層」及其文化本來屬於社會主義文化的邊緣和「縫隙」──「那些大一統的社會，往往是疏漏的，在一些小小的局部與細部，大有縫隙所在，那裏面，有著相當的自由……當然，它們是暗藏的，暗藏在那個大意志的主宰的背陰處」〔註17〕，本來應該歸為「文化革命」〔註18〕的對象的，卻因為其「暗藏」，也因為其實踐者的執著，它們依然生生不息。

〔註17〕 王安憶：《隱居的時代》，《王安憶中短篇小說集》，上海文藝出版社，1999 年，第 399 頁。

〔註18〕 中國二十世紀的歷次革命，在政治與經濟的革命層面之外，都曾或多或少地兼顧日常生活層面的「文化革命」。而蔣介石在 1934 年發起「新生活運動」時，曾對這層含義進行明確的界定。「新生活運動」這個名詞，最早見於 1934 年 2 月 17 日蔣介石在南昌所作的演說《新生活運動發凡》。在這次演說中，蔣介石指出：「所謂革命者，即依據一種進步的新思想（主義），以人力徹底改進各個人以至整個國家之生活形態之謂。簡言之，革命即生活形態之改進也。吾國革命之所以迄今尚未成功，即在於全國國民之生活形態始終無所改進。」

　　探測爲日常生活常規所掩蓋的階級結構，在王安憶的文學感受中最爲突出。用左翼文化的眼光來看，「上海小資產階級的自我意識和生活儀軌把上海重新建立在一種不屬於社會主義民族國家體制的物質、文化和時間心理秩序之中。這種秩序比革命和社會主義現代性要古老、經久、普遍，它也更具有世界範圍內的意識形態的合法性。」〔註19〕。這樣一曲哀悼中國小資產階級的黃金時代的輓歌，根底裏卻透露出社會主義中國集體經驗在世界歷史敘述中難以找到恰當詞彙的表達焦慮及其深層的認同危機：「上海渴望由普遍現代性來界定自己的『本質』，似乎只要保持相對於國內其它地域的差異性和特殊性，就在民族國家之外獲得了一種更具有全球性和普遍性的身份認同」〔註20〕。小說刻意迴避了以「文革」作爲高潮和終結的革命、戰爭和社會主義改造這一中國現代性經驗的有機組成部分。對於這一部分歷史，它與全球化的資本主義歷史保持了一致的敘述姿態即「失語」。

　　對於作者王安憶而言，這部小說是一次大膽而冒險的實踐：小說的歷史感在女性生活細節和心理細節不厭其煩的表現中同時被「遺忘」和「強調」——對特定歷史的刻意迴避更加凸顯出時代本身的歷史性，而以一個女人的生活史呈現出歷史的缺席與在場，正是張愛玲以來的中國女性寫作傳統〔註21〕。當然，「對於寓言家來說，同歷史對話並不意味著做道德判斷和價值取捨，她不過是把握一種歷史經驗，是讓所有過去的亡靈在語言的世界裏得到安息」〔註22〕。

　　有關「文革」的研究正在中國大陸和海外方興未艾。觀點雖異，學界對於「文革」研究的謹慎態度卻高度一致，這一方面是由於學者自身對於情感局限、經驗局限和道德局限的自覺，另一方面也是由於「文革」歷史及其認

〔註19〕張旭東：《上海懷舊：王安憶與現代性的寓言》，《批評的蹤跡——文化理論與文化批評（1985～2002）》，生活・讀書・新知三聯書店，2003年，第307頁。

〔註20〕張旭東：《上海的意象——城市偶像批判、非主流寫作與現代神話的消解》，《批評的蹤跡——文化理論與文化批評（1985～2002）》，生活・讀書・新知三聯書店，2003年，第338頁。

〔註21〕張愛玲曾明確表示：「一般所說『時代紀念碑』那樣的作品，我是寫不出來的，也不打算嘗試。我甚至只是寫些男女間的小事情，我的作品裏沒有戰爭，也沒有革命」。見張愛玲《自己的文章》，《張愛玲文集第四卷》（金宏達、于青編），安徽文藝出版社，1992年，第178頁。

〔註22〕張旭東：《上海懷舊：王安憶與現代性的寓言》，《批評的蹤跡——文化理論與文化批評（1985～2002）》，生活・讀書・新知三聯書店，2003年，第331頁。

識工具、批判資源的複雜性。「文革」歷史是不同身份與階層的歷史：權力階層、官僚知識分子階層、小知識分子階層、普通老百姓（包括農民和市民）階層等分別擁有各自講述「文革」歷史的政治立場與話語策略，而如果考慮到作者的性別及其性別意識，對「文革」敘事加以「性別化」的考量，那麼這些歷史變量就會呈現出更為複雜的面貌。在此對鐵凝、王安憶等女作家「文革」敘事作品的觀察，就性別化經驗與表述對文革歷史的獨特呈現和認知而展開，其所呈現的弔詭一幕在於：為擺脫固有的敘事模式而達到新鮮的歷史理解只能借助個人經驗，而以個人經驗出發尋求歷史理性，又不得不落入歷史非理性的陷阱。作家們是否能夠意識到她們手中的「話語權力」及其歷史解釋的有限性？她們能否在「文革」敘事的發展演變中提供新的歷史觀照方式與詮釋角度，甚至不惜質詢自身？這些開放的問題還有待於後來者的回答。

第二節　女性小說中的流產敘事

　　人工流產屬於偶在的個體生命事件，但它提供了從生命本體出發開掘女性性別意識的契機。20世紀80年代以來，一些女作家將人工流產納入文學書寫，在部分小說創作中，以其作為重要或比較重要的敘事對象加以表現。影響較大者如：張辛欣《在同一地平線上》，陸星兒《今天沒有太陽》、《一個女人的一臺戲》、《女人的規則》，黃蓓佳《美滿家庭》，池莉《太陽出世》，林白《說吧，房間》、《一個人的戰爭》、《我要你為人所知》，畢淑敏《紅處方》，鐵凝《大浴女》、虹影《飢餓的女兒》以及唐敏《人工流產》等〔註23〕。這些作品程度不同地涉及「流產」這一敘事題材，從多方面展現了女性生命的獨特感受及其文化境遇。這類敘事在提供新的文學審美經驗的同時，也為我們立足於女性生命本體反思傳統性別文化搭建了一個新的平臺。

一、流產敘事中的性別意識

　　在當代女性創作的流產敘事中，一類特殊的人物形象——「流產者」，被引入了文學審美的空間。這類人物形象及其所經歷的「流產」事件，使我們有機會深入瞭解處於特殊生存境況中的女性生命狀態，瞭解女性由社會文化

〔註23〕唐敏的《人工流產》1990年發表於陳幼石主編《女性人》第3期（墮胎專號），（臺灣）女性人研究室出版，一般被視為報告文學。這裏著眼於其自敘傳式的敘事方式，將其列入考察對象。

諸因素激發的性別意識，以及性別身份在她們的生命歷程中烙下的獨特印痕。

「人流是一種陰性的風，它掠過每一個女人的身體，卻永遠碰觸不到任何一個男人。」（林白《說吧，房間》）一種無可奈何的孤獨感透過這充滿質感的文字呈現在我們的視野中。此語道出了流產者的生命自處狀態以及女性當事人的性別生存境遇。在《一個人的戰爭》、《說吧，房間》等一系列作品中，林白鋪陳出纏裹於愛情的女人們在保衛胎兒的戰役中敗陣的淒涼以及獨自一人走上手術臺時的孤悶與恐懼。作品中的林多米們對待愛情有著飛蛾撲火般的狂熱，卻總是不得不付出自己的身心連同腹中的胎兒一道受創的慘痛代價。她們「懷著絕望進入人工流產手術室，這是如此孤獨的時刻，如果有人陪我們來，她們將留在門外，如果我們獨自前往，每接近手術臺一步就多一層孤獨。與世隔絕，不得援救，耳邊只有一種類似於掉進深淵的呼嘯聲。」（《說吧，房間》）孤獨感猶如一張堅韌的網，讓囚禁其中的流產者身心劇痛，寂寞無依。張辛欣《在同一地平線上》描述了自立自強的女主人公為了發展事業，在丈夫的反對和醫護人員的不理解的情況下，獨自一人忍受流產術的悲寂心理：「我往下沉往下沉……什麼都看得見，什麼都拉不住，什麼都像是離得很遠。我死死抓住床單。沒有用。我用自己的一隻手去抓另一隻手。沒有用。我想抓住他的手，把頭貼在他的手掌裏……我拼命渴望著有他溫暖厚實的手掌握住我的手，又拼命推開這個最親近的念頭，我恨他！」

孤獨，不僅在作品中以心理活動的形式展示出來，也通過具象來加以表現，達到視覺效果的直觀化。畢淑敏運用她擅長的手法，在《紅處方》中通過對一個大月份引產術淋漓盡致的描繪，將流產者的孤獨處境揭示得頗為觸目驚心。刀光劍影、音色鏗鏘中，一個沾染著母親的血滴的胎兒銀粉色殘缺的肢體橫陳於讀者的視野之中，而那位母親「赤裸著半身，死一般寂靜地躺在那裏，一片片粟粒般的冷疹，彷彿展開的席子，在她潔白的軀體上滾過」。在面對孩子死亡的同時，失敗的母親還要接受來自醫生冷酷言辭下的道德盤查。這樣孤立無援的時刻，必然會沉積為一個女人的生命中永恒的傷痛。

流產敘事將女性面對流產事件時的「空前之寂」刻畫得震撼人心。而這種局面的形成，不僅基於兩性生理上的隔膜，更是源自人性中的自私以及男性中心文化的影響。一些與構成流產事件直接相關的男性只知立足本身利益思考，對女方生命感受和生存實態漠不關心，將經歷人工流產的女性推向孤獨。與此同時，來自性別內部的敵意和溝通的失敗，也使流產者的內心感受

更爲淒涼。在小說《今天沒有太陽》（陸星兒）中，婦產病房裏的一個場景集中展示出這兩種情態。小說描寫一個老護士責問前來做手術的「駝背小女人」：「幹嗎不採取措施？」可憐的小女人「合攏雙手插在膝蓋間，傴僂的背上，更高地弓起一個坡」：「放環失敗了。他……我沒辦法呀，上次手術後剛三天，他就逼著我……」「半年來醫院三次，還了得？都像你這樣，我們底朝天也忙不過來。」一些同爲女性的醫護人員在流產者面臨尷尬處境時冷嘲熱諷，或是冷酷地拷問她們內心深處的隱秘，加重了當事人的精神創傷。

這些流產敘事對特殊時刻女性當事人孤獨的心理狀態及其現實處境的敘寫，傳達出一種深層的生命焦慮。女作家們在作品中不曾爲這種焦慮找尋到適當的疏解渠道，但部分敘事文本卻傳達出另一層含義：當孤獨成爲女性生命自處狀態時，自我的發現也許會成爲一種可能。

部分敘事者選擇了在特定情境下張揚女性的自主精神，對女性在流產事件上的自主決定權給予了肯定性的評價。在其看來，這是女性在生命本體的意義上完成自我建構的重要時刻。《方舟》、《在同一地平線上》、《美滿家庭》、《一個女人的一臺戲》、《今天沒有太陽》等作品中的女主人公均表現出把握自身命運的主動性。她們擁有相對獨立的意志，對自己的生育行爲進行了單方面控制。可以說，女性對自身生育自由的把握在她們身上已經成功地變爲現實。這些具有自主精神和承擔力的女性角色，往往集中體現著女性的主體意識。在黃蓓佳的《美滿家庭》中，主人公小妤清楚地意識到：「我並不想要這個孩子，他自作主張出來，違背了我的意願。」她不顧戀人的反對，毅然決然地做了流產術。主人公的決絕之態使人想到一些女性主義者的主張：「違背自己意願懷孕，就等於眼睜睜地看著你自己的生命突然失控。當務之急是趕快停下來，免得整個崩潰。如果女人想做一個成人，她就不能讓人左右自己的生命。本來不想做母親，卻成了母親，那生活就像奴隸或豢養的動物。女人跟其它人也一樣，也希望在合適的時候生育或不生育。」〔註24〕

然而，應當引起反思的是，在這樣的行爲中，女作家們希望其主人公所完成的自我建構卻沒有完全實現。可以說，作者意圖和文本本身之間出現了一定的分裂。雖然她們筆下的女性流產者實施了生育與否的自主權，但其自強姿態卻因結局呈現的缺憾而顯得勉強。《在同一地平線上》中，「我」爲了

〔註24〕 （澳）傑梅茵‧格里爾：《完整的女人》，（澳）歐陽昱譯，百花文藝出版社，2002 年，第 106 頁。

實現自己的理想抱負選擇了流產，導致的是婚姻的破裂；《美滿家庭》中的小好也因爲決絕地實施了流產術而引發了戀人的精神崩潰，以致釀成同歸於盡的慘劇。

　　儘管以主體性爲重要標識的自我建構困難重重，但是流產者性別意識的萌發在部分敘事文本中確乎得到了實現。在這裏，婦產病房內的「身體」敘事成爲一種有效的方式。

　　流產敘事中，流產者往往以「赤裸下身」的姿態出現在讀者的閱讀視野中。女性身體，尤其是下體的裸露，在某些所謂「身體寫作」的文本中，是作爲一種能滿足讀者窺視欲望的審美觀照對象而出現的。但是，身處流產事件中的女性身體卻成爲沒有任何美感可言的敘事對象。唐敏在《人工流產》中寫道：「整個門診部擠滿了形容憔悴的女性。在這幾乎見不到一個像樣的婦女。女性在這兒完全失去了正常生活中的美感。因爲裸露下體接受檢查，使每個人的精神面貌都異常難看。」在這裏，裸露的下體是女性生命困境的表徵，對處於這種身體狀態中的女性所進行的一切審美行爲都有著漠視其痛苦的嫌疑。唐敏對醫生和護士在其裸露下體時還能談論當事人上衣的時髦感到既驚訝又憤慨：「我實在覺得不可思議，她們怎麼能夠發現一個裸露著下體的婦女的上衣的美學含義呢？」

　　流產者對自己「赤裸下身」的姿態異常敏感：

　　　　這是一個只有我們自己一個人時才能坦然的姿勢，即使是面對丈夫或情人，赤裸下身走動的姿態也會因其不雅、難看而使我們倍感壓力。在這陌生、冰冷、白色、異己的房子裏，我們下身赤裸，從腳底板直到腹部，膝蓋、大腿、臀部等全都暴露在光線中，十分細緻的風從四處擁貼到我們裸露的皮膚上，下體各個部位涼颼颼的感覺使我們再一次驚覺到它們的裸露。這次驚覺是進一步的確證，它摧毀了我們的最後一點幻想。

　　　　「把雙腿叉開」，這是一個最後的姿勢，這個姿勢令我們絕望和恐懼，任何時候這個姿勢都會使我們恐懼。那個使我們成爲女人的隱秘之處是我們終其一生都要特別保護的地方，貞操和健康的雙重需要總是使我們本能地夾住雙腿。但是現在我們仰面躺著，叉開了腿，下體的開口處敞開著，那裏的肌膚最敏感，同樣的空氣和風，一下感到比別處更涼，這種冰涼加倍地提醒我們下體開口處空空蕩

蕩一無遮攔，有一種懸空之感。（林白《說吧，房間》）

「赤裸下身」的姿態，激發了流產者對自我「女性之軀」的深切認知。來自醫護者的強有力的指令瓦解了女性身體由傳統文化賦予的審美符號意義，流產者基於這種喪失產生了難言的焦慮。與此同時，經歷喪失和遭受漠視，促使她們更加清醒地意識到自己是個「女人」。

人類的身體自文明誕生之日起，就接受著來自文化的約束。在男性中心社會裏，女性的身體無疑承受著更多的文化壓制。傳統文化規範有效地利用服飾，將人的身體劃分爲顯露於外和隱藏於內的兩部分。對女性來說，下體尤被視爲身體最爲隱秘之地。然而，這種身體隱秘權在「婦產病房」裏不僅蕩然無存，而且成爲焦點。這樣的身體體驗很自然地刺激了流產者對自身性別身份的敏感和自覺，儘管這在很大程度上是作爲她們對生存困境的應激反應出現。婦產病房內的經歷使流產者比以往更清晰地認識到，她們的身體，不是抽象的「人之軀」，而是負載和感應著幾千年文化傳統的「女性之軀」。

二、流產敘事中的女性生命觀

流產，不僅連接男女，也貫通生死。女性生命本體在這場事件中所遭受的損害以及不可忽視的潛在生命的流逝，觸動了女性最深層的生命感受。流產敘事不僅展示出女性生命個體經由生存困境所磨礪出的自我意識和性別自覺，同時也引領我們思考一種與其性別身份密切相關的女性生命觀。流產敘事中的女性生命觀包含了超出人類普適性生命體驗的生命感受，它關聯著女性立足於性別視角對生命的情感觀照和價值評判，具體表現爲對女性生命本體和潛在生命體（胎兒）的強烈關懷。

在流產敘事中，這種關懷伴隨對漠視女性生命價值和尊嚴的男權生命觀的批判展開。在《說吧，房間》中，主人公南紅在其情人史紅星眼中，從未被當成具有主體尊嚴的生命體，而只不過是其滿足性欲的對象。南紅流產後不到一個月，史紅星就與之同床，導致女方盆腔炎發作，疼痛難耐。唐敏在她立場鮮明的帶有自敘傳色彩的作品《人工流產》中充滿悲憤地寫道：「婦女畢竟不是母熊、母馬，不是貓和兔子！就是豬也不在夏季受孕。難道就能看著婦女不斷地去做人流嗎？」

流產敘事的意義不僅在於揭示出女性生命本體問題因性別因素而面臨的外部困境，同時也描繪出了女性自身爲爭取生命自主的尊嚴，打破既有文化

觀念束縛而做出的不懈努力。陸星兒以《今天沒有太陽》、《女人的規則》等為代表的系列小說，著力刻畫了女性對自身生命主體性價值的追尋。兩部作品的主人公丹葉和田恬起初都安於有婦之夫的「外室」角色，當她們遭遇流產事件時，都希望情人能主動負起責任。然而，在「無望的等待」中，兩位主人公終於意識到只有自我掌控生命趨向，才可能賦予自己的生命真正的尊嚴和價值。丹葉最終拋開了對她的「詩人」的守望，決定放棄流產，希望生下一個「像她的孩子」。田恬則沒有服從來自「他」的「打掉孩子」的決定，勇敢地承擔了作為一個未婚母親的多重壓力。這些女性在生活的磨礪中成長，從最初的屈從到選擇自強，綻放了具有主體性的生命之光。

某種意義上可以說，部分當代女性創作中的流產敘事，通過立足於女性自身的生命關懷，構建了一種更富於人道主義精神的生命之愛。這一點在與一些男性作家創作的比較中可以看得更清楚。張承志的作品《大阪》中，頗富男子漢氣概的主人公為了實現自我理想，必須翻越地質環境惡劣的大阪。為此，他在看到妻子「流產。大出血。住院。能回來嗎？」的電報後，仍不顧一切地前行，儘管妻子已經第二次流產並面臨生命危險。故事結尾寫道：「古希臘的藝術家是對的，經過痛苦的美可以找到高尚的心靈。這一點，她已經做到了。她不會死，她只會得到更堅實的愛情。因為，她以一個女人的勇敢，早已越過了她的大阪」。在這樣一類敘事中，女性只是一朵點綴男性成功的「鮮血梅花」，只有用無悔的犧牲為自己的生命贏得價值與尊重。而部分女作家的流產敘事，則生發於女性生命本體，以真實的生活場景揭開了男性敘事傳統對女性生命體驗的遮蔽。

流產，不僅涉及女性的生命權利和價值，也關涉潛在生命體（胎兒）所具有的生命價值和意義。當代女性創作中的流產敘事，似乎不曾糾纏於來自宗教、哲學以及各種主義的倫理視角，而是從最直觀的生命感受出發，本著對生命的深切關懷暈染出文學對潛在生命價值和意義的關注。對於流產者而言，胎兒既是一道實在的生命痕跡，又是一種虛幻的生命存在。它們作為潛在的生命介入母體，卻又沒有真正降臨人世。這些曾經存在於母體子宮內的準生命體在消隕之際能否得到來自「母親」的關懷，是因一次毀滅而永久逝去，還是由毀滅而在流產者的記憶中得以「永生」？流產敘事從多方面展現了女性對這一與之血肉相連的準生命體的複雜感受。懷孕者在做出流產決定及行為發生後的恐懼、不忍、追悔亦或漠然處之等種種情態，都呈現出女性

生命觀中極具質感的內容，這是男性因著天然的生理隔膜所無法獲得的生命
感受。對於懷孕的女性來說，胎兒是內在而可感的。而對於與之誕生相關的
男性而言，胎兒不免外在而模糊。

在諸多流產敘事中，林白的作品展現了對胎兒生命價值的特殊關注。一
種對未得降生便已流逝的小生命永恒的追懷，流淌在她有關「流產」的敘事
文字中，爲我們揭示出一種來自女性靈魂深處的感悟生命的能力。

《一個人的戰爭》講述了主人公林多米自我成長的艱難歷程。其中，「流
產」成爲生活給予多米的一次「生命中難以承受之痛」。多米爲挽救愛情，在
情人 N 的逼迫下做了人工流產，然而對孩子的思念卻沒有隨著那「永生難忘
的陣痛」煙消雲散。林多米不斷地提起死去的胎兒，把對孩子的追思宣泄於
對 N 的責問中：「這孩子只活了四十九天，是你殺了他。四十九，這是一個不
吉利的數字，孩子陰魂未散，你要當心」；「有一個日子，就是多米做人工流
產的日子，她把這個日子牢記在心，在這個日子一週年的時候，多米在包裹
藏了一架相機去找 N，她跟 N 一起抽煙，喝了咖啡。然後她突然說：N 你聽
著，今天是我們的孩子死去一週年的日子，我要給他留一點紀念。」透過多
米頗具神經質的行爲和言語，與其說我們看到了多米對 N 絕情負義的譴責，
毋寧說她是在拷問自己的心靈。此時此刻的多米終於認識到，自己曾經對「那
個剛剛出現的肉蟲子有了無限的感情」，而絕不僅僅因爲它是 N 的孩子。在經
歷了流產之後，失去孩子的傷痛如潮水般襲來。而那個曾經作爲愛情的見證
物或負載體的胎兒，在「母親」的切身之痛中獲得了生命存在的清晰痕跡。

在《說吧，房間》中，林白通過筆下人物對胎兒價值認識的變化，梳理
了流產女性特有的生命感受，也在此過程中確認了胎兒在女性生命中的位
置。開始，流產者無法確認對胎兒的態度，或者說是在有意迴避著一種來自
內心深處的對逝去胎兒的懷念：「我是否看見過那個從我身體裏分離出來的、
酷似我小時候樣子的小人兒？我知道它從來就沒有成爲過一個人，它只是一
粒胚胎，它的人形只是我的猜想」。但是，這一無法迴避的事實，終究在某一
個時刻如閃電般觸動了「我」，於是「我」不得不承認：「凡是在神聖的子宮
裏存在過的事物都擁有靈魂。失去了肉體的靈魂有時在雲朵裏，有時在流水
裏，從水龍頭裏就會嘩嘩地跑出來，在燉湯的時候，一點火，從火裏就會出
來。在私人診所的那個鋪著普通床單的斜形產床上，如果有誰以爲，隨著某
種陌生的器械伸入兩腿之間，隨著一陣永生難忘的疼痛，那個東西就會永遠

消失，那就是大錯特錯了」。

在林白的敘事中，胎兒在毀滅中得到永生，為流產者的生命所無法忘卻。由於自身的軟弱和男性的推卸責任造成的胎兒的夭折，作為一種創傷性的經驗時時敲擊著她們的心靈。這樣一類敘事文本的存在，其意義並不只是複製著有關「母性」的文學表述，而是同時將女性本身所具有的富於性別特質的生命關懷精神通過特殊的人生環節展示出來。

三、流產敘事的性別文化批判

文學是社會生活的產物，同時也是文化的產物。流產敘事作為女性文學創作的一個組成部分，自有其特定的文化淵源。在人工流產這一獨特的女性生命故事背後，性別觀念對有關流產的思維模式的形成產生了不可忽視的影響。

所謂性別觀念，是指由社會文化形成的對男女差異的理解，以及對社會文化中形成的屬於女性或男性的群體特徵和行為方式的觀念認識。文學創作者作為有性別的人，十分自然地會受到社會性別觀念的影響，並以個性化的方式將其性別意識滲透於創作中。在流產敘事中，部分女作家對女性現實生存處境的思考，既展示了傳統性別觀念對女性生存的深刻影響，同時也書寫了當代女性衝破既有文化規範，實現人格獨立和價值自主的可貴努力。

中國傳統的性別文化是以男尊女卑、男性中心為基本點的。儒家文化講求三綱五常，其中之一即「夫為妻綱」。《禮記》規定婦女要「三從」：在家從父、既嫁從夫、夫死從子。在性別角色和社會分工方面，「男主外，女主內」是為通則。在兩性能力的評價上，傳統文化遵循的是男優女劣的價值判定。傳統性別文化規範使兩性均失去了多樣角色和多向發展的選擇機會。這樣的性別觀念通過文化機制層層滲透，幾千年間逐漸內化為大眾自覺的心理認知，直至今日仍有著廣泛的影響。由此反觀女作家筆下的流產敘事可以看到，她們對流產者形象的塑造以及對流產事件中兩性關係的書寫，真切反映了傳統文化因襲對人們觀念的深刻影響。

在不同作家的作品中，經歷流產的女主人公有著不同的性格。《方舟》中的荊華是堅強的，《在同一低平線上》中的「我」是自主的，《一個女人的一臺戲》中的章一琴是獨立的。與此形成反差的是，《一個人的戰爭》中的多米軟弱、優柔；《紅處方》中的女病人孤獨無助；《說吧，房間》中的南紅依賴

心理強而又情緒化。不言而喻的是，相形之下，後一組女性形象更為符合傳統性別觀念對女性的文化規範，而前一組則帶有明顯的現代氣息。那麼，這類作為精神上的「強者」的流產者的出現，是否具有拯救女性於傳統的性別角色之外的文化意義呢？作品中呈現的卻是令人遺憾的圖景：荊華打掉孩子離開婚姻，但並沒有獲得理想中的生活，「我」的導演夢也很難以孩子和婚姻為代價換得圓滿。而章一琴以一種典型的「女強人」的姿態主控人生，試圖通過流產掃除生活中可能會出現的障礙，但是在流產後收穫的卻是對生活的恐懼。可見，無論是生活本身還是作家的敘事，在有關女性如何擺脫傳統性別觀念所設定的性別角色束縛的問題上，都還面臨著現實的困惑和疑問。

表現流產事件中的男女兩性，同樣是此類敘事的重要內容。首先，部分女作家在相關作品中揭示了傳統的「男主女從」性別觀念對兩性行為的影響：一方面，它表現為男性支配欲的顯現。例如《女人的規則》中，在田恬告訴其情人自己已經懷孕的情況下，對方的第一句話就是「什麼時候手術？」這種決斷的口氣與生冷的態度與兩性關係中男性具有支配地位的傳統性別觀念顯然不無關係。再如《人工流產》中，「我」的丈夫在得知「我」在身體不適的情況下懷孕後，做出了要求妻子流產的決定。雖然表面看這是出於對妻子健康的關心，但是他在這個問題上仍表現出強烈的支配欲，而「我」也正是在丈夫的決斷中才下定決心實施手術。在深層文化心理上，這仍是支配與服從兩性相處模式的體現。

與男性支配欲相對應的，是女性主體性的缺失。由於傳統性別文化潛移默化的影響，女性往往處於一種充滿被動的生存環境中，習慣於接受來自異性的權威指令，而不善於做出自己的決斷。林白的一系列作品為此提供了文學佐證。就《一個人的戰爭》中林多米的流產事件來說，如果僅對其情人 N 的態度做出道德評判，而不對林多米自身的觀念和行為缺陷進行反思，對流產事件敘事意義的理解就將是片面的。從性別觀念角度上來看，林多米秉承的是「男主女從」的性別觀念，主體性的缺失使她缺乏自我決斷的勇氣和魄力，這是造成其生存困境的內在原因。可以說，流產敘事鮮明地映現著傳統性別文化的深層制約機制。

其次，流產敘事文本為我們展示了女性突破既有文化規範，反抗傳統性別觀念對女性生命力壓抑的努力。毫無疑問，傳統文化中一些落後的積習迄今仍滲透在女性生活的各個角落，她們必須跨過重重障礙，拓寬自己的生活

天地。在部分流產敘事中，女性努力打破「男主女從」觀念所形成的文化壁壘，堅持行動的自主性和人格的獨立性。無論是《在同一地平線上》還是《女人的規則》中，女主人公均是在此意義上進行著自我實現的努力。她們沒有遵從既有的性別文化規範，而是以自身行動對傳統性別觀念發起挑戰。在前一部作品中，女主人公為了實現自己成為一名優秀導演的理想而放棄了生育，並勇敢地衝擊「賢妻良母」的傳統性別角色設定，與丈夫進行意志上的較量；後一部作品中的女主人公也表現出很強的自我決斷力，她不為男性意志所動搖，堅持自我的價值認定：雖然情人強烈要求她「做掉」，但是她並沒有屈服。兩部作品中的女主人公或放棄生育或拒絕流產，均是出自主體的意願。儘管在有關流產和生育的問題上，單方決斷的行為並不可取，但其間映現的女性力求擺脫傳統男性中心思維的壓制，展示自我生命價值、張揚生命自主精神的魄力，是具有文化批判意義的。

綜上，當代部分女性小說對流產故事的講述，呈現了女性生命獨特而真實的「現實一種」，不僅建構了女性自我的生命關懷，而且涉及豐富的性別文化內涵，引發我們思考。應該說，女性通常並不天然排斥生育，但她們卻並非理當安於被生育所束縛的人生。一方面，不同的個體應當擁有做出不同選擇的自由和權利；另一方面，生育客觀上又關聯著人類種族繁衍。要建設符合歷史需要及人性要求的生育文化，就須強調兩性之間在生育及孩子撫育過程中的互諒、體貼、協調和分擔，而不是過分宣揚、片面強調單方面義務。流產敘事中所揭示的兩性溝通匱乏的現實表明，生育文化中的兩性相處模式仍面臨很大問題，而這又與社會經濟、社會福利以及性別平等文化的發展水平直接相關。迄今為止，女作家有關流產的文學敘事還缺乏嚴格意義上的精品力作。可以說，這一題材本身所擁有的生命蘊含和性別意味還遠未窮盡。

第三節　女性散文的文體探索與精神訴求

散文是包容性很強的一種文體，其內涵 20 世紀以來經歷了兩次「窄化」〔註 25〕。第一次是「五四」時期，以文學性為標準剔除了古代散文中的一些應用性文體，確立了現代散文的範疇，但基於「除去詩歌、小說、戲劇之外的一切文學創作均為散文」做廣義理解的情況依然存在。第二次是 90 年代，

〔註25〕洪子誠：《中國當代文學史》，北京大學出版社，1999 年，第 369 頁。

隨著「文化散文」熱的出現和散文研究的開展，雜文、報告文學等散文門類趨於獨立，散文再次「瘦身」。散文內涵在經歷「窄化」的同時，內部也出現了分化現象。不僅「五四」時期小品文、絮語等多種概念曾經與散文並存，90 年代，與「文化散文」範疇相關，又出現了「學者散文」、「女性散文」「新生代散文」等種種概念，顯示出時至今日散文仍存在概念難以釐清的問題。「女性散文」是其中一例。相對於從學者身份和「新生代」特質等角度命名，「女性散文」不僅包含對作者性別的限定，同時也有著對新潮特質的強調。它是新時期以來女性文學理論探討與散文創作互動、相生的結果。

「五四」新文學確立了以真實、短小、精悍為基本特徵的現代散文觀念，在其發展歷程中始終傾向於表達創作主體自我的思想情感體驗。與之相關，「女性散文」是指女性基於自我的身體、情感體驗創作的具有女性獨特生命表現力與藝術感受力的散文作品，不應包含女作家們針對民族國家等宏大敘事所做的「無我」敘述。〔註 26〕八九十年代，女性散文創作出現高潮。在文體形式上，改變了「五四」時期偏重抒情的特點，更側重於敘事和思想隨筆。女作家張抗抗說：「女性散文是女性靈魂的自我尋覓。她走過文字搭成的橋梁，排遣煩惱、陶冶情趣，通往自己的精神境界。」〔註 27〕在女性文學創作和批評熱情日益高漲的時期，女性散文成為女性借助散文的文體特質表達自我精神訴求的一種文學樣式。

一、自我生命際遇的感懷

有人說，老年是最適合寫散文的年齡段。的確，80 年代女性散文成就最高的當屬老作家的創作。冰心「關於男人」的系列散文在歲月的流逝中品味著親情、友情的醇厚；宗璞的「燕園系列」在往事的回憶中保留了抒情散文的特色；韋君宜的散文不減 40 年代熱血青年奔赴延安的激情；丁玲和楊絳分別創作了長篇紀實性散文《魍魉世界 風雪人間》〔註 28〕和《我們仨》〔註 29〕，

〔註 26〕 「女性散文」雖然強調女性自我的個體生命感受，但並不排斥女作家們對於政治、歷史等重大題材的關注。范培松以張抗抗、蘇葉、筱敏、王英琦的散文為例，對她們對於極權主義、專制主義的批判；對於革命的憑弔和對於社會生活的關注給予高度評價，認為是「小女人散文」消退後女性「守望靈魂」之作。見《當代女性社會派散文四人誌》，《鹽城師範學院學報》2004 年第 3 期。

〔註 27〕 張抗抗：《大境界和真境界》，見《女人說話》，江蘇人民出版社，1999 年。

〔註 28〕 丁玲：《魍魉世界 風雪人間──丁玲的回憶》，人民文學出版社，1997 年。

突破了現代散文短小精悍的審美特質，在散文敘事上實現了一次重要的突圍……這些老作家們經歷了曲折歲月中的情感沉澱，人生體驗愈加充實飽滿，文筆愈加洗煉清澈，體現出穩重、深沉、坦誠的總體風格。

　　散文貴在質樸，以淳厚的眞情、樸實的語言感染讀者是其獨到之處。丁玲早期的散文便擅長於質樸地寫實。她寫於 40 年代的《風雨中憶蕭紅》、50 年代的《一個眞實人的一生》、70 年代末的《我所認識的瞿秋白同志》、《「牛棚」小品》等懷念性散文，始終貫穿以情動人的記人記事風格。《魍魎世界　風雪人間》上半部記敘在南京被幽禁的生涯，下半部寫她被打成右派後的經歷。雖然丁玲一生與風雨相伴，作品中少不了對政治與社會歷史的評價，但她更側重於表現自己的人生經歷和感懷。前者包含作者爲個人政治生涯的辯護，後者著重表現了在政治落難時與丈夫陳明相濡以沫、彼此攙扶走過的艱難歲月。整個作品由於記錄了幾個重要的歷史時刻而愈顯凝重，給人以毫無誇飾的歷史感。楊絳 80 年代的散文以平實淡泊的文風追憶往事。對於這位世紀老人來講，傾聽她訴說的親人已經離去，「現在沒人聽我講了。我懷念舊事，就一一記下。」〔註30〕這是楊絳晚年散文創作的動機，也是成就她散文獨特風格的重要因素。此期她最早引起人們關注的散文是記錄文革期間和丈夫錢鍾書一道經歷「下放」生活的《幹校六記》。作品在瑣屑的幹校生活中透露出對歷史的反思。《我們仨》是一部傾心之作，記錄了作者與錢鍾書相識、結婚、出國及女兒出生後一家三口人的生活歷程，直至女兒和丈夫離開人世。用楊絳的話說，就是「我一個人懷念我們仨」。對楊絳來說，紀實性憶舊散文的寫作是寄託思念的一種方式。

　　《我們仨》不僅是楊絳的散文代表作，也堪稱一個時代的文學代表作之一。它的成就除了在憶人敘事方面風格獨特外，還體現了藝術形式上對散文觀念的突破。這位深受外國現代派文學濡染的老作家大膽、嫻熟地將現代主義小說中的表現手法運用到散文中。《我們仨》記敘女兒錢瑗和丈夫錢鍾書兩位親人相繼離去的悲痛心情，沒有採用正面實寫，而是運用象徵的手法，婉轉含蓄地表達了古往今來人生失去親人的大悲大慟。在「古驛道」的章節中，

〔註29〕楊絳：《我們仨》，生活‧讀書‧新知三聯書店，2003 年；後收入《楊絳文集 3》，人民文學出版社，2004 年。

〔註30〕楊絳：《我在啓明上學》，《楊絳文集 2》，人民文學出版社，2004 年，第 105 頁。

楊絳把錢鍾書生病期間住的 311 號病房稱爲「311 號船」，以船泊、船行象徵人生路途上的蜿蜒坎坷、走走停停，而自己孤獨一人昏昏沉沉地左拐右拐穿過一道道門檻尋找著「311 號船」，看望躺在船上的錢鍾書。這樣的筆墨顯然融入了面對親人生命垂危時的心情。當時，錢媛和錢鍾書分別住在兩家醫院，都瀕臨生命的終點。已經 86 歲高齡的楊絳不得不在女兒和丈夫分別住的兩家醫院、兩張病床間奔波；後來女兒又先丈夫而去。這種打擊之殘酷、沉重無以言表。然而，楊絳雖是瘦弱女性，卻有著大智大勇，人生的跌宕起伏練就了她沈穩的性格，形成了平靜淡泊的文風。她以「古驛道」上的「船」爲喻，隱去了難捨親人的悲戚，後文的平淡敘述滲透了對一家三口共同生活歲月的懷念。在楊絳筆下，親情沒有因爲平實的語言而被沖淡，而是感動了千萬讀者，隱喻手法也在其中發揮了作用。

楊絳在散文中嘗試現代主義的表現手法並非僅此一例。她在散文中以反諷藝術引發人們對當代政治的反思此前已經爲人稱道。《第一次觀禮》記述 1955 年楊絳在天安門廣場參加的一次觀禮活動。這本來似可成爲政治意義「深遠」的歷史性記憶，但當時處於被冷落境遇的知識分子心理是複雜的，對於有機會參與重大政治活動既懷有榮幸感，又因只能隸屬於「綠條」群體而與「紅條」階層地位懸殊心理微妙。當群眾歡呼的海洋在湧動時，「我」受到感染非常激動，卻什麼也看不到，頃刻間感覺到自己像淹沒於大海中的一滴水。作者於此寫出了在人民群眾的聲浪中被淹沒的知識者的真切感受。更具反諷意味的是文章結尾，當家人詢問觀禮感受時，「我」如實地坦白，只記住了觀禮前去過的天安門廣場上的廁所，那裏很乾淨。這樣的情節取捨，使國慶觀禮的宏大主題被日常生活場景所消解，呈現在讀者面前的是作爲游離於時代主流話語的知識分子的尷尬境地和迂迴深入的思考。

在這些老作家從事散文寫作的同時，80 年代產生文壇影響的一批女作家（如張潔、張抗抗、王安憶、鐵凝、方方、池莉等）也創作了大量散文作品。她們之中，生於 1937 年的張潔久經人生歷練，創作呈現出與眾不同的敏感和犀利。早期的散文《揀麥穗》與她當時的短篇小說《從森林裏來的孩子》、《愛，是不能忘記的》一樣引起文壇矚目。王安憶就曾驚訝於張潔的散文「竟然還可以這樣寫」！在張潔發表《揀麥穗》的 1979 年，性別文化氛圍並不濃鬱，但作者提煉自己獨有的生活經驗，敏銳地揭示了女性在生存現實與理想之間的落差。

　　女孩子揀的麥穗可以換得將來的嫁妝，揀麥穗因此寄託了主人公對未來美好生活的嚮往。受傳統文化觀念浸染的女子往往把生活的理想寄託於對婚姻的憧憬，因爲女人一生的命運很大很大程度上取決於婚姻的成敗，然而理想在現實中的破滅，似乎又是女人生命歷程中的必然。「當她們把揀麥穗時所伴的幻想，一同包進包裹裏去的時候，她們會突然感到那些幻想全都變了味兒，覺得多少年來她們揀呀、縫呀、繡呀實在是多麼傻啊！她們要嫁的那個男人，和她們在揀麥穗、扯花布、繡花鞋的時候所幻想的那個男人，有著多麼大的不同啊！但是，她們還是依依順順地嫁了出去，只不過在穿戴那些衣物的時候，再也找不到做它、縫它時的那種心情了。」〔註 31〕期待——失落——妥協，是傳統女性婚姻命運的三部曲，也是張潔一些散文作品中流露出的女人的宿命，這與她和母親兩代人遭逢的婚姻悲劇不無關係。長篇紀實性散文《世界上最疼我的那個人去了》同樣如此。

　　這篇散文記述了母親從生病到辭世的過程，貫穿作品主線的是女兒對母親的深深懷念和愧疚的情感。爲了維持婚姻，張潔在母親已經衰老並開始生病時，不得不與母親分開居住，自己每天在丈夫的家和母親的家之間辛苦地穿梭。兩代女性各自不幸的婚姻加重了母女間相依爲命的感受，母親的遽然離世給張潔留下無盡的自責和悔恨。在她痛失母親的艱難時日裏，一場大病使她不能再照料丈夫的生活起居，丈夫便藉故拋開她回到前妻身邊。母親的隱忍負重與所謂「愛人」的自私無情，構成她另一篇散文《這時候你才算長大》「在愛情與母愛之間」的對比性主題。文中，生病在床無人照料、孤獨無依的張潔回想起丈夫當初追求自己時一天打幾次電話的情形，母親成爲她生病時最想念的人。她永遠懷念的是母親做的那碗陽春麵。〔註 32〕張潔通過散文這種以表達個體生命況味見長的文體，展現了自己的人生感悟和對婚姻的省思，並爲她的泣血之作、70 萬字的長篇小說《無字》的內在蘊涵做出了生動的詮釋。

二、「文體革命」及女性身體書寫

　　20 世紀八九十年代之交，一批女性專事散文創作，並在新時期的散文崛

〔註31〕張潔：《揀麥穗》，見《中國新文藝大系（1976～1982）》，中國文聯出版公司，1984 年。

〔註32〕張潔：《這時候你才算長大》，見劉思謙編：《女性生命潮汐——二十世紀九十年代女性散文》，河南大學出版社，2005 年。

起中自覺地承擔著文體革命的使命。從某種意義上講，「女性散文」這個概念的出現，與她們的創作呈現出鮮明的獨特風貌分不開。

　　1985 年前後，林非、佘樹森、樓肇明等學者倡導「散文革命」。90 年代初《散文百家》組織的「散文革新筆談」進一步推動了散文的文體革新。「文體革命」的提出，標誌著當代散文觀念在反思中走向自覺。90 年代以來的散文創作領域留下了葉夢、斯妤、韓小蕙、梅潔、周佩紅、趙玫等一長串女作家的名字。在這場「散文革命」的探索中，女散文家們在理論和創作實踐中力圖融會多種文體形式、借鑒西方文學的表現手法，以實現散文創作對舊有文體模式的突破。

　　斯妤對當代女性散文的認識是客觀的、反思性的。她說：「無論是十七年間形成的『三家』模式，還是現代文學史上的百家手法，都已不夠，甚至不能很好地、完全地反映當代人的思考、探索、焦慮、苦悶，傳達現代人的複雜情緒與豐富多變的心靈。散文必須在思想上、形式上都有大的新的突破，才能和這個急劇變化的時代相稱，和這個時代日益豐富複雜的心靈相稱。」〔註33〕周佩紅主張打破文體界限，以思維方式的改變帶動散文的革命。她認為：「隨意自由的文體給散文提供的是極其廣闊的天地。既然小說、詩歌、報告文學都可以而且已經向散文伸出了一隻腳，散文為何不可以同樣借用小說的情節化、詩歌的抒情化意象化、報告文學的紀實化，同時借鑒它們在文學創新思維方面已經達到的深度，來一個革新呢？」〔註34〕趙玫在表述「散文革命」主張時以自己擅長的感性寫作來闡釋抽象的理論：「能不能把那一大堆雜亂無章的感覺堆砌起來？能不能在一篇散文中並不要表現哲理、意義、主題思想什麼的？能不能不要意境不要情調只有一連串神秘的意象？能不能只是也來點調侃也來點自嘲？能不能只是一個情緒的氛圍其餘的什麼也沒有？能不能只是一個色彩的七巧板拼來拼去像搭積木？能不能把音樂、雕塑圖畫舞蹈都拉了來像一個大雜燴？能不能只顯示一種節奏快和慢的激揚和舒緩？能不能打破舊時語言的規範把不相干的詞羅列在一起？能不能搞一點五六十字的長句子再搭配些一兩個字的短句子？能不能反映現實是說只要自己心中的真實？能不能變形誇張不失其真實卻更能傳神？能不能也有拉開抽屜的維納斯給美以新的定義？能不能也有蠻荒遠古又透視出現代人的眼光？能不能也來一點喧囂和騷動？

〔註33〕斯妤：《散文需要新的思考、新的活力》，《散文百家》1992 年第 7 期。
〔註34〕周佩紅：《題中應有之義》，《散文百家》1992 年第 8 期。

能不能激烈一點瘋狂一點暫時脫一脫小布爾喬亞的嗲氣？」〔註35〕這一連串設問，從題材、語言、結構、修辭、句式等多方面提出了散文寫作變革的設想，其核心就是打破一些固有的文體限制，令散文耳目一新。同時，趙玫毫不隱諱自己的創作受到法國女作家杜拉的影響，她說：「杜拉之於我是個座右銘式的女人。我並不執意堅持說我沒有受過某某的影響。比如杜拉。我於是喜歡描述荒蕪。枯寂。霧的雨。秋季。凋零。枝杈的蕭索。枯黃的草。落葉。鏤花的黑色欄杆。冷風鳴唱的哀歌。還有我的憂傷。也用短的句子。」〔註36〕這段話中應用的短句子和「句號的方式」，正是杜拉斯的「電報體的語言方式」，是趙玫對其語言風格的漢語演繹。

斯妤是女性散文家中借鑒現代主義方法最爲自覺的一人。她的作品大量使用意識流，並把想像發揮到極致。《心的形式》、《除夕》等都是典型的意識流作品。在行文上，她的句式恰好與趙玫的「電報體」相反，擅長不做喘息和停頓的長句，如：「接下來，接下來養育了十四個子女其中病死兩個遠遊兩個蹲監獄一個的憔悴的外婆衰老的外婆就要發出長長的喟歎了。這喟歎即使在童年中的我聽來也是那樣山一般沉重那樣沉鬱久遠那樣生滿斑斑鏽跡。」即使是排比句，斯妤也不做短促的技術處理，仍採用長句式再加之以詞彙的重複。「也擦門也擦窗也洗窗簾床單被罩，也殺雞也宰魚也做五香腸也炸肉丸子，然而再沒有鎮東頭那清淩淩的河水任我漂洗，再沒有灶間裏那嗶嗶剝剝的爐火整日燃燒映紅我的面頰，再沒有桌面大的籠屜裏升騰起幽幽蒸汽引人遐思，再沒有佝僂的外婆嘶啞的外婆解放腳的外婆在樓上樓下麻利而疲憊地忙著。外婆已作古，我也將近中年，閩南老家越來越遙遠越來越遙遠遠到當我那年回去時，驟然發現我的那座博大的小鎮美麗的小鎮溫馨的小鎮如今只是一隻小小的巴掌。它矮小、醜陋、骯髒。它隨隨便便躺在海邊，活像一個貧病老醜的妓女。」〔註37〕這些語言表達方面的嘗試，體現了女散文家們自覺的藝術探求。

事實上，80 年代前期的女性散文創作就已開始嘗試和探索散文的新路。1982 年，唐敏談到自己初寫散文的感受時說：「我哪裏會寫作呢？我只不過擁

〔註35〕趙玫：《我的當代散文觀》，《天津文學》1986 年第 5 期。

〔註36〕趙玫：《撞擊著疼痛的往事》，見《以愛心　以沉靜》，安徽文藝出版社，1991年。

〔註37〕斯妤：《除夕》，《感覺與經歷》，遼寧人民出版社，2000 年。

有一個魔瓶罷了。只因為瓶子長在我的胸膛中，所以我會讀懂它的液體的含義，用小學裏學的最簡單的漢字把它們譯出來。」〔註38〕被她稱之為「瓶子」的，正是她的心理感受。例如，《懷念黃昏》以「黃昏」為中心意象，文中並沒有故事情節，作者捕捉的是黃昏帶給人的溫暖的感覺。童年生活的回憶，大自然給予人的恬靜幽雅的生活體驗，漸老的父母、年夜的守歲以及對遠方愛人的思念等等，構成了穿透日常生活的瑣細所可以體會到的溫暖。

　　90 年代女性散文更加追求感覺、情緒和心靈的隱動，她們以生理與心理的體驗作為促發藝術靈感的原始觸點，這與「新生代」散文的倡導者樓肇明推崇的「感覺」理論不謀而合。樓肇明認為，散文應該是「力圖用最具體的感受，表現超越時空的律動，突出作為人的憧憬、理性、自主和自尊的人格尊嚴」。〔註39〕女散文家們捕捉的瞬間藝術感覺，必然回到自己的原發性體驗之中，這就是 80 年代末到 90 年代前期女性散文中出現了一批描寫女性身體感受與情感體驗散文的原因之一。當然，她們也受到 90 年代「私人化寫作」的影響。

　　從「私人化寫作」到女性身體的書寫，包含著商品經濟形勢下欲望的泛濫在文學中赤裸裸展現的現實，然而對於女散文家來講，她們解除散文創作中身體書寫的禁忌首先是思想解放的結果。80 年代初，葉夢的《羞女山》借羞女山的姿態讚譽了女性柔媚婀娜的身體，並在對虛偽的封建衛道士的批判中謳歌了女媧造人的壯舉。從「女媧造人」的隱喻到現實自我的「創造系列」〔註40〕，女性終於實現了由虛幻的「神」到肉體的「人」的轉變。由此可見，女性散文的身體寫作是建立在女性自我身份與價值的思考上的，正如艾云以《用身體去思想》命名自己的散文集一樣，她們主觀上是對法國女性主義批評家西蘇理論的嘗試。西蘇認為，在男性中心社會裏，女人的身體是滿足欲望的載體和生育的工具；只有感覺是真實的，女人只有身體的感覺還沒有打上男權社會的思想烙印。葉夢《走出黑幕》、馮秋子《嬰兒誕生》、斯妤《回想外婆彌留之際》、筱敏《血脈的回想》等散文作品，表達的不是女性的身體欲望本身，而是生育過程中女性對自我價值的感悟，是從祖輩和母輩的生育

〔註38〕唐敏：《女孩子的花》，百花文藝出版社，1992 年。

〔註39〕韓小蕙：《太陽對著散文微笑》，見《體驗自卑——韓小蕙隨筆》，東方出版中心，1997 年。

〔註40〕80 年代末，葉夢以「創造系列」為題，創作了一組生育主題的散文。她從擇期懷孕開始，描述了自己從懷孕到生產的全過程。

經歷中觀照現代女性的命運。生產的過程是女人生與死的掙扎，幸福與痛苦的糾葛，希望與恐懼的較量。葉夢的《生死之門》敘述了剖腹產兒的過程，池莉的《怎麼愛你也不夠》記述在沒有注射麻藥的情況下被剖開子宮、取出嬰兒的經歷。這些紀實性描述令人「驚心動魄」，而她們對這種苦痛的承受，有著「創造」的欲望在支撐。她們渴望用自己的生命去創造新的生命，與孩子一同成長。

　　此外，斯妤、周佩紅、王英琦、丹婭、韓小蕙等女散文家還創作了大量表現做母親的獨特體驗的作品。「每天晚上當我撣掉一天的勞累，靜靜地躺到孩子身邊時，我總是立刻就聞到孩子身上的芳香。孩子們奇妙地具有某種醉人的芬芳。我想每個母親都不會忽視這種芳香，她們一定也如我一樣，常常如饑似渴、心曠神怡地吞吃這種芳香，並在心靈深處深深地感激它們，朝它們頂禮膜拜……」〔註 41〕這種母親與孩子間的親密關係在以往的散文中常是對母愛的歌頌與讚美，母愛主題的表現向來又是以子女愛戴和感恩母親的書寫居多，但這些作品打開了被遮蔽的母親自身表達的一個側面，知識女性的懷孕和生產擺脫了低層次的工具功能，具有了社會性別價值和文化意義。

　　初吻、初潮、懷孕、生產以及女性作為妻子、母親、戀人甚至婚外戀者的感受，這些比較私密的話題以往極少出現在散文創作中。許多作者也有意防範讀者將作品中人物的感受與自己聯想在一起，主動迴避這些隱秘、敏感的題材，或以虛構的文學樣式呈現。90 年代女性散文的突破和探索生動體現在對這一領域的挺進。〔註 42〕有論者指出：「在唐敏、葉夢、蘇葉、趙玫、王英琦、周佩紅、斯妤、張立勤、韓小蕙、筱敏等人 80 年代中後期的一批散文作品當中，清晰地呈現出了一種中國當代散文創作史上前所未有的女性意識。」〔註 43〕更為重要的是，在表達上述情感需要時，她們沒有迴避戀愛、新婚、生育及至做母親時最初的恐懼心理，這恰恰說明女性在身體和精神成長過程中並不是瓜熟蒂落、水到渠成那麼簡單，她們要經歷痛苦和掙扎，甚

〔註41〕斯妤：《兒童崇拜》，見《感覺與經歷》，遼寧人民出版社，2000 年。

〔註42〕王劍冰選編的散文集《女性的坦白》（湖南文藝出版社，1993 年）封面即冠以「初戀」、「情人」、「家庭」的字樣，客觀上對這種觀點起到推波助瀾的作用，較大的發行量也標示了這一時期「女性散文」創作量和讀者群的客觀存在。

〔註43〕李林榮：《從「女性」到「新生代」：散文話語在社會轉型時期的主題變奏》，《文藝評論》2001 年第 5 期。

至是一場生死相交的磨難。在敘寫這一主題時，寫實、抒情、比喻、象徵等多種修辭手法的運用，使女性散文創作開拓出新的藝術天地。

三、思想隨筆及「小女人散文」

90 年代初，理論界較早提出「女性散文」概念的是樓肇明。他指出，「女性散文」應滿足三個條件：「（一）對女性社會角色的思考；（二）這種思考是以自己的經歷體驗為基礎的，換句話說是以自身的經歷體驗和女性的心理特徵作為觀察社會人生、歷史自然的視角和觸角的；（三）其想像方式具有女性的心理特徵，偏愛或擅長頓悟、直覺、聯覺等等。」〔註 44〕這樣的界定肯定了前述女性散文對於女性身體經驗的敘寫，同時不排斥女性結合自我經驗對自己的社會角色所做出的判斷。事實上，女性並沒有因為感覺的敏銳而喪失理性思考的能力，思想隨筆的繁榮也說明了這一點。

思想隨筆的創作群體與 90 年代學者散文的作者重合較多，文體風格上則與獨白體相近。包括李子雲、樂黛雲、趙園、劉思謙、何向陽等在內的一批女學者的散文創作屬於此類。90 年代末曾有幾種大型叢書出版〔註 45〕，反映出女學者的思想隨筆在女性散文創作中佔據重要的位置。這些隨筆是女性散文的組成部分。

最早產生廣泛影響的是女大學生曹明華的獨白體散文。她的成功預示著女性思想隨筆時代的到來。她的作品表現了 80 年代末大學校園裏女學生對「愛」與「美」的大膽追求，凸顯了女性在兩性關係中的新思考。她的作品不再有 80 年代初部分女性創作中「尋找男子漢」的情感痕跡，也全然沒有因為找不到「男子漢」而產生的失落感。「她」是兩性關係的主宰者而不是附庸。「她」以「距離之美」把握了兩人世界的審美邏輯關係。「為了挽回她的自尊，

〔註 44〕 樓肇明：《女性社會角色·女性想像力·「巫性」思維》，《散文選刊》1990 年第 1 期。

〔註 45〕 比較有影響的女學人隨筆創作叢書有：2000 年百花洲文藝出版社出版的「女學人文叢」共 10 本和 2002 年河北教育出版社出版的「女學人文化隨筆」共 8本。「女學人文叢」包括樂黛雲：《絕色霜楓》、李子雲：《許多種聲音》、李銀河：《享受人生》、馬莉：《溫柔的堅守》、丹婭：《用痛感想像》、張文華：《生命採蜜》、徐坤：《網上有人》、艾雲：《赴歷史之約》、崔衛平：《我見過美麗的景象》、萬燕：《心靈的性別》。「女學人文化隨筆」包括譚湘：《城市徜徉》、荒林：《用空氣書寫》、劉思謙：《女人的船和岸》、季紅真：《叛逆女神的不歸之路》、丹婭：《女性景深》、張燕玲：《靜默世界》、戴錦華：《印痕》、艾雲：《藝術與生存的一致性》，共 8 冊。

必須，失去你！——這是她當時幾乎沒有動搖可能的意志。」〔註46〕她強調女性的矜持、孤傲和自尊，進而把握自我和昇華自我。她的作品最早在校園內傳播，1986 年結集為《一個女大學生的手記》出版，初版即達到 13 萬冊，銷售總數 150 萬冊之多，一時間產生了轟動效應，與當時散文創作整體低迷的狀況形成反差。她的隨筆既是「主體精神上的自由舒展、輕鬆、輕盈、明淨與歡愉」，〔註47〕又融合了日記、隨感，採用心靈訴說的方式，實現了文體的突破。「曹明華現象」雖然沒有持續太長時間，卻為其時急於破繭成蝶的散文創作提供了參考和借鑒。

獨白體在 90 年代隨筆中已不少見，筱敏是女散文家中的一個代表，她的很多散文包含對民主、自由的思考。她以法國大革命為思索的起點，關注中國當代社會歷史，特別是文化大革命中知識分子的角色與命運。這些涉及政治歷史反思的散文與她張揚女性獨立意識、思考女性生存的作品一脈相承。在《狐媚子》中，她揭露了女性在男性中心社會裏被擠壓、被鄙夷的現實，體現出對於至真、至純愛情的追求和禮贊，這是女性爭取「做人」權利的一個突破口。然而，新時代具有主體精神的女性面對愛情的失落，不再像傳統女性那樣自憐自哀、幽怨壓抑。筱敏借助蒲松齡筆下的狐狸，在虛實變幻交錯的世界裏表達對知己、對愛情、對心靈自由的渴望，體現了女性主體意識以及對獨立人格的嚮往。

「小女人散文」是 90 年代中期由「女性散文」衍生的一個概念，也屬思想隨筆。它特指一批從事新聞編輯、編導、傳播的職業女性表現都市生活題材的散文創作。此類創作是在女性散文日益贏得廣大讀者的背景下，由《南方周末》著力打造出來的。代表作家有黃茵、黃愛東西、石娃、張梅、素素、王璞、周劍倩、周小婭、趙健雄、沫沫、南妮、馬莉等。這類散文從創作主題、包裝出版到「小女人」概念的推出，都存在商業炒作的意味，因而爭議較大。客觀地說，它也構成了 90 年代以來散文園地的一道風景，從一個側面表現了追求和享受高度物質生活的都市知識女性的精神存在狀態。

1995 年，前述女作家利用「95 南國書香節」大造聲勢，聯席簽售作品合集《夕陽下的小女人》；接著，《廣州文藝》1996 年第 3 期特別開闢「小女人

〔註46〕曹明華：《更為富有的一刻》，見季紅真選編：《當代女性散文精選》，北京十月文藝出版社，1995 年。

〔註47〕沈義貞：《中國當代散文藝術演變史》，浙江大學出版社，2000 年，第 220 頁。

散文特輯」，並加了編者按。其中提到：「小女人乃產於廣東。她們紅將起來，卻先是在大老遠的滬上。」這裏所指的是，從 1995 到年 3 月開始，上海人民出版社用持續五年左右的時間陸續推出《都市女性隨筆》叢書，上述作者的多數散文集都收在這套叢書中。對這樣一個文化現象，評論界十分關注。《藝術廣角》於 1996 年第 5 期特意組織了關於「小女人散文」的專題評論，三位評論家表達了三種態度：畢光明的《「小女人散文」的文學意義》總結了韓少功等批評家對「小女人散文」的肯定性評價，認爲它的文學意義在於對「五四」以來小品文的經典化過程提供了思考；打破了小說、散文的文體界限；針對以往文學所追求的「大」，它以「小」回歸了文學很難獲得的「閒適的品性」。賀桂梅的《風景中的女人》首先肯定了「小女人散文」作者群體「能幹」、「多情而深諳都市情調」、「極是風雅」，並給予這樣的評價：「或許，這群『小女人』作家可算目前爲止最令人滿意的女作家，才情、容貌、性格、氣質，要什麼有什麼」，但文末卻筆鋒一轉：「……與其說『小女人』眞正反映了『大時代』，不如說，她們只是我們時代生活的一道美豔而別具意味的風景。它不具備反省、『濃縮』和促進時代文化的功能，它本身就是文化工業的產品：它生產出了都市麗人及其情調，並以此養活一批以寫『小女人散文』爲生的女人。」林祁的《小女人散文與消費文化》概括小女人散文的特徵是「小、閒、嬌、俗」，指出「小女人散文」的作家們認同或自稱「小女人」，表現出來的是一種依附性極強的性別意識，是一種典型的小市民情調。她們的作品有精緻的裝幀和出版的市場籌劃，展現的是美豔的都市風景和女性悠閒階層的消費文化徵象，滿足了商業文化的市場需求。

正像叢書的命名一樣，「小女人散文」的主題是反映都市生活。90 年代中國城市化進程加快，一些具有國際化水平的大都市悄然形成，文學很自然地對此有所表現。都市是現代文明的象徵，現代人追求都市生活無可厚非。素素在《崇拜城市》中坦誠地寫道：「我不認爲我那個一直想逃離鄉村的念頭就是貪圖享樂。我心靈裏的一切都是瓦房店給予的，我當初的夢想就是能夠像父親那樣，成爲城市的主人。」〔註48〕潘向黎對都市景象進行了充滿詩意的描繪，揭示了上海這座城市中西文化融合的底蘊。「最高雅的時裝，淮海路是流動的櫥窗；最前衛的裝束，淮海路是自由的舞臺；而它卻是眞正的兼容百川：傳統的茶莊和精緻的咖啡店相對不厭，舶來名店和小店小攤相安無事，亮麗的街景和

〔註48〕素素：《崇拜城市》，見《女人心緒》，知識出版社，2001 年。

古樸的弄堂垂直，幽雅的濃蔭和耀眼的燈光在追逐……」。〔註 49〕「小女人散文」中大量出現的關於服飾、飲食、業餘生活等內容的描寫，不僅是對現代城市女性生活方式的描述，還蘊涵著城市文化的豐富內容。

但是，繁華只是現代人物質生存的表象，人的精神狀態才是現代城市的靈魂。在繁華的都市裏尋找女性精神存在的空間，表現現代社會中兩性之間的關係，是女性散文創作理當著意表述的內容。「小女人散文」的作者最初聚集在廣州，後來迅速擴展到上海、深圳、香港等繁華都市。她們分別從事編輯、記者等職業，較多表現的是都市白領階層比較優裕的物質生活和精神生活。在內容上，除了展現都市霓虹的炫目之外，談論最多的是現代女性的愛情觀念和情感困惑。她們常以自我情感體驗為基點，依靠文學文本和中外電影中的愛情故事闡釋現代社會中的兩性關係，如潘向黎的《愛情斷想》，南妮的《對峙的現代男女》，素素的《就做一個紅粉知己》、《廝守》，朱蕊的《愛情陷阱》等。這些現代女性情感是以女性獨立的精神追求為前提的，表達了她們在現代社會繁雜的生活中富於個性的選擇。素素的《我的夜》對都市喧囂的「夜生活」文明提出質疑：「表面上是女人主宰了夜晚，而實際依然是女人被男人主宰」。〔註 50〕顯示出對現代女性存在方式的思考，體現了知識女性的自審意識。面對當下「夜生活」中女性的尷尬地位，作者自覺地選擇「拒絕」，讓夜晚成為自己潛心寫作的快樂時光，並通過對「廝守」的詮釋，表達了對兩性和諧的精神追求〔註 51〕。

不過，儘管「小女人散文」在對城市感性認知的基礎上不乏有一定深度的理性思考，但大量作品實際上是在市場運作下出籠，作者的思想水準和創作藝術良莠不齊現象相當明顯。一方面，「小女人散文」具有休閒性的文化價值，可以充當部分都市人排遣精神壓抑的閱讀文本，滿足特定層面現代都市生活的精神需求；另一方面，不少作品庸俗而膚淺，規避了市民階層更為豐富的精神趣味和生存需求，其內在品質有很大的局限性。「小女人散文」創作的得失，給人以一定的啟示。

綜上，20 世紀八九十年代，散文創作實踐和批評界的觀念變革共同促成

〔註 49〕潘向黎：《都市的秋意散句》，見陳惠芬主編《繁華與落寞》，湖南文藝出版社，1998 年。

〔註 50〕素素：《我的夜》，見《女人心緒》，知識出版社，2001 年。

〔註 51〕素素：《廝守》，見《女人心緒》，知識出版社，2001 年。

了散文的繁榮。賈平凹說：「任何意義上的『革命』都帶有顛覆性，90 年代散文界之所以稱『革命期』，是因爲在對散文的觀念上發生改變。當然，改變了不一定一切問題都解決，打破了舊的東西，還需要艱難地建設新的東西，所以，文體問題，表現情感問題，表現手法的借鑒諸多問題都屬於建設範圍。在打破舊的東西時往往可以出現流派和團體的力量，在建設時則更多地顯示個人的能力，或者說易凸現個體的作用。」〔註 52〕在此過程中，女性創作者作出了自己的貢獻。她們的散文創作展示了成長中的女性精神和藝術追求，她們提出的文體交叉的理論主張得到實踐並取得實績，在散文領域推動了女性寫作自覺時代的到來。

第四節　女性詩歌創作中的「黑夜」意象

20 世紀 80 年代以來，「黑色」、「黑夜」意象大量出現在翟永明、唐亞平、海男、伊蕾、林珂等女詩人的作品中，給讀者帶來了富於新意的審美感受。在這些詩作中，抒情主人公是「黑髮黑眼黑群裾」的「黑女人」，她們眼睛「不由自主地流出黑夜」，「看見彗星在頭頂上傾訴神光」。這些「遊夜之神」「長著有肉墊的貓腳和蛇的軀體」，甚至「皮膚、血肉和骨骼都是黑色」。她們「來自黑夜走向黑夜」，「照亮黑夜又葬身黑夜」，眷戀黑暗中的一切事物。毀滅與救贖、欲望與死亡、自由與壓抑等元素傾注在黑夜的深淵中，帶領讀者進入女性的世界。

1985 年，翟永明寫下《黑夜的意識》。文中宣稱：

> 每個女人都面對自己的深淵——不斷泯滅和不斷認可的私心痛楚與經驗——遠非每一個人都能抗拒這均衡的磨難直到毀滅。這是最初的黑夜，它升起時帶領我們進入全新的、一個有著特殊佈局和角度的只屬於女性的世界。這不是拯救的過程，而是徹悟的過程。因爲女性千變萬化的心靈在千變萬化的世界中更能容納一切，同時展示它最富魅力卻又永難實現的精神。所以，女性的眞正力量就在於既對抗自身命運的暴戾，又服從內心召喚的眞實，並在充滿矛盾的二者之間建立起黑夜的意識。〔註53〕

〔註 52〕曾令存：《賈平凹散文研究》，中國社會科學出版社，2003 年版，第 287～298 頁。
〔註 53〕翟永明《黑夜的意識》，寫於 1985 年 1 月，修改於 4 月，發表於《詩歌報》

其後，有關女性文本中「黑夜」意象及「黑夜的意識」的解讀成為詩壇關注的熱點之一。唐曉渡等評論者結合女性詩歌創作進行闡釋〔註54〕，「黑夜」意象開始在女性創作的領域被廣泛關注，而女性意識也有了一個物象化的指稱：「黑夜的意識」。

一、「黑夜」意象的性別化改寫

「夜」是歷代作家在體驗世界的過程中逐漸塑造而成的經典意象之一。這一意象包容了豐富的情感意蘊和精神象徵，在不同時代、不同審美主體的視閾中散發著各具特色的藝術魅力。

在中國傳統詩詞中，「夜」是非常重要的抒情平臺。作為一個具有整體性特色的意象，「夜」及夜間的萬物積澱著古人豐富的生命情感。文人筆下或澄澈柔美或蕭索淒寒的夜景往往滲透著婉約深長的情思。物色和心象的渾然一體，使許多描繪夜景的古典詩詞作品呈現出意象優美、境界深幽的審美特徵。但無論是「遙夜人何在，澄潭月裏行。悠悠天宇曠，切切故鄉情」（張九齡《西江夜行》）等詩句對寒夜客居孤獨感的書寫，還是「桂魄初生秋露微，輕羅已薄未更衣。銀箏夜久殷勤弄，心怯空房不忍」（王維《秋夜曲》）等詩句中彌漫的閨愁、宮怨的寂寞，抑或「明月別枝驚鵲，清風半夜鳴蟬，稻花香裏說豐年，聽取蛙聲一片」（辛棄疾《西江月・夜行黃沙道中》）這類吟詠中透露出的悠然世外的閒情，「夜」意象在中國古代詩詞中主要是作為抒情的時空背景存在，基本上屬於一種情感意象，而較少融入深刻的社會隱喻。

20 世紀上半葉，一些作家通過「夜」意象來象徵中國社會環境的動蕩、整體社會氛圍的沉悶與壓抑以及知識分子面對破敗時局的不安與茫然。在那些社會時代感較強的作家筆下，「夜」的「黑暗」特質被突出強調。與「光明」的對立，使其成為一個具有意識形態色彩的意象，並演化為特定歷史階段社會氛圍的指稱。在這一演繹過程中，常伴隨創作者較為激進的思想文化態度，包括破壞性的衝動以及建立政治、文化新秩序的渴求（例如蒲風《從黑暗到光明》、《茫茫夜》等作品）。在魯迅的創作中，「黑夜」書寫佔有特殊地位。「夜」是魯迅思考、戰鬥的場閾。在《夜頌》等作品中，夜從自然之物幻化為社會

文化的象徵，「夜」意象凝結著這位思想巨人直面慘淡人生、正視淋漓鮮血的鬥士精神。「它有對黑暗現實的感受，對傳統因襲的歸結，對社會歷史的深深質疑和對現代文化精神、美感形式的隱喻而形成『多元意義的載體』」。〔註55〕社會政治話語對文學審美的影響無疑是巨大的，但仍有一部分作家游離其外，對「黑夜」懷有一種浪漫主義的癡迷情感，執著於從存在本體的意義上塑造「夜」的意象。與社會意識支配下的「黑夜」意象不同，他們筆下的「夜」意象很多時候是對處於現代文明中的人類存在狀態的認識與反思，因此相對於「白晝」，具有更為積極的象徵意義。新浪漫派的作家徐訏之於「夜」的理解便是如此。

總的來說，現當代文學中的「夜」意象經歷了審美變革。它雖然常常寄寓著作家孤獨的人生體驗，但這已有別於傳統文人的憂愁感傷心緒，而表現為一種壓抑、沉悶的現代人生感受的抒發。同時，「夜」意象更發展為社會時代背景的象徵以及作家文化心態的隱喻物。在社會發生劇烈變革之際，這一意象往往凸顯濃鬱的意識形態色彩。這樣的精神底蘊是傳統詩詞中的「夜」意象所不曾承載的。但無論是入世的「黑夜」情懷還是「出世」的「黑夜」情調，大部分作家筆下的「夜」意象較少性別意味。

20世紀80年代中期以後的女性詩歌創作，賦予「黑夜」意象新的審美內涵。謝冕指出：「要是說，中國當代作家在個別和總體上都未曾作過超越他們前輩的成就的話，那麼，當代的女性寫作卻是唯一的例外——她們在性別寫作以及揭示女性獨有的私秘性方面，是對歷史空缺的一次重大的填補。」〔註56〕他進而在對比中突出強調了女性文本中「黑夜」意象的獨特性。在分析唐亞平詩歌特色時，謝冕指出：「『黑夜』在唐亞平的筆下不再是顧城《一代人》中的那個『黑夜』。顧城那個黑夜有著濃重的意識形態的象徵性，而唐亞平的『黑夜』僅僅屬於人的潛意識，特別是，僅僅屬於女性。……從意識形態剝離出來的『黑夜』是女性對於自己世界的一種認知和把握，這裏除了女性對於自身屬性的特殊的暗示之外，（在唐亞平的詩中『洞穴』或『睡群』都有濃重的性的暗示），更重要的，是成熟女性的母性的萌醒和把握，對於懷腹的嬰兒而言，母親的子宮就是一個黑暗的世界。在這裏，我們可以武斷地認為，『黑夜』僅

〔註55〕皇甫曉濤：《夜與魯迅的意象》，《魯迅研究月刊》，1997年第9期。
〔註56〕譚湘記錄整理：《「兩性對話」——中國女性文學發展前景》，《紅岩》1999年第1期。

僅屬於女人。」〔註57〕顧彬在考察現代中國的黑暗理論時，也特別注意到了翟永明的「黑夜」意象和她的「黑夜意識」理論。他認為翟永明對於「黑夜」的性別化理解，使其有別於魯迅、茅盾、丁玲等人對「夜」的書寫和思考。在他看來，翟永明的「黑夜意識」是一種典型的女性意識、女作家的意識。「這種意識包含了這樣的主題：第一，女性、寫作、毀滅（深淵）；第二，愛、死亡、秘密」。「面對一個對女性來說平等無保障的世界，女性精神除了產生一種抵制情緒外別無他法，這就孕育了『黑暗的夜』的意象。」〔註58〕

二、「黑夜」意象選擇的多重文化因素

在女性詩歌中，「黑夜」意象融合了女性種種複雜的生命體驗和精神訴求，其中包括對壓抑女性主體精神成長的社會文化環境的批判與抗爭，自由、獨立的女性人格的追求，焦慮、抑鬱、恐懼等內在情緒的宣泄，神秘的女性欲望、神聖的母性情懷的展示，對死亡這一生命終極形式的思考，以及對人的本質存在的反思等。80 年代以來女性詩文創作「黑夜」意象的選擇，有著複雜的心理文化因素。《黑夜的意識》寫道：「對女性而言，在個人與黑夜本體之間有著一種變換的直覺。我們從一生下來就與黑夜維繫著一種神秘的關係，一種從身體到精神都貫穿著的包容在感覺之外和感覺之內的隱形語言，像天體中凝固的雲懸掛在內部，隨著我們成長，它也在成長著。」可以看出，女詩人對「黑夜」意象的選擇，確是緣於黑夜與女性生命本體之間的玄妙關聯。她們認為「黑夜」能夠較為典型地體現女性的性別特徵。

「黑夜」代表物之初態，萬事萬物從中孕育而生。在古老的神話傳說和宗教想像中，大多將「混沌」視為宇宙的原初狀態。中國神話認為在盤古開天闢地之前「天地混沌如雞子」。而《聖經》開篇即云：「起初，神創造天地。地是空虛混沌，淵面黑暗。」可以說，「黑夜」是宇宙孕育的子宮。這便與女性的生物性特徵聯繫在一起。女性擁有孕育生命的神秘通道和最幽深的中心地帶，在生命娩出母體的過程中，它使人類受到莊嚴的愛和神聖的保護。因此，沒有比「黑夜」更能象喻女性所承擔的人類生命延續的偉大造化工程的了。在《靜安莊》中，翟永明明確地將黑夜化生萬物與女性生育的特性結為

〔註57〕謝冕：《黑色沙漠・序言》，春風文藝出版社，1997 年，第 16～17 頁。
〔註58〕（德）沃爾夫岡・顧彬：《黑夜意識和女性的（自我）毀滅——評現代中國的黑暗理論》，《清華大學學報》（哲學社會科學版），2005 年第 4 期。

一體。她說：「夜晚這般潮濕和富有繁殖力」，而黑夜籠罩中的靜安莊「生下我，又讓我生育的母親從你的黑夜浮上來」。不過，正如「黑夜」隱含不可知的威脅，孕育對於女性而言並不全然代表著神聖的體驗與美好的記憶。如同蕭紅在《生死場》中所描述的一個個血腥、恐怖的生育場景，「黑夜」同時也暗示著女性分擔著人類生命經驗中最陰暗可怕的一面，那是一種「嚇人的，血淋淋的」創造體驗，它有可能帶給女性沉入深淵般的感受。所以翟永明在詩中說：「永恒的臍帶絞死我」，「每天都有溺嬰屍體和服毒的新娘」。（《靜安莊》）唐亞平也曾詠歎這種難言的恐懼：「這裏到處是孕婦的面孔 / 蝴蝶斑躍躍欲飛 / 噩夢的神秘充滿刺激 / 活著要痙攣一生。」（《黑色石頭》）

「黑夜」意象的選取，不僅源於女作家立足女性生命本體對這一自然存在的認同感，還基於對世界的性別化體認以及性別抗爭意識。男人代表白天，女人代表黑夜。這樣的隱喻方式從世界古代各民族的神話中都能看到，例如「太陽神」和「月亮神」就分屬男性和女性。這種遠古的神話觀念積澱在現代人的意識中，「白天」和「黑夜」自然就有可能分別與男性 / 女性或者男權 / 女權聯繫在一起，成為社會性別的文化建構模式之一。更進一步，有時，「白天」和「黑夜」的分化對立還隱喻著具有文化意味的兩性抗爭。朱迪斯·洛伯（Judith Lorber）認為：「社會性別作爲現代社會制度之一，它一直以來的目的就是建構一個相對於男性群體而言處於從屬地位的女性群體。每一個被放入『女人』這一地位的人的生活都是『相對男人生活這個白天的黑夜——這一直是一種幻想，相對於男人這個白色的黑色。被隔離於男人的空間之外，女人被壓迫以確保系統功能的持續』。」〔註 59〕在部分女性詩歌中，「黑夜」正象徵著女性被遮蔽和被迫沉默無語的狀態，隱藏著女性的全部苦難和不幸。

20 世紀 80 年代，翟永明等女作家在深入思考現有性別秩序、探求女性靈魂飛翔的可能空間時，潛在地受到時代精神文化的影響，她們一定程度上是帶著「革命」的激情投入到對女性精神家園的建構過程中的。在此意義上，她們選擇「黑夜」意象，通過與「白晝」的對立姿態，開啓了以個體女性的自主精神追求爲指歸的「反叛」之旅。「外表孱弱的女兒們，當白晝來臨時，

〔註 59〕（美）朱迪斯·洛伯：《「黑夜與它的白天」：社會性別的社會建構》，鄭丹丹譯，余寧平校，見余寧平、杜芳琴主編：《不守規矩的知識——婦女學的全球和區域視界》，天津人民出版社，2003 年，第 278～279 頁。

你們掉頭而去」（翟永明《女人》）。反抗傳統性別意識形態的束縛，力圖走出男性中心話語遮蔽的黑暗，正是女作家「創造黑夜」的心理動因。「黑夜」中的抒情主人公高揚女性主體意識，顯示出有別於傳統女性的精神氣度：「我策馬揚鞭　在有勁的黑夜裏 ╱ 雕花馬鞍　在我的坐騎下 ╱ 四隻滾滾而來的馬蹄…… ∥ 我策馬揚鞭　在痙攣的凍原上 ╱ 牛皮韁繩　鬆開晝與黃昏 ╱ 我要縱橫馳騁…… ∥ 我策馬揚鞭　在揪心的月光裏　行銷骨鎖　我的凜凜坐騎　不改譫狂的稟性」（翟永明《我策馬揚鞭》）。

三、「黑夜」意象中的「黑夜意識」

首先給人以突出印象的，是「黑夜」意象所融入的女性苦難意識和「救世」情懷。

20 世紀 80 年代的女性詩歌彌漫著強烈的女性苦難意識，「黑色」成為映現女性受難的色調。例如，在唐亞平的詩作《黑色金子》及《黑色洞穴》中，展示了被世界所傷害而流失了生命力的女人的痛楚感受：

> 我已經枯萎衰竭 ╱ 我已經百依百順 ╱ 我的高傲傷害了那麼多卑
> 微的人 ╱ 我的智慧傷害了那麼多全能的人 ╱ 我的眼睛成為深淵 ╱ 不
> 幸傳染了血液 ╱ 我的乳汁也變為苦淚 ╱ 我的磨難也是金子的磨難 ╱
> 被所有的人掠奪 ╱ 卻被所有的愛包圍 ╱ 每一個夜晚是一個深淵 ╱ 你
> 們佔有我猶如黑夜佔有螢火 ╱ 我的靈魂將化為煙雲 ╱ 讓我的屍體百
> 依百順（《黑色金子》）

與同時代的男性作家往往講述來自政治層面的不幸遭遇與時代創傷不同，一些女詩人對女性苦難的訴說遠離社會政治背景，進入了另一個思考維度：「你將格外的不幸，因為你是女人。」（張潔《方舟》）

進入性別語境的思考，促使女詩人認識到女性苦難與傳統性別文化的壓抑有關，來自男權社會的文化壓制使女人一代代背負性別的原罪。社會文化環境給女性精神造成深重的痛苦：「貌似屍體的山巒被黑暗拖曳 ╱ 附近灌木的心跳隱約可聞 ╱ 那些巨大的鳥從空中向我俯視 ╱ 帶著人類的眼神 ╱ 在一種秘而不宣的野蠻空氣中 ╱ 冬天起伏著殘酷的雄性意識」（翟永明《女人‧預感》）。詩人常以激憤的語調揭示男權文化主宰女性命運的情形以及女性受難的姿態。「洞穴之黑暗籠罩晝夜 ╱ 蝙蝠成群盤旋於拱壁 ╱ 翅膀煽動陰森淫穢的魅力 ╱ 女人在某一輝煌的瞬間隱入失明的宇宙 ╱ 是誰伸出手來指引沒

有天空的出路／那隻手瘦骨嶙峋／要把女性的渾圓捏成棱角／覆手爲雲翻手爲雨／把女人拉出來／讓她有眼睛有嘴唇／讓她有洞穴／是誰伸出手來／擴展沒有路的天空／那隻手瘦骨嶙峋／要把陽光聚於五指／在女人乳房上烙下燒焦的指紋／在女人的洞穴裏澆鑄鐘乳石／轉手爲乾扭手爲坤。」（唐亞平《黑色洞穴》）恩格斯認爲：「母權制的被推翻，乃是女性的具有世界歷史意義的失敗」〔註60〕。詩中「女人在某一輝煌的瞬間隱入失明的宇宙」正喻示著這一文化處境。

　　傳統社會性別觀念中男尊女卑、夫爲妻綱、在家從父、出嫁從夫、夫死從子等一系列歧視、束縛女性的文化規約服務於男權統治的需要，塑造了傳統女性柔弱順從的品格，更加鞏固了男權文化主宰的格局。傳統女性對於自身的悲苦命運雖也時有歎息，但總體而言處於性別蒙昧狀態。「五四」前後，中國女性在「人」的啓蒙背景下，開始自覺關注女性的生存困境和悲慘命運。蕭紅等部分現代女作家的創作充滿了沉重的女性苦難意識和受難精神。20 世紀 80 年代，中國女性迎來了新的「啓蒙」。其中包括西方女性主義思想的啓迪，新時期思想文化界啓蒙浪潮的影響以及女性知識分子對傳統性別秩序以及政治層面所提倡的「男女平等」的反思等。也正是在這樣的背景下，部分女詩人開始借用「黑色」、「黑夜」等意象來呈現女性心靈深處的痛楚與傷感。翟永明在《黑夜的意識》中說：「保持內心黑夜的眞實是你對自己的清醒認識，而通過被本質所包容的痛苦啓示去發掘黑夜的意識，才是對自身怯懦的眞正的摧毀」。她在此文中所提到的「對抗自身命運的暴戾」，也正是女詩人們在詩歌中吟詠女性苦難的重要原因。

　　唐曉渡在解讀翟永明的《女人》組詩時，認爲該詩彌漫著神秘的先知、崇高的母性以及忘誕的救世思想〔註 61〕。這一評論觸及了有關「黑夜」意象的精神內涵。翟永明等女詩人「創造黑夜」的衝動，正是爲了呼喚改變「白晝」秩序下女性受難的存在狀態。或者說，是在更廣泛的層面上試圖救助陷入迷茫與苦難之中的人類命運。在這些詩篇中，抒情主體成爲「靈魂預言者」。她們以母性的悲憫情懷省察人類的苦難：「整個宇宙世界充滿了我的眼睛」，

〔註60〕（德）恩格斯：《家庭、私有制和國家的起源》，人民出版社，1972 年，第 54 頁。

〔註61〕參見唐曉渡：《女性詩歌：從黑夜到白晝──讀翟永明的組詩〈女人〉》，《詩刊》1987 年第 2 期。

「我是一粒沙，在我之上和／在我之下，歲月正在屠殺／人類的秩序」（《女人‧臆想》）。佛語有云：「一沙一世界，一葉一菩提」。詩人在此賦予女性強大的心靈力量，讓她們坦然面對整個世界的喧囂與躁動，在超然的冷靜中探尋出路：「我一向有著不同尋常的平靜／猶如盲者，因此我在白天看見黑夜」（《女人‧預感》）

　　在《女人》組詩中，詩人迷戀於一種巫性的神秘和女先知的「預言」力量。她說：「唯有我／在瀕臨破曉時聽到了滴答聲」（《女人‧瞬間》），看到「蝙蝠在空中微笑／說著一種並非人類的語言……／瞎眼的池塘想望穿夜，月亮如同／貓眼，我不快樂也不悲哀／靠在已經死去的柵欄上注視你們／我想告訴你 沒有人去攔阻黑夜／黑暗已進入這個邊緣。」（《女人‧邊緣》）。這個在「夢中目空一切／輕輕地走來，受孕於天空」的女人，「眼框盛滿一個大海／從縱深的喉嚨裏長出白珊瑚／」，懷著一種浪漫主義的救世激情。她猶如大母神一般包容一切又拯救一切：

> 海浪拍打我／好像產婆在拍打我的脊背，就這樣／世界闖進了我的身體／使我驚慌，使我迷惑，使我感到某種程度的狂喜／／我仍然珍惜，懷著／偉大的野獸的心情注視世界，神思熟慮／我想：歷史並不遙遠／於是我聽到了陣陣潮汐，帶著古老的氣息／／從黃昏，呱呱墜地的世界性死亡之中／白羊星座仍在頭頂閃爍／猶如人類的繁殖之門，母性貴重而可怕的光芒／在我誕生之前，我注定了／／為那些原始的岩層種下黑色夢想的根。它們／靠我的血液生長／我目睹了世界／因此，我創造黑夜使人類幸免於難（《女人‧世界》）

女詩人所體現出來的以「黑夜」救世之心，其實也就是重建烏托邦的「創世」情懷，激蕩著浪漫主義情懷。80 年代中期，翟永明處於一種思想激進的狀態中。她在《黑夜的意識》中說：「現在才是我真正強大起來的時刻。或者說我現在才意識到我周圍的世界以及我置身其中的涵義。一個個人與宇宙的內在意識——我稱之為黑夜意識——使我注定成為女性的思想、信念和情感承擔者」。她在女性意識的覺醒中有了重估女性價值的欲望。為了展示女性精神的偉大力量，必然要改變女性生存的邊緣狀態，使其切入世界的中心。在文學想像中，通過再造女性創世神話來達到這一目標是一種可取的途徑。因此，《女人》組詩將抒情主體塑造為女神、女巫、女先知的形象。而「救世」的激情則表明女詩人的寫作仍然秉承知識分子的寫作立場和啟蒙意識，體現出其精

神血脈與朦朧詩時代的批判精神、憂患意識以及英雄主義傾向緊密相連。

其次，「黑夜」意象的抒寫是女性欲望的言說。

「月上柳梢頭，人約黃昏後」（朱淑眞《生查子》）。自古以來，人們對於愛情的吟唱，往往離不開「夜」這一靜謐、溫柔、夢幻的情感空間，而更爲隱秘的身體欲望也常在「夜」的背景下暗潮湧動。「夜」，有時寄託著女詩人「純情愛如夢」（陸新瑾）。例如林子寫下的少女相思的心靈獨白：「深夜，我只能派遣有翅膀的使者， /帶去珍重的許諾和苦苦的思念， /它憂傷地回來了——你的窗戶已經熟睡。」（《給他》）申愛萍道出了失戀女人的內心痛苦：「最後一張日曆掛滿陽光 /悄悄穿過去年的鳥巢 /忍不住又撰寫相思夢囈 /失戀，爲什麼不魚死網破呢？ /你扯去的那顆紐扣 /還牽著一根浪漫的絲線 /穿起脖頸懸掛的苦果 /夜夜守護那個誘人的季節 /我站在夢外 /總爲一個日子神智恍惚 /總爲一個等待痛苦難眠」（《苦戀之夜》）；林雪則刻畫了深陷於多角情愛中的女子的內心糾葛和難以排解的憂傷：「我是否已不愛你 /你不愛我 /而他也不愛我 //這夏夜，雨水與腳步同樣捉摸不定 /同樣憂傷纏綿 /又無法說清」（《雨夜中街》）。

夜色中的愛情，不僅是心靈化的、情感層面的，同時也是身體化的、情慾層面的。在「夜」的背景下，抒情女主人公的情感傾訴和欲望言說時或充滿熾熱而狂亂的氣息：

> 黑色長裙陡垂下一座懸崖 /誰能征服？高高在上 /風吹亂滴水的散髮，誰能攀登？ /最黑最雨的夜說不清我們相遇 /我們相遇一見鍾情 /你額頭的雨，星星的碎片 /你用地獄的偉大聲音向我展示魅力 /雨聲在體內激盪 /沸騰的目光相撞 /我不知不覺地變得放浪，輕輕地說 /像捆綁仇恨一樣緊緊捆綁我的美 /我願在你的罪惡的蹂躪下享受罪惡 /我願在你鐵絲的撫愛下幸福地死去…… /風過，雨過。黑夜過 /轟轟烈烈地愛過 /倒下也是壯烈與淒美……（張燁《雨夜》）

這首詩中的抒情女主人公憧憬著「冰裏點燃，火中旋舞」般的愛情，詩人將她對愛的渴望投注到「雨夜」中，讓心靈和肉體都向轟轟烈烈的愛情「投誠」。於是，這個「敢於愛撒旦的女人」帶著受虐般的激情展示著原始的誘惑：「我不知不覺地變得放浪，輕輕地說 /像捆綁仇恨一樣僅僅捆綁我的美 /我願在你的罪惡的蹂躪下享受罪惡 /我願在你鐵絲的撫愛下幸福地死去。」

　　唐亞平的「黑夜」意象更是打開了一個令人驚心動魄的女性世界，顯示了女性詩歌對傳統觀念的大膽背叛和對所有白日夢的毫不猶疑的撕碎。女詩人以妖嬈的「夜遊之神」的姿態憑藉「黑夜」掘進了女性深層心理意識，特別是性意識：

> 我的眼睛不由自主地流出黑夜／流出黑夜使我無家可歸／在一片漆黑之中我成爲夜遊之神／夜霧中的光環蜂擁而至／那豐富而含混的色彩使我心領神會／所有色彩歸宿於黑夜相安無事／遊夜之神是悽惶的尤物／長著肉墊的貓腳和蛇的軀體／懷著鬼鬼祟祟的幽默迴避著雞叫／我到底想幹什麼　我走進龐大的夜／我是想把自己變成有血有肉的影子／我是想似睡似醒地在一切影子裏遊玩／真是個尤物是個尤物是個尤物／我似乎披著黑紗煽起夜風／我是這樣瀟灑輕鬆　飄飄蕩蕩／夜晚一切都會成爲虛幻的影子／甚至皮膚　血肉和骨骼都是黑色／莫名其妙莫名其妙　莫名其妙／天空和大海的影子成就了黑夜

（《黑夜　序詩》）

如果說翟永明筆下的「女人」是天賦神啓的女神，那麼唐亞平詩中「長著肉墊的貓腳和蛇的軀體」的「遊夜之神」就像是魅惑人心的女妖。這個「悽惶的尤物」是情慾的象徵，她與「黑夜」融爲一體，「煽起夜風」，張揚著女性來自生命內部的欲望和激情。正如她在《黑色子夜》中所寫：「點一支香煙穿夜而行／女人發情的步履浪蕩黑夜／只有欲望猩紅／因尋尋覓覓而忽閃忽亮／一無所有的煙圈浮動天空／星星失色於無情的漠視／繞著七層公寓巨大的黑影／所有的窗口傳來漆黑的呻吟／於是只有一個願望——／想殺人放火想破門而入……」。

　　「我披散長髮飛揚黑夜的征服欲望／我的欲望是無邊無際的漆黑／我長久地撫摸那最黑暗的地方／看那裏成爲黑色的漩渦……我非要走進黑色沼澤……」（唐亞平《黑色沼澤》）這類驚世駭俗的女性「黑色」欲望的表達，打開了女人或獨身女人所特有的性心理之門和通往肉體快感秘密經驗的歷險之路，曾被認爲是一種「黃色犯罪」。有文章對此提出嚴厲的批評：「這是一種詩歌藝術審美觀念的墮落……一味宣泄青春期本能的私欲和變態心理，一味自作多情地流痛苦之淚、相思之淚，刻意地建造一座有女人、流浪漢、殺人刀和白色骷髏的黑色城堡……她們迎合一些人的『性解放』要求。筆下沒

有一點東方女性的內在或外在的美，只有一群百無聊賴、慵懶倦怠的後宮佳麗」〔註62〕。這樣的批評之聲所反映的，是80年代末部分研究者對女性自主表達自身欲望的難以認同。

實際上，女詩人借助「黑夜」大膽袒露女性隱秘的性欲望，作為富於審美張力的言說方式具有特殊的意義。它將女性生命內部神秘不可知的部分揭示出來，並以此建構起反抗男性中心文化的話語空間，在特定的歷史語境中，「為女性主義詩歌徹底浮出歷史地表」，「為女性詩歌中的『階級的女性神話』、『革命的女性神話』劃上了一個圓滿的句號。」〔註63〕

其三，「黑夜」意象與死亡意識的書寫。

死亡，是文學創作中的永恒主題，女詩人們對此也表現出特殊的熱情。有學者認為，死亡意識的抒寫是女性主義詩歌的一種精神內質：「女性過度敏感警覺的神經質，使死亡成了她們生命中時時盤旋、揮之不去的最高體驗，她們對死亡的體驗與頓悟比男性更直覺、徹底，對和死亡內在相同的不安全、危機氛圍更異常關心與清醒。所以女性主義詩人的死亡意識更強烈，詩裏的死亡意象比男性詩人更密集，禮讚死亡一度構成女性主義詩人的普遍趨附。」〔註64〕

在伊蕾筆下，死是獲得永生的手段：「三月的永生是死 ╱死在我輕鬆的絕望裏吧 ╱讓我死在葡萄裏 ╱葡萄的死是永生 ╱╱漂浮的大陸是永生 ╱它沈在水底變成花紋 ╱花紋的死是永生 ╱你是火就狂風一樣地燒吧 ╱在殘山剩水間，讓我化為灰燼 ╱我的灰燼是永生……我的永生在風暴裏 ╱鮮紅的眼淚砸傷了我 ╱我終於死、死、死、死了 ╱我的死是永生……光榮地死或者恥辱地死是無所謂的 ╱只因為死並無異於永生」（《三月的永生》）。唐亞平對死亡也有獨特的感悟：「死是一種欲望一種享受 ╱我攤開軀體，睡姿僵化 ╱合上眼睛像合上一本舊書 ╱發亮的窗口醒成墓碑 ╱各種銘文讀音嘈雜」（《死亡表演》）。詩中對死亡有著這樣的憧憬：「死是我期待已久的禮物」，「死是意外的風景」，而其所作的「死亡之後是活著」的判斷帶有幾分哲學思辨的味道。在這些女詩人眼中，死亡不再是恐怖的、與生存對抗的概念，而是對生命的觀照和拯

〔註62〕 王小嬋、藍貝：《不要忘了詩的使命——關於部分青年女詩人『性詩歌』的對話》，原載1989年10月25日《文論報》，《詩刊》1990年第1期轉載。

〔註63〕 羅振亞：《朦朧詩後先鋒詩歌研究》，中國社會科學出版社，2005年，第274頁。

〔註64〕 同上，第283頁。

救。死亡於此被賦予冷靜的哲學意味。死亡已不再通向簡單的終結或否定，而是意味著創造使個體充分展開自身的無限可能性。

在女詩人對「死亡」的吟唱中，「黑夜」意象所具有的死亡象徵意義是非常突出的。許多時候，死亡的顏色就是黑夜的顏色，黑夜的聲音就是死亡的聲音，黑夜特別能夠誘發詩人對於死亡的感觸。例如，在翟永明的《女人》、《靜安莊》、《死亡的圖案》、《午夜的判斷》，海男的《女人（之二）》等詩作中，「黑夜」構成了詩人談論死亡的背景。

在人類社會發展早期，人們對自己的生存環境知之甚少，對無從把握的自然界產生了不可抗拒的恐懼感，黑夜降臨之際當是尤為如此。或許與此相關，黑色、黑夜往往與死亡意識聯繫在一起。《靜安莊》就抒寫了因黑夜中的事物以及死亡所產生的壓迫感：「第一次來我就趕上漆黑的日子／到處都有臉型相像的小徑／涼風吹得我蒼白寂寞／玉米地在這種時刻精神抖擻／我來到這裏，聽見雙魚星的嗥叫／又聽見敏感的夜抖動不已……魚竿在水面滑動，忽明忽滅的油燈／熱烈沙啞的狗吠使人默想／昨天巨大的風聲似乎瞭解一切／不要容納黑樹／每一個角落布置一次殺機……」。外部表象世界是作家內部心靈世界的投射，抒情主體眼中的世界遍佈殺機，映襯出對死亡的極度恐懼。她更還看到：「在螞蟻的必死之路／臉上蓋著樹葉的人走來／向日葵被割掉頭顱。粗糙糜爛的脖子／伸在天空下如同一排謊言／蓑衣裝扮成神，夜裏將作惡多端」。

站在黑夜的中心，詩人洞見死亡的來臨。《死亡的圖案》組詩中，抒情主人公通過在七個夜晚中親歷母親死亡的過程，見證了死亡的不可抗拒性，擁有了對死亡的戰慄性體驗：

今夜，我把手指伸向死亡邊界／舊日子的一切突然傾瀉／極大的不安迫近我／彷彿被你體內侵藏的秘密喚醒／彷彿你臉上虛無的顏色我們分開／今夜的回聲在眾人身上顯現／白色庭院的風鈴草已死，不再盛開／／你身患絕症，奄奄一息／一道變黑的目光陪伴你／否則那些與你同住多年的人／會用安慰之詞傷害你／否則你女兒將舔著血／尋找死亡的藏匿地／／七天七夜，我洞悉死亡真相／你眼光裏求救的吶喊／拼寫各種語言：生——死——生命／我費力猜測／你的呼吸告訴我／那兒：裏裏外外／那兒：山上下下／滿滿淚水的塵埃／我看見一片血腥景象……／假定死亡在生長，借著黑夜殺人

／我的軀體將保有全世界死者的痛楚／因你而大聲呼號……

海德格爾認為：「每一此在向來都必須接受自己的死。只要死亡『存在』，它依其本質就向來是我自己的死亡」。不過，「此在在死亡中達到整全同時就是喪失了此之在。向不在此在的過渡恰恰使此在不可能去經驗這種過渡，不可能把它當作經驗過的過渡來加以領會。就每一個此在本身來說，這種事情當然可能對它始終秘而不宣」。「此在能夠獲得某種死亡經驗」，實際上是由於他人死亡的可經驗性。也就是說，人們是從他人的死亡中領會到關於死的奧秘。〔註65〕這正可藉以說明翟永明在《死亡的圖案》中體驗死亡的可能性。在這組詩中，翟永明不是在抽象的意義上談論死亡，而是通過黑夜中對母親死亡過程的見證來達到對生命存在的經驗式領悟。這裏，「黑夜」的意象與死亡的氛圍渾然一體，共同觸發了詩人對死亡的敏感。

翟永明的「黑夜」似乎總是與亡人和鬼魂相伴。她擅長在黑夜裏做死亡的獨白。時至90年代，這位女詩人仍沒有放棄「在孤獨中在沉思中領悟自身的殘酷」的「黑夜」意識。在《午夜的判斷》中，詩人在午夜的文字裏穿梭，講述她對於暗夜世界的死亡感覺。詩中，抒情主人公於黑夜中見到鬼，聽到依稀的腳步無聲無息走上樓梯，看到面容依稀的人影反覆出現，雙臂上同伴的頭顱不斷跌落，她見過「蛇的臉　人的臉／山羊完整的身體／蜘蛛爬過的痕跡」，看到「陌生的空間在黑暗中沉浮」，並於「午夜兩點」夢到「繞來繞去的月亮用它的大舌頭／把我緊緊裹上／我無法起步」，這些都讓她在黑夜中感受到了死亡強烈的壓迫。她還表達了這樣的認識：「人須有心事　才會死去／才會至今也認不出世界的面容／不然我們的祖先將反覆追問／這淒慘的集中了一切的命運／一個人的死包容了所有人的歷史／一個夢包容所有死的方式」。詩人斷言「沒有一個是快活的！我知道　從夢中／直到溫柔體貼的手／將我與黑夜切斷」。「黑夜」在這裏有著莫測高深的神秘，促使詩人將自身、社會、人類的各種經驗剝離為一種相對純粹的認知。

如果說翟永明詩歌中的黑夜與死亡總有一種殘酷性的生命體驗，那麼海男筆下的黑夜與死亡則充盈著一種靜謐與神聖的感覺，這與作家受宗教思想影響也許有一定關係。在其詩作中，海男這樣訴說：「我愛你，在這難忘的八月／當我們看見了公路上的棺材和稻穀之後／死亡遙遠的驅來之前／我說我

〔註65〕　（德）：馬丁・海德格爾：《存在與時間》（修訂譯本），陳嘉映、王慶節譯，生活・讀書・新知三聯書店，2006年，第273～276頁。

愛你／我愛你，我愛你／在繽紛的黑暗降臨之後／聖母擁抱著聖子，教堂正飄著樹葉∥……死亡離鏡子是那樣近／房屋的倒塌啊，在農民們接近午夜的時辰／我們看見上帝／高貴，前程遠大的帝國／在我們憂傷的手臂中沉沒」。（《女人（之二）》）正如存在本身有其多向性，同是借助「黑夜」來感悟死亡，海男詩句中流淌出來的生命體驗更多地展現了女性詩歌創作中富於柔性的一面。

「我來自黑夜／我走向黑夜」（林珂《黑女人》）。20 世紀 80 年代以來的女性詩歌創作將「黑夜」與女性隱秘的潛意識世界聯繫起來，使「黑夜」意象的審美內涵發生了重要變化。女性審美主體以對「黑夜」意象的性別化營構作爲一種特殊的寫作策略，力圖創造出一種不同於男性話語的獨具女性創作風格的語言符號。在這一層面，女詩人們不僅通過「黑夜」意象的塑造展現女性的苦難意識、「救世」情懷、女性欲望以及對死亡的思考和人性世界內部黑暗的體察，更重要的是，在以「黑夜」爲名的放聲歌唱中構建了反抗男性中心文化的話語空間。

此外，「黑夜」意象有時還與女作家的形而上的思考聯繫在一起。一些文本展示了女作家的理性思維以及對人和世界本質的感悟力。例如，女詩人王小妮從對生活的黑暗性體驗出發，看清了人世之惡對良善之心的摧殘，開始了對世界內部黑暗的體察與直視。王小妮的詩作不像翟永明等女詩人那樣融入強烈的女性意識，但也並不規避作者的性別身份。她筆下的「黑夜」意象融入了對生活的獨特領悟，與翟永明、唐亞平等女詩人的「黑色」風暴具有不同的審美品格。

王小妮的早期詩作溫暖、和煦，充滿至善的人情味。詩人即使在「黑夜」中也竭力尋找希望和溫情。在《送甜菜的馬車》一詩中，她用舒緩的調子唱出夜的讚美詩；而在《問候》一詩中，她又在夜過秦嶺的經歷中暢望至善的人性。詩人在「黑夜」中看到的不是黑暗，而是光明的元素，即使獨自面對黑夜中未知的恐懼，仍然用良善之心去看待這個世界。而 1985 年之後的「黑夜」意象，則體現出在領略了生活的殘酷和人性的卑劣之後對生存之眞的體察。她的詩歌開始直面「黑夜」中的「黑暗」元素，冷靜審視生命的處境。詩中的「夜」不再「像一縷藍黑色的風」，夜間的事物也不再溫情脈脈：「事情緊密進入了夜間／雙手蜂群那樣迷亂／無數烏鴉／突然掉出雲來」，「遠草站攏在天邊／柔人一樣擺動／四面都遠／四面都不能呼吸……裏面，黑又冷

/外面，不亮也不溫暖」（《讓這個人快樂吧》）。

「黑夜」中，由於「惡」的包圍，抒情主人公中置身於無路可走的困境：「我在黑暗中，被黑洞洞的畏懼塞滿／每一面牆壁／高唱黑色的頌歌／全部是手」（《在錯雜的路口遇見一個錯雜的問路人》）。生活中「黑暗」元素的逼迫，使人充滿變形、異化的恐懼，於是便有了《一瓶雀巢咖啡，使我浪迹黑夜》中夢魘般的場面。在這首詩中，詩人身邊鬼影幢幢、陰氣四散、疑竇叢生、險象環生。詩作從喝咖啡失眠陷入近乎夢遊情境的詩意邏輯展開，詩人在驚懼中徹悟了世界的荒誕與虛無，表現出了經歷挫折淬煉後的清醒與睿智。「浪迹黑夜」的詩人終於洞悉了「世界有半面烏黑／我們也半面烏黑」（《失眠之後》）的生活真實。於是審視生活就有了自己的一本「黑暗哲學」：「黑暗從高處叫你／黑暗從低處叫你／／你是一截／在石頭上猶豫的小黑暗／光只配照耀臺階／石頭嗡嗡得意／／擁擠的時間尖刻冰冷／光芒幻想美化這個世界／穿黑衣的人現在就跑／什麼也別留下／／快一點／拾走那只我們的黑紐扣」（《黑暗又是一本哲學》）。

總之，女性詩歌中的「黑夜」意象頗富文化意味，以獨特的形式傳達出審美主體的性別經驗和人生感受，從一個側面反映出女作家的性別意識，也體現了女性詩歌的藝術創造。

第四章 女性文學研究及性別批評實踐

　　中國女性的文學創作歷史悠久，然而在 20 世紀以前的漫長時期，婦女的文學活動本質上僅作為男性中心文學傳統的附庸而存在，她們的創作被納入正統文化圈內，成為一種增添別趣的點綴。與此密切相關，兩千年間，除了極個別的女作家曾進入主持文壇的男性視野，受到這樣那樣的品評外，婦女文學從未被視為一個有價值的研究對象。

　　在 20 世紀初民主主義、人道主義思潮的影響和反封建鬥爭的直接推動下，誕生了現代意義上的女性文學創作，以其為關注對象的文學研究亦隨之萌發。然而，大半個世紀裏，受特定的時代、社會條件和文化背景制約，無論女性創作還是女性文學的研究工作，其發展都是曲折而緩慢的，顯然滯後於其它一些文學研究領域，以致遲遲未能建立起相對獨立的學科門類。這種狀況直到 80 年代中期以後才開始改觀。

第一節　現代女性文學研究的歷程

　　近百年來，中國現代女性文學研究經歷了萌發期、初建期和發展期幾個階段。

一、「五四」時期的初步探討

　　「五四」時期至 20 年代，是女性文學研究的萌發階段。

　　此時女性文學批評的發生，與現代女性文學創作的實踐緊密相連。「五四」

時期，中國女作家首次以覺醒的「人」的意識登上文壇，以其文學創作造成相當廣泛的社會影響。她們的創作成就是在新文化運動思想解放的背景下，在進步思想界倡行啓蒙主義、人道主義的時代氣氛中發生的，其所表現的「人」的自覺及其社會使命感和責任感，所傳達的社會情緒、時代精神，很自然地受到進步知識分子的歡迎；作者的女性身份、作品所往往具有的自敘傳色彩，也格外引人注目。對「五四」女作家創作的評論，作爲中國現代文學最初的批評實踐的一部分，就是在這樣的歷史條件下開始出現。

當時見於報刊的有關女性創作的評論文字，所關注的主要是若干在「五四」文壇上有影響的女作家，如冰心、廬隱、凌叔華、丁玲和謝冰瑩等。其中，最早引起論者注意的是冰心的「問題小說」。1919 年 10 月 7 日至 11 日的《晨報》副刊發表冰心小說《斯人獨憔悴》後僅一星期，《國民公報》的「寸鐵」欄中便刊出了署名「晚霞」的短評，指出該作揭示了「舊家庭的壞處」。小說被學生劇團改編爲話劇在舞臺上演出後，《晨報》亦刊發了有關劇評。一個多月後，冰心的另一篇問題小說《去國》（《晨報》副刊 1919 年 11 月 22 日至 26 日）同樣很快引起反響。12 月 4 日該報發表的鵑魂《讀冰心女士的〈去國〉的感言》，或可說是中國現代第一篇由女性創作引發的較長篇幅的評論文字，在當日報紙上從第七版轉到第八版，佔用了廣告的位置。此文結合當時一些滿懷理想的留學生歸國後在冷酷現實面前的失望和沉淪發出感慨，言稱「對於這篇《去國》，我決不敢當他是一篇小說，我以爲他簡直是研究人材問題的一個引子」；從作品中可以看出，作者「具有醒世的苦心」。當時，關於文藝作品的評論尚十分少見，而冰心創作之初便受到人們矚目，雖與「女作家」身份不無關係，但更重要的還是作品本身所包含的社會內容，所提出的社會問題，激起了同時代一部分有著憂國憂民情懷的讀者的強烈共鳴。這種從反映社會現實的角度探求文學作品得失的閱讀思維方式，也正是現代文學批評發展早期，在「爲人生」的文學觀指導下的文學批評的一個帶普遍性的特點。

不過，對女性文學創作的批評活動從萌發之日起即已呈現出偏重於社會學分析和偏重於藝術審美的評說的不同趨向。以冰心早期小說代表作《超人》發表後的反應爲例。小說刊載在 1919 年 11 月出版的第 12 卷第 4 期《小說月報》上，它一方面是冰心參加文學研究會以後，抱著積極的「爲人生」的態度寫作的產物，是問題小說創作的延伸；另一方面，又是冰心以「愛的哲學」

為核心的人生觀初步形成的標誌。對此，當時即引起人們重視，有多篇文章涉及對其思想和藝術的評論，如：《小說月報》第 12 卷第 8 期佩蘅《評冰心女士的〈超人〉》，第 12 卷第 11 期潘垂訓《對於〈超人〉〈命命鳥〉〈低能兒〉的批評》，第 13 卷第 9 期劍三（王統照）《評冰心的〈超人〉與〈瘋人筆記〉》；《創造》第 1 卷第 4 期成仿吾《評冰心女士的〈超人〉》；《時事新報‧學燈》枝榮《批評〈超人〉》等。這些評論有的著眼於作品的思想內容，如枝榮指出：「母愛，斷不足令世界充實和有意識，但這也或許出作者意識之外。」有的則較注意創作者的文學素養和作品的藝術特點，如劍三認為，「女士善能在平凡的事物中，探求出她的特別的觀察點，能從一段事實中，捕捉到最精彩的一段，尤能善用其最生動而感人的描寫」；成仿吾稱讚冰心「詩人的天分很高，藝術家的手腕很足」，這篇小說比詩人的作品「還要多有幾分詩意」，而且作者想像豐富，描寫精細，筆致伶俐，感情真摯；但小說又「並不是成功的作品」，不足的主要原因是作者「偏重想像而不重觀察」。

有的評論注重閱讀感受和印象的傳達，如燕志雋《讀〈春水〉》（《文學周報》第 305 期）敘說五六年間歷次讀冰心《春水》的不同感受，最後說：「一直到了現在，我的心緒矛盾的天天改換，在少年的額上，淡淡的紋已如水波似的。於今晚忽讀《春水》，心中興奮，在那些短詩行裏，我感到天真的童心，溫暖的人情味，堅貞的人的向上力，陽光和花的新生，在墜落似的我，微微興奮了。……我不能不自愧自己的污濁和昏憒……心裏暗暗的想到新生，溫暖，堅貞……」還有的讀者以詩評詩，採用藝術的形式表達對作品的理解和評價，如 1924 年 6 月 9 日《文學周報》第 125 期刊登的署名「魚常」的讀者，以同名詩的形式談論讀冰心《春水》的感受，對冰心體小詩的成功和不足之處加以形象的抒評。

整個 20 年代，報刊上有關女性創作的評論文章不過數十篇，相當一部分為作品讀後感。此外，有的女作家所出版的作品集中，收入了含有評介性內容的序文，例如 1928 年 4 月，新月書店出版了現代文學第一位女作家陳衡哲的作品集《小雨點》，其中《胡序》、《任序》分別出自胡適和任叔永之手，對陳衡哲的生活和創作進行了生動的敘評。

儘管總的來說，這一時期有關女性創作的評論比較稚嫩、粗淺，基本為零篇散章式，即興感言的色彩較重，理論內涵欠缺，但其重要意義在於，現代文學批評在建設初期，已將女性創作作為「人」的文學的一部分納入了批

評的視野，評論者大都是在肯定婦女「人」的存在、承認女性創作的社會價值和文學價值的著眼點上對她們的作品加以討論的。這無疑是時代新潮使然，是「五四」思想解放運動爲中國女性的創作進入「主流」文學批評提供了歷史契機。這一時期的批評實踐開啓了 20 世紀女性文學批評的先聲。

二、女性文學研究的初興

30 年代到 40 年代，女性文學研究處於初建階段。

這一時期的文壇，籠罩在濃重的階級鬥爭、民族鬥爭氣氛之下。以反對封建壓迫、要求人性解放爲主要內容的啓蒙主義的「五四」新文學，其主潮在新的社會歷史背景下，發展爲以階級解放和民族解放爲旗幟的具有強烈政治色彩的文學。社會的急劇變化，促使文以載道的傳統進一步發揚，作家大都難以保持靜觀的審美心態，而懷著沸騰的情感、深切的憂患，關注、參與著階級搏殺和救亡圖存的鬥爭。文學格局由「五四」時期的開放態勢趨於比較單一，政治意識大量輸入文學本體，反映革命生活、階級鬥爭、民族抗戰的文學創作迅速發展。與此同時，隨著婦女接受文化教育的機會逐漸增多和知識女性社會參與意識的進一步增強，涉足文壇的女性較前一時期有了一定數量的增長。據初步統計，至全面抗戰爆發前，經常在各類報刊上發表作品的女性已達百餘人。各種版本的女作家小說選、散文選、隨筆選、小品選等，經由多家書店發行，程度不同地受到讀者注意。

正是在這樣的時代和文學背景下，女性文學研究得以眞正開始作爲受到批評家關注的一個門類，在文學領域佔有了一席之地。在前一時期女性創作批評初步實踐的基礎上，現代文學史上第一批有關女性文學創作的研究專著相繼問世，如黃英《中國現代女作家》（1931 年，北新書局），草野《中國現代女作家》（1932 年，人文書店），黃人影編《當代中國女作家論》（1933 年，光華書店），賀玉波《現代中國女作家》（1936 年，復興書局）等。一些報刊雜誌刊登了多篇以女性作家創作爲研究對象的專門性論文，如張若谷《中國現代的女作家》（1929 年《眞美善》雜誌「女作家專號」），方英《丁玲論》（1931 年《文藝新聞》22、24、26 號），未明（茅盾）《盧隱論》（1934 年《文學》第 3 卷第 1 號），茅盾《冰心論》（1934 年《文學》第 3 卷第 2 號）等。這裏主要考察幾位對當時和以後的女性文學創作產生了較大影響的批評家的有關評論。

　　黃英（錢謙吾）《中國現代女作家》是出版較早、評論範圍較廣的女性創作研究著作。該書分別評論了冰心、盧隱、陳衡哲、袁昌英、馮沅君、凌叔華、綠漪、白薇和丁玲等九位「五四」女作家。就研究對象的選擇來看，是比較全面而富有代表性的：其中既有詩人、小說家，也有散文、戲劇作者；既有「五四」初期影響最大的女作家，也有「五四」落潮期走上文壇的後起之秀。就研究方法看，在以個體考察爲主的同時，注意到對作家創作軌跡的動態把握，並貫穿了「五四」女作家創作的相互比較。比如，同是「問題小說」的作者，冰心與盧隱所分別具有的個性特徵；同是學者型女作家，陳衡哲與袁昌英的在文學表現上的異同等。其間藝術分析雖非論者的著力點，但也時有較爲中肯的點評。在具體評介中，該書主要採用由題材入手分析作品內涵，同時對作者的立場、思想進行評判的方法，從一個特定的角度，爲十年間的女性創作狀貌畫出了較爲清晰的輪廓。其中有關一些女作家創作的把握在今天看來也是比較準確得當的。例如，陳衡哲作爲最早參與嘗試白話文學創作的女作家，較長時間裏並未得到論者的注意，本書則明確肯定了陳衡哲的貢獻，指出了其創作的獨特性，即她與當時一般女作家的取材不同，跳出了自敘傳的範疇，客觀地、積極地描寫了一切，並創作了關於人生問題的小說。她的《小雨點》，技巧相當成功，感覺敏銳，對於人生有獨到的見解，代表了「五四」運動初期的青年的思想及那個時代的忠實的姿態。又如評論凌叔華，指出她站在進步的資產階級知識分子的立場上，以冷雋諷刺的態度，來描出宗法社會思想下女性生活的病態及其枯燥的靈魂、不堪的內裏；風格樸素，筆致細膩而乾淨，甚爲秀逸。

　　該書在對女作家的評論中也有明顯的不足。論者身爲當時「革命文學」的倡導者之一，由於受「左」傾機械論文學思潮的影響，對文學階級性的理解較爲片面、狹隘，部分論述中有以政治批評代替文學批評的傾向。如批評冰心「唯心地去論斷一切」，「她的苦悶是一個資產階級唯心主義者的苦悶」；盧隱是一個「資產階級個人主義作家，又帶了許多封建殘餘」；丁玲「還不能取得前衛作家的立場，來描寫前衛階級的血腥的鬥爭，來反映這一個偉大的時代」等。

　　魯迅不同於黃英及其它一些論者，他並未專門探討過女性創作。然而，作爲新文學陣營的代表人物，他對伴隨「五四」思想解放運動中「人」的發現和「女性的發現」而出現的現代女性文學創作，給予了熱情的鼓勵和具體

的指導。30 年代前期，他曾先後以不同形式就一些女作家的創作發表了自己的意見。這些言論主要見於《中國新文學大系小說二集‧導言》及兩部女作家作品的序言中，所論及的女作家有馮沅君、凌叔華、蕭紅和葛琴。在《導言》中，魯迅評論了馮沅君的短篇小說《旅行》，指出它真實表現了「五四」運動後部分青年「將毅然和傳統戰鬥，又怕敢毅然和傳統戰鬥，遂不得不復活其『纏綿悱惻之情』」的精神狀態的社會價值，同時評價了其「藝術上雖嫌過於說理，卻還未傷其自然」的特點。同一篇文章中，魯迅對凌叔華小說亦有評語，既準確揭示了凌叔華創作的題材內容，又指出其風格特色，稱讚它形象地寫出「世態的一角，高門貴族的精魂」的文學貢獻。蕭紅的長篇小說《生死場》1935 年 12 月，容光書店）和葛琴的《總退卻》集（1937 年 3 月，良友圖書印刷公司）的出版，均得到魯迅的親切關懷，魯迅分別為之作序，對作品的時代意義給予了肯定，同時對作品的藝術特點也進行了分析。他指出，《總退卻》集作為「時代的出產品」，「人物並非英雄，風光也不旖旎，然而將中國的眼睛點出來了」但集子中的「寫工場，不及她的寫農村」；評論《生死場》「自然還不過是略圖，敘事和寫景，勝於人物的描寫，然而北方人民對於生的堅強，對於死的掙扎，卻往往已經力透紙背。女性作者的細緻的觀察和越軌的筆致，又增加了不少明麗和新鮮」。

魯迅的評論是以對中國社會中國文化的清醒的認識、深邃的思考以及自身文學創作實踐的感受作根基的，是站在啟蒙主義、人道主義的立場，以強烈的社會批判意識和戰鬥意識融入批評的，其評論很自然地帶有社會批評的色彩，但他又未曾放棄對文學作品藝術審美特性的關注，因而對不同女作家創作特色的概括言簡意賅，精當透徹而又富於形象性。特別在是對《生死場》的評論中，魯迅在概括作品基本內容的同時，從女性作者觀察生活和用墨運筆特點及其對小說藝術風格的影響的角度，揭示了這部作品的個性特徵。

茅盾作為中國現代文學批評史上最重要的批評家之一，本時期較之他人，對女性創作給予了更多的關注。20 年代末到 30 年代前期，他在「五四」時期表現人生、指導人生為宗旨的批評觀基礎上，較多地吸收了馬克思主義文論的滋養，在批評實踐中形成了「作家論」批評文體，對社會－歷史批評流派的形成發生了重要影響。茅盾的此類評論中，關於女作家的有兩篇，即《盧隱論》和《冰心論》，分別載於《文學》第 3 卷第 1 期和第 2 期。此外，1933 年丁玲被捕後，他又寫有《女作家丁玲》，發表在當年 7 月《文藝月報》

第 2 號。可以說，茅盾所選擇的評論對象，是幾位「五四」時代成名的最有影響的女作家。

茅盾是自覺地運用階級分析的方法，來判斷作家寫作立場、階級屬性以及作品的意識形態的。一般而言，他常是從分析作家生平材料入手，對在特定歷史時期，由作家的階級立場所決定的政治態度或時代變革所引起的作家世界觀的變化給予特別注意；在此前提下，考察作品思想傾向和社會價值，說明作家的立場如何制約作品傾向；最終又將作家創作所反映的趨向或問題提到社會現象的高度去分析，判定其在特定歷史條件下所可能起到的社會作用。例如，《廬隱論》開篇即著重指出這位女作家與「五四」運動的「血統」關係：「她是被『五四』的怒潮從封建的氛圍中掀起來的，覺醒了的一個女性」，是「五四」的產兒。繼之在考察廬隱創作的基本特徵時，著重分析了她小說中人物的時代性和作者的「停滯」所帶來的小說創作的「停滯」。茅盾認為，廬隱的小說人物，大多是一些懷著追求人生意義的熱情卻又苦悶徘徊，叫著「自我發展」卻又動輒顧忌的青年。這些青年也正是「五四」時期的「時代兒」。廬隱帶著她們從《海濱故人》走到《女人的心》，首尾有十三四年之久，時代向前發展了，而她的小說人物卻沒有與之俱進，這就是所謂「廬隱的停滯」。《冰心論》探討了冰心創作不同發展階段的特點，認為「五四」熱蓬蓬的社會運動激發了冰心第一次的創作活動，她唱的「第一部曲」是「問題小說」。那時的人生觀問題、民族思想、反封建運動，使冰心同「五四」時期所有的作家一樣「從現實出發」。她注視現實，提出問題，並且試圖給予解答，然而由她的生活所產生的不偏不激的中庸思想，使她的解答等於不解答。於是，她只好從「問題」面前逃走了，躲到「母親的懷裏」了。這一發展過程，正是「五四」時期許多具有正義感然而屢弱的好人的共同經歷，而冰心是其中典型的一個。冰心唱的「第二部曲」是她的「愛的哲學」或者說「神秘主義的愛的哲學」。這種「愛的哲學」雖然受到基督教教義和泰戈爾哲學的影響，卻離不開冰心個人的家庭生活環境。她從自己小我的和諧生活與愛的經驗出發，形成了以自我為中心的宇宙觀人生觀，以至「唯心」到處處以「自我」為起點去解釋社會人生。因此，在所有「五四」作家中，只有冰心「最最屬於她自己」。她的作品，不反映社會，卻反映了她自己。在這一點上，她的散文的價值比小說高，長些的詩篇比《繁星》《春水》高。到了小說《分》和《冬兒姑娘》，冰心要唱的「第三部曲」透露了一些消息。這位富有強烈正義感的

作家已經知道，貴與賤這兩者在精神上、物質上，「都永遠分開了」。這種嚴肅的人生觀察說明，她的「第三部曲」可以唱了。在評述丁玲創作時，茅盾首先簡介了丁玲作為一個「叛逆的青年女性」，如何「滿帶著『五四』以來時代的烙印」走上文壇，奉獻了《莎菲女士的日記》，而其筆下的人物莎菲，又正是「心靈上負著時代苦悶的創傷的青年女性的叛逆的絕叫者」，是「五四以後解放的青年女子在性愛上的矛盾心理的代表者」；但時代要求「更深刻更有社會意義的創作」，丁玲不久寫出「革命與戀愛」題材的小說《韋護》，顯示了「思想前進的第一步」。1931 年她成為左翼陣營內戰鬥的一員，小說《水》的創作表明，不論在丁玲個人，或文壇全體，過去的「革命與戀愛」的公式已經被清算。

可以看出，密切結合時代變遷，把握作家思想藝術的發展脈絡，並從文壇整體格局中考察某一作家地位，是茅盾批評思維的突出特色。就其批評視角和批評尺度來說，並未因批評對象性別的不同而有所變化。在階級鬥爭政治鬥爭尖銳激烈、社會急劇變動的歷史氛圍中，茅盾是從特定階級、集團、群體的利益出發從事批評的。這種批評由於貫徹了階級分析的方法，而顯得明快犀利。它將複雜的文學現象置於政治和意識形態層面加以解釋和褒貶取捨，從中抓住與現實聯繫密切的、人們最為關注的要點，得出有社會功利性的結論。由於這一批評形態客觀上較能適應當時特定的思想文化氛圍，因而產生了很大影響。而茅盾對「五四」女作家進行專門性評論本身，就是對剛剛登上文壇、開始譜寫文學新篇的女性創作的熱情鼓勵和支持。

然而，茅盾對女性創作的評論也有其局限性的一面。這突出表現在忽略女作家創作的特殊性，機械地強調題材對創作的決定性作用，以題材之社會性、時代性的強弱來判斷作家思想先進或落後、創作的發展或停滯。例如，丁玲創作從 20 年代末表現「個人主義舊禮教的叛逆者」的精神苦悶起步，經歷了「革命與戀愛」題材的寫作，30 年代初轉為寫勞苦大眾的鬥爭，由此被茅盾視為思想的「前進」和「表現才能的更進一步的開展」；而盧隱初期創作中，《海濱故人》等帶自敘傳性質的作品儘管不無時代意義，但因「題材的範圍很仄狹」，所以，她更有價值的是那些「注目在社會革命性的社會題材」的小說，如寫農民悲慘遭遇的《一封信》，寫軍閥政府暴行的《兩個小學生》，寫紗廠女工生活的《靈魂可以賣嗎》等。而「五四」落潮後盧隱圍繞「感情與理智衝突下的悲觀苦悶」的一系列創作，則被稱作「停滯」。其實，一個作

家的藝術視景不可能不在受制與時代社會生活的同時，受制於個人生活體驗，對那一時代的女作家來說更是如此，而當時最具普遍形態的女性生活無疑是「狹仄」的，但藝術創作的成功與否並不完全取決於題材是否重大，是否更切近時代中心。況且無論廬隱還是丁玲，早期創作中成就較高的作品在較多地融入了個人生活、女性體驗的同時，從中無疑還是折射出了時代的面影的；而那些社會題材的作品則往往因理念的過多滲入而顯得比較粗糙，缺乏創作風格的代表性。此外，由於茅盾的評論更多的是把作家作品當作特定的社會現象來進行研究的，著眼點在辨明作家作品與時代社會的適應程度，所以，對女作家創作的藝術特點、審美特徵較少論及。

在左翼文藝批評家中，馮雪峰30年代對丁玲的《水》和葛琴的《總退卻》發表過評論文章，其中《關於新的小說的誕生——評丁玲的〈水〉》，是他將左聯時期從蘇聯傳入的「唯物辯證法創作方法」付諸批評實踐的著名論作，曾產生較大影響。《水》發表於1931年，以當年16省大水災為題材，表現災民們在同洪水、飢餓以及官紳地主階級的搏鬥中的覺悟過程。這篇速寫體的小說，藝術上有著顯而易見的粗糙，但它代表了當時為進步文壇所歡迎的一種文學趨向。正因為如此，馮雪峰從反對當時左翼文學中存在的「革命的浪漫諦克」風氣，提倡文學轉向社會性題材的開掘這一角度出發，熱情肯定了《水》的成績。他從題材的現實性重要性，小說所反映的作者對階級鬥爭的正確而堅定的理解，以及所採用的新的描寫方法等三個方面論述了《水》的意義，稱它是「新小說的一點萌芽」，是「從浪漫諦克走到現實主義，從舊的寫實主義走到新的寫實主義的一個路標」。論者聯繫丁玲創作道路指出，「丁玲所走過來的這條進步的路，就是從離社會，向『向社會』，從個人主義的虛無，向工農大眾的革命的路」。這一論斷是符合丁玲的創作實際的，同時概括了階級鬥爭、民族鬥爭日益尖銳時期，許多追求光明的女作家在文學上的共同價值取向。文中也明確指出了《水》在藝術表現方面的缺點。在《關於〈總退卻〉和〈豆腐阿姐〉》中，馮雪峰也是從作品表現群眾生活和鬥爭的熱情這一角度來加以注意的，顯示出他立足於正確和本質地反映工農大眾生活，自覺地將引導創作與閱讀作為批評的目標，執著於政治功利的批評特點。

40年代女性創作受時代影響，大都性別意識淡薄，評論者亦多從反映社會生活的角度加以論析，較重要者有解放區圍繞丁玲創作的評論和淪陷區關於張愛玲小說的評論。

　　丁玲是解放區文學中佔有重要位置的女作家，她奔赴延安後，寫出了一系列有影響的作品，其中小說《在醫院中時》《我在霞村的時候》《夜》《太陽照在桑乾河上》以及雜文《三八節有感》尤爲引人注目。對於她解放區時期的創作，人們當時就給予了比較充分的關注。其中有批評之聲，比如 1942 年 6 月 10 日《解放日報》發表燎熒文《「人……在艱苦中成長」》，認爲《在醫院中時》是失敗之作，作者未能把握好對環境的描寫，「爲了表現她的人物，她是過分地使這個醫院黑暗起來」，「將個別代替了一般，將現象代替了本原」，而對主人公是同情的，無批判的。《三八節有感》在延安文藝整風運動中也受到了指責。亦不乏讚揚之語，如駱賓基《大風暴中的人物》分析了收入短篇集中的丁玲的兩篇作品《夜》和《新的信念》的主人公，認爲《新的信念》中的陳老太是一個「負辱而痛苦的靈魂」，當她在災難中覺醒之時，仇恨已賦予她戰鬥的能力，她「已經不是一個中國舊式的老太婆了。雖然她的靈魂還帶著銹蝕的斑痕，然而卻被同時從那靈魂上發出的光輝所反射而不顯明了」，她已是一個「新的中國農村婦女」；《夜》的主人公鄉村指導員何華明是中國歷史過渡期的人物，他爲了帶領農民聚集起來走向新生活，放棄個人的情愛追求，與一個滿腦子陳舊意識，永遠不會理解自己的妻子廝守在一起，背負著舊時代所給予的枷鎖，而開墾新時代。這裏，論者沒有僅僅局限於肯定何華明這一人物的意義，而是同時指出丁玲作品中還潛伏著對中國農村的往日婦女的歎息。馮雪峰《從〈夢珂〉到〈夜〉》（載 1948 年《中國作家》1 卷 2 期）對丁玲 20 年代末至 40 年代創作的發展道路進行了概括，對《夢珂》《莎菲女士的日記》等 7 篇小說進行了具體分析。此時，他已改變了左翼運動時期受蘇聯「拉普」影響，在文學批評上機械論的觀點，扭轉了側重於歷史批評而忽略美學批評的傾向，注重了作品政治性與藝術性的統一。然而，在對丁玲作品的評論中，人們很少注意到她在創作中自覺不自覺流露出來的女性意識，忽略了從這一角度探討她的創作所具有的獨特價值。

　　40 年代在上海，張愛玲的創作一度成爲文壇的熱門話題。諸多議論聲中，迅雨（傅雷）《論張愛玲的小說》一文最有影響。文中高度評價張愛玲的才華和成就，對《金鎖記》所創造的「富麗動人」的文體，所表現的作者在主題的發掘、人物的塑造、想像力的馳騁、心理描寫的運用等方面的藝術素養等進行了細緻的分析闡發。與此同時，對張愛玲除《金鎖記》之外的其它小說程度不同地存在選材不嚴、開掘不深、主題不夠鮮明、文風華而不實、有唯

美主義傾向等毛病進行了批評，體現了批評者高度忠實於藝術，對藝術產品一絲不苟、力求完美的精神。同時，文章並非僅著眼於對張愛玲個人創作的評價，而是有意識地以張愛玲創作的優長之處作爲參照系，嚴肅指出當時新文學創作中的某些通病。在文章前言中，他批評新文學作家缺乏獨到深刻的人生見解，沒有對生活的眞實體驗，又對技巧抱鄙夷態度，只是一味盲目追隨先進的思想，「彷彿一有準確的意識就可以立地成佛似的，區區藝術更不成問題」。由於論者是一位在音樂、美術、文學諸方面皆造詣精深的翻譯家、文藝理論家，其文章藝術視野開闊，古典美學尺度嚴格，又有著充沛的情感和飛揚的文采，顯示了相當高的批評水準，成爲當時注重審美批評的難得的範例。不過，迅雨所採用的仍是一般批評家所取的中性或男性立場，對作者的性別生活體驗、女性意識在創作中的獨特表現未能給予特別的注意。在這一點上，李健吾在印象式批評實踐中對女作家林徽因的小說《九十九度中》的評論也有相近的貢獻和局限。

　　總的來看，三四十年代的女性文學批評，其主導方面突出了文學的工具論，批評內涵由注重啓蒙主義的功利性漸向強調階級鬥爭、民族抗戰的功利性遷移。

　　這一時期女性創作研究的另一成績，是對中國古代婦女文學傳統的初步總結。早在「五四」以前，上海中華書局即於 1916 年出版了謝無量的《中國婦女文學史》，該書「起自上古，暨於近世，考歷代婦女文學之陞降，以時繫人」，時代斷限止於明末。儘管主要僅就有關資料進行了初步梳理，但畢竟是爲中國女性文學活動修史的一種嘗試。這一嘗試在 20 年代後期至 30 年代前期問世的一些著作中得到呼應，首先是梁乙眞補謝著之闕，出版了《清代婦女文學史》（中華書局，1927 年）；其後又著《中國婦女文學史綱》，1932 年由開明書店出版。譚正璧則於 1930 年出版了《中國女性的文學生活》（上海光明書局）。這些著作在古代婦女文學史料的搜集整理方面做了不少工作，初步理出了中國古代婦女文學創作活動的歷史線索，並開始注意到古代女性文學創作與其生活經歷、思想文化背景之間的聯繫，對婦女文學活動及其作品的某些特點也進行了一些探討。如譚著自覺地從婦女的文學與生活兩個層面上進行綜合考察，他認爲，女性文學史乃「女性生活史之一部分」，力圖通過對「過去女性努力於文學之總探討」，發現「過去女性生活之概況，以資研究女性問題者之參考」（《中國女性的文學生活·序》）。值得一書的是，1933 年，

第一部由女性學者撰寫的婦女文學史研究著作問世，這一年，北新書局出版了陶秋英的《中國婦女與文學》。該書首先描述了婦女生活的社會大環境──宗法社會、儒家文化，接著分析了婦女所受教育與女性在文學上的特殊興趣，最後論述婦女在歷史上的文學創造。另一位女作家陸晶清出版了斷代婦女文學的普及讀物《唐代女詩人》（上海神州國光社，1931 年）。此外，還有曾乃敦的《中國女詞人》（上海女子書店，1935 年）問世。

這類以婦女文學爲研究對象的論著，在促使人們關注和瞭解婦女歷史地位、生活狀況、文學貢獻等方面起到積極作用，在當時的歷史條件下是很可貴的。然而，由於主客觀條件的限制，這些研究不可避免地存在明顯的缺陷：首先，由於作者尚未建立起先進、科學的世界觀，也缺乏系統、明確的現代文學理論作指導，在認識和評價古代婦女文學作品時，思想意識上不免流露出比較濃厚的儒學色彩，對封建傳統觀念缺乏批判精神（如謝著對班昭《女誠》的肯定）；在對某些文學現象的認識上又表現出思想方法的簡單化和片面性（如譚著對娼妓文學的籠統否定）。從根本上說，其觀念上仍未跳出傳統的「表彰才女」和士大夫審美趣味的窠臼。其次，治學方法陳舊，研究常流於粗淺。視野狹隘，手段單一，羅列史料多，綜合、分析欠缺，是有關著作中普遍存在的問題。雖然涉及的具體對象範圍較廣，但基本停留於表面層次，缺乏深入的分析，從而削弱了著作的學術性價值。儘管有著明顯不足，這一時期對古代婦女文學史的研究畢竟具有開拓草創之功，同時也構成了以女性爲創作主體的文學研究中不可或缺的一環。

概而言之，三四十年代處於初建期的女性文學研究具有如下特點：其一，緊密結合女性文學創作實際，對婦女生活背景及其與作家創作之間的關係給予了一定的注意。其二，部分評論者能在肯定女性「人」的存在的著眼點上，關注女性生存及其在文學中的表現，顯示出一定程度上的女性本位觀念。其三，一些評論家開始具備自覺的文體意識，並具體體現於女性創作的批評實踐。其四，在批評形態上，多種探索共存，並取得了一些值得注意的成果。就其不足來說，主要是兩個方面，一是在對女性文學與外部社會生活的關係給予充分重視的同時，忽視了對其內在構成的深入探討，對女性創作主體觀察世界、體驗生活的特殊性及其在文學表現上的特點等缺乏研究；未能將女性創作視爲一個有獨特價值、自身特色的文學系統進行觀照。二是在研究格局上，隨感式批評所佔比重較大，而富於學術底蘊的理論性探討明顯欠缺，

整個研究仍處於較爲淺顯的層面。

三、20 世紀下半葉的女性文學研究

　　新中國成立後 17 年，女性創作作爲共和國樂章的一部分，發展平穩。由於女性意識淡薄，多數創作並未體現出鮮明的性別特徵，在社會性時代性群體性突出的文學表現中，很難辨別出女性的聲音。此期對女性創作的評論也延續了注重社會生活內涵特別是政治傾向、注重作品的思想教育意義的批評尺度，評論家對女作家及其創作的評論同樣缺乏性別意識和個性視角。長篇小說《青春之歌》的創作和評論即是典型的一例。這部作品，無論寫作者還是評論者，都是從反映革命鬥爭歷史，表現進步的知識青年在黨的教育下鍛鍊成長的角度加以把握的。

　　在解放後新起的女作家中，茹志鵑是 17 年文壇上影響較大的一位。自 1958 年成名作《百合花》問世後的幾年間，先後有 20 多篇文章見諸報端，對茹作展開評說。中國作協上海分會還專門舉行了一次茹志鵑作品討論會，包括侯金鏡、魏金枝、茅盾等名家在內的評論者，大都給予茹志鵑的創作以熱情的肯定和鼓勵。茹作之所以受到如此關注，首先因爲她的創作所具有的獨特風格與當時文壇通行的藝術風範明顯不同。也正因爲如此，人們在感到耳目一新的同時不無疑慮，於是在文學界引發了一場討論。對於茹志鵑的風格，茅盾譽之爲清新俊逸，侯金鏡稱之「色彩柔和而不濃烈，調子優美不高亢」。大家意見較一致的，是作者善於截取生活的橫斷面，特別是從平凡的生活事件中開掘出有深刻社會意義的主題，塑造可親可愛的普通人形象，對人物進行針腳綿密、細緻入微的心理刻畫，揭示人物內心世界的層層波瀾，其風格以委婉柔和細膩優美爲基調。但在茹志鵑應如何保持和發展風格的問題上則意見分歧。討論實際上已不是僅僅局限於茹志鵑的創作本身，而是涉及文學理論上的一些問題，如作家創作個性、審美趣味與藝術風格的關係，選取重大題材反映現實生活矛盾與描寫一般題材以小見大，塑造英雄人物與寫普通人，不同的風格與反映時代的關係等等。這一討論在 17 年文學發展中有積極意義，不過如同三四十年代的情況一樣，無論作者本人還是評論者，基本上都是取中性立場的。即使在探討作家藝術個性形成之因時，也極少從「女性創作」的角度思考問題。一個比較引人注目的例外是出自老作家冰心之手的一篇評論《一定要站在前面——讀茹志鵑〈靜靜的產院〉》（《人民日報》1960

年 12 月 14 日）。這篇文章與其它評論不同，一開頭就表達了「作爲一個女讀者」對出現茹志鵑這樣年輕作家的欣喜之情，接著在談到解放後社會變化時指出，婦女精神面貌的變化雖然在很多報導和小說裏也可見到，婦女勞動英雄、先進模範形象能給人以感動和教育，「但是從一個婦女來看關於婦女的心理描寫，總覺得還有些地方，不夠細膩，不夠深刻，對於婦女還不是有很深的熟悉和瞭解」，而茹作的可貴，正在於「是以一個新中國的新婦女的觀點，來觀察、研究、分析解放前後的中國婦女的。她抓住了故事裏強烈而鮮明的革命性和戰鬥性，也不放過她觀察的每一個動人的細膩和深刻的細節，而這每一個動人的細膩深刻的細節，特別是關於婦女的，從一個女讀者看來，彷彿是只有女作家才能寫得如此深入，如此動人」。文中主要對譚嬸這一形象進行了分析。儘管論者所持的女性視角在全文中只是局部的、處於次要地位的，文章總體上仍未擺脫「大躍進」時代意識形態的色彩，但這種一定程度上流露了女性意識的評論，在 17 年已屬罕見。十年動亂時期，文壇遭到空前浩劫，根本談不上女性文學及其研究。在 20 世紀下半葉前 30 年的時間裏，女性文學研究處於停滯狀態。

20 世紀 80 年代，女性文學研究發生歷史性變化，進入了一個新的階段。在思想解放運動的推動和女性文學創作勃興的大背景下，女性文學研究開始成長爲一門有相對獨立性的學科。一批文學研究工作者以極大的熱情投入女性文學研究，在以下幾個方面進行了卓有成效的實踐。

第一，關於女性文學發展的整體考察以及女性創作主體的研究。鑒於女性創作長期以來在文學研究中處於被忽略的狀態，80 年代的女性文學研究很自然地要從重新認識和挖掘女性創作傳統入手，對女性的文學存在及其意義、價值做出新的評價，賦予其應有的文學史意味，其中包括對古代女作家創作的述介，更重要的是對中國現當代女性文學創作的重新審視和評說。在對 20 世紀女性文學所進行的梳理工作中，現代女作家及其創作的研究成績最爲顯著。這之中，有的女作家在以往的文學史上雖被提及，但因囿於傳統思維框架，研究未能充分展開，80 年代以來有關方面的探討大爲深入，如對冰心、盧隱、丁玲、蕭紅等現代女作家及其創作的研究。一些以往由於種種原因未被文學史注意的作家進入研究視野，如陳衡哲、方令孺、林徽因、沈櫻、羅洪、羅淑等。其中，以張愛玲研究最爲引人注目。

對現當代女性文學整體性研究的進展具體表現在兩個方面：一是不拘於

對研究對象作孤立、靜止的研究，而將其置於現代女性文學以及 20 世紀整個中國文學發展的歷史過程中，進行多層面的綜合性研究。一批女性文學研究專著及相關成果無不具有這一特徵，較突出者如楊義《中國現代小說史》對「五四」女作家群的論述，盛英主編的《二十世紀中國女性文學史》在填補現當代女性文學「史」的研究空白方面做出的可貴努力等。與此同時，臺灣、香港的女性文學創作也開始納入大陸女性文學研究者的視野，並已取得一些初步成果。二是改變過去那種在將個別女作家的創作納入文學史的同時忽視豐富的女性創作現象的狀況，從文學的實際出發，探討在特定歷史文化背景下女性創作某種程度上所具有的共性特徵，確立「女性文學」的研究角度，在此基礎上，進一步探討女作家創作的藝術風貌和個性特徵。這方面湧現出一批富於創造性的研究成果，如李子雲、季紅真關於中國女性文學基本傾向的論述，錢虹關於「五四」女性文學的研究，王緋關於 80 年代女作家涉性題材創作特點的女性分析，萬蓮子關於左聯時期女性文學創作的研究，于青、遊友基、任一鳴對女性文學審美特色的研究等等。

　　80 年代研究者對作家主體性的內涵給予充分重視，自覺致力於細緻深入地考察生活經歷、文化背景等在女作家們創作中所產生的影響，從一個方面為加深對女性文學創作風貌的理解創造條件。一批介紹女作家生平創作的著作和女作家傳記相繼問世，如閻純德主編《中國現代女作家》，肖鳳《蕭紅傳》、《廬隱傳》、《冰心傳》。此外，丁玲、林徽因、石評梅等女作家的傳記也有出版，張愛玲的傳記更是多達數種。北京社會科學院文學研究所編著了《中國當代青年女作家評傳》，較早對 80 年代文壇上湧現的一批年輕女作者投去關切的目光。

　　第二，熱情關注 80 年代以來的女性創作，並對其加以富於當代性和時代感的把握。80 年代以來女性創作蔚為大觀，文壇幾代女作家攜手並進，奉獻了一大批為人矚目的作品，在社會上影響空前。女性文學研究適應這一形勢，出現了一批緊密追蹤當下女作家創作實踐的研究性著作和論文。一些出自女作家之手的作品引起討論和爭鳴，如小說《愛，是不能忘記的》、《人到中年》、《人啊，人》、《北極光》、《在同一地平線上》、《方舟》、《小鮑莊》、《小城之戀》、《私人生活》、《一個人的戰爭》等，以及一批「女性詩歌」、「女性散文」。80 年代初，討論尚較多地關注於社會生活層面，社會學批評、歷史—審美批評占主導地位，一些中年女評論家顯示了良好的批評素質和深厚的批評功

力，她們的研究成果如《淨化人的心靈》（李子雲）、《中國新時期女作家論》（盛英）、《女作家筆下的女性世界》（吳宗蕙）等，顯示了觀察女性創作的敏銳目光和對女作者的深切理解，對研究的開展起到了切實的推動作用。80 年代中期以後，研究中滲入了更多的對男權文化的批判精神，對作品女性意識的開掘日趨自覺。研究思路的更新與拓展，研究方法的豐富與多元，成為此期女性文學研究的突出現象。一批更為年輕的研究者迅速成長，為女性文學研究事業的開展注入了新的生機、活力。不少研究者在不忽視作品社會內涵的同時，注重考察其間所體現的女性人生經驗、女性審美心理以及富於女性特色的藝術表達方式，提出了許多令人耳目一新的見解，研究工作的當代性和時代感進一步增強。

第三，學科基礎理論的探索。在對女性文學傳統、女性創作實踐以及文學現象的研究基礎上，一些研究者圍繞女性文學投入了更深一步的理性思考。在此過程中，女性文學研究的學科意識由模糊到清晰，由不自覺到自覺，一些帶理論性的問題被提出來並引起討論。如關於女性文學的概念界定，女性文學與女性主義文學的聯繫與區別，女性文學的文化內涵、價值目標等。為了促進女性文學理論建設，一些學者（如朱虹、李小江、王逢振、王寧、康正果、張京媛等）在譯介和引進西方女性文學理論方面做了大量工作，產生了很大影響。《女性的奧秘》、《當代女性主義文學批評》和《女性主義文學理論》等的問世，為國內研究者提供了有益的借鑒。與此同時，李小江《夏娃的探索》、《女性審美意識探微》，禹燕《女性人類學》等在女性文化的研究和理論建設方面做出了切實的努力。此外一些研究者在有關資料的搜集整理方面也做了基礎性工作，有《女性文學研究教學參考資料》（謝玉娥編）出版。

在以上各層面的工作中，特別能夠反映女性文學研究在深、廣度上的進展的，是研究中突破了單一的社會政治學視角和中性（或男性）文化眼光，注入了女性本體意識，提供了文學研究的女性視點。這一變革不僅具有方法論上的意義，而且具有認識論上的價值，對於開拓思維空間，實現文化觀念的轉變到起了直接的推動作用，在中國傳統文化的反思與重構的過程中亦有建設意義，女性文學研究也由此開闢出前所未有的新天地。在這之中，西方女權主義觀念產生了重要影響，一些研究者嘗試運用女權主義觀點剖析文本中的兩性對立，解構長期以來男權文化對婦女的奴役，揭露「天使」與「惡魔」的傳統女性形象的虛假性和欺騙性，鼓勵女作家強化女性意識的「女性

寫作」，體現了鮮明的女性立場和對壓抑婦女的傳統文化的批判精神。80年代問世較早、影響較大的女性主義文學研究專著是《浮出歷史地表》（孟悅、戴錦華），90年代出版的《娜拉言說》（劉思謙）、《走出男權傳統的樊籬》（劉慧英）、《當代中國女性文學史論》（林丹婭）以及《神話的窺破》（陳惠芬）等在這方面的研究又取得新的進展。

　　進入80年代，在不斷發展的研究實踐中，逐步形成了一支相對穩定的研究隊伍，出現了一些在本領域有較大影響的專家、學者。他們主要分佈在高等院校、科研部門以及新聞出版單位，其中一部分是熱情關心女性文學發展的男性學者，他們的參與對女性文學研究的深入起著積極推動作用，而這一領域裏女性研究者所佔比例顯然更多一些。她們之中，一些年輕的女性文學研究者的成長引人注目。近些年，女性文學研究者在獨立研究的基礎上，開始有意識地加強交流，以推動研究工作的進一步深入。

　　總的說來，20世紀的女性文學研究經過艱苦努力，在多方面取得了成績：首先，初步形成了比較開闊的研究視野和比較合理的研究格局。在以女性文學爲對象的研究工作中，既有立足於世界女性文學發展潮流的宏觀考察，也有緊密結合中國女性文學實際的具體分析；既有古代婦女文學傳統的發現與整理，也有現當代女性創作風貌的探索與追尋；既有創作主體的研究，創作現象的分析，也有對社會文化、讀者心理的剖示；既有女性創作群體特色的開掘，也有女作家個性特徵的揭示；既有關於臺灣、香港女性創作的地域性研究，也有大陸女性文學與之聯繫與區別的比較研究等等。其次，積極而富於創造性地吸收當代各種批評流派的成果，初步實現了各種研究方法的多元並存，相互補充。研究者在掌握和運用馬克思主義的歷史審美批評同時，根據不同研究對象的實際，引進和嘗試運用心理學、原型批評、傳播學、符號學、敘事學、讀者接受理論、新批評、結構主義批評及解構主義理論等各種方法，從不同角度展開研究。特別可貴的是，許多研究者在借鑒西方批評方法時保持了清醒的頭腦，沒有陷於盲目模仿生吞活剝，而是注意立足於中國女性文學的實際，把握了研究工作的正確走向。第三，營建了較爲和諧寬鬆的研究氛圍，形成女性文學研究者之間以及研究者與創作者之間相互交流共同切磋的良好風氣。大家在肯定女性價值、倡導兩性平等的共同前提下能夠暢所欲言，就共同關心的理論和創作問題發表各種見解。多元的批評視角和寬容的批評態度，有助於學術問題的討論正常、健康地進行，同行之間能夠

以平等友好的態度開展各種形式的交流和學理的辨析爭鳴。近十多年來，在北京及其它一些省市先後多次舉辦了國際、國內女性文學研討會或專題性的女作家創作研討會，與會的研究者和女作家就女性文學傳統與現狀，成就與缺失以及發展前景等進行討論，活躍了學術研究氣氛，促進了研究工作的深入。

當然，女性文學研究在紮實、穩健的發展過程中也存在著一些值得注意的問題。例如：理論建設薄弱的狀況亟待有所改變，如何在結合中國女性文學的實際、借鑒女性主義等多種理論資源的基礎上，建立富於中國特色的女性文學理論體系，尚須付出極大努力；對女性文學現象的研究還有待拓展與深入，目前一定程度上存在著重複性研究較多，創造性研究較少的現象；研究隊伍的基本素質仍須進一步提高，實踐表明，研究者理論素養不深，批評功力不足，直接影響到學科建設及其在文壇上乃至社會上的地位。女性文學研究在確立自己的價值目標時，眼光應更為開闊，注意探討女性文學與廣大女性生存現實的關係，避免那種為研究而研究，或是在一個小圈子裏孤芳自賞，滿足於作精神貴族的傾向。

從以上初步總結中可以看到，中國女性文學研究的發展與社會歷史所提供的人文環境緊密相關。如同女性文學的發展不可能脫離整個文學進程一樣，女性文學研究的現代性演進也同整個文學研究領域思維的變革、視野的拓展、方法的更新、形態的多元同一步伐。展望未來，我們認為，女性文學研究本體意識的確立並不意味著畫地為牢、自我封閉，不意味著在關注女性寫作的同時忽略更為廣闊的文學天地。注意研究女性意識濃厚、取鮮明女性立場創作的作家作品，不等於可以漠視現實中仍廣泛存在的不帶有明顯性別意識、女性色彩的女性創作現象。女性文學與時代的聯繫是整體的、多層次的，作為生活在社會中的人，所謂女性情感、女性生命體驗等實際上都不可能完全脫離現實生活而純私人化地存在。女性文學研究的進一步發展有待於付出不懈的努力。

第二節　現代女性文學史觀的構建及內涵

文學史觀的核心是如何看待文學的歷史，其實質是在一定的歷史意識和文化精神導引下，對以往的文學現象加以篩選，構建形態，並給予闡釋和評

價。二十世紀 80 年代中期，研究者在探討文學史研究多元化的可能性時，明確提出打破文學史研究的既成格局，重新評估中國新文學的重要作家作品和文學現象，以期「把文學史研究從那種僅僅以政治思想理論爲出發點的狹隘的研究思路中解脫出來」〔註1〕。從那時起，學界圍繞「重寫文學史」進行了熱烈的討論和認眞的反思，其間直接涉及文學史的觀念問題。〔註2〕然而，在此過程中，對 80 年代以來的中國現代女性文學史書寫體現了怎樣的文學史觀，卻一直缺乏深入的討論，甚至少有將其作爲一個值得研究的課題予以關注者。就文學史的討論而言，這不能不說是個缺憾。

女性文學活動較系統地進入文學史書寫始自「五四」前後。二十世紀上半葉，曾一度出現婦女文學史的寫作熱，若干種相關著述相繼問世〔註3〕。這些著作肯定婦女在文學產生及發展中的重要作用，揭示了婦女創作的艱難，探討了女性文學的特點，「將五四以來的反思、批判的時代精神注入其間，批判男性中心主義，呈現了由傳統到現代的演變軌跡」〔註4〕。但它們所涉及的主要是古代婦女文學創作的歷史，彼時興起不久的現代女性創作尚未進入史家視野。不過，新文化運動畢竟爲女性創作成爲「主流」文學批評的觀照對象提供了契機。冰心、廬隱、淦女士（馮沅君）、丁玲、蕭紅、凌叔華、張愛玲等女作家的文學活動，在不同時期引起批評界關注。黃英（錢謙吾）、魯迅、茅盾、馮雪峰、迅雨（傅雷）等人分別就女性創作進行了評論，成爲二十世紀女性文學批評的先聲。二十世紀 80 年代中期後，在社會生活、時代思潮和文學本身發生重大變化的背景下，現代女性文學史研究成爲思想文化領域的新景觀。

〔註 1〕陳思和、王曉明：《關於「重寫文學史」專欄的對話》，《上海文論》1989 年第 6 期。

〔註 2〕陳平原在《小說史：理論與實踐》（北京大學出版社，1993 年）中，討論了二十世紀 20 年代文學史料研究中比較盛行的「進化的文學史觀」；黃修己在《中國新文學史編纂史》（北京大學出版社，1995 年）一書中，對新文學史觀的諸種形態進行了梳理；朱曉進在《二十世紀中國文學史觀的反思》（《中國社會科學》2006 年第 1 期）中，就百年間文學史觀的主要傾向和問題進行了綜合研究，等等。

〔註 3〕較有影響者有謝無量的《中國婦女文學史》（上海：中華書局，1916 年）、譚正璧的《中國女性的文學生活》（光明書局，1930 年；後易名《中國女性文學史》）、梁乙眞的《中國婦女文學史綱》（開明書店，1932 年）。

〔註 4〕林樹明：《現代學者的三位女性文學史考察》，《中國現代文學研究叢刊》2003 年第 1 期。

此時，部分研究者開始比較自覺地從性別角度對女作家的創作進行考察，發表了一系列相關評論，而文學史寫作則較少留意於此。為此，當時有人指出，「無論是現代文學史或當代文學史，就我所看到的來說，都還沒有單獨把女性文學作為一個篇章來寫的」，這一現象「值得思索」。〔註5〕不過，此期有學者在對女性創作發表看法時，實際上已程度不同地觸及這一命題。如李小江的《婦女研究與婦女文學》、李子雲的《女作家在當代文學史所起的先鋒作用》、嚴平的《略談近七十年來中國女性小說的發展》、季紅真的《女性主義──近十年中國女作家創作的基本傾向》等文章，都包含了對現代女性文學史的探詢；楊義的《中國現代小說史》（第1卷）在述及現代文學初創期的小說創作時，緊繼「中國現代小說之父──魯迅」（第三章）之後，設專章討論「在婦女解放思潮中出現的女作家群」（第四章），闡述了「女作家群出現的歷史意義及其特點」（第一節），肯定其文學史意義〔註6〕。可見，研究者已意識到現代女作家有著不同於古代婦女、也有別於現代男作家的創作質素。

正是在這樣的背景下，一些學人開始就現代女性文學史進行全面梳理和學理上的探討。概略而言，近20多年來的有關書寫主要包括如下幾種形態：一是對現代女性文學的歷史加以全景式觀照，如盛英主編的《二十世紀中國女性文學史》（1995）；二是依循史的脈絡，圍繞若干富有代表性的女作家或論題展開闡述，如孟悅、戴錦華的《浮出歷史地表：現代婦女文學研究》（1989，以下簡稱《浮出歷史地表》），劉思謙的《娜拉言說：中國現代女作家心路紀程》（1993），林丹婭的《當代中國女性文學史論》（1995）；三是將女性文學某方面議題與歷史時空線索相交織，進行專題性探討，如喬以鋼的《多彩的旋律──中國女性文學主題研究》（2003），王緋的《空前之跡──1851～1930：中國婦女思想與文學發展史論》（2004），樊洛平的《當代臺灣女性小說史論》（2005）等。儘管相關研究在展開的思路、提出的觀點以及借鑒的理論方法等諸方面存在差異，但同樣貫穿其間的是研究者追尋女性創作軌跡、從性別角度構建現代女性文學歷史脈絡的積極努力。較之二十世紀上半葉的

〔註5〕荒煤：《關於女性文學的思考》，《批評家》1989年第4期。
〔註6〕李小江：《婦女研究與婦女文學》，《文藝評論》1986年第4期；李子雲：《女作家在當代文學史所起的先鋒作用》，《當代作家評論》1987年第6期；嚴平《略談近七十年來中國女性小說的發展》，《批評家》1989年第4期；季紅真：《女性主義──近十年中國女作家創作的基本傾向》，《萌芽》1989年第10期；楊義：《中國現代小說史》（第一卷），人民文學出版社，1986年。

婦女文學史寫作,此期研究者的視野顯然更爲開闊,理論資源也更加豐富。其間,本土思想文化傳統、中外文學觀念的變遷以及婦女解放思潮的湧動,對女性文學史觀的形成產生了重要影響。

在相關的著述中,撰寫於 80 年代中後期的《浮出歷史地表》和《二十世紀中國女性文學史》〔註7〕所體現的現代女性文學史觀具有代表性。儘管前者並非嚴格意義上的文學史著作,但它對現代女性文學創作有著十分自覺的整體觀照,並系統地表達了自己的觀點〔註8〕。這兩部著作對後來的相關研究產生了深遠影響。爲此,我們以之爲中心,探討中國現代女性文學史觀的基本內涵,並就有關問題進行思考。

一、彰顯現代女性創作的文學意義和文化價值

「現代女性文學史」這一命題,是在文學史敘事的反思中被提出的。它首先需要面對的是一個根本性問題:在區分創作者性別的基礎上進行文學史書寫是否確有必要?對此,如若僅從文學的角度做出解釋顯然是不夠的,因爲它不僅關聯著文學活動,而且關係到對男女兩性構成的人類社會歷史的根本看法。

最早將女性主義批評引入文學史考察的《浮出歷史地表》一書,著眼點即並非僅限於該書副標題所示的「現代婦女文學」,而是力圖從特定角度對兩千年的歷史重新進行闡釋。該書「緒論」運用精神分析、敘事學理論和結構—後結構主義理論,剖析中國傳統社會的權力關係結構,指出整個傳統社會秩序都建立在對女性的統治和壓抑這一基點上。作者斷言:

> 女性問題不是單純的性別關係問題或男女權力平等問題,它關係到我們對歷史的整體看法和所有解釋。女性的群體經驗也不單純是對人類經驗的補充或完善,相反,它倒是一種顛覆和重構,它將重新說明整個人類曾以什麼方式生存並正在如何生存。

〔註 7〕 孟悦、戴錦華:《浮出歷史地表:現代婦女文學研究》,河南人民出版社,1989年;盛英主編的《二十世紀中國女性文學史》(上、下卷)爲天津市「七五」哲學社會科學規劃重點項目,1986 年開始寫作,80 年代末成稿;因經費困難,延至 1995 年聯合國第四次世界婦女代表大會在北京召開前夕,由天津人民出版社出版。

〔註 8〕 兩書對現代女性文學史觀所做的集中表述,分見於《浮出歷史地表・緒論》(第1~45 頁)和《二十世紀中國女性文學史・導言》上卷(第 1~24 頁)。以下引文凡未加具體出處者,均出於此。

該書進而認為，中國婦女的命運儘管近代以來發生了重大變化，新中國建立後，在法律保護下享有發達國家婦女迄今還在爭取的某些經濟權利和社會地位，但女性是否是婦女解放的「主體」，仍是值得懷疑和思考的。二十世紀的中國女性浮出了歷史地表並從奴隸走向公民，再沒有人能像抹煞舊中國女性那樣將女性的生存從歷史記載中一筆勾銷，但女性的處境卻並不曾就此而變得明瞭：「她或許進入了歷史，或許衝出了漫長的兩千年來的歷史無意識，但她並未完全衝出某些人或某些群體的政治無意識。」於是，在這個意義上，瞭解新女性的處境，「即使不意味著一場近現代史的反思，也意味著一場近現代政治文化的反思」。

從這一立場出發，作者聯繫現代的女性創作提出，對那些不隱諱自己的女性身份的作家而言，寫作與其說是「創造」，毋寧說是「拯救」，是對淹沒在他人話語下的「女性之真」的拯救。於是，有關現代女性文學史的發現和解讀，在新文學「貌似完滿」的整體架構中，也便實際上發揮著「改寫與顛覆」男性中心傳統文學史敘事的功能。在作者看來，現代女作家的作品潛藏著破壞「新文學意識形態完滿性」的力量；瞭解並認識這種力量所蘊涵的「前一代的想像力、他們想像中的現實、他們的想像與現實的關係」，既是為了認識女作家作品的魅力，也是進行研究的目的和意義之所在。

《二十世紀中國女性文學史》同樣指認，自人類進入文明史後，「女性一直被掩沒在歷史的黑洞裏」。由此出發，它強調以往的現代文學史書寫很大程度上忽略了女性創作所造成的「失落」和「遺憾」；文學生態因失落了女性作家的審美創造系統而出現傾斜，以往的文學史書寫對女作家的存在置若罔聞或視女作家為寥落晨星，客觀上強化了這種失衡。它指出：

> 二十世紀對於中國文化而言，是所有價值觀念由傳統邁向現代的重大轉變時代，重新研究女性在文化上的作用，研究女作家在文學史上的貢獻與影響，本來是時代提出的要求。然而，時間已經進入世紀末，仍然未見一部現代文學史能按歷史原有面目，公正地把女作家創作實績載入史冊。就是有幸列入文學史的冰心、丁玲、蕭紅等，也常簡略敘述，或有失公允。

為此，「導言」強調現代女性文學的創造性，肯定其文學史意義，申明「二十世紀中國女性文學史」之命名和書寫的宗旨是「為了女性」、「為了文學」。在作者看來，發掘現代女作家的創作軌跡，不僅可以從特定的角度豐富現代文

學史的內涵，而且有利於建構女性主體，繁榮女性創作。二十世紀女性文學史著述的目標即在於探索女性文學傳統，以掙脫主導文化性偏見的束縛，增強對女性審美特徵，功能及其價值的自覺，克服局限與不足，從而最大限度地展開女性廣闊的現實和心理天地。

兩書在肯定現代女性文學創作的意義時，採取了不同的角度。《浮出歷史地表》站在鮮明的文化批判立場，從特定的理論視角出發，突出強調部分女性創作所內含的「顛覆」和「解構」父權制和傳統文學史書寫的功能和價值。這裏，與其說作者是立足於文學領域對女性創作的歷史給予重新評說，毋寧說其根本指歸併不限於、甚或主要未必在於文學。通過深入剖析若干現代女作家創作的個案，《浮出歷史地表》力圖撼動的，不只是以往的現代文學史敘事，而且是由傳統性別文化與近現代政治文化共同構成、長期居於主導地位的社會意識形態。正因爲如此，它所蘊涵的文化批判精神頗具衝擊力。相形之下，《二十世紀中國女性文學史》的姿態比較平和，它致力於發現女性文學傳統，「糾正」而非「顛覆」以往的現代文學史書寫。不過，「儘管它沒有直接質詢革命政權的父權制結構，但把『女性』作爲一個特殊問題的提出，本身就是一種反抗以階級話語壓抑性別話語的方式」。它所標榜的「女性文學史」範疇，就其主導方面而言，「不是在反抗性別壓迫、父權制的文化脈絡內產生，而是在馬克思主義婦女解放思想的脈絡上產生。……而其關於理想社會以及理想的兩性生存狀態的構想，又與 80 年代的新主流話語──新啓蒙話語聯繫在一起」。[註9] 總體而言，前者尖銳、犀利，具有從文化根基上顛覆傳統文學史敘事的激進色彩；後者在持重中亦蘊含文化批判鋒芒。兩書均富於成效地將性別維度引入中國文學／文化史的反思，以此爲基點確認了現代女性文學史的文化價值。

可見，兩書所反映的現代女性文學史觀，突出強調的是女性（一如男性）作爲現代文學史創造者的主體身份，這就構成了與傳統文學史觀的根本性差異。在兩書作者看來，現代女性文學史並非完全獨立於主流文學史之外，但它又是對傳統文學史格局的明確質疑和嚴肅批判。當傳統文學史書寫一向大量記錄男性作者的文學成就而女性作者只是偶而作爲陪襯出現時，人類在文學領域的精神活動實際上已陷入了偏枯。「現代女性文學史」這一命題，從一

〔註9〕賀桂梅：《當代女性文學批評的一個歷史輪廓》，《解放軍藝術學院學報》2009
年第 2 期。

個特定角度和方面強調了長期被壓抑、忽略的女性性別的文學創造，努力賦予歷史敘事以合理的面貌。它燭照了作爲文學史實踐主體之一部分的現代女性創作，大力彰顯了其文學意義和文化價值，這對於傳統的文學史觀來說，既是一種挑戰也是一次突破。

當然，早在二三十年代，幾部出自男性學者之手的婦女文學史著作就對古代女性的文學成績有所褒揚，但這裏談到的兩部著作在新的歷史文化語境中有著某種關乎文學史權力的重要推進。這主要體現在，書寫者擁有高度自覺的女性主體精神，並將其貫穿於文學史敘事的始終。於是，文學女性不再是客體或點綴，而是切實進入文學史的內核，成爲參與其構建的主人；女性的現代文學史地位不再僅僅是被動地得到承認和肯定，而是在文學史書寫中贏得了富於主體性的呈現。寫作者的性別自尊以及清醒的自我審視、文化反思精神，賦予文學史著述以前所未有的質素和品格。女性作爲與男性平等的文學創造主體，出現在爲之專著的文學史敘述中，這不僅映現了文學研究學術視野的拓展，更還關乎文學史觀念的更新。

二、現代女性文學史觀的內涵

以《浮出歷史地表》和《二十世紀中國女性文學史》爲代表的中國現代女性文學史觀，主要包括以下幾個重要方面，從中可見其價值意義。

（一）女性文學創作的歷史文化語境

文學史寫作離不開對考察對象所處的歷史文化語境的整體觀照。對此，兩書的作者都有著自覺而清醒的認識。女子創作自古有之，但注入現代女性主體意識的女性創作作爲一個群體出現，大體始於「五四」新文化運動前後。但是「浮出」並不意味著「實現」。因此，《浮出歷史地表》的「緒論」先是在「兩千年：女性作爲歷史的盲點」的小標題下，闡述了傳統文化中的女性命運；繼之以「一百年：走到了哪裏」發問，對女性與民族主體間的複雜關係及其在新文學中的處境進行了思考。作者認爲，封建文學符號系統中女性形象的性別意味，已被女性在男性中心社會中的從屬意味所取代（至少部分取代），正是在這一意義上，女性形象變成男性中心文化中的「空洞能指」；除了形象和外殼外，女性自身沉默並淹沒於前符號、無符號的混沌之海。新文化運動雖然允諾了女性說話的權利，但女性並未因此獲得自己的話語，「在她學會笨拙地改裝他人的話語以講述自己之前，已插入了別的東西。」

　　文學的性別文化屬性在有關現代女性創作的歷史敘事中，被放到空前突出的位置，而其賴以生成的語境則從性別文化角度被指認爲具有男性中心性質。不僅如此，「男性中心社會」和「男性中心文化」同時還關聯著現實。因爲無論近現代以來的社會進程發生了多大變化，幾千年文化傳統所鑄就的男性本位的性別意識形態根基都未從根本上動搖。它無所不在地滲透於社會生活的方方面面，包括語言文字及文學創作。這意味著，男性中心文化以及特定時期的社會政治等諸因素混雜一處，無形中已成爲女性試圖在創作中發出己聲時不可迴避的外部環境和內在規範。於是，在關於歷史文化語境對女性創作的根本性制約的揭示上，作者觸及了父權文化用以支配和壓抑女性的「性政治」，女性立場的批判鋒芒由此得以凸顯。

　　《二十世紀中國女性文學史》的「導言」也從性別文化角度審視了女性生存及其文學創作的歷史和現實，其立論方式是在二十世紀 80 年代新啓蒙主義的框架中引入性別維度。它指出，在長期的封建社會中，作爲男性主導的文學的附庸，女性創作並無女性意識可言；新中國婦女的社會地位發生了翻天覆地的變化，然而，「世界性的超穩定男子中心社會的機制，並沒有徹底變更；我國超穩定的封建主義思想體系的影響，並沒有徹底消除，加上來自『左』的和右的各種思潮的流毒依然存在，中國婦女要擺脫歷史因襲乃至自身束縛，從量的平等邁向質的平等，仍然需要作出艱苦的努力」。

　　可以看到，該書有關中國婦女歷史文化處境的論閾是在歷史唯物主義的指導下展開的；其中對女性主體性的強調以及對「超穩定」的男性中心社會機制和封建主義思想體系的判斷，借鑒了 80 年代學界有關「主體論」的討論以及運用科學理性反思中國歷史文化所取得的成果。

（二）女性文學與中國現代文學的關係

　　新中國建立後數十年間，「中國現代文學」已在思想文化界形成了特定的話語體系。女性創作與其關係如何，直接影響到它在現代文學史上的定位。對此，兩部著作分別從不同的立足點出發，提出了自己的看法。

　　《浮出歷史地表》主要是從女性與民族主體的關係角度，考察了現代女作家創作的基本性質。由於作者是在對傳統歷史文化的總體把握中，以「解構」的眼光探析現代女作家的創作，因此全書論述的對象實際上並非只限於現代女性的文學實踐，也並非僅涉及女性創作與現代文學的關係，而是還談到「整個現代史上新文化的結構性缺損」。書中對女作家創作所作的分析，所

給予的肯定或批評，也相應出自這一角度。作者認為：

> 女作家們的眼睛是被割裂的，她尚然不是獨立於男性主體之外的另一種觀察主體，或許，只能算是半主體，她的視閾大部分重疊在男性主流意識形態的陰影後，而那不曾重疊的一部分是那麼微不足道，不足語人亦不足人語，至今未得到充分注意。不過，從另一角度看，恰恰是這種割裂、以及隨之而來的焦慮和她的解決焦慮的方式，使人感受到某種獨特的超越或游離於主流意識形態的離心力。

在作者看來，「女性寫作與其說是運用話語，不如說是改裝或改寫話語，是將現成語言、現成觀念、現成敘事模式改裝得不那麼規範，以便適於女性使用」。全書對女性創作的闡釋也由此展開。例如該書第三章有關馮沅君創作的評述。在談到這位「五四」著名女作家時，作者讚許她比別人更大膽直露地描寫、歌詠了反常規的、為社會法令不容的愛情，表現出勇敢的氣概；同時，認為其間包含著某些顯而易見的「規避和省略」。這一點具體表現在，馮沅君小說中主人公的所愛之人始終不曾真正的對象化，而只是「虛幻性的影子」。因此，小說未能涉及女性通過戀愛所可能獲得的性別感受或性別視點。也即是說，女主人公的女性自我是匱乏的。對此，作者的分析是，在當時的情況下，這一規避或可「維護愛情旗幟的純潔性和崇高性」，從而有利於「贏得或保留女性進入時代歷史的權利」。因為叛逆的愛情是「五四」時代留給女性進入歷史的一種主要途徑，女性只有作為封建勢力的叛道者、戰鬥者，才能獲得屹立於「逆子」身旁的機會與身份。但這樣的選擇也決定了，馮沅君和她的女主人公儘管已「從地下空間走出，但在歷史之地表之上，卻難以尋覓一片屬於自己的、足以立腳的地域。她們缺少自己的角度，自己的思維方式，自己對傳統的批判，自己獨自標榜的價值標準及語言概念系統」。女作家的「改寫」或「改裝」，就是如此不可避免地在歷史語境中受到局限。在這樣的思維推衍中，女性創作與現代文學之間的關係雖不是截然對立，卻也有著十分的無奈和很深的裂隙。

《二十世紀中國女性文學史》則是將女性文學與現代文學關係的論述置於闊大的時空坐標系中〔註10〕。它清晰地表明了這樣的觀點：

〔註10〕它認為，二十世紀中國女性文學並非形成於中國古代女性文學基礎上，其發展的社會文化背景又迥異於西方女性文學和女權主義文學。它同在社會變革中興起的新文學共體，是在反對乃至揚棄舊文學的過程中發生和發展起來

　　　　二十世紀中國女性文學，並非形成於中國古代女性文學基礎之
上；其發展的社會文化背景又迥異於西方女性文學和女權主義文
學。它同在社會變革中興起的新文學共體，是在反對乃至揚棄舊文
學的過程中發生和發展起來的。

繼之，從「以獨立品格與新文學共體」以及「在淡化性徵與優化性徵的衝突
中生存和發展」兩個方面，闡述了二十世紀中國女性文學的總體特徵。這裏
所謂獨立品格，主要是指女作家的主體意識、她們對女性徹底解放的追求以
及為文學的藝術發展進行的創造和探索。這樣的總體認知反映在文學史敘述
中，便是將現代女作家的文學實踐放置在現代中國所經歷的民主主義和社會
主義潮流以及唯物史觀的影響這一大的背景下，把握其與現代文學的關係。

　　作為「與新文學共體」的重要表徵之一，《二十世紀中國女性文學史》就
男女兩性作家之間的關係做出了這樣的歸納：「中國女作家一直把婦女解放寄
託於社會革命，面對反動統治和壓迫階級，她們總是同男作家結成聯盟；而
男作家對她們也常視為手足，保持良好關係。」「中國女作家不同於西方女作
家，她們對男性先驅作家非但沒有疏離感，相反，尊重和親近他們。男作家
從女作家那兒吸取養分、有所借鑒者也不在少數。」「男女作家同在一個營壘
裏，新文學的共同目標使他們攜手前進；而新文學的傳統裏，同樣蘊含著女
作家的存在和影響。」該書做出的基本判斷是：女性文學的生成及流變與男
性主導的現代文學具有同構關係；女性文學是在中國現代性進程中發生發展
的，是現代文學的有機組成部分。這一基本認識在各章開端的「概說」中，
結合不同歷史時期女性創作的實際情況得到進一步闡述和強化。簡言之，此
書的立足點為現代女性創作與二十世紀文學主潮的融合而非分離。作者的基
本出發點是強調女作家作為歷史和文學的積極參與者、演繹者所發揮的作
用，而不是揭示文學現象背後隱含的深層文化結構，或彰顯女性作為男權社
會受害者的文化存在。

（三）現代女性文學的本體構成

　　在現代女性文學整體觀的導引下，對女性創作「離心力」或「主體性」
的敘述，分別構成了《浮出歷史地表》和《二十世紀中國女性文學史》的本
體要素。

　　　　的。這樣的認知反映在文學史敘述中，便是在現代中國風雲跌宕的社會背景
　　　　下，把握女性創作與現代文學的關係。

《浮出歷史地表》從其所採取的理論框架出發，賦予「女性」特定的內涵。它認為「女性」在特定的符號體系中具有雙重含義：一方面，她將一個現實存在的社會群體從性別角色背後剝離出來；另一方面，她又歷史地包含了一種對封建父系秩序的反闡釋力，她自身就是反闡釋的產物，「她既是一個實有的群體，又是一種精神立場，既是一種社會力量，又是一種文化力量」。按此理解，現代女性文學實踐顯然並非全都具有這樣的功能。作者指出：

> 真正自覺的女作家將女性性別視為一種精神立場，一種永不承諾秩序強加給個體或群體強制角色的立場，一種反秩序的、反異化的、反神秘的立場。……當然，這也便是西方女性主義對整個文化批判解構的立場，它遲早會將女性那一份關於自身乃至關於人類的真理公諸於世。

這部著作所論及的女作家的部分創作，被認為「可以隱隱地看到這樣的立場」，也即具有「反秩序的、反異化的、反神秘的」文化質素。例如，丁玲的《莎菲女士的日記》《三八節有感》《在醫院中》，蕭紅的《呼蘭河傳》，以及蘇青的《結婚十年》等。

關於「女性文學」本體的具體內涵，《浮出歷史地表》在不同的歷史時期分別結合創作實例進行了闡述。它所注重的是女性主體如何在「改寫」或「重寫」男性主導的文學傳統的過程中坦然面對自我，創造出「對男性意識形態更有解析力的意識形態」。從中可見它對女性文學內核的認識和把握有著鮮明的性別政治色彩。

《二十世紀中國女性文學史》直接採用了當時學界提出的「二十世紀中國文學」概念，在其與女性創作相關聯的交匯點上展開述論。作者認為，女性文學史不宜僅僅局限於對幾位傑出女作家的研討，而是還要主動發現和開掘被歷史淹沒、封存的女作家，為她們正名、揚名，揭示她們文學的價值和意義。為此，全書以近 84 萬字的篇幅，對現當代女性文學的發生和流變進行了史的述評。貫穿其間的是對女性創作主體性的確認。作者認為，在二十世紀女性文學創作中，女性意識基本上表現為兩種形態，二者彼此交叉，起伏波動。一是淡化乃至忽略女子的性別特徵，以社會乃至革命意識取代女性意識；二是注重女子的性別性格和特性，著意於女性意識的發展和成熟。這兩種女性觀雖不相同，但彼此並不排斥。女作家共同聚集在「女人首先是人」這面反封建壓迫的大旗下，其性別意識與文學創作也是在此意義上得以建

立，並呈現多彩多姿的風貌：「五四」時期，她們以覺醒的女性意識反抗傳統禁錮，張揚現代精神，同時結合社會生活的體驗，思考時代變化帶來的對女性自身的新的衝擊，探詢女性的出路；三四十年代，在國家民族面臨危亡的關頭，相當一部分文學女性融入爭取民族獨立、階級解放的鬥爭以及新民主主義、社會主義革命運動，文學創作中女性的社會關懷意識凸顯，「自我」意識被主動放棄或悄然遮蔽；這種態勢在新中國建立後得以延續，直到八九十年代發生新變。

這一敘述以「二十世紀中國文學」為框架，以女性主體性的現代發生和女性意識的流變為主線，在不同時段的女性創作之間建起邏輯聯繫，搭建了女性文學的大廈。概括而言，其間對女性文學本體構成做出的判斷是：二十世紀女作家的女性意識具有統一性和連貫性；女作家文本中的女性意識建立在女性社會生活實踐的基礎上，它真實反映了女性的生命體驗；二十世紀女性文學創作的現代性品格不僅鎔鑄在女性文學的思想內涵中，同時也體現於審美實踐；她們在文體方面的創造性尤為突出，這在各時期的女性文學實踐中都得到了體現。

（四）性別差異與女性文學特質

對性別差異與女性文學審美特質關係的認知，是現代女性文學史觀的重要組成部分，它直接影響到文學史敘事對作家作品的批評傾向。《浮出歷史地表》和《二十世紀中國女性文學》都認為，在現代文學史上男作家筆下有關女性形象的書寫，存在著性別隔膜和歧視。在此背景下，前者以「女性自身的非主流乃至反主流的世界觀、感受方式」的流露為中心，展開對女作家創作的論述；後者則以女性主體意識的起伏興衰為線索，構建現代女性文學史體系。在這一過程中，不同性別因素影響下的文學想像在創作文本中的呈現，成為女性文學史的重要視點。

《浮出歷史地表》重點剖析了新文學史上頗為醒目的「祥林嫂系列」和「新女性群」兩類女性形象，因為她們與其說是那個時代的女性典型，不如說是當時男性作家女性觀的結晶。「她在過去封建文化中的特定語義固然被拋棄，但她以往在話語結構中的位置卻仍在延續，她仍然是那個因為沒有所指或所指物，因此可以根據社會觀念、時代思潮、文化密碼及流行口味時尚來抽出或填入意義的純粹載體」。作者強調，在從男性意義投射出來、繞開女性內在本質和精神立場的女性觀支配下，所構成的關於女性解放和女性價值的

「完滿的意識形態神話」，給堅持自我的女性所帶來的只能是自我分裂。而女性文本中這種心理和話語上的分裂，標誌了現代女作家與男作家的最大不同：「她無法像男性大師那樣根據一個統一的創作自我，一種完整統一的世界觀和純粹單一的話語動機來寫作。她甚至不具備一套純粹的話語，一切現有的文學慣例、敘事模式乃至描述性套語，都潛含著男性內容。」

《二十世紀中國女性文學史》認同李大釗所遵循的馬克思主義的世界觀，同時也從西方女性主義理論中汲取營養。愛倫·凱關於突出性別差異、肯定母性、母職的觀點，以及紀爾曼夫人關於消解性別差異、填平性溝的主張，都給作者以啟迪。書中對性別差異在文學創作中的影響的基本看法是，女作家和男作家基於不盡相同的生命構成和生存方式，彼此對生活的觀察和選擇、對人物形象的塑造與理解以及審美形式，都不完全一樣。肯定兩性差異的存在，在這種差異中探詢女性創作的獨特價值，是該書的自覺追求。

（五）現代女性文學的總體成就及演進趨勢

如前所述，對現代女作家創作成就及其在文學和文化史上的價值，兩書均持肯定態度，但在內涵的理解上並不完全相同。《浮出歷史地表》將女性問題提到涉及對歷史的整體看法和所有解釋的高度，追求「不僅縱貫歷史今昔，而且橫穿歷史表裏」。它主要是從昭示整個現代史上新文化「結構性缺損」的角度，理解「女性」的自我命名以及女作家創作的意義；《二十世紀中國女性文學史》則將現代女性的文學活動視為中國文學史的有機組成部分，突出其所具有的建設性和啟發性。前者強調女性群體經驗不單純是對人類經驗的補充或完善，相反還是一種顛覆和重構，因而在文學史敘述中力圖彰顯女性創作「反神話」、「顛覆已有意識形態大廈」的文化批判功能；後者則立足於倡導「為人」和「為女」的雙重自覺的基本立場，一面注意剖析女性主體意識支配下作家創作對女性生活和生命體驗的反映，另一面也認同她們表現廣闊社會生活的作品，肯定女作家富於社會意識和時代精神的創作取向，試圖在二者的交匯點上描繪和構建現代女性的文學傳統。

兩書所涵蓋的時間範圍不同，但對現代女性文學的總體演進趨勢都做出了宏觀把握。《浮出歷史地表》著眼於女性和現代民族國家之間的對立關係，認為解放區時期乃至建國後，女性的歷史「在與民族群體歷史進程的歧異、摩擦乃至衝突中，走完了一個頗有反諷意味的循環，那就是以反抗男性社會性別角色始，而以認同中性社會角色終」。該書的「結語」進而對二十世紀中

葉「現代史」與「當代史」交迭更替之際，女性文學的總體走向以及女性精神性別成長的歷程，做了既有肯定又有保留的判斷：「一方面，婦女們在社會生活中翻身做主的程度已於世界上領先一步；另一方面，在文化上，從女性們難以計數的文字中已隱然可見一個成熟起來的性別自我形象，一批堪稱『女性文學』的創作已悄然臨世，至少，女性的視點、女性的立場、女性對人生和兩性關係的透視連同女性的審美觀物方式等等因素，正從男性或中性文化的污染中剝離而出，並將燭照這男性文化的隱秘結構。然而，正是在這同一偉大瞬間，隨著社會生活的改觀，婦女解放的命題連同這一坐標本身實際上已經被悄悄擲向時間的忘懷洞。」作者主張女性在現階段還無法說清「女人是什麼」的歷史語境中，需要努力揭示男性主宰歷史的文化傳統，使之成為「婦女解放坐標繫上的新讀數」。

《二十世紀中國女性文學史》認為，在二十世紀各個歷史時期的女性創作中，女性主體性有著情況大不相同的存在形態。新中國建立後「女性主體意識的發育跟不上時代的變化」，但「建國後 17 年女性文學是『五四』以來，尤其是左翼女性文學的繼續，它們的聯繫不宜切斷」；而改革開放後，「女性文學空前繁榮，女性意識日趨成熟。這種繁榮與成熟，正是『五四』女性文學在更高階段的繼承與發展」。這樣，它從總體上對女性文學歷程做了比較樂觀的把握：「二十世紀中國女性文學歷史，儘管經歷了舊民主主義革命、新民主主義和社會主義不同歷史階段，但它卻是個有著自己獨特內涵和內在聯繫，至今尚在向前發展的歷史過程，這是個完整而統一的過程。」

應該說，決定文學史價值的主要因素在於：是否能給文學帶來新的經驗闡述和價值認識。兩書就上述若干問題提出的看法，比較清晰地顯示了現代女性文學史觀的基本內涵，在對現代女性文學進行「史」的觀照方面，體現出一定的原創性。

綜上，現代女性文學史觀的內涵應當並且可以具有豐富性和多樣性，這在上述兩部著作中得到了初步體現。以往的文學史書寫不曾給女性的文學活動以應有的位置，這一現象透露出社會文化結構以及意識形態方面的重大欠缺。性別因素的滲透作為值得關注的文學／文化現象，其獨特內涵有待確認和深入解讀。對此，兩部著作的認識是高度一致的。而另一方面，在對現代女性文學史進行描述、分析和概括時，二者又有明顯的差異。面對「現代文學史」這一文學系統，有關現代女作家創作基本性質的表述，是立意於凸顯其與主流文化和

意識形態的「分離」、「獨立」，還是判定它在特色獨具的同時與男性主導的現代文學傳統具有內在的同一性？研究者依託不同的知識背景、理論資源以及對女性解放問題的理解，在文學史書寫中分別選取了不同的立場和方法。其中蘊涵著探討性別與文學關係問題的不同理路。它的形成與研究者所秉持的性別觀念、理論方法及其敘事立場的選擇密切相關。《浮出歷史地表》寓建設於批判之中，在進行鋒芒畢露的思想文化批判的同時，細緻入微地辨析和發現了女性創作的內質，力求揭示眞正意義上「女性文學」的生長。《二十世紀中國女性文學史》在建構近百年女性文學大廈時，注意對女性創作中新舊觀念的交織及其文學表現進行深入辨析。二者的基本內容各具特色、相互補益。儘管具體研究展開的路徑有所不同，但女性文學主體性的追尋與建構是其共同的人文學術追求。應該說，在中國現代女性文學史觀的初建期，能出現如此各具鮮明特色、相通而又相異的研究成果，是相當難得也是彌足珍貴的。它們對此後的拓展思路與活躍研究，促使女性文學史的「問題化」，進而在開放的語境中不斷豐富對文學與性別關係問題的認識，頗爲有益。

與此同時兩書也有不足：一是在處理性別、文學、歷史三者之間的關繫時，高度注重女性創作的性別意識形態內涵，而對文學生產及其內部構成之複雜機制的認識注意不夠。二是在文獻材料的運用方面，時或存在理念爲先的傾向。三是以進化論思維構建中國女性文學史框架有簡單化之弊。四是對女性創作文化異質性的突出強調，影響了文學史的觀照視野及其客觀性。五是有關「女性眞相」的追尋一定程度上落入了本質化想像。

從觀念上對女性文學史加以總體把握，是一種具有性別內涵的文化行爲。這一行爲既是對以往文學史格局的質疑和挑戰，也是從特定方面出發的文學建設。女性文學史觀的生成，不僅來自女性生存歷史和現狀的孕育以及女性文學所蘊涵的獨特質素的啓迪，同時也來自書寫主體力求改變延續千年的不合理的性別文化生態的強烈願望。它很難說得上成熟，但其所蘊涵的對傳統文學史觀念的批判性反思和兩性平等的文化取向以及有關現代文學史性別建構的思考，具有積極意義。

第三節　80年代女性批評主體的文學實踐

20世紀80年代，女性文學創作的興盛成爲引人矚目的文壇現象。對此，

多年來很多學者進行了比較深入的研究；但與此同時出現的另一涉及性別與文學關係的現象則較少爲人注意，這就是女性作爲批評主體在 80 年代文學界的競相湧現以及她們所做出的可貴努力。儘管後來一些影響較大的文學批評史著作和教材對女性批評家所做的工作有所提及，但批評主體的性別身份在文學實踐活動中的影響很少爲人關注；在有關 80 年代文學批評的論述中，性別意識作爲女性/女性主義文學批評的邏輯起點和核心概念也往往被遮蔽。爲此，有學者指出，「文學研究中的性別意識淡化，抑或無意識中的男性中心主義作祟」是造成「80 年代的女性／女性主義文學批評處於曖昧和尷尬的狀態」的主要原因〔註11〕。

　　既有的與 80 年代以來女性批評主體有一定關聯的研究主要是兩種情況：一是側重於考察明顯接受了國外女性主義思潮影響的文學批評活動，例如 80 年代以來女性主義理論在中國大陸的譯介、運用以及本土化探求的軌跡；二是從理論建設、思想文化以及學術史等角度，對包括文學批評在內的女性文學研究加以審視。前者基於特定的研究目的，在對歷史資料做出取捨時，淡化了不便納入女性主義批評的實踐；後者著眼點側重於從整體上和理論上探討女性文學研究的得失。兩者的立意均不是將 80 年代女性批評主體的實踐作爲考察重點。鑒於此，本節在 20 世紀 80 年代原始資料的基礎上，大略呈現當時女性批評主體參與女性文學研究活動的概貌，探討其特色及價值。

　　需要說明的是，80 年代關注女性創作並積極參與文學研究實踐的，當然不只限於女性，女性研究者也並非僅僅關注女作家的創作，而是往往同時在其它方面亦有成果。不過限於篇幅，這裏的考察對象主要是 80 年代女學人圍繞女作家創作展開的批評和研究。

一、80 年代女性批評活動概貌

　　在提及 80 年代以女性爲主體的女性創作研究時，學界相對比較熟悉的，首先是朱虹發表於 1981 年第 4 期《世界文學》的《美國當前的「婦女文學」──〈美國女作家作品選〉序》。這篇文章在國內第一次較爲系統地介紹了西方婦女運動以及文學創作、研究發展情況，雖然主要是談美國女作家的創作，但明確表達了有關「婦女意識」、「婦女文學」的看法。其次爲李小江主編的

─────────────

〔註11〕林樹明：《論 20 世紀 80 年代我國文學評論中的性別意識》，《南開學報》（哲學社會科學版）2015 年第 2 期。

「婦女研究叢書」（河南人民出版社，1988～1989）。該叢書的 8 部著作，半數出自女性之手，其中孟悅、戴錦華所著《浮出歷史地表——現代婦女文學研究》一書在文學文化領域影響最為廣泛。再者，白舒榮的《白薇評傳》（與何由合著）和《十位女作家》也有一定影響。前者眞實細膩地展現了「五四」女作家白薇的悲劇人生、創作生涯和她的文學個性；後者評述現代文學史上十位女作家的生平和創作，為後來的研究提供了可貴的資料和啓發〔註12〕。

　　當然，80 年代參與女性文學批評和研究的女學人遠不止前面提到的幾位，而是達數十人之多。她們大都就職於高校、作協、雜誌社及科研機構。其中既有多年從事文學研究的資深批評家和學者，也有剛開始踏上研究道路的年輕人。例如：李子雲、王淑秧、蘇者聰、吳宗蕙、陳素琰、盛英、馬瑞芳、金燕玉、牛玉秋、趙園、任一鳴、馬婳如、錢蔭愉、黃梅、張抗抗、吳黛英、錢虹、王友琴、喬以鋼、趙玫、陳惠芬、季紅眞、翟永明、王緋、于青、艾雲、林丹婭、姚玳玫、劉慧英、禹燕、呂紅、施國英等。此外，還有部分女學人當時未曾以女性創作為主要關注對象，但在其它方向的研究中取得了成績，如應錦襄、樂黛雲、吳小美、劉思謙、饒芃子、陶潔、陳美蘭、艾曉明等。80 年代女性創作與批評的共同發展，幾代女學人的積極參與，構成了前所未有的景觀。

　　80 年代前期，有關研究經常以評論文章的形式出現。一些女學人對當時女性文學創作蓬勃興起的現象做出了敏銳思考和即時回應。1982 年，劉慧英在《談女作家作品的主題傾向》一文中指出，女作家崛起之因不僅在於社會時代的轉型，更源於女性自身的訴求。她們的創作「標誌著女性自我意識逐漸覺醒的過程，是女性要求有人的尊嚴、平等的表現」〔註13〕。次年吳黛英發表《新時期「女性文學」漫談》，認為「我國新時期『女性文學』的崛起，是一個複雜的歷史現象和文學現象，它是多重因素作用的結果」，既離不開社會歷史的轉型，也有文學創作自身發展的因素〔註14〕。對於當時產生了較大影響的王安憶的小說創作，陳惠芬以「從單純到豐厚」加以概括。她捕捉王安憶創作的內在變化，指出「作為一個近年來在文壇上脫穎而出的青年作家，

〔註12〕孟悅、戴錦華：《浮出歷史地表——現代婦女文學研究》，河南人民出版社，
　　　　1989 年；白舒榮、何由：《白薇評傳》，湖南人民出版社，1983 年；白舒榮：
　　　　《十位女作家》，群眾出版社，1986 年。
〔註13〕劉慧英：《談女作家作品的主題傾向》，《當代文藝思潮》1982 年第 3 期。
〔註14〕吳黛英：《新時期「女性文學」漫談》，《當代文藝思潮》1983 年第 4 期。

王安憶在藝術上的成長顯然是和她審美理想、追求目標的不斷提高和延伸聯繫在一起的」〔註 15〕。陳素琰《論宗璞》以知人論事的方式展開論析，認為宗璞的創作與中國悠久的歷史、文化傳統，知識階層的氣質、情操以及生活方式有著千絲萬縷的聯繫，呈現出特有的幽雅、淡泊、灑脫、內省的精神風貌〔註16〕。這些研究程度不同地融入了女性主體的生命感知。

　　除了跟蹤新時期的女性創作之外，也有不少學者專注於考察現代文學史上的女作家及其創作。王淑秧《〈太陽照在桑乾河上〉的歷史地位》聯繫新文學史和丁玲的創作道路，對這部長篇小說的文學史地位作出評價〔註17〕。趙園《開向滬、港「洋場社會」的窗口——讀張愛玲小說集〈傳奇〉》將張愛玲的小說創作視作洞察「近現代中國的重要歷史側面」的窗口，認為對人性、洋場生活特殊本質的藝術性追問體現出張愛玲小說獨有的深度與魅力，她在中國現代小說史上的位置不可替代〔註 18〕。林丹婭《廬隱創作個性中的「自我」》將「五四」的時代背景與女作家的創作人生彼此觀照，認為廬隱小說最大的特色是「自我」情緒的抒發與表達。這種「自我」的張揚表達出特定時代下人性訴求的文化背景，而過於偏激的「自我」也給她的創作帶來局限。〔註 19〕

　　80 年代，文學期刊對社會文化生活頗具影響力。在此背景下，女性批評主體與文學評論期刊之間有著比較密切的合作。《新文學史料》、《當代文藝思潮》、《文藝評論》、《文學評論》、《讀書》、《上海文論》、《文學自由談》、《批評家》、《當代文藝探索》、《當代作家評論》、《女作家》、《當代文壇》、《小說評論》、《詩刊》等刊物，均曾提供發表相關資料及研究成果的園地，體現了對女作家創作的關注。這種合作促進了女性批評實踐的持續發展，同時也使一些讀者通過期刊瞭解到女性批評群體的出現。

　　評論者的文字以專欄的形式集中發表，常會更具影響力。1986 年，《當代文藝探索》第 5 期設置「女批評家專輯」，並在文後附有作者小傳，介紹了若干女作家。1987 年，《當代文藝思潮》於第 2 期、第 5 期開設「當前女性文學探

〔註15〕 陳惠芬：《從單純到豐厚——王安憶創作試評》，《文學評論》1984 年第 3 期。
〔註16〕 陳素琰：《論宗璞》，《文學評論》1984 年第 3 期。
〔註17〕 王淑秧：《〈太陽照在桑乾河上〉的歷史地位》，《中國社會科學》1982 年第 6 期。
〔註18〕 趙園：《開向滬、港「洋場社會」的窗口——讀張愛玲小說集〈傳奇〉》，《中國現代文學研究叢刊》1983 年第 3 期。
〔註19〕 林丹婭：《廬隱創作個性中的「自我」》，《福建論壇》1983 年第 3 期。

索與爭鳴」專欄，刊載了包括錢蔭愉《她們是全部世界史的產物——文學創作中婦女地位問題的再反思》、王緋《女性文學批評：一種新的理論態度》在內的多篇文章。內容涉及女性在文學中的歷史境遇以及關於女性文學批評的探討。特別值得一提的是，在陳惠芬的努力和主持下，《上海文論》1989 年第 2 期以接近整刊的篇幅，刊發了「女權主義文學批評專輯」。其中包括孟悅《兩千年：女性作爲歷史的盲點》、呂紅《一個罕見的女性世界——兼及〈金瓶梅〉的道德與美學思考》、施國英《顛倒的世界——試論張賢亮創作中的兩性關係》、王友琴《一個小說「原型」：「女人先來引誘他」》等文。正如欄目標題所示，這些文章具有犀利而鮮明的「女權主義」鋒芒，從宏觀和微觀的不同角度，結合文學中的性別文化現象做出闡述和分析。此期還同時設有「婦女書架」，介紹了《女性的奧秘》、《女性人類學》、《女性的危機》、《金色筆記》等相關成果。在 80年代國內初興的女性主義批評中，這期刊物頗具代表性，產生了較大影響。

在女性批評群體成長的過程中，學術爭鳴的開展起了重要作用。它爲女性批評活動的參與者提供了學術討論的場域，也促使她們在文學界爲人關注。我們知道，性別作爲人類的基本屬性之一，與每一生命個體相關；與此同時，作爲複合型的文化符號，它又與社會、歷史、民族、國家、階級等諸多因素彼此勾連。這種狀況一方面賦予性別研究豐富性和獨特價值，另方面也增加了研究的複雜性。80 年代圍繞「女性文學」展開的爭鳴即是這種複雜性的一個反映。例如，對於「女性文學」是否具備女性特有的藝術屬性，吳黛英認爲，女性文學迥異於男性話語下的傳統文學，具有「美」的特質，即「美的內容、美的意境、美的語言」，且女作家更擅長於內心描摹和細膩的情感表達〔註 20〕。王福湘提出質疑，認爲藝術美、心理描寫、意識流等並非女性所特有；新時期女性文學豐富多樣，錯綜複雜，「對它的評價不能簡單化、概念化，也不能感情用事，以偏概全」〔註 21〕。此後李小江《爲婦女文學正名》、禹燕《女性文學的歷史與現狀——兼論什麼是「女性文學」》、顧亞維《時代的女性文學》、陳惠芬《性別——新時期文學的一種「內結構」》、朱虹《婦女文學——廣闊的天地》等文章〔註 22〕，可看作是關於這一討論的延續和深

〔註20〕 吳黛英：《新時期「女性文學」漫談》，《當代文藝思潮》1983 年第 4 期。

〔註21〕 王福湘：《「女性文學」論質疑——與吳黛英同志商榷兼談幾部有爭議小說的評價問題》，《當代文藝思潮》1984 年第 2 期。

〔註22〕 李小江：《爲婦女文學正名》，《文藝新世紀》1985 年第 3 期；禹燕：《女性文學的歷史與現狀——兼論什麼是「女性文學」》，《當代文藝思潮》1985 年第 5

化。這一爭鳴關係到如何認識「女性文學」的基本內涵和特質,問題的提出促進了學理性探索。

又如關於「文學創作中婦女地位問題」的討論。1986 年,男性學者孫紹先對女性文學創作中出現的「尋找男人」這一文本現象提出批評,主張「婦女題材文學應該大力探討婦女自身的獨立價值,徹底衝破精神心理上的依附感」〔註 23〕。錢蔭愉在《她們是全部世界史的產物——文學創作中婦女地位問題的再反思》中提出商榷。她將婦女的歷史文化背景和現實處境作為考察的重點,認為「兩性的平等擺脫不了種種生理的、心理的、經濟的,政治的甚至科學發展等方面的限制,社會還沒有為婦女單方面實現強者意識提供普遍性的可能」〔註 24〕。孫紹先再次發文,指出單純強調女性性別的特殊性,實際上就是默認了傳統性別文化的男性霸權,從而使女性淪為「第二性別」、「特殊性別」。女性文學的目標之一便應是打破這種傳統性別觀念。〔註 25〕這一討論所聚焦的問題牽涉女性文學研究的歷史觀和方法論,在 90 年代以後的研究界仍然一再被提出。

關於「兩個世界」的討論同樣如此。1986 年,女作家張抗抗提出女性文學創作要同時面對「兩個世界」,即外部宏大的社會歷史世界和婦女獨特的內心世界。不論男性還是女性,首先是人,面臨著共同的生存和精神的危機,而婦女的解放也不是一個簡單、孤立的「婦女問題」〔註 26〕。吳黛英則認為,男女兩性在心理、生理以及由此而導致的對於認識世界、改造世界等方面的看法是存在差異的。承認性別意識、性別特徵的存在是定義女性文學的基本前提〔註 27〕。這一討論提出的問題關聯著如何理解「女性」與「人」的關係,如何看待兩性之間的差異,以及女性解放是否應當納入人類解放的框架之

期;顧亞維:《時代的女性文學》,《文藝評論》1986 年第 2 期;陳惠芬:《性別——新時期文學的一種「內結構」》,《上海文論》1987 年第 1 期;朱虹:《婦女文學——廣闊的天地》,《外國文學評論》1989 年第 1 期。

〔註 23〕 孫紹先:《文學創作中婦女地位問題的反思》,《當代文藝思潮》1986 年第 4 期。

〔註 24〕 錢蔭愉:《她們是全部世界史的產物——文學創作中婦女地位問題的再反思》,《當代文藝思潮》1987 年第 2 期。

〔註 25〕 孫紹先:《從女性文學到女性主義文學——兼與錢蔭愉等人商榷》,《當代文藝思潮》1987 年第 5 期。

〔註 26〕 張抗抗:《我們需要兩個世界——在西柏林婦女文學討論會上的發言》,《文藝評論》1986 年第 1 期。

〔註 27〕 吳黛英:《女性世界與女性文學——致張抗抗信》,《文藝評論》1986 第 1 期。

內，具有重要的理論內涵。

值得一提的是，這些不同觀點之間的交鋒，是在參與者相互尊重、誠懇而理性的氛圍中展開的。儘管討論所涉及的話題當時並無定論，但它不僅激發、活躍研究者的思維，而且有助於引起讀者對性別與文學之間關係予以更多的關注。直到 21 世紀的今天，相關思考仍在延續，這也從一個側面映現出，性別問題來自社會歷史深處，頗具理論和現實意義。

二、批評活動中女性主體意識的體現

1981 年，夏衍在爲李子雲的評論集《涓流集》作序時，特別提及女性批評家的稀少，他遺憾地寫道：「有了這麼多的女作家，卻很少聽說有幾位女評論家」﹝註28﹞。這的確是不爭的事實。古代文學批評史上極少有女性的身影，類似李清照《詞論》那樣的著述實屬鳳毛麟角。明清之際江南才女參與文學批評活動稍多，但總體而言女性的聲音微乎其微，在批評史上是無足輕重的存在。晚清以降，現代中國的女權思想以及女性主體認同「在『人權』與『國家』的張力中被建構」﹝註29﹞，女性的社會性別身份與民族國家的現代性訴求形成了某種同構關係。在這種同構中，女性主體性很大程度上仍處於缺失狀態，文學領域的研究主體也以男性知識分子爲主。80 年代女性批評群體的出現改變了這一局面。特別重要的是，現代意義上的女性主體意識在文學批評中得到體現。

一些女學人尖銳指出女性創作長期以來被遮蔽的歷史文化境遇。蘇者聰《略論中國古代女作家》指出，古代特定的社會文化是導致頗具才華的女作家們悲慘命運的主要原因，同時也造成了婦女在文學史上幾乎是空白的現象﹝註30﹞。王友琴《中國現代女作家的小說和婦女問題》聚焦女作家的小說創作與婦女問題的關係，認爲如果忽略了女作家的創作，就「失掉了現代小說中一個很有光彩的部分，遺落了一份來之不易的歷史財富，並且也難以爲當代文學的有關問題找到一個恰當的起步點」。﹝註31﹞錢虹《關於中國現代女性

﹝註28﹞ 李子雲：《涓流集》，四川文藝出版社，1985 年，第 1 頁。

﹝註29﹞ （日）須藤瑞代：《中國「女權」概念的變遷──清末民初的人權和社會性別》，姚毅譯，社會科學文獻出版社，2010 年，第 207 頁。

﹝註30﹞ 蘇者聰：《略論中國古代女作家》，《武漢大學學報》（社會科學版）1987 年第 6 期。

﹝註31﹞ 王友琴：《中國現代女作家的小說和婦女問題》，《北京大學學報》（哲學社會科學版）1985 年第 3 期。

文學的考察》寫道：「迄今為止，《中國現代文學史》勾勒的中國現代女作家的概貌，是極不完整又粗陋不堪的」。該文在重審文學史的思路下，以較為翔實的史料闡述了陳衡哲、綠漪、白薇、方令孺、蘇青等長期為文學史所忽略的現代女作家的文學貢獻和影響。〔註32〕

　　女性批評活動的主體意識還體現在立足於具體的文學作品及其所建構的藝術世界，關注婦女解放以及現實語境中的婦女問題。季紅真在分析新時期小說主題時概括說：「許多作家，主要是女作家特別敏感地意識到，婦女解放的程度是衡量一個社會文明化程度的標誌。她們對現存社會倫理關係及由此而產生的道德觀念的思考，就自然地集中在對婦女命運的關注上」〔註33〕。劉慧英《社會解放程序：對女性「自我」確立的迴避——重讀〈白毛女〉及此類型的作品》對婦女解放文學表述的內在話語邏輯進行考察，指出《白毛女》等作品中的「婦女解放」是置於政治話語之下的，而女性自身的訴求，即「個體的存在價值、自覺的行動選擇以及自我意識等」，則被社會、政治的強勢話語所掩蓋〔註34〕。李小江《夏娃的探索——婦女研究論稿》一書認為，現代意義上的婦女文學由於中國特殊的歷史境遇，承載著文學的雙重使命：「一重是解放婦女的社會責任，另一重是堅定女性主體的藝術使命」。作者十分關注現實生活中的婦女問題，她的《當代婦女文學中職業婦女問題——一個比較研究的視角》一文，討論了「有知識的職業婦女」在「女性雄化」、「多元角色衝突」等現實處境中的性別體驗及其文學表述。〔註35〕

　　處於相對敏感的社會文化轉型期，對歷史的反思和新的時代精神的建構成為80年代文化活動的重要維度。一些女學者在處理歷史與現實的關繫時立足於女性主體，剖析所謂「雄性化」和「女性氣質」。金燕玉《論女作家群——新時期作家群考察之三》指出，1949年以後，文學作品中的女性形象通常偏於「剛氣」，而「文革」更是將這種「男女都一樣」的「女性雄性化」推向極致。新時期女作家創作的突出價值就是逐漸恢復了女性自我意識。論者認為，「中

〔註32〕　錢虹：《關於中國現代女性文學的考察》，《上海文論》1989年第2期。

〔註33〕　季紅真：《文明與愚昧的衝突》，浙江文藝出版社，1986年，第173頁。

〔註34〕　劉慧英：《社會解放程序：對女性「自我」確立的迴避——重讀〈白毛女〉及此類型的作品》，《中國現代文學研究叢刊》1989年第3期。

〔註35〕　李小江：《夏娃的探索——婦女研究論稿》，河南人民出版社，1988年，第280頁；李小江：《當代婦女文學中職業婦女問題——一個比較研究的視角》，《文藝評論》1987年第1期。

國新時期女作家的女性自我意識具有獨特的內涵與深度。它來自對長期以來社會女性意識淡薄的反抗，又在對人、對個性的思考中獲得深化」〔註36〕。盛英《愛的權力‧理想‧困惑──試論新時期女作家的愛情文學》從「強權政治對於愛情的扼殺」這一視角來認識新時期女作家愛情文學的特點及創新，認為愛情在女性生命體驗中的復位是女性主體擺脫了「雄性化」、「無性化」的歷史束縛，重獲愛的權力和自我價值的重要表現〔註37〕。女詩人翟永明在詩論《黑夜的意識》中提出，女性文學從來就內蘊著三個不同趨向的層次。在女子氣──女權──女性這樣三個高低不同的層次中，真正具有文學價值的是後者。「女性」的文學才是最高層次。「進入人類共同命運之後，真正女性的意識，以及這種意識賴以傳達的獨有語言和形式，構成了進入詩的真正聖境的永久動力。」她將個人、宇宙的內在意識稱之為黑夜意識，認為黑夜意識是女性的思想、信念和情感承擔者，女詩人將這種承擔注入詩中。幾年後，她在《「女性詩歌」與詩歌中的女性意識》一文中，對相關問題又有更為深入的思考。〔註38〕王緋《女性氣質的積極社會實現──讀〈女人的力量〉兼談女性文學的開放》、李小江《尋找自我──當代女性創作的基本母題》等文章，也從不同角度涉及「女性氣質」對女性文學的意義和影響〔註39〕。

對傳統性別文化的質疑、顛覆和反抗，尤為突出地體現了女性批評的主體意識。孟悅《兩千年：女性作為歷史的盲點》指出，在父權文化體系中，男女兩性之間的關係始終處於統治者／被統治者的對抗性二項關係；「在兩千年的歷史中，婦女始終是一個受強制的、被統治的性別」，生存在「黑暗、隱秘、暗啞的世界」〔註40〕。呂紅《一個罕見的女性世界──兼及〈金瓶梅〉的道德與美學思考》對小說《金瓶梅》做出了顛覆性的解讀。文章認為小說中的女性人物「金瓶梅」們作為藝術形象的特定價值，不應被傳統道德觀判

〔註36〕金燕玉：《論女作家群─新時期作家群考察之三》，《當代作家評論》1986年第3期。

〔註37〕盛英：《愛的權力‧理想‧困惑──試論新時期女作家的愛情文學》，《當代文藝探索》1987年第1期。

〔註38〕翟永明：《黑夜的意識》，《詩歌報》1986年11月15日；《「女性詩歌」與詩歌中的女性意識》，《詩刊》1989年第6期。

〔註39〕王緋：《女性氣質的積極社會實現──讀〈女人的力量〉兼談女性文學的開放》，《批評家》1986年第1期；李小江：《尋找自我──當代女性創作的基本母題》，《文學自由談》1989年第6期。

〔註40〕孟悅：《兩千年：女性作為歷史的盲點》，《上海文論》1989年第2期。

了死刑的「淫」的表象所掩蓋和抹煞；而對人物的道德批評也不可代替對文學的「歷史」與「美學」的評價。「金瓶梅」們的出現，爲中國文學開闢了一個純粹從自然而非道德角描寫女性世界的新領域。〔註41〕朱虹《〈簡・愛〉與婦女意識》一文則是針對男性書寫的歷史（history）的批判與反駁。在論者看來，歷史記載和文學描寫中的婦女形象（比如「家庭的天使」）滲透著男性的偏見與臆想；而簡・愛不承認傳統的婦女美德，不肯扮演女人的傳統角色的人物塑造構成了某種意義上的「女權主義宣言」〔註42〕。黃梅在《「閣樓上的瘋女人」──「女人與小說」雜談之三》中，對男性傳統閱讀經驗中女性人物類型的兩極──「不是賢媛，便是蕩婦；不是天使，就是惡魔」，做出了反思〔註43〕。王緋《纏足文化的迫力──說說〈三寸金蓮〉》、于青《兩性世界的對立與合作──談女性文學的社會接受與批評》、劉慧英《淫蕩乎，貞潔乎──兩種傳統女性類型的對立和轉化》等文，也從不同側面表達了對傳統男權文化和性別壓迫的質疑和批判〔註44〕。

　　對婦女研究／女性文學批評本身的自省，同樣是女性主體精神的反映。其中隱含了女性批評主體在理論建設方面的自覺。朱虹《美國當前的「婦女文學」──〈美國女作家作品選〉序》可視爲自覺地從性別視角出發思考文學理論建設的濫觴。王緋《批評：多軌道的向心運動──兼談女性批評家的批評意識》討論了「女性文學批評」存在的合理性及獨特性，認爲在至今還是以男性爲中心的批評界，最應得到這種自我暗示的應當是女性。女性批評應該作爲一種特殊的文化現象而存在，應當提出女性批評的自覺意識和自主意識的問題。〔註45〕王友琴指出，「就婦女問題而言，事關切身利益，然而女性作者未必就持有更正確的看法，她的作品也未必體現出更多的『婦女意

〔註41〕呂紅：《一個罕見的女性世界──兼及〈金瓶梅〉的道德與美學思考》，《上海文論》1989 年第 2 期。

〔註42〕朱虹：《〈簡・愛〉與婦女意識》，《河南大學學報》（哲學社會科學版）1987年第 5 期。

〔註43〕黃梅：《「閣樓上的瘋女人」──「女人與小說」雜談之三》，《讀書》1987 年第 10 期。

〔註44〕王緋：《纏足文化的迫力──說說〈三寸金蓮〉》，《當代作家評論》1986 年第 6 期；于青：《兩性世界的對立與合作──談女性文學的社會接受與批評》，《小說評論》1988 年第 6 期；劉慧英：《淫蕩乎，貞潔乎──兩種傳統女性類型的對立和轉化》，《文學自由談》1989 年第 4 期。

〔註45〕王緋：《批評：多軌道的向心運動──兼談女性批評家的批評意識》，《批評家》1986 年第 6 期。

識』」；「婦女的處境是婦女問題的一個基本方面，在這種處境中形成的婦女的心理狀態是高一個層次的問題」〔註46〕。李小江《婦女研究與婦女文學》主要探討針對具體社會問題展開的婦女研究與伴隨女性文學發展而興起的女性文學批評兩者之間的關係。文中指出 80 年代以來女性文學批評存在的問題，如缺乏宏觀的把握，缺乏歷史感，理論素養欠缺，具有深度的研究較少等〔註47〕。這是來自 80 年代女性批評實踐現場的反思，顯示出女學人對研究中存在問題的清醒認識以及提升自身研究水平的願望。

三、女性主體批評實踐的特點和價值

女性文學研究的高潮出現在 20 世紀 90 年代，特別是 1995 年聯合國第四次世界婦女大會在北京召開前後。與之相比，80 年代的文學批評作為其先聲，時效性更為明顯，與文壇之間的聯繫也更為緊密。此期一批優秀女學人以「對話」的姿態介入文學批評，與文學創作之間形成了良好的互動。此為特點之一。

其間，兩位資深批評家李子雲和盛英具有一定的代表性。李子雲在 80 年代文壇頗具影響力，一批年輕學人和作者在成長的過程中受到她的熱情鼓勵和幫助。她的部分文學評論，1984 年輯為《淨化人的心靈——當代女作家論》一書出版。作者對張潔、王安憶、茹志鵑、張抗抗、戴晴等在當時文壇引起關注的女作家的作品進行解讀，細緻分析女作家創作中的優點和不足，以讀者身份誠懇地對作家創作提出建設性意見。比如，「希望張潔的創作道路開拓得更廣闊些，現實意義更強烈些，作品的容量更大些」；希望文壇新秀王安憶體會和理解現實生活的複雜性，追求精神上的深刻和藝術表達上的「力度」，而戴晴則需要在未來的寫作中儘量克服太過「粗糙」、「直白」的缺點〔註48〕。李子雲還與同時代許多女作家保持通信交流，例如，《致鐵凝——關於創作的通信》、《關於創作的通信——與程乃珊談創作》、《同一社會圈子裏的兩代人——與女作家李黎的通信》〔註49〕等。這些「通信」既有針對作為收信人的

〔註46〕 王友琴：《中國現代女作家的小說和婦女問題》，《北京大學學報》（哲學社會科學版）1985 年第 3 期。

〔註47〕 李小江：《婦女研究與婦女文學》，《文藝評論》1986 年第 4 期。

〔註48〕 李子雲：《淨化人的心靈——當代女作家論》，生活·讀書·新知三聯書店，1984 年，第 33、48、214 頁。

〔註49〕 李子雲：《致鐵凝——關於創作的通信》，《當代作家評論》1984 年第 1 期；《關於創作的通信——與程乃珊談創作》1984 年第 7 期；《同一社會圈子裏的兩代

作家及其創作的評說，也不乏關於其它作家的創作以及文學文化現象的討論和交流。借助「通信」，實現了批評家和作家的直接對話，也爲讀者提供了更多認識和瞭解當代女作家及其創作的機會。

　　盛英也是 80 年代較早開始關注女性創作的批評家。作爲文學期刊的編輯和創作研究者，她熱情扶植當時剛剛嶄露頭角的年輕女作家，在文學批評中體現了敏銳的觀察力和出色的審美判斷力。她的《真誠的追求——讀部分青年女作家小說隨想》一文，論述了王安憶、張抗抗、鐵凝等青年女作家在知青題材、愛情題材創作中展現的柔美、細膩、浪漫和溫情，認爲這些年輕女作家以鮮明的女性氣質彰顯了自己的性別身份，同時「願站在女性立場，呼籲婦女的自立、獨立精神，讚美婦女的自我犧牲情操」。〔註50〕盛英還就柯岩、韋君宜、陸星兒等一系列女作家的創作發表了評論，體現了對女性文學創作發展的深切關切和期許。她的 25 篇評論收入後來出版的《中國新時期女作家論》一書中。特別具有學術史意義的是，從 1985 年開始，盛英秉持在文學活動中凸顯女性意識、倡導性別平等的理念，主持進行《二十世紀中國女性文學史》的編寫。這是一部具有填補現代女性文學史空白意義的厚重之作。儘管因出版經費原因，該書遲至 1995 年世婦會召開前夕才得以問世，但主要的編寫工作 80 年代末已基本完成〔註51〕。

　　特點之二，這一時期的理論資源、批評觀念和研究方法具有多元並存、新舊雜糅的特點。首先，馬克思主義文藝理論觀點特別是美學與歷史相統一的批評原則，在部分女性批評主體的實踐中仍佔有主導位置；其次，在思想解放的時代背景下，人道主義、新啓蒙思潮對女性批評群體產生了普遍而深刻的影響；第三，一些女性批評主體嘗試吸收和借鑒包括女性主義在內的現代西方理論和批評方法，運用於女性創作研究，呈現了文學批評的新形態。

　　翻閱當時女作者的文學評論和學術論文可以看到，在 80 年代後期的女性主義理論熱出現之前，以女性爲主體的研究實踐儘管在對象的選擇、作家作品的分析和解讀等方面自覺不自覺地融入了一定的性別意識，但大多並未真正建立起文學研究的性別維度。一些時候，研究者面對女作家的創作，採用

　　　　人——與女作家李黎的通信》，《讀書》1986 年第 5 期。
〔註50〕盛英：《真誠的追求——讀部分青年女作家小說隨想》，《朔方》1984 年第 3 期。
〔註51〕盛英：《中國新時期女作家論》，百花文藝出版社，1992 年；盛英主編：《二十世紀中國女性文學史》，天津人民出版社，1995 年。

的仍是偏於「傳統」的思維和評價尺度，「性別」沒有能夠作爲文學批評的有效範疇發揮作用。然而，這並不意味著此類研究就一定是過時、「落伍」的，失去了存在的意義和價值。如果靜下心來認眞品讀或許可以感受到，這些今天看來似乎已經不再應時的研究成果，仍有著值得汲取的優長。一方面，特定歷史文化語境中的女性批評活動留下了具有時代現場感的思想文化材料，其中不乏頗具歷史價值和現實意義的信息；另一方面，批評個體在實踐中結合各自的生活閱歷、知識結構、審美眼光、理論興趣以及研究意圖等所做出的闡釋和判斷，理所應當是豐富的存在。

特點之三，此期女性主體展開的文學批評在關注作品內容的同時，比較普遍地注重文學的審美特質和藝術表現。比如，李子雲非常關切女作家的創作個性和表現力。她說，「讀宗璞的作品，是一種高度的美感享受」，能夠「提高人的情操，淨化人的心靈」，這便是文學作品的價值所在；她強調「藝術必須首先是藝術，必須以藝術形象本身的力量感人，僅僅動人以理是不行的，必須先動人以情，在使人動情的過程中引人思考」。她的《女作家在當代文學史所起的先鋒作用》一文，將文學創作的思想內涵和藝術品格作爲一個整體來論述女作家在當代文壇的獨特貢獻。〔註52〕吳宗蕙從「女性形象」塑造的角度考察王安憶短篇小說《流逝》，對小說主人公歐陽瑞麗進行了深入細緻的分析。〔註53〕其它很多研究者也是如此，如牛玉秋《女作家在中篇小說創作中的新探索》、陳素琰《美麗的憂傷——舒婷的〈惠安女子〉》、王緋《在夢的妊娠中痛苦痙攣——殘雪小說啓悟》、任一鳴《女性文學一種新的審美流變——「荒誕」》、季紅眞《精神被放逐者的內心獨白——劉索拉小說的語義分析》、艾雲《把女人的性別發揮到極致——論〈玫瑰門〉中的司猗紋》等文章，側重點均在於作品的藝術特色和質地〔註54〕。

〔註52〕 李子雲：《淨化人的心靈——讀〈宗璞小説散文選〉》，《讀書》1982 年第 2 期；《有益的探索——張抗抗的小説讀後》，《文藝理論研究》1982 年第 2 期；《女作家在當代文學史所起的先鋒作用》，《當代作家評論》1987 年第 6 期。

〔註53〕 吳宗蕙：《一個獨特的女性形象——評〈流逝〉中的歐陽瑞麗》，《文學評論》1983 年第 5 期。

〔註54〕 牛玉秋：《女作家在中篇小説創作中的新探索》，《文藝報》1985 年 7 月 6 日；陳素琰：《美麗的憂傷——舒婷的〈惠安女子〉》，《名作欣賞》1987 年第 1 期；王緋《在夢的妊娠中痛苦痙攣——殘雪小説啓悟》，《文學評論》1987 年第 5 期；任一鳴：《女性文學一種新的審美流變——「荒誕」》，《藝術廣角》1988 年第 1 期；季紅眞：《精神被放逐者的內心獨白——劉索拉小説的語義分析》，

特點之四，部分研究實踐具有較強的歷史意識和理論反思精神。如喬以鋼《中國古代女性文學創作的文化反思》一文，從多方面分析了古代女性創作的歷史文化土壤，在傳統思想文化的脈絡中把握古代女性創作的特徵，指出深層文化心理建構對創作產生的影響值得探索。〔註55〕于青認爲，女性文學作品通常是「從社會文化中尋找女性的社會化原由及其生成」，缺少「從女性自身去反射和反饋社會文化」。而張愛玲、施叔青、劉西鴻等人的作品能夠以女性獨有的視角探討和審視女性意識的文明進化與變革，體現出對深層歷史意識的探尋和思考，是女性文學發展脈絡中不應忽視的重要收穫。〔註56〕針對當時研究實踐中逐漸興起的在女性主義等西方理論框架下闡釋本土文學的現象，馬婀如在《對「兩個世界」觀照中的新時期女性文學——兼論中國女作家文學視界的歷史變化》中提出，「目前，在對女性文學的研究中，有研究者把西方女性文學作爲研究參照，這對開擴人們的視野、更新研究的方法，自然是大有裨益的。但西方女性文學是在西方特有的政治、文化、婦女生態土壤上開放的文學之花，它們不是中國女性文學的楷模，更不會是中國女性文學的歸宿。中國女性文學完全有條件、有理由具備我們時代和民族的特點」。〔註57〕其它一些女學人也有相關闡述。雖然此時女性主義理論本土化的命題尚未十分明確地提出，但她們對於如何恰當地借鑒西方理論已有自覺的思考。

　　總的來說，80 年代女性批評主體並非以對抗性的姿態出現在文學場域，而是基於逐漸建立起來的性別自覺，一定程度上調整和改變著傳統的文學批評格局。反映在批評文本上，女性評論者既可能與男性批評家持有相近的批評理念和審美判斷，也可能在研究對象的選擇、理論方法的運用以及文本的解讀乃至表達方式上有所不同，而女性批評群體內部同樣存在諸多差異。80 年代女性批評主體的文學實踐爲當代文學研究的發展做出了積極貢獻，今天仍具有特定的意義和價值，同時也存在比較明顯的不足。首先，對性別與文

《上海文學》1988 年第 3 期；艾雲：《把女人的性別發揮到極致——論〈玫瑰門〉中的司猗紋》，《當代作家評論》1989 年第 6 期。

〔註55〕喬以鋼：《中國古代女性文學創作的文化反思》，《天津社會科學》1988 年第 1 期。

〔註56〕于青：《來自歷史深處的關注——對女性文學女性視角的思考》，《東嶽論叢》1989 年第 1 期。

〔註57〕馬婀如：《對「兩個世界」觀照中的新時期女性文學——兼論中國女作家文學視界的歷史變化》，《當代文藝思潮》1987 年第 5 期。

學之間關係的理解往往傾向於男女兩性二元結構，有本質主義傾向。其次，由於批評主體的性別身份與研究對象之間關聯密切，在未能自覺拉開必要距離的情況下，有時對理性判斷帶來影響。第三，批評主體的理論修養不足，影響到研究的深度。而無論是成績還是不足，都爲推進女性文學研究的發展提供了借鑒。

第四節　21世紀以來文學領域的性別研究

　　進入21世紀以來，國內女性文學研究的學術轉型日益明顯，女性文學研究的關鍵詞由「女性」轉向「性別」。正如劉思謙指出，「性別作爲關鍵詞，對女性文學研究來說具有牽一髮而動全身的作用。這是因爲性別這個概念所涵蓋的是男女兩性，這樣女性文學研究就是以女性文學文本爲主，同時又將相關的男性文學文本作爲互爲參照比較的互文本進入我們的論題的研究；在男／女文學文本相互參照比較中，我們將會發現一些我們所習焉不察的被遮蔽的意義，這將大大拓展我們的研究視野，開啓我們的思路。」不僅如此，這一轉型就像是打開了一扇長期關閉的窗戶，「我們從這扇窗戶所看到的，將不僅是性別，而是和性別糾纏在一起的種種有性別而又超性別的問題。這樣，在被遮蔽的文本意義向我們敞開的同時，一些被排除在我們視野之外的新的理論生長點將彰顯出來，我們的文學研究的理論思維素質和文本解讀能力將得到提升。」〔註58〕以下主要就21世紀第一個十年的研究狀況進行梳理。

一、「性別」作爲文學研究的有效範疇

　　在漫長的歷史進程中，人類認識自身和外部世界的知識譜系以及社會文化大多時候是以男性爲中心、爲尺度的。正因爲如此，「性別」範疇的確立對當今人文社會科學研究產生了重要影響。就文學研究而言，它的主要特點是：在研究宗旨上，帶有鮮明的文化政治色彩；在批評標準上，強調「女性經驗」；在研究實踐中，具有綜合多學科理論資源加以運用的特徵。進入21世紀以來，「性別」作爲一個有效範疇，在文學研究實踐中得到比較廣泛的運用。一些學者自覺超越兩性關係的二元對立思維，將「性別」視爲一種社會文化建構和社會文化關係的多元、動態的綜合，提供了值得注意的成果。

〔註58〕劉思謙：《性別視角的綜合性與雙性主體間性》，《河南大學學報》2006年第2期。

　　例如，這一時期出版的《性別研究：理論背景與文學文化闡釋》（劉思謙、屈雅君等）、《中國古代文學文化的性別審視》（陳洪、喬以鋼等），《浮出歷史地表之前——中國現代女性寫作的發生》（張莉）三部著作，作爲教育部重大課題「性別視角下的中國文學與文化」的階段性成果，或致力於廓清西方性別理論關鍵概念及相關理論脈絡在中國的接受語境，探討本土資源在性別詩學建構中的功能；或從性別視角出發，審視中國文學及文化傳統，爲全面認識中華民族的傳統文化打開新的思路；或進入到中國現代女性文學自身生成與發展的歷史性的描述之中，在發生學的意義上對現代女性寫作進行考察；集中體現了「性別」範疇在文學學科各專業領域的獨特價值。又如，楊聯芬《新倫理與舊角色：五四新女性身份認同的困境》一文，敏銳觸及「五四」新女性在身份認同過程中面對的複雜情境及其深刻的內在矛盾：「五四」新女性是在學校這一現代教育平臺由新文化啓蒙話語塑造而成，她們的意識形態認同來自新文化，是以個人主義爲核心的正義倫理；而她們的性別認同及相應的關懷倫理，卻使其對「舊道德」下的女性同類有更多同情。作者認爲，新女性身份認同的困境，體現了「五四」正義倫理的道德局限，而「五四」文學表達的某種匱乏亦源自這一局限。王宇的專著《性別表述與現代認同：索解 20 世紀後半葉中國的敘事文本》涉及 20 世紀中國文學重要的文化訴求之一，即現代主體（包括民族國家主體與個人主體）身份的建構。作者從這一時期代表性敘事文本的性別表述入手，探詢「男性」、「女性」的性別符碼如何進入不同時期現代主體意義生產的場域，成爲其符號資源，考察性別的文化象徵意義如何被納入現代認同的框架中。〔註59〕

　　文學領域的性別研究理所當然離不開中國文學史傳統的清理。21 世紀以來，「性別」作爲研究範疇之一，在傳統治學領域繼續產生影響。其中，明清女性的文學活動成爲研究的一個熱點。胡曉眞《才女徹夜未眠：近代中國女性敘事文學的興起》探討了 17～19 世紀的女性閱讀和寫作，揭示她們在當時社會所面臨的巨大變遷面前如何以文字的方式表達內心的困惑與焦慮，構築

〔註59〕　劉思謙、屈雅君等：《性別研究：理論背景與文學文化闡釋》，南開大學出版社，2010 年；陳洪、喬以鋼等：《中國古代文學文化的性別審視》，南開大學出版社，2009 年；張莉：《浮出歷史地表之前——中國現代女性寫作的發生》，南開大學出版社，2010 年；楊聯芬：《新倫理與舊角色：五四新女性身份認同的困境》，《中國社會科學》2010 年第 5 期；王宇：《性別表述與現代認同：索解 20 世紀後半葉中國的敘事文本》，上海三聯書店，2006 年。

自己的詮釋系統和對應方式；指出彈詞小說的作者透過文字因緣而跨越時空界限，用龐大的文本編織成無形的網絡，形成了女性小說的傳統。趙雪沛《明末清初女詞人研究》考察明末清初女詞人的文學活動與創作成就，討論女性詞的題材特徵及藝術風貌，並就若干明末著名女詞人進行了個案研究。李彙群《閨閣與畫舫：清代嘉慶道光年間的江南文人和女性研究》從「閨閣」與「畫舫」的角度切入文人與女性的關係，揭示了清代嘉慶道光時期江南地區獨特的社會文化與文學圖景。周巍《技藝與性別：晚清以來江南女彈詞研究》在明末以降江南女彈詞與江南社會變遷的大背景下，就晚清以來女彈詞作者的群體生成以及作品中的形象塑造展開性別論述。涉及古代文學其它專題的性別研究著作還有：劉淑麗《先秦漢魏晉婦女觀與文學中的女性》、張曉梅《男子作閨音：中國古典文學中的男扮女裝現象研究》、馬珏玶《中國古典小說女性形象源流考論》等。〔註60〕

此外，喬以鋼在《近百年中國古代文學的性別研究》一文中，從學術史角度，對近百年中國古代文學領域的性別研究成果進行了全面梳理。文章概括其基本特點為：學術根基堅實，重視文獻資料，強調言必有據的學科傳統；在吸收和借鑒西方文學理論方面態度持重，實踐謹慎；注重社會思想、性別文化及作者心態與作品之間關係的考察。對於研究中存在的問題，該文認為主要涉及基本概念的辨析，研究範圍和層面的拓展，古代婦女文學史的「重寫」，兩性在文學活動中交互影響的探討，古代文論和文學批評的性別分析，性別視角下的文本解讀以及跨學科探索等。〔註61〕

二、現當代文學思潮及文學現象的性別審視

在中國文學伴隨近現代社會轉型演變的歷程中，各種文學思潮、文學現

〔註60〕 胡曉眞：《才女徹夜未眠：近代中國女性敘事文學的興起》，北京大學出版社，2008 年。該書在臺灣出版時，名為《才女徹夜未眠：十七到十九世紀的中國女性小說》（麥田出版社，2003 年）；趙雪沛：《明末清初女詞人研究》，首都師範大學出版社，2008 年；李彙群：《閨閣與畫舫：清代嘉慶道光年間的江南文人和女性研究》，中國傳媒大學出版社，2009 年；周巍：《技藝與性別：晚清以來江南女彈詞研究》，上海人民出版社，2010 年；劉淑麗：《先秦漢魏晉婦女觀與文學中的女性》，學苑出版社，2008 年；張曉梅：《男子作閨音：中國古典文學中的男扮女裝現象研究》，人民出版社，2008 年；馬珏玶：《中國古典小說女性形象源流考論》，南京師範大學出版社，2008 年。

〔註61〕 喬以鋼：《近百年中國古代文學的性別研究》，《中國社會科學》2008 年第 3 期。

象紛繁出現，既繪出了文學自身的軌跡，亦折射出百餘年間社會變遷的面影。正是基於這樣的事實，以性別爲中介聯結文學與社會歷史，對其加以重新審視，成爲本領域研究爲人關注的課題。

　　中國女權言論是在晚清借助強國保種的民族主義思潮得以呈現的，「興女學」與「不纏足」的最初訴求，是在「國民之母」、「女國民」等民族主義修辭中被表述的。在這一歷史語境中，女性主義與民族主義之間構成了特定的依存關係。楊聯芬《晚清女權話語與民族主義》就此問題展開具體論證，探詢了晚清女性主義如何被植入民族主義話語中並由此獲得其理論合法性。董麗敏《民族國家、本土性與女性解放運動——以晚清中國爲中心的考察》指出，中國女性解放運動得以產生的問題意識建立在「民族國家」危機轉化而成的「性別」文化危機上，性別文化危機並未構成獨立的問題意識；因此，女性解放運動必然要與民族國家建構運動相交叉，並以此作爲確立自身合理性的重要依據；中國女性解放運動也因此形成了主體角色追求上的「女國民」、形態設定上的「群體性」兩大特點，由此構成了與發達國家女性主義不同的價值追求、資源利用與路徑設計。劉慧英《「婦女主義」：五四時代的產物——五四時期章錫琛主持的〈婦女雜誌〉》對「五四」時期由男性「新青年」主辦的《婦女雜誌》所提出的「婦女主義」進行了深入考察，指出雖然「婦女主義」已不再局限於民族國家想像，但卻依然是一種以男性主體性爲根本出發點和立場的對婦女的想像，它與中國現代初期的女權啓蒙一樣，是一種男性話語對女性乃至女權主義的建構，而不是婦女自己創建和從事的事業。夏曉虹《晚清女性典範的多元景觀——從中外女傑傳到女報傳記欄》以 7 部中外女傑傳和分別發刊於京滬兩地的《女子世界》和《北京女報》的傳記欄爲考察對象，從新教育與新典範的結盟入手，剖析在外國女傑的選擇引進與中國古代婦女楷模的重新闡釋中所呈現出的晚清女性人格理想構建的多元景觀。王緋《20 世紀初：中國女界新文體》考察了 20 世紀初在文界革命的社會背景和梁啓超「新文體」主張及其書寫實踐的示範下孕育、隨著婦女解放運動的展開而自成其體的「女界新文體」，指出它儼然成爲一座通達女子現代新文學書寫的「魔力」之橋，不僅作用於辛亥革命時期的民族 / 國家 / 婦女解放運動，同時也爲「五四」時期乃至其後的現代女性書寫奠定了基礎。劉堃《晚清的女性教化與女性想像——以〈孽海花〉爲中心》討論了「女性教化決定論」作爲一種從西方輸入而盛行於晚清的文明觀對女性教育、思想啓蒙和文化的影響。馬春花《被縛與反抗：中國當代女性

文學思潮論》，從思潮的角度切入文化／性別話語的想像和建構，闡釋了女性文學創作中的性別話語想像和社會文化建構的關係。這些研究視野開闊，材料豐贍，為更好地認識和理解與性別相關聯的文學活動的歷史語境和文學思潮提供了深度思考。〔註62〕

對文學與政治、性別和權力、現代與傳統等諸種元素在不同歷史時期的相互作用和相互影響的關注，為研究帶來新的發現。劉劍梅的專著《革命與情愛：二十世紀中國小說史中的女性身體與主題重述》〔註63〕重新檢視現代小說史上「革命加戀愛」這一敘事模式的譜系，關注文學與政治、性別、欲望、歷史之間的互動關係特別是其間的多變性，剖析革命話語的變化如何促成文學對性別角色和權力關係的再現，而女人的身體又是如何凸現了政治表現與性別角色之間複雜的相互作用。王宇《20 世紀文學日常生活話語中的性別政治》指出，20 世紀文學的日常生活話語預設了日常生活與非日常生活的二元對立及其之間的權力等級，同時將這種等級關係與性別階序掛鉤。在對日常生活的超越與滯守的二元對立中，超越的向度始終被指派給男人，而女人天生就是日常生活的滯守者，甚至本身就是日常生活的一部分。即便 20 世紀 50 到 70 年代文學對女英雄的修辭，也只是從一個相反的方向來貫徹這一話語策略。郭力《女性家族史：生命經驗的「歷史化」書寫》認為，家族史是女性個人與歷史之間的對話，借助時間性的隱喻修辭手段，以人類經驗另一半的「真實」鈎沉歷史的本質真實，使貌似「真理」的歷史編年史暴露出意識形態權力觀念對人類另一半歷史經驗的遮蔽與壓抑。書寫苦難，通過女性經驗歷史化把握到女性生存真實，成為女作家敘述女性家族歷史的手段。

〔註62〕 楊聯芬：《晚清女權話語與民族主義》，《中國文學研究輯刊》2009 年第 1 期；董麗敏：《民族國家、本土性與女性解放運動——以晚清中國為中心的考察》，《南開學報》2008 年第 4 期；劉慧英：《「婦女主義」：五四時代的產物——五四時期章錫琛主持的〈婦女雜誌〉》，《南開學報》2007 年第 6 期；夏曉虹：《晚清女性典範的多元景觀——從中外女傑傳到女報傳記欄》，《中國現代文學研究叢刊》2006 年第 3 期；王緋：《20 世紀初：中國女界新文體》，《南開學報》2008 年第 6 期；劉堃：《晚清的女性教化與女性想像——以〈孽海花〉為中心》，《中國現代文學研究叢刊》2010 年第 3 期；馬春花：《被縛與反抗：中國當代女性文學思潮論》，齊魯書社，2008 年；周瓚：《翻譯與性別視域中的自白詩》，《當代文壇》2009 年第 1 期。

〔註63〕 劉劍梅：《革命與情愛：二十世紀中國小說史中的女性身體與主題重述》，郭冰茹譯，上海三聯書店，2009 年。該書原為英文著作，書的原名為 Revolution Plus Love，2003 年由美國夏威夷大學出版社出版。

劉釗《中國現代文學史的性別權力——以茅盾的女作家作品論為例》通過茅盾不同時期的女作家研究，闡釋了中國現代文學史性別權力的客觀存在以及女作家在文學史中劣勢地位的成因。這些研究啓發人們對現代文學史敘事產生新的認知。〔註64〕

　　具有性別內涵的文學文化現象從不同角度進入研究者視野。林丹婭《作為性別的符號：從「女人」說起》一文，通過對「女人」或「男人」此類性別符號在文學文本中的經典性表現，探討一個由「男人／人類」（man／human）所構築的男性中心為歷史的文化，對「男人—女人」（man-woman）此類符號在文學敘事中所進行的「給予意義」的活動，揭示了性別歧視文化結構在文學語言結構中的投射、反映與其互動性。王純菲《女神與女從——中國文學中女性倫理表現的兩極性》在女性主義視閾下，對中國古代文學「女神」般的母親形象與處於男性附屬地位的「女從」形象的兩極化表現及其內在緣由進行了剖析。郭冰茹《「新家庭」想像與女性的性別認同——關於現代女性寫作的一種考察》著重分析早期女性寫作中描摹婚姻家庭問題的文本，認為女性的性別認同是與「新家庭」想像聯繫在一起的，她們的思考留存了中國社會由傳統而現代的複雜性以及女性精神世界的豐富性。李蓉《性別視角下的疾病隱喻》指出，在晚清至「五四」以來的政治文化語境中，女性疾病被賦予了濃厚的民族、國家和階級特徵；現代文學中男性筆下的女性疾病與女性疾病的自我書寫具有不同的性別文化內涵。董麗敏《身體、歷史與想像的政治——作為文學事件的「50年代妓女改造」》探究了作為新中國重要表徵的20世紀50年代的妓女改造運動如何在當代作家的反覆書寫中演化為一個文化象徵。陳惠芬《空間、性別與認同——女性寫作的「地理學」轉向》認為，近年來隨著社會轉型的深入，當代中國的女性寫作經歷了一個「地理學」的轉向，空間的敏感和再思成為一些女作家的寫作特性。在這一過程中，性別問題並沒有消失，而被更多地放到了與社會空間的關係中去探討。周瓚《網絡時代的女性詩歌：「擊浪」或「暢遊」？》對進入互聯網空間的女性詩歌予以關注和思考。這些研究視野開闊，論證紮實，問題意識突出〔註65〕。

〔註64〕　王宇：《20世紀文學日常生活話語中的性別政治》，《學術月刊》2007年第1期；郭力：《女性家族史：生命經驗的「歷史化」書寫》，《中州學刊》2007年第1期；劉釗：《中國現代文學史的性別權力——以茅盾的女作家作品論為例》，《蘇州科技大學學報》2006年第2期。

〔註65〕　林丹婭：《作為性別的符號：從「女人」說起》，《南開學報》2010年第6期；

三、現當代文學創作的性別研究

女性主義批評自 20 世紀 80 年代以來，在現當代文學研究方面進行了不懈的探索。艾曉明主編的《20 世紀文學與中國婦女》一書，將語言符號意義與文化、社會性別觀念、傳統對婦女的建構聯繫起來，結合國家、民族、階級、性別等概念分析主體與身份的建構，具體考察身處不同（政治、經濟、文化）地域的作家如何想像和再現中國婦女，以及他們的特定身份對寫作產生的影響。林晨《晚清末期的文學行旅與女性形象》一文發現，晚清末期的小說作者不約而同地在行旅書寫中將自己的理想賦予女性形象，以極大的熱情爲她們添加光彩，演繹神話。這些形象以矛盾的身姿共同衝撞著傳統節烈觀，詮釋著轉折時代的風貌與意義，同時也開啓了女性形象書寫的新範式。荒林《重構男權主體政治的神話——〈狼圖騰〉的三重表意系統及其男權意識形態》尖銳批評了小說文本的男權內涵：它借助自然／歷史／人的三重表意系統，把女性形象安排在自然層面，成爲安全的男權主體建構基礎；採用野性男性形象與現代權威男性形象父子相承的建構關係，使男性中心象徵秩序獲得自然和歷史雙重支持，並使男性形象具備政治演講和文本政治操作的強力。小說還通過對於雄性氣質的擴張和暴力審美的製造，實現男權中心意識形態功能。樊洛平《臺灣新世代女作家的小說創作態勢》分析了擁有後現代主義與女性主義相結合的精神資源、崛起於 20 世紀 90 年代的臺灣新世代女作家鮮明的代際特徵和創作態勢。〔註66〕

在代表性作家作品的解讀中融入性別分析，是文學領域性別研究的一個重要方面。楊聯芬《個人主義與性別權力——胡適、魯迅與五四女性解放敘

王純菲：《女神與女從——中國文學中女性倫理表現的兩極性》，《南開學報》2006 年第 6 期；郭冰茹：《「新家庭」想像與女性的性別認同——關於現代女性寫作的一種考察》，《文學評論》2009 年第 3 期；李蓉：《性別視角下的疾病隱喻》，《南開學報》2007 年第 6 期；董麗敏：《身體、歷史與想像的政治——作爲文學事件的「50 年代妓女改造」》，《文學評論》2010 年第 1 期；陳惠芬：《空間、性別與認同——女性寫作的「地理學」轉向》，《社會科學》2007 年第 10 期；周瓚：《網絡時代的女性詩歌：「擊浪」或「暢遊」？》，《江漢大學學報》2010 年第 4 期。

〔註66〕艾曉明主編：《20 世紀文學與中國婦女》，天津人民出版社，2008 年；林晨：《晚清末期的文學行旅與女性形象》，《南開學報》2010 年第 4 期；荒林：《重構男權主體政治的神話——〈狼圖騰〉的三重表意系統及其男權意識形態》，《文藝研究》2009 年第 4 期；樊洛平：《臺灣新世代女作家的小說創作態勢》，《華文文學》2006 年第 2 期。

述的兩個維度》一文,從個人主義與性別權力的角度對胡適、魯迅的文本加以比照,指出胡適戲仿易卜生《娜拉》而寫的《終身大事》,作為「五四」女性解放敘述的始作俑者,極富象徵性地體現了「五四」文學個性解放敘述的特徵及盲點;魯迅的《傷逝》則以對「五四」主流論述的質疑,敘述女性「出走之後」的困境,揭示了「五四」個人主義價值論中隱含的性別權力以及新文化啟蒙話語中的父權意識,表現出對「五四」新文化「進化」與「二元」思想模式的警惕與自省。林丹婭《「私奔」套中的魯迅:〈傷逝〉之辨疑》認為,如能正視《傷逝》作品存在的敘事破綻及意圖悖謬之謎,將其置放於從古典到現代版的「私奔」模式中,並與現代新女性奮鬥實跡互為參照,便可解讀出它所蘊含的中國現代男性文化精英的性政治觀、話語類型、兩性關係與女性解放進程的真實形態。陳千里《因性而別:中國現代文學中的家庭衝突書寫》聚焦現代文學代表性文本中出自不同性別作家之手的關於家庭衝突的書寫,揭示了諸多方面的明顯不同,分析了其深層意味。張淩江在《拒絕母職——中國現代女作家革命書寫主題探微》和《「革命減愛情」——現代女作家革命主題文學書寫側論》兩篇論文中,對現代女作家有關革命主題的書寫進行了深入分析。林幸謙《濡淚滴血的筆鋒——論石評梅的女性病痛身體書寫》重讀「五四」女作家石評梅及其文本中的女性身體書寫,探討她的女性敘事特質及其時代意義。賀桂梅《「可見的女性」如何可能:以〈青春之歌〉為中心》將楊沫小說《青春之歌》及其主要解讀形態作為分析個案,展開關於女性文化研究基本思路的理論探討;在反省以往解讀模式及其理論前提的基礎上,探尋在具體的歷史關係體制中闡釋女性主體形態的可能性。〔註67〕

　　從文體角度說,女性創作的小說、散文、詩歌、戲劇均受到一定的關注。例如,在小說敘事研究方面,王侃《歷史·語言·欲望:1990年代中國女性小說主題與敘事》將20世紀90年代的女性寫作視為具有「性別政治」的批

〔註67〕　楊聯芬:《個人主義與性別權力——胡適、魯迅與五四女性解放敘述的兩個維度》,《中山大學學報》2009年第4期。林丹婭:《「私奔」套中的魯迅:〈傷逝〉之辨疑》,《廈門大學學報》2007年第2期;陳千里:《因性而別:中國現代文學中的家庭衝突書寫》,《文學評論》2009年第1期;張淩江:《拒絕母職——中國現代女作家革命書寫主題探微》,《文學評論》2009年第5期、《革命減愛情」——現代女作家革命主題文學書寫側論》,《南開學報》2010年第6期;林幸謙:《濡淚滴血的筆鋒——論石評梅的女性病痛身體書寫》,《文學評論》2010年第5期;賀桂梅:《「可見的女性」如何可能:以〈青春之歌〉為中心》,《中國現代文學研究叢刊》2010年第3期。

判性、主要圍繞歷史、語言、欲望三個基本向度展開的意識形態話語實踐。作者認為，歷史批判構成幾乎所有女性寫作的起點；語言批判旨在揭露由男權文化機制給定的女性本體境遇；「欲望」表達不僅關涉女性作為欲望主體的文化意義，也使在男權機制中遭遇「扁型化」處理的女性形象變得豐富和飽滿。正是基於這樣的批判性主題敘事，女性小說在敘事方式和敘事形態上出現了明顯的變革，「敘事」與「修辭」的關係得到政治性的鏈接，從而使女性小說開始具有可供辨識的文體特徵。降紅燕《內聚焦在女性小說中的運用及其文化意味探析》在性別文化的視野中，對女性小說慣於採用內聚焦尤其是第一人稱內聚焦的敘事模式這一創作現象進行了分析。沈紅芳《王安憶、鐵凝小說敘事話語的差異》進入文本結構內部，通過細緻的比較，探討了兩位女作家小說創作敘事話語的不同。李萱《作為救贖功能的夢幻敘事模式——以新時期以來的女性小說為中心》探討了女性小說中較為常見的夢幻敘事模式及其性別內涵。〔註 68〕

　　女性散文研究方面，劉思謙《生命與語言的自覺——20 世紀 90 年代女性散文中的主體性問題》將生命與語言的雙重自覺作為散文創作中女性主體性的起點，肯定 90 年代女性散文尊重生命價值的自覺。林丹婭《中國女性與中國散文》一書，系統探討了女性散文與文化傳統、社會變革、性別境遇以及女性個體生命體驗的關聯。楊珺《二十世紀九十年代女性散文的主體建構》著重闡釋中國女性的個體生命體驗和主體精神成長，進而探尋女性散文之於女性主體建構的理論意義和實踐意義。周紅莉《論 1990 年代後新海派女性散文》就新海派女性散文作家的書寫形式和精神姿態進行分析，肯定其文學和文化的意義。程國君《論臺灣女性散文的詩學建構》在與大陸女性散文的比較中，分析了臺灣女性散文在精神價值上的旨趣以及在現代散文詩學建構方面呈現出來的新品質，揭示了其中所包含的現代散文詩學建構的內涵及缺失。〔註 69〕

〔註 68〕王侃：《歷史・語言・欲望：1990 年代中國女性小說主題與敘事》，廣西師範大學出版社，2008 年；降紅燕：《內聚焦在女性小說中的運用及其文化意味探析》，《中南民族大學學報》2006 年第 5 期；沈紅芳：《王安憶、鐵凝小說敘事話語的差異》，《當代文壇》2006 年第 4 期；李萱：《作為救贖功能的夢幻敘事模式——以新時期以來的女性小說為中心》，《鄭州大學學報》2009 年第 2 期。

〔註 69〕劉思謙：《生命與語言的自覺——20 世紀 90 年代女性散文中的主體性問題》，《廈門大學學報》2007 年第 4 期；林丹婭：《中國女性與中國散文》，雲南人

女性詩歌在當代詩壇上一直爲人關注。吳思敬《從黑夜走向白晝──21世紀初的中國女性詩歌》總體把握 21 世紀初中國女性詩歌的寫作特徵，認爲它呈現出淡化性別對抗的色彩，從漂浮的空中回到地面；詩歌的主體由女神、女巫、女先知還原到普通女人的特徵。詩人們以深厚的人文關懷展示了新一代女性的寬闊胸襟，通向精神的靈性書寫正在展開。羅振亞、盧楨《性別視野中的現代中國新詩》認爲新詩從誕生之初就承擔了追尋人性之眞、實現個性解放的現代性別意識母題，建立起一系列飽含性別質素的象徵體系。此後近百年間，男性詩人和女性詩人對現代性倫理逐步作出一致的價值認同，在書寫生命之維以及對話與交鋒中走向兩性和諧的性別詩學。霍俊明《1989～2009：中國女性詩歌的家族敍寫》考察了部分「70 後」和「80 後」女詩人在後工業時代的背景下，在城市與鄉土、批判與讚頌中展開的家族敍寫，認爲其凸顯了女性詩歌的歷史軌跡和新的美學徵候。張曉紅《互文視野中的女性詩歌》一書，圍繞身體、鏡子、黑夜、死亡、飛翔這五個各自獨立但又有著內在關聯的主題，闡釋了女性詩歌的話語特質，討論了中國女性詩歌話語形成的互文性機制及其影響。〔註 70〕

女性戲劇研究也有成果出現。吳玉傑《女性戲劇的審美建構》認爲，20世紀的中國女劇作家以女性特有的方式建構文本，在日常生活中設置多重的人物關係網絡，對女性內心衝突的透視細膩眞實；在充滿象徵意味和傳奇色彩的文本中寄予女作家浪漫與古典的情懷，實現了對女性自身的審美觀照和對男權文化的深刻審視。蘇瓊《性別、歷史的戲劇表述》以二十世紀中國（包括大陸、臺灣、香港）女劇作家創作的歷史劇爲研究對象，探討歷史劇與性別的關係，挖掘性別因素在歷史劇中扮演的角色。潘超青《中國女性劇作主體性與悲劇審美的生成》一文，闡發了中國女性劇作的思想價值和藝術價值對建構完整的戲劇發展史觀、擴展中國戲劇的研究空間的意義。〔註 71〕

民出版社，2007 年；楊珺：《二十世紀九十年代女性散文的主體建構》，河南大學出版社，2009 年；周紅莉：《論 1990 年代後新海派女性散文》《江蘇社會科學》2007 年第 6 期；程國君：《論臺灣女性散文的詩學建構》，《文學評論》2007 年第 4 期。

〔註 70〕吳思敬：《從黑夜走向白晝──21 世紀初的中國女性詩歌》，《南開學報》2006年第 2 期；羅振亞、盧楨：《性別視野中的現代中國新詩》，《南開學報》2009年第 2 期；霍俊明：《1989～2009：中國女性詩歌的家族敍寫》，《南開學報》2010年第 2 期；張曉紅：《互文視野中的女性詩歌》，廣西師範大學出版社，2008 年。

〔註 71〕吳玉傑：《女性戲劇的審美建構》，《瀋陽師範大學學報》2006 年第 2 期；蘇瓊：

此期出版的研究專著中，《中國當代女性文學的文化探析》（喬以鋼）以性別視角與文化視角相結合，把女性文學從生硬整合的「普遍女性經驗」或「全球化性政治」當中解放出來，還原到當代文學動態歷史的具體語境中，剖析女性創作與本土歷史和文化現實的深刻關聯，分析其文化意味和審美風貌，從中揭示中國女性文學的特殊經驗。《文學與性別研究》（錢虹）在宏觀視野中，對包括臺港地區以及海外華人女性創作在內的 20 世紀女性文學進行了深入的考察。《女性寫作與自我認同》（王豔芳）嘗試從理論上辨析女性寫作與自我認同的關聯，結合創作實際討論了女性寫作中自我認同的合法性、有效性和差異性問題。《被建構的女性：中國現代文學社會性別研究》（劉傳霞）對中國現代文學的敘述與性別建構的關聯進行了專題研究。《消費鏡象：20 世紀 90 年代女性都市小說與消費主義文化研究》（程箐）揭示 90 年代女性都市小說繁榮發展背後深層次的文化和社會因素，對女性都市小說與消費主義文化之間的關係做出剖析。《高原女性的精神詠歎——雲南當代女性文學綜論》（黃玲）關注云南女性創作中的少數民族生活及性別文化內涵，探討其為當代文學提供的獨到的審美內容。〔註72〕

四、跨文化視野中的性別理論批評

儘管多年來女性主義文學批評從知識生產角度取得了大量成果，但從社會接受與轉化的角度看實際作用仍很有限。在「後女性主義思潮」的衝擊下，在文學及文學研究日益邊緣化的挑戰下，立足中國現實，在理論和實踐中堅持女性主義批判視角確屬必要。有鑒於此，林樹明《後女性主義文學批評及其啟示》一文闡述了世界範圍內的「後女性主義」理論及其對中國的影響，指出「後女性主義」弱化對男性中心主義的批判，強調婦女在既定性別秩序內的享受在文學批評方面缺乏深刻而縝密的理論建樹；但它對某些偏激的女

《性別、歷史的戲劇表述》，《戲劇藝術》2009 年第 4 期；潘超青：《中國女性劇作主體性與悲劇審美的生成》，《廈門大學學報》2010 年第 2 期。

〔註72〕 喬以鋼：《中國當代女性文學的文化探析》，北京大學出版社，2006 年；錢虹：《文學與性別研究》，同濟大學出版社，2008 年；王豔芳：《女性寫作與自我認同》，中國社會科學出版社，2006 年；劉傳霞：《被建構的女性：中國現代文學社會性別研究》，齊魯書社，2007 年；程箐：《消費鏡象：20 世紀 90 年代女性都市小說與消費主義文化研究》，中國社會科學出版社，2008 年；黃玲：《高原女性的精神詠歎——雲南當代女性文學綜論》，雲南出版集團公司、雲南人民出版社，2007 年。

性主義批評有警示意義。在《中國大陸對西方女性主義文學批評的回應》一文中，林樹明對接受西方女性主義文學批評的影響而產生的國內女性主義文學批評基本態勢做出判斷，認為在中國語境下，國內女性主義批評與西方形成了一種對話關係，並呈現出「陰陽互補」的跨性別對話特徵，在世界學苑獨樹一幟。他的《論特里·伊格爾頓的「性別視角」》一文系統評述西方較早在文學研究中貫穿性別意識的男性批評家特里·伊格爾頓的理論與批評實踐，指出其對我國女性主義批評和性別詩學建構的積極意義。這些研究立足學科理論前沿，以開闊的學術視野倡導重視兼收並蓄的「性別詩學」的建構。〔註73〕

　　文化背景的多重性，思想資源的豐富性，不同國家與地區文化形態與母體文化的整合，使女性形象內涵有著無窮的可塑性，又為文本的多樣解讀提供了可能。林丹婭《華文世界的言說：女性身份與形象》認為，以漢語與性別作為特徵的世界華文女性文學表現出複雜多樣的文化特質與文化圖像，置身於文化、國家、性別「三維」空間中，女性形象既充分呈示她兼收並蓄的活力，又可能陷入混沌難解的尷尬身份中。黃曉娟《雙重邊緣的書寫——論馬來西亞華文女性文學》分析了發展迅速的馬來西亞華文女性創作，指出華裔女性作家的雙族性、多地域經歷使她們成為了雙文化或多重文化人。本土性與華族性的交融在發展中逐漸變得廣闊而豐厚，在世界多元文化語境中傳達出馬華女作家的現代生命意識和深層文化體驗。〔註74〕此期，有關海外華文女作家創作研究的論文大量湧現，分別涉及美洲、歐洲、澳洲、亞洲等不同不同國家和地區的華文女作家。其中相當一部分成果在研究中借鑒了性別視角。僅 2006～2010 五年間，以「嚴歌苓」為關鍵詞的研究論文即達 570 篇。

　　在性別研究成果的譯介及譯介學研究方面，這一時期也有成果出現。宋素鳳翻譯出版了女性主義理論家朱迪斯·巴特勒的重要著作《性別麻煩：女性主義與身份的顛覆》，並撰文介紹巴特勒影響深遠的「性別操演」理論以及

〔註73〕 林樹明：《後女性主義文學批評及其啟示》，《貴州師範大學學報》2009 年第 1 期；《中國大陸對西方女性主義文學批評的回應》，《南開學報》2009 年第 2 期；《論特里·伊格爾頓的「性別視角」》，《文學評論》2010 年第 2 期。

〔註74〕 林丹婭：《華文世界的言說：女性身份與形象》，《北京大學學報》2006 年第 2 期；黃曉娟：《雙重邊緣的書寫——論馬來西亞華文女性文學》，《廣西民族學院學報》2006 年第 2 期；錢虹：《中國現代女性和香港「才女」小說之比較》，《中國現代文學研究叢刊》2008 年第 3 期。

以戲仿／恣仿為形式的顛覆政治。吳新雲《雙重聲音 雙重語意——譯介學視角下的中國女性主義文學批評》從譯介學視角對女性主義文學批評在中國的傳播和發展進行研究，分析西方女性主義在中國譯介和應用過程中的「原件失真」現象所反映的中西文化差異，審視和闡發東西方交流中信息的傳播與變化過程的文化蘊含。周瓚《翻譯與性別視域中的自白詩》以 20 世紀 80 年代中葉的「女性詩歌」為考察對象，對批評界有關中國女性詩歌是受美國自白派影響的產物這一批評思路進行了反思和批評。作者從性別研究和翻譯研究的角度提出，中國當代女詩人翟永明受到包括希爾維亞‧普拉斯在內的若干外國詩人的漢語譯本的激發，創造性地寫作了《女人》組詩，從而帶動了當代女性詩歌熱潮的發生。當代中國的自白詩不僅在女詩人那裏得到發揮，同時也在部分男詩人的創作中得到呈現，並得到當代英語詩人的繼承與拓展。〔註75〕

20 世紀 90 年代以來，海外中國現代文學研究取得了值得注意的成果。季進、余夏雲《「她者」的眼光：海外中國現代文學研究的女性主義形態》一文，就其中所蘊含的性別立場以及女性主義的理論和話語形態進行了系統的梳理和探討。〔註76〕

五、近三十年研究實踐的反思

20 世紀 80 年代以來，在文學領域性別研究的展開過程中面臨諸多問題。隨著實踐的深入，研究者在這方面進行了深入的思考，體現了理性的自覺以及對學科建設認識的深化。

關於女性文學批評的現狀。林樹明《論當前中國女性主義文學批評的問題》尖銳指出，中國當代女性主義文學批評真正的不足表現在兩方面：一是批評觀念先行，批評視點及方法較單一，未充分重視作品內部全部的複雜因素，批評的「文學性」學術品味不足；二是信息大量重複，缺乏溝通與學術尊重，表現出學術態度的輕率浮躁，文學批評的坦誠性不足。賀桂梅《當代

〔註75〕（美）朱迪斯‧巴特勒：《性別麻煩：女性主義與身份的顛覆》，宋素鳳譯，上海三聯書店，2009 年；吳新雲：《雙重聲音 雙重語意——譯介學視角下的中國女性主義文學批評》，經濟科學出版社，2009 年；周瓚：《翻譯與性別視域中的自白詩》，《當代文壇》2009 年第 1 期。

〔註76〕季進、余夏雲：《「她者」的眼光：海外中國現代文學研究的女性主義形態》，《中國比較文學》2010 年第 2 期。

女性文學批評的一個歷史輪廓》對 20 世紀 80 年代以來中國大陸女性文學批評的發展脈絡和理論資源進行了系統的清理，並且把當前女性文學批評實踐中遇到的困境落實爲對具體歷史問題的分析。作者認爲，女性文學批評必須把性別問題納入到具體的文化網絡和主體位置關係中進行批判性分析，才能超越「政治正確」式的立場強調而到達深刻的學理性探討。王春榮、吳玉傑《反思、調整與超越：21 世紀初的女性文學批評》對女性文學批評的價值取向、批評主體的精神建構、批評對象的審美選擇以及學科體系建設所依託的理論資源等加以總結，對女性文學批評在反思、調整中努力克服偏激、對立情緒，試圖超越單一、狹隘的性別立場和視角，開始走向理智、寬容的「性別詩學」建構的發展前景做出展望。趙樹勤《誤區與出路：當代女性文學創作及批評的反思》借助「房間」和「他人的酒杯」兩個核心意象，探討當代女性文學創作及批評的誤區與出路。宓瑞新《「身體寫作」在中國的旅行及反思》考察「身體寫作」進入中國後，其概念的浮動、窄化與泛化，對「身體寫作」在中國旅行的遭際進行了反思。〔註77〕

　　關於女性文學史寫作。20 世紀 80 年代中期以來，性別文學史觀念的多元化和敘述視角的多樣化體現了研究者的相關思考。喬以鋼《中國現代女性文學史觀的初建及其反思》一文以《浮出歷史地表》（孟悅、戴錦華）和《二十世紀中國女性文學史》（盛英主編）爲案例，深入分析了現代女性文學史觀的主要內涵、基本特點以及存在的局限和不足。董麗敏《歷史語境、性別政治與文本研究——對當代「女性文學史」寫作格局的反思》提出，現有的女性文學史的寫作格局需要重新設置：調整寫作立場，將「性別」問題與歷史／文學史語境相結合，重新確立「女性」這一核心概念的內涵；明確寫作規範，將性別立場與文學的敘事特點結合在一起，充分發揮文本批評的作用。由此促成性別研究與文學研究之間的有效交叉與互動，確立女性文學史的合理性與合法性。王春榮《同一個聲音，不同的話語形態——「中國婦女文學史」源流考察》結合女性文學史寫作實踐，探討了文學史觀念的變革及多元敘事

〔註77〕　林樹明：《論當前中國女性主義文學批評的問題》，《湘潭大學學報》2006 年第
　　　　　3 期；賀桂梅：《當代女性文學批評的一個歷史輪廓》，《解放軍藝術學院學報》
　　　　　2009 年第 2 期；王春榮、吳玉傑：《反思、調整與超越：21 世紀初的女性文
　　　　　學批評》，《文學評論》2008 年第 6 期；趙樹勤：《誤區與出路：當代女性文學
　　　　　創作及批評的反思》，《中國文學研究》2007 年第 2 期；宓瑞新：《身體寫作「身
　　　　　體寫作」在中國的旅行及反思》，《婦女研究論叢》2010 年第 4 期。

的可能性。〔註78〕

關於相關理論概念及研究方法。李玲在《女性文學主體性論綱》一文中提出，作為確立女性文學內涵的女性主體性，應是專指隱含作者的女性主體性，而非作品中女性人物的主體性或敘述者的主體性；此種主體性別剔除了霸權，因而實際上是一種主體間性。女性文學應該在女性隱含作者與作品中男性人物、女性人物之間建立主體間的對話關係，超越現代性反思語境中的怨恨情結。董麗敏《性別研究：問題、資源和方法——對中國性別研究現狀的反思》認為，中國的女性文學研究尤其需要通過強調與理論資源的邊界來實現對性別問題的「在地化」理解，通過以女性主義理論來統領和整合其它理論資源來實現對性別問題的全方位把握，通過「學科化」和「跨學科」的有效貫通，重建一種認識論模型和知識框架，創造新的概念、方法和技巧，從而實現女性文學研究在方法論上的突破。〔註79〕

綜上，進入21世紀以來，有關文學與性別關係的探討進一步拓展與深化。「性別」作為文學闡釋的有效範疇，廣泛運用於女性創作以及更多的文學領域，取得了新的收穫。在實踐中，嘗試將性別批評與其它理論方法加以綜合運用漸成趨勢；研究者在借鑒西方性別理論和女性主義批評時，更傾向於客觀理性，結合中華民族文學的實際進行具體分析；與此同時，顯示出較強的理論反思能力。可以說，這一研究活動本身即構成了一種社會文化現象，具有性別文化實踐的意味。

〔註78〕 喬以鋼：《中國現代女性文學史觀的初建及其反思》，《中國社會科學》2010年第3期；董麗敏：《歷史語境、性別政治與文本研究——對當代「女性文學史」寫作格局的反思》，《社會科學》2008年第11期；王春榮：《同一個聲音，不同的話語形態——「中國婦女文學史」源流考察》，《文藝爭鳴》2008年第11期。

〔註79〕 李玲：《女性文學主體性論綱》，《南開學報》2007年第4期。董麗敏：《性別研究：問題、資源和方法——對中國性別研究現狀的反思》，《社會科學》2009年第12期。

第五章　個案分析與文本闡釋

本章從當代文學創作中選取若干具有代表性的作家作品，結合性別視角展開具體闡述和分析。

第一節　張潔的女性觀及其前期創作

20世紀70年代末到80年代，張潔的創作頗爲引人矚目。這裏結合其女性觀，從女性主體性、兩性關係及代際關係三個方面加以探討。

一、愛情敘事中的主體性矛盾

在新時期的創作中，張潔以《愛，是不能忘記的》中的鍾雨和《祖母綠》中的曾令兒爲代表，塑造了一系列婚戀中的女性形象。她們都有較高的知識修養，對事業忠誠盡責，同時對愛情具有非同尋常的執著。但是這類可愛的女人卻有著根本性的缺陷——當她們沉浸於愛情時，很大程度上喪失了自我的主體性。

《愛，是不能忘記的》採用雙層結構敘事。敘述層中的「我」是一個30歲的未婚女青年，「我」的求婚者喬林是個「美男子」。但是，「我」在愛情中所要尋求的並不是對男性外在美感的陶醉與欣賞，也不是彼此沉重的責任與義務，因此毫不含糊地拒絕了喬林。「我」明確地嚮往「比法律和道義更牢固、更堅實」、能夠把男女兩性緊緊地聯繫在一起的東西。這東西到底是什麼？故事層中，母親鍾雨的愛情似乎提供了解答。

鍾雨愛上的是一個擁有「強大精神力量」的革命老幹部。這裏，「精神力

量」和「革命」是兩個重量級的關鍵詞，它很容易讓讀者聯想到「十七年」文學中一系列引導主人公成長爲革命主體的「精神之父」。〔註 1〕精神之父通常是黨的力量的化身，是充滿個人魅力的具有領袖氣質的革命者。張潔正是這樣來描述作爲鍾雨愛情對象的老幹部的：

> 那強大的精神力量來自他成熟而堅定的政治頭腦，他在動蕩的革命時代出生入死的經歷，他活躍的思維，他工作上的魄力，他方方面面的修養……

顯而易見，這樣的畫像近於對黨的領袖個人形象概念化的描摹，而黨的領袖與新中國政權的關係，也正可以用「精神之父」式的締造者與被締造的民族國家主體來界定。鍾雨的愛情故事，以女性對「領袖魅力權威型男性」的傾慕，同構性地重複著「十七年文學」中有關革命政權合法性的敘事；但另一方面，她也對這一敘事有著微妙的改寫：從泛性別的革命之子對「精神之父」的崇拜擁戴，賦形爲女性對男性的愛慕。這樣，在隱含了權力關係的情感論域中，女性作爲戀愛的主體出場，從而有可能展開與性別相關的意義空間。然而，通過小說的敘述我們感受到，在「戀愛」外衣的包裹下，男性人物的內核依然具有「精神之父」的特徵。於是，女主人公陷入某種難以化解的矛盾困惑。

首先，用來形容「他」的詞語——「成熟」、「堅定」、「出生入死」、「思維活躍」、「有魄力」等等，屬於典型的常用於表現「男性氣質」的概念。它們在詞義上都是具有肯定性和積極意義的，而其指涉對象可以涵蓋兩性。也就是說，這些「男性的」優點可以等同於人類（man）的優點，因爲「男人」可以代表「人類」。而女人則是附加在「人」的共性之上的另一種身份。女人之所以成爲女人，就因爲她們「缺乏」某些素質，女人由於天然的缺陷而遭受痛苦（亞里士多德），女人由此被定義爲「匱乏」（弗洛伊德）。於是女人注定渴望、羨慕和崇拜男人，對男人無條件的崇拜也就構成了傳統女性「愛情」的基礎。

西蒙娜·德·波伏娃認爲，弗洛伊德所說的「戀父情結」（Electra complex）並非是指性欲，而是指徹底地放棄主體，情願在臣服與崇拜的心情下，變自

〔註 1〕如《紅旗譜》中的貫湘農之於朱老忠，《青春之歌》中的江華之於林道靜，《紅色娘子軍》中的洪常青之於吳瓊花等。參見樊國賓《主體的生成——50 年成長小說研究》，中國戲劇出版社，2003 年，第 27～48 頁。

己為客體。〔註2〕這個觀點是值得注意的。具體到張潔的作品中，男性正是被抽象為「精神」——主體性的象徵，而女性的主體性則呈現「空白」。小說中描寫到，鍾雨一看見「他」就「失魂落魄，失去聽覺、視覺和思維的能力，世界會立刻變成一片空白」。顯然，面對內心所傾慕的人，女主人公是一味倒伏（崇拜）和依戀的精神姿態。

其次，鍾雨的愛情在日常交往中是以「戀物」的形式來表現的。她對作為愛情信物的《契訶夫小說選》愛得簡直像得了魔症一般。富有意味的是，這種愛情的核心竟然是「寫作」——鍾雨憑藉的是在一個筆記本上用文字和「他」傾心交談。在羅蘭‧巴特看來，戀愛中的寫作本身就是戀人在某種「創造」中表達戀情的需要所致的一種行為，但這種寫作（通常是情書之類的通信）像欲望一樣期待著回音。它暗含請求，希望對方回應。但如果一個人情願不停地喃喃自語而不管有沒有應答，那他（她）無形中就賦予了自己一定的自主權，一種母親般的自主權，即可以憑想像「生育」出對方的形象。〔註3〕

對於一對連手都沒有拉過、只有過一次似是而非的「散步」約會的戀人，讀者不禁產生懷疑：他們何以產生一種「簡直不是愛，而是一種疾痛，或是比死亡更強大的一種力量」的愛情？此間的奧秘就在於，作者將女性的主體性、創造性全部投入到愛情中延展開來。鍾雨做了她自己製造出來的「愛情」的母親。她用想像和文字，把一個並不那麼真切現實地存在著的男人對象化、極端理想化了。愛情的對象實質上是作為她的主體性的投射而存在，這種投射是對「不在場」的主體性的呼喚，是對「匱乏」（lacking）的強烈不滿與渴求。這也正是小說中一再強調的「靈魂的呼喚」的潛在之義。

不僅如此，小說中的鍾雨用絮絮叨叨的語調記載生活瑣事，她不停地咀嚼和吮吸這些瑣事，吞下沒有回信的酸楚，然後不停地反芻。從某種意義上說，「絮叨」的文字在此便有了「手指」的意味和功能，這便是「撫弄」。患了絮叨症的女人不斷撫弄自己心靈的創傷。這種類似精神自慰的行為，使「呼喚」的急迫性得以緩解，等待變得可以忍受和更加漫長。於是，鍾雨的女兒「我」，一等就等到了30歲，並且堅定重複著母親那樣的等待。

〔註2〕（法）西蒙娜‧德‧波伏娃《女人是什麼》，王友琴等譯，中國文聯出版公司，1988年，第51頁。
〔註3〕（法）羅蘭‧巴特《戀人絮語——一個解構主義文本》，汪耀進、武佩榮譯，上海人民出版社，1988年，第72頁、172頁。

在這裏，故事層和敘述層之間微妙的文本間性耐人尋味。「我」表面上顯示出超越母親愛情命運的決心與勇氣，而實際上在女性主體性缺失的敘事中，母親的故事就是有關「我」的未來的預言，「我」的命運則將是母親故事的「翻版」。

張潔此期另一篇作品《祖母綠》塑造了曾令兒的形象。這位女主人公對愛情的看法更加絕對。她認爲愛情就是「一種傾心的、不計回報的奉獻」。她用殉道教徒般的獻身和自我犧牲來詮釋愛情。在特定的意義上，與其說她愛的是男主人公左葳，不如說她愛的是自己的奉獻。她知道自己得不到合法的婚姻，於是選擇悲壯地「獻身」，然後帶著所愛男人的「種子」隱身，在社會給予一個單身母親的歧視、侮辱和苦難中體驗自虐般的快感。兒子陶陶的存在讓她「甚至比從前更漂亮了。前額更加飽滿，雙眸更加含醉，臉色更加紅潤」。她的狀態儼然如同陷入了另一次戀愛——對象是兒子及其所代表著的一切苦難。張潔用自戀般凄涼感傷的筆調，不厭其煩地敘述母子生活的種種苦難和動人的細節，以陶陶的天眞、無辜與曾令兒對陶陶愈演愈烈的愧欠感不斷加重敘述強度，讓讀者充分體會到曾令兒的精神痛苦與痛苦中的道德滿足。

在這個故事裏，張潔表現出對「十七年」時期潛在的性別政治的挑戰：具有合法的社會勞動身份與婚姻家庭身份，是新中國社會性別文化對女性的普遍認同標準，成年女性中的單身者特別是單身母親則屬於「非常態」的存在。在此背景下，曾令兒的形象無疑是大膽、勇敢的。但與此同時，張潔筆下有關曾令兒的「苦難敘事」，則在一定程度上挽回了這個女性形象的合法性。

有研究者指出，「苦難敘事」在當代文學史上的不斷實踐，與新中國的政治史息息相關。訴苦，最初是共產黨領導農民進行土地革命的過程中產生出來的一種政治實踐。黨的幹部鼓勵農民講述自己所受的壓迫、剝削，從而製造出一種新型的集體身份，即新中國的社會主義新主體——無產階級。〔註4〕文革結束後，一些知識分子以「傷痕文學」的形式把「訴苦」改變爲一種文學領域裏的話語實踐。這些敘事將知識分子塑造成爲受壓迫的受害者，把苦難引向救贖與進步：知識分子在尋找出路、糾正文革錯誤的基礎上重建社會主義國家。〔註5〕因此，訴苦的敘事表演一直具有塑造社會主義國家主體的功

〔註4〕有關革命史的研究，參見 Hinton, William. 1966.Fanshen: A Documentary of Revolution in a Chinese Village. New York: Vintage. pp157。

〔註5〕有關傷痕文學的討論，參見 Barme, Geremie, and Bennett Lee, eds. 1979. The

能，它確定了哪個社會群體成為特定政治瞬間的國家英雄。同時只有某種類型的知識能夠被用來製造訴苦的真實性，這種知識就是階級壓迫和鬥爭，但卻不是婚姻或者父權制。〔註6〕

不難發現，在曾令兒的苦難愛情故事裏，迴蕩著「傷痕文學」的餘響。張潔巧妙地利用了「訴苦」長期以來在人們道德判斷與情感邏輯上所形成的某種優越性，通過曾令兒的「苦難敘事」控訴了社會對女性身份的規約給女性造成的壓迫，從而使得曾令兒這一形象具有了質疑社會性別規範的可能。然而另一方面，在兩性關係內部，曾令兒對左葳的愛仍然是盲目的。張潔把女性在荒唐盲目的愛情面前的毫無抵抗力解釋為「人大概總有他不能自己的例外」、「對某個具體的人來說，人生裏的某些高度，是他注定不會越過的」——一旦上陞到人類有限性的哲學高度，女性非理性的情感和行為似乎就合法化了，「此事古難全」的宿命論無形中消解了特定的人生悲劇和價值悲劇。小說結尾用「無窮思愛」這樣美麗的語言，賦予曾令兒一個「望夫石」般深情企望的美學形象，更加掩蓋了倫理層面的悖論與窘迫。

可以說，張潔對愛情中的女性主體性存在著矛盾的看法：一方面，她用「無窮思愛」（包括女性對愛情的強烈渴望、大膽追求和女性自身取之不盡、用之不竭的愛情能量）來建構女性自我；另一方面，卻又通過對女性自我物化、自我貶抑、自虐自戀的敘述，消解了女性主體性。將女性物化是男性中心社會奴役女性的手段，也是千百年來男性中心社會對女性的規定。女作家張潔不自覺地把這種規範內化，並在其愛情敘事中以一種充滿矛盾的女性形象表現出來。

二、兩性關係中的女性失語

張潔新時期小說中的女性大致可以分為兩類，一類是如天使般純潔恬美，在年長丈夫的呵護照顧和指導下幸福生活的女兒般的「小妻子」，一類是已婚或獨身（離異），但都缺乏男性的愛與欣賞，封閉在自我的世界裏，精神上逐漸異化的「瘋女人」。

前者的典型代表是《沉重的翅膀》裏的郁麗文。郁麗文在婚姻裏只是抱

Wounded: New Stories of the Cultural Revolution. Hong Kong: Joint Publishing. pp77～78。

〔註6〕（美）羅麗莎《另類的現代性：改革開放時代中國性別化的渴望》，黃新譯，江蘇人民出版社，2006年，第141頁。

著「女學生式的單純見解」聽憑丈夫指揮一切。她認爲如果女人太過聰明，就會「在丈夫的精神上增加壓力和憂慮，干涉丈夫的決策」，女人只有在丈夫面前保持天眞乖巧的沉默才能獲得倖福。張潔在敘事中一廂情願地把丈夫的專制闡釋爲：「並沒有對妻子的不尊重或大男人的渾不講理。有的，只是對他們的相愛、對兩個人的意願便是一個人的意願的自信」。在對郁麗文幸福生活的描寫中，作品無意間透露出一種讓人感到十分熟悉的傳統信息：女性相對於男性而言，是（在精神上）尋求力量和保護的弱者一方；一旦在婚姻中得到男性的羽翼護衛，女性精神的弱化就獲得了合法性。這種合法性所帶來的心理上的安全感使女性甘願處於失語狀態，並以受到男性「溫情脈脈」的呵護爲最高的人生幸福。可以看到，傳統以其巨大的力量穿透歷史的重重厚帳浸染了作者的性別觀念。

從某種意義上說，傳統文化本身就是一個難以突破的「圍城」，置身於其中的作家時刻有可能陷於「無物之陣」。但張潔畢竟是一個受過高等教育的現代女性。「五四」以來主張婦女解放者無不強調女性自身精神獨立的重要性，這一點張潔曾通過人物之口道出：女人必須注重保持自己的進取精神，永遠把一個嶄新的、可愛的、美好的、因而也是富有魅力的精神世界展現在丈夫的眼前。但這裏所映現出來的女性觀的悖論在於：女性進取的目的不過是爲了讓自己保持「新鮮」，從而「留住」丈夫的愛。這一認識的立腳點顯然並非女性本體，而是出自對男性中心文化的認同，顯示著男性社會對女性要求的內化。它意味著，女性在精神上追求完善就如同她們修飾美化身體一樣，只是爲了滿足男性不同層次的需求。

在這部小說中，張潔還塑造了夏竹筠的形象與郁麗文進行對比。夏竹筠同樣擁有一個物質豐厚、精神強大的「理想丈夫」，但她與郁麗文的不同在於：郁麗文爲丈夫強大的精神力量與意志品質所深深折服，她卻是貪圖物質享受與虛榮，希望能「靠著老頭子享清福」。她上過大學、受過高等教育，卻仍然以丈夫的地位作爲衡量自己價值的尺度，以嫁一個有地位的丈夫爲自身價值的最好體現。張潔以夏竹筠這個追求物質又最終被自己的欲望所物化的女人來對比烘託郁麗文式的「精神追求者」，但問題的關鍵是，當郁麗文拜倒在丈夫的精神之下時，實際上已經取消了自己的精神，這是另一種更爲隱蔽的「物化」。

與郁麗文相比，《方舟》裏的三個職業女性似乎進步了許多。她們都有著事業的追求，堅信「女性對自身存在價值的實現」，卻都過著獨身生活，在愛

情（包括性愛）缺失導致的失衡心態中一任自己青春的生命凋萎。那窄小的胯、瘦的胸和暗黃的、沒有一點光澤的臉，意味著她們對自己（尤其是自己的性魅力）毫不在意。她們不僅外在形象上缺乏女性特徵，行為舉止更是沒有「女人樣」。三人都抽煙，嗓音「全像是京戲裏唱老生或是黑頭的角色」，還動不動就罵人。她們一反「水做的女人」形象，肆意破壞傳統文化對女性的規範，寧可讓自己變得「又乾又硬，像塊放久了的點心，還帶著一種變了質的油味」。

　　張潔在此一方面刻畫著三個女人的要強，另方面卻又似乎在以一副患有「厭女症」的男人的目光來審視她們，自覺不自覺地暗示著女人在與男人的婚姻關係中才成為「女」人；若失去了男人的導引和支撐，女人就會變成了迷途的羔羊，同時在自我認同的天平上失去重量。儘管三個女人堅信「婦女並不是性而是人」，然而她們做「人」的努力又達到了什麼效果呢？在日常生活中，她們被周圍的男性侵犯、蔑視、否定甚至戲弄，不僅得不到性別上的尊重和認同，而且失去了作為一個「正常人」的尊嚴。因為在她們當時的生存環境中，失去婚姻的女人是很容易受到有形無形的排斥、打擊的，她們不得不面臨著生理（情慾滿足）和心理（情感滿足與身份認同）的雙重危機。她們三人同住的單元房裏的物品秩序就是她們生存境況的象徵。混亂的房間變成了一個閣樓，困厄其間的是三個焦慮煩躁而又混亂迷茫的女性靈魂。她們之間雖然互相認同，彼此憐憫，但是真正的悲哀卻又不願彼此訴說，因為那是「可以散佈的，消磨人的意志的東西」。危害性的情緒可以互相傳染，卻不能彼此醫治。作品於此表現出對同性情誼難以言說的失望與悲憫。

　　顯然，張潔深刻意識到傳統婚姻把女性物化、「性工具」化的傾向。一方面，她對此有著強烈的不滿；而另一方面，她的敘事立場又表現出傳統性別觀念籠罩下的焦慮和危機感，似乎女性如果失去了婚姻的庇護，勢必面臨不再是「女人」甚至不再是正常的「人」的危險，其生存合法性難免會在一定程度上遭受質疑。正因為認識上有著這樣的內在矛盾，在對具有「瘋女人」意味的三個女性形象及其心理上的雙重異化進行描寫刻畫時，張潔筆下出現了不自覺的誇張。

三、代際關係中的女性困境

　　張潔除了關注婚姻中的權力糾葛，還在作品中表現了女性多樣的代際關係，流露出女性在親情中的矛盾心態。她所塑造的女導演梁倩的形象是一個典型。

　　梁倩視自己的電影作品為「兒子」，但她對於自己眞正的兒子缺乏關心和愛的能力，因為對她來說，只有在一個包括了父親在內的平衡的框架內，孩子們才可能成為歡樂的源泉；而作為一個被丈夫冷淡、記恨的妻子，孩子成為她沉重的負擔。事實上，當女性成為母親，「她並沒有眞正的創造胎兒，是胎兒在她腹中自我創造，她的肉體只能繁殖肉體，無法創造一個必須自我創造的存在。它只是她肉體的產品，但並不是她個人存在的產品」〔註7〕。而梁倩在事業中所追求的正是她「個人存在」的產品，兒子作為一個偶然性的、肉體的自然產物，是完全獨立於她的存在，是她的「陌生人」。當梁倩苦惱於事業追求與母親角色的尖銳衝突時，張潔卻藉此提供了一種全新的母親形象，那就是背叛了兒子的利益，投奔了「自我」的「壞母親」。這當然並不符合傳統社會文化關於母性的訓誡。於是，梁倩這樣一個頑強執著於現代自我主體的女性形象，讓讀者驚奇，也引讀者思慮：執著於自我的母親是否必然會面臨緊張的代際關係？如若不是，那麼這一對蹺蹺板式的矛盾又該如何解決？

　　梁倩對自我的執著根源於自己對人類、對社會有用的信念，但是社會對於男女兩性的「有用」進行了不同的塑造：男性的「有用」傾向於引導他充分肯定自身創造性的存在，而女性的「有用」則更多的是一種關係意義上的「被需要」，即通過向別人提供某些東西（通常是性或者母性）來證明她存在的意義，而她的創造性勞動卻難以得到男性社會的承認。梁倩的電影被男性領導否定，原因一是「醜化工人階級」，二是「女主角的乳房太高，有引誘青少年犯罪的嫌疑」。這裏，主流話語權的政治權威和性別權威合二為一，全面而深刻地反映了現實社會中女性的性別處境。更進一步說，公眾社會勞動是社會性成人身份的物質基礎，傳統社會正是通過把婦女排斥在社會勞動之外或千方百計貶低婦女所做出的社會勞動的價值使之備受壓抑，進而被視為「永遠的兒童」〔註8〕。小說中，梁倩想做電影的「母親」，社會卻不承認她。「蹺蹺板」式的矛盾使之進退兩難。這樣，在張潔無意識間的自問自答和自我否定中，「新」的母親形象只能成為女性關於代際關係的「烏托邦」想像。

　　與梁倩相比，作品中的柳泉是個更為傳統的母親。她疼愛兒子濛濛，望

〔註7〕（法）西蒙娜·德·波伏娃《女人是什麼》，王友琴等譯，中國文聯出版公司，1988年，第287～288頁。

〔註8〕（美）凱林·薩克斯《重新解讀恩格斯──婦女、生產組織和私有制》，王政、杜芳琴主編《社會性別研究選譯》，生活·讀書·新知三聯書店，1998年，第15頁。

子成龍，有時又還拿濛濛撒氣。濛濛原本已經是個懂得寬容母親、安慰母親的小「男子漢」。然而在他的眼裏，媽媽和班上那些挨了男孩子的欺侮就會號啕大哭的小女孩沒什麼區別。而他也已會用主動的姿態、行之有效的惡作劇來報復父親的打罵。柳泉的眼淚讓濛濛感到了男性的優越感，儘管他還沒有長成爲一個男人，卻已開始體驗到對女人的同情和憐憫。

梁倩的自我追求與在婚姻中「保鮮」的那種渴望不同，是真正的自我力量的確證，但是張潔讓這種自我追求受到了代際關係和社會認可的雙重否定，警示著女性在反抗傳統性別規定時將會遭遇西緒弗斯般的命運〔註9〕。柳泉的代際關係表面上是和諧的，事實上張潔已經偷換了人物屬性，濛濛形象的實質是另一個「男人」而不是兒子。或者說兒子終將成長爲「男人」，和丈夫一樣，對女人懷有摻雜著輕蔑與不解的同情。張潔在此呈現出女性被丈夫和兒子同時「放逐」的情景。這既包含著女性的自我審視與檢省，也意味著女性對自我的否定。

另外值得一提的是張潔在「老夫少妻」的婚姻模式中塑造的「父親」般的丈夫形象。他們多是意志強大、品質高潔的男子漢，而其小說中女性真正的父親形象則不免蒼白無力。柳泉形容自己的父親是「漆皮燙金的百科全書」卻沒有用處，因爲父親不能引領和指導他怎樣去生活。鄭子雲被女兒圓圓揭穿了心靈深處的虛僞卻沒有勇氣承認，更沒有勇氣打破自己的虛幻鏡象。

也許正是由於對生活中真實父親的失望不滿，張潔才不得不轉向在婚姻關係中寄託對父親的渴望、想像和期待。這一轉向幾乎構成了張潔創作的「中心意象」。她作品中的女性大都不能擺脫對男性的依賴（尤其是精神依賴），也不能大膽表現自身的身體欲望。這固然是那個時代有所局限，同時卻也與作者的戀父情結有關。在對父親的想像中，女性的主體欲求遭受壓抑，「女兒」遲遲不能發育成真正的女人。從一定意義上講，這也正透露出張潔女性觀的「殘疾」。

在新時期文壇上，張潔率先發出了「愛，是不能忘記的」這樣具有強烈情感力度和豐富內涵的呼喚，引起了不小的轟動和爭議。這呼喚在人們剛剛從思維的保守僵化中解放出來之時無疑具有革命性意義。但如果以中國文學的傳統爲參照就會發現，張潔對「理想男人」的呼喚以及「天地合，乃敢與

〔註 9〕西緒福斯（Sisyphus）是古希臘神話中的人物。他用計謀反抗命運藐視天神，因此被罰把一塊巨石推上山頂。但每次當他用盡全力快要推到頂時，巨石卻又滾下山去。於是他如此往復，永無止境。

君決」式的癡情，實質上並沒有真正超越古代「閨怨詩」的書寫經驗，其女性觀念仍然有著濃重的傳統印痕。她的愛情書寫一方面體現出女性在愛情中尋找生命意義、積極建構自我的頑強努力；另一方面又昭示著女性主體意識之建構、女性觀念之更新的格外艱難。與賢妻良母式的傳統女性截然不同，張潔把梁倩、荊華和柳泉塑造成沒有「女人樣」、不符合男性欲望想像的形象。這固然是對男性本位的傳統女性觀的強烈反抗，卻又在矯枉過正中一不小心替男性社會對這些「新女性」施以了「雄化」、「異化」的懲罰。既然女性的反抗換來的結果是女性的自我消解，那麼，其向傳統挑戰的力度及其意義也便不能不受到削弱。

綜上，張潔的女性觀徘徊在傳統與現實之間，她筆下帶有「新時代」特色的女性在傳統性別觀念的重重圍困下無不體現出西緒弗斯式的自我悖謬。同時，她較多地強調了兩性之間的對抗與隔膜，而忽視了兩性的和諧與理解；過分強調了現實中男性的醜陋和愛情生活的理想色彩，而忽略了對現實兩性關係可能性的探討。於是她的女性觀在現實面前不能不顯得困窘、焦灼和被動。

我們從張潔新時期的作品中看到一個嚴肅而執著的女作家在對自己所屬的性別群體不斷思考並加以重命名的努力過程：在她回答著「女人是什麼」的時候，聲音裏夾帶著傳統性別觀念的嘶啞，卻並不妨礙她那具有挑戰性的質問和感歎在時代歌詠中留下痕跡；在她塑造著新時代女性形象的時候，傳統留給她的濃墨重彩已經讓這些形象變得斑駁覆雜，卻並不損害這些形象的魅力，甚至於增添了它們的歷史質感和時代氣息。儘管「新時期」已經成為過去，我們卻不得不承認，那個時代的女性在傳統性別規範和現代自我認識矛盾交織下的生存困境並沒有得到徹底的改善，張潔女性觀的悖謬依然在新世紀的女作家創作中隱約地以不同的面目迴旋。它吸引人們不斷思索，同時也構成了女性文學研究不斷前進的動力。

第二節　史鐵生的兩性觀及其《務虛筆記》

史鐵生在中國當代文壇上是一名特別的耕耘者。1972 年他因病雙腿殘疾時只有 20 歲。這對於一個風華正茂的青年人來說，無疑是一場生命的劫難；但對於一個靈魂而言，卻又是上天賜予的特殊契機。殘疾將史鐵生投入了文學寫作；更確切地說，是投入了思考的宿命。在此後與殘疾相伴的漫長歲月

裏，寫作成爲他探詢人生之惑的思想的載體，構成他生命存在的最重要方式。如今，作者已經告別人世，然而隨著時間流逝，他的作品卻越發以豐沛的精神世界和深邃的生命內涵爲讀者所喜愛，所看重。本節試從性別角度對其長篇小說代表作《務虛筆記》做一考察。

《務虛筆記》初版於 1996 年。它由二十二章（內含 237 節）組成。殘疾與愛情是它的主題。這裏，「殘疾」是作者對人的命運的局限的一個比喻。殘疾即殘缺、限制和阻障，是人類存在的根本困境。殘疾禁錮了人類個體，包括男人和女人；而愛情則成爲男人與女人的彼此救贖。作品中有這樣的段落：「我有時想，兩面相對的鏡子之間，一支燭光會不會就是無限的光明，一點黑暗會不會就是無限的幽冥，一個男人和一個女人會不會就是人間，一次忘我的交合會不會就是一切差別的消滅……」（第 114 節）小說中多次出現鏡子。它意味著成像與觀看，有著自我反觀和文化反省的功能。「鏡子使主體一次又一次的介入本質與表象的辯證關係之中，刺激想像力，產生嶄新的視角，並且期待另一個眞理。」〔註 10〕在由兩面相對的鏡子形成的無限延伸的鏡象中，一個男人與一個女人幻化出無數的人影，形成了人間世界。從這個角度說，《務虛筆記》在探詢生命本質的同時，滲透著作家對人類性別文化的思考。

一、兩性的分立與對等

史鐵生看待兩性的目光顯得平和、超然──在他的小說裏，女性與男性一起探尋自身的局限，共同尋求靈魂的解放與自由。

這是一部具有強烈思辨色彩的小說。故事中的人們未曾擁有具體的姓名，而是分別以不同的大寫拼音字母來表示。這一設計本身已經蘊含了某種暗示：這些具體的人物並不一定具有作爲個體的眞實性。作者表面上講述著他們，其實關注的是更具有普遍性的人類存在。米蘭・昆德拉曾說：「從我的最早的短篇小說起，本能的，我就避免給人物以姓名……我不想讓人相信我的人物是眞實的並有一本戶口簿。」〔註 11〕《務虛筆記》中的「我」也坦言：「我不認爲我可以塑造任何完整或豐滿的人物，我不認爲作家可以做成這樣的事，甚至我不認爲，任何文學作品中存在著除作者自己以外的豐滿的人物，

〔註 10〕 （法）薩比娜・梅爾級奧爾─博奈：《鏡象的歷史》，周行譯，廣西師範大學出版社，2005 年，第 133 頁。

〔註 11〕 （捷）米蘭・昆德拉：《被背叛的遺囑》，上海人民出版社，1995 年，第 149 頁。

或眞確的心魂。」（第 136 節）但這部小說中的人物卻足以給讀者留下深刻印象，因爲其中幾乎所有的人物都讓人感動，無論他們是醫生、導演、教師、畫家、詩人，還是殘疾人，甚至無名無姓的 O 的前夫。他們在歷史事件中的遭遇、在愛情中的磨難、在生與死的困擾中的掙扎，以及對人生問題的執著探詢，深深觸動讀者的心。然而，與其說這部 40 萬字的小說成功地塑造了這麼多人物，毋寧說在特定的意義上，小說描寫的對象可以簡並爲兩類人，他們的性別分別是「男」和「女」。

關於這一點，作品中有許多暗示。例如：

> 那個縹縹紗紗的男孩兒就像是我，就像所有的男人的童年記憶，在傳說般的往昔歲月……走進過一座美麗的房子。（第 31 節）

> 她可以是但不一定非是 Z 的母親不可，也許她是所有可敬可愛的女人的化身……她們應該來自南方又回到南方，她們由那塊魅人的水土生成又化入那塊水土的神秘，使北方的男人皓首窮夢翹望終生。（第 59 節）

> 甚至誰是誰，誰一定是誰，這樣的邏輯也很無聊。億萬個名字早已在歷史中湮滅了，但人群依然存在，一些男人的蹤跡依然存在，一些女人的蹤跡依然存在，使人夢想紛呈，使歷史得以延展。（第 91 節）

類似的聲明時常出現，貫穿整個敘事。小說中不同的男人和女人，其經歷在相互交錯中也往往呈現出一種不無混淆的狀態。比如，同樣的場景一再出現在不同的人物身上，而當情節充分展開以後，具體哪個人物、在什麼時候經歷什麼事情，又顯得撲朔迷離，甚至人物之間的性別區分都不再重要——

> 如果離別已經注定，在注定離別的那個夜晚或者那些夜晚，戀人 C 與戀人 N 雖然性別不同，也會在迷茫的命運中重疊、混淆。X 呢，重疊、混淆進 F。（第 169 節）

這樣的文字讓人想起錢鍾書對《離騷》的評論：「亦雌亦雄，忽男忽女，眞堪連類也」﹝註 12﹞。在作者的意識中，許多時候女性分明與男性面臨同樣的迷茫、困頓和煩惱，也擁有同樣的追問、理性與堅強。因此，小說中人物的性別界線變得模糊——殘疾人 C 與醫生 F、女教師 O 與女導演 N，分別代表了

﹝註 12﹞錢鍾書：《管錐編》第二冊，北京：蘭馨室書齋，1991 年，第 592 頁。

「男人」和「女人」，而這一個「男人」和這一個「女人」並列在一起時，又共同寓含「人」的靈魂。在這個意義上，故事中的兩性存在是分立而對等的，男女分別作爲獨立的「我」生存，但他們擁有的是同等的靈魂：「不光是你，也不光是我，他們還是所有人，在另外的地方和另外的時間，他們也可以是任何人。因爲所有的人都曾經是他們。因爲所有的人，都曾經是一個男孩兒和一個女孩兒。」（第225節）

顯然，這是一個「男人」和「女人」相互分立而又呈同質、同等形態的文本。就連故事中人物的數量，男性和女性也大體相當。小說基本採取兩性人物對應設置的方式，比如歷史教師 O 和畫家 Z，醫生 F 和女導演 N，殘疾人 C 和戀人 X，詩人 L 和他的戀人，Z 的叔叔與葵林中的女人，等等。他們從各自的起點出發，帶著原初的生物屬性步入社會，經歷人生風雨的洗禮。

二、對女性主體精神訴求的尊重

在《我與地壇》等多部作品中，史鐵生流露出對母親的深沉情感。他筆下的女性形象也往往溫和而富於母性。《務虛筆記》中的女性人物同樣如此。她們經歷各異，但都比較成熟、沈穩。這些女子身上往往體現出一定的女性主體意識。她們的特點，一是喜歡追問；二是在不同的處境中具有選擇的主動性。

對事件本身意義的追問，折射著思考者的主體性。《務虛筆記》裏的女性主人公喜歡追問，她們有著自己的靈魂。小說中關於生命存在的真相及其深刻悖論的追索，常是出自女性思考的推動。其中，女導演 N 是意志獨立、姿態決絕的一個。早年，在特定的政治環境中，由於家庭出身的緣故，她與醫生 F 的戀情遭到 F 的家人嚴厲反對。分手的那一天，她對 F 說：「現在我想聽聽你怎麼想，你真實的想法是什麼，只要是真實的那至少還是美的，你總得有一句確定的回答，我只想證實這個世界上除了現實之外還有沒有另外的什麼是真的，有還是沒有，另外的，我不要求它是現實但我想知道它可不可以也是真的，我求你無論如何開開口好嗎？……」（第34節）這裏，N 的態度非常明確：放棄難以兌現的現實，但要求真實的答案。這是有關情感和生活「意義」追尋的典型表現。

而詩人 L 的戀人有關欲望與愛情的追問更爲深邃。小說中的 L 是個天生的情種，他不能離開他的戀人，不能想像沒有她的日子該怎麼辦，但他也對

所有其它美好的女人著迷。而 L 的戀人在與 L 熱戀的過程中，發現了「一個嚴重的問題」。面對詩人 L 的「博愛」，她反覆追問：「你能告訴我嗎，我與許許多多的那些女人的區別是什麼？」她苦苦求解的是：「在他心上，在他的欲望裏，和在他實際的生活中，我與她們的區別是什麼？是什麼樣的區別？」這裏，「區別」成爲關鍵詞，其要害在於一個女子的人格與情愛、性愛之間的關係。爲此，她進一步追問愛情是什麼，尖銳地發問：「是不是說，愛情就是，性的實現？是實現性的一條穩妥的途徑？」她還這樣回答自己對於專一之愛的理解和感受：「看見他們就想起你，看見你就忘記他們。」最終，她選擇離開了 L，儘管 L 已認眞地打算與之成家。這是因爲，她在追問中終於斷定：「你從來就不是愛我，我現在已經不再愛你。」（第 115～117 節）小說圍繞 L 的戀人對愛情唯一性的追索展開大段抒寫，體現了對女性主體訴求的關注。這裏，「愛情」不僅關乎肉身，更關聯著女性人格的自我認同和生命價值。

　　作品中同樣給人留下深刻印象的另一個女人也在鍥而不捨地求索，她就是中學歷史教師 O。O 是全書第一個出場的女人，也是唯一一個在「寫作之夜」死去的人。她的自殺事件是整個故事展開的序幕。而 O 赴死的原因，正在於她不懈地追問愛與平等的本質，卻無法得到讓自己滿意的解答。一個冬天的夜晚，O 與她的丈夫、畫家 Z 進行了關於歷史、藝術、愛、平等以及人的終極價值的討論。Z 認爲，歷史是英雄創造的；有英雄就有奴隸，有高貴就有低賤。而存在，就是借助英雄來顯示意義。純粹的愛和絕對的平等都是不存在的，愛情最終也是基於某種價值判斷。Z 的邏輯是征服，即用個人的能力來征服前行路上的一切人，以便在「人世注定的差別中居於強端」。而 O 堅持認爲，所有的人都有平等的權利，在愛情中人是不論價值的。然而，Z 的發問讓她無言以對：「如果你能平等地愛每一個人，你爲什麼偏要離開你的前夫，而愛上我？」這裏有著讓 O 難以反駁的強邏輯。在生命的最後一段日子裏，O 一直在反覆追問愛的本質、平等的本質以及生命的本質，卻始終無法從 Z 的質詢中解脫。

　　關於 O 的死因，C 推測是因爲她對愛情形而上的絕望，因爲「如果愛仍然是功利性的取捨，仍然是擇優而取，仍然意味著某些心魂的被蔑視、被歧視、被拋棄，愛就在根本上陷入了絕望」（第 223 節）。不管 O 是否願意承認，她分明已經看見了這種根本性的絕望。面對生活，理智一直在告訴她應該怎樣不應該怎樣，但本性卻在告訴她什麼是眞實——她已經不愛 Z 了，或者，

愛也是枉然。而 O 是一個需要「意義」才能生活下去的女人：「要是我看不出活七十歲是爲了什麼，我也看不出活一千歲有什麼意思」。一再的追問無法得到圓滿的回答，人生的價值與意義在她也便陷入了本質上的空虛，促使她最終選擇了死亡。

可以看到，作者史鐵生對「追問著的女人」有著深摯的理解。在他筆下，沒有對女性思考的輕蔑或調侃，而是很自然地流露出對她們精神訴求的尊重。他賦予女性人物形而上追索的品性，關注她們的思考。《務虛筆記》裏的女性從不是被動地承受命運的安排，無論是愛情、婚姻，還是與愛人第一次靈與肉的結合，她們對人生的把握總是處於相對自主的狀態。小說裏沒有任何一個女性屬於傳統意義上的棄婦、怨婦之類，無論是 N 的黯然離開，L 的戀人出走，T 爲出國而嫁給 HJ，還是母親在近乎無望的情況下堅持等待下落不明的父親歸來……儘管她們的具體境遇和生活選擇有很大差異，但都程度不同地遵循了個人意志。

女教師 O 命運的轉折即是典型的一例。在第一次婚姻中，O 的家庭關係原本處於比較穩定的狀態，她對丈夫雖然沒有傾心的熱愛，卻也並無過不去的衝突。然而，當已婚的 O 在一個秋天的傍晚偶然走進畫家 Z 的小屋後，頃刻間爲他的藝術和氣質所吸引。O 是一個在愛情上撒不了謊的人，她的朋友都知道，她是一個絕不能與不愛者維持夫妻關係的人。於是當 O 發現自己愛上了 Z 以後，她甚至還沒有想好是否要對 Z 表白以及這表白能否被接受，首先的念頭便是「我要離婚」。因爲她將性看作愛的告白，「那赤裸的相見，不是赤裸地表白愛的眞誠、坦蕩，就是赤裸地宣佈對愛的輕蔑和抹殺。」她不能忍受與一個已經沒有愛的男人發生性，哪怕他此時還是自己的丈夫。而第二次婚姻以 O 的自殺爲結局，也完全是出自她內心冷靜的抉擇。

又如，小說中不止一個女主角在初次與自己的心愛者肌膚相親時，都表達了同樣的意願：「讓我自己給你」。無論是南方芭蕉葉下的 T 的母親，還是在自己家裏與 F 醫生分別的 N，抑或童年那座美麗的房子裏愛上了少年 WR 的少女 O，「一代又一代可敬又可愛的女人」無不如此。性愛抉擇的主動性在某種意義上昭示著女性的解放，而作品中的男人也肯定這樣的主動，並把它看得彌足珍貴：「『讓我自己給你』，這句話永遠不忘，當那陣瘋狂的表達結束後，顫抖停止，留下來的是這句話。永遠留下來的，是她自己給了你，她一心一意的給你，那情景，和那聲音。」（第 92 節）

　　總的來看，儘管《務虛筆記》中的女性置身紛繁多變的生活時常陷於迷茫，但她們在命運面前沒有喪失作為獨立的人的存在；她們與那些走進自己生命的男人一道跋涉，在精神世界裏尋求彼此的拯救。這拯救也許成功也許失敗，無論如何，她們是自身生命的主宰。

三、對愛情以及人的廣義殘疾的思考

　　　　那麼，愛情是什麼？

　　　　阻止不住的夢想冥頑不化。但那到底是什麼？

　　　　是的是的我們都相信，性，並不就是愛情。但從中減去性，愛情還是愛情麼？

　　　　當然不。那是不能分開的。

　　　　性呢，性，都是什麼？那欲望單單就是性交（或者叫「房事」）嗎？

　　　　那不泯的欲望都是從哪兒來的呀，要到哪兒去？歡樂的肌膚相依一向都是走在怎樣的路途上？那牽魂攝魄的所在，都是什麼啊？

　　　　問題，很可能，在提出的時候，答案已經存在。

（第 13 節）

　　無論從怎樣的角度對《務虛筆記》做出解讀，都無法忽略史鐵生創作貫穿的主題——殘疾與愛情。在這部小說中，他明白地寫道：「殘疾與愛情——命運和夢想的密碼隨時隨地顯露端倪：無論對誰，那都一樣。」（第 173 節）《務虛筆記》探討了若干深刻的命題，涉及人生、歷史、命運的偶然與必然、自我與他者、生存與死亡、生命的延續與再現等。這一切都與愛情相關聯，卻又絕非僅止於愛情。

　　故事中，不同男人命運敘事的開端，被設置在童年一座具有神秘魅力的美麗房子裏。那裏有一個九歲的小女孩。第四章《童年之門》開端寫道：「我想，作為畫家，Z 的生命應該開始於他九歲時的一天下午。……一切都開始於他此生此世頭一回獨自去找一個朋友，一個同他一般年齡的女孩——一個也是九歲的女人。」某個下午，九歲的男孩（可以是任何一個男孩）走進了一座迷宮般的、有著許多神秘之門的美麗房屋，去尋找一個九歲的女孩。由此開始，他們被拒之於夢想的門外。這就是差別和傷害的發端，他們各自的故

事也就此展開：畫家 Z 只記住了那根羽毛和色彩，詩人只記住了歌聲，敘述者「我」只留下了恐懼，殘疾人 C 儘管也走在回家的路上，但雙腿將斷的厄運正在無聲無息地朝他襲來。那一時刻，以不同的面貌留在他們各自的生命歷程中。在特定的意義上，每個男人都曾是那個天真未鑿的九歲男孩，而每個女人也都曾是那座美麗房子裏活潑可愛的九歲女童。男人的成長，離不開尋找自己生命中的女人；女人反過來也是一樣。這是愛情的開始，也是夢想的開始。男人和女人在相互尋找中一步步劃出人生的軌跡。

　　毫無疑問，在《務虛筆記》中，愛情描寫以及作者對愛情的思考不僅佔據了小說的主要篇幅，而且被置於重要位置。「由對愛情的質詢到對人的存在的拷問（即人的局限，人的廣義殘疾）的拷問，正是這篇小說的價值所在。」〔註13〕其中，C 與 X 的故事是《務虛筆記》中相對完美的愛情暢想，但他們依然遭受到世俗眼光的懷疑與損害。而 HJ 與 T 的故事雖不乏平庸世俗，可謂比較合乎常態，其間的「愛情」卻也是千言萬語訴說不盡的。又如在 F 與 N 的故事以及 WR 與 O 的故事裏，「愛情」都是在萌芽期或開始生長的時候就遭到壓制，但這未必使之消失。它並不曾結束，而是在自己的「故事」或他人的「故事」中得以延續。

　　小說中，畫家 Z 與女教師 O 上演了從熱戀到崩潰的悲劇。它不僅映襯出籠罩在社會陰影下的人性弱點，而且揭示了愛情觀的錯位帶來的危機。女教師以「崇拜」為基礎的情愛終究經不起人性現實的消磨。O 的自殺留下了空白，也留下了回味。故事中的男女主人公在愛情生活中並不存在明顯的過失或衝突，其悲劇的深層原因在於人與人之間的差別以及欲望與夢想的距離。O 基於對天才畫家 Z 的崇拜，由衷生發出無比熱烈的愛，但她最終無法面對 Z 的心靈真實——他不諱言自私；他所愛的，其實只是他的「高貴」與「征服」。這份真實使她的精神受到沉重打擊。事實上，千百年來，人們渴望愛情、呼喚愛情，前赴後繼地進行著愛的找尋，但遠非每個執著找尋的人都能得到愛的幸運。歸根結底，「那永恆的愛的疑問即是愛的答案，那永恆的愛的追尋即是愛的歸宿，那永恆的愛的欲望正是均勻地在這宇宙中漫展，漫展，無處不在……」（223 節）

　　然而，史鐵生並不曾對愛情悲觀。他堅持將愛情看作對人類殘疾的拯救。在這部小說以及其它許多作品中，他一再告訴我們：人的殘疾並不僅僅指生

〔註13〕張林：《〈務虛筆記〉講述人生的真實》，《小說評論》1999 年第 2 期。

理上的缺陷，而且意味著每個人與生俱來的局限性。人的廣義殘疾即人的局限中有一個方面是——人注定只能是自己，與他人無法溝通，這便意味著孤獨。孤獨不是孤單，而是充滿在內心深處渴望訴說渴望袒露的願望，只要有這種願望就從反面證明了愛情的存在。「愛是孤獨的證明」，是拯救人類殘疾的一條途徑。愛情是赤誠袒露和完全敞開的境界，人心與人心之間完全不必設防。性，則是愛最為美麗的儀式，是愛之為愛最為獨特的語言，絕不可以隨便濫用，否則就是對愛和信仰的褻瀆。在《隨筆十三》中，他這樣寫道：「孤獨拓展開漫漫歲月，同時親近與溝通成為永遠的理想。在我想來，愛情與寫作也必是自那時候始，從繁衍種類和謀求溫飽的活動中脫穎而出——單單脫去遮身的衣服還不夠，還得脫去語言的甲胄，讓心魂融合，讓差別在那一瞬消失，讓危險的世界上存在一處和平的場所。」〔註14〕

在史鐵生看來，殘疾與愛情是生命的寓言，是生命所固有的遺傳密碼，所有人的心靈或處境中都布散著它們的消息。他說：「我們因殘缺而走向愛情，我們因殘缺而走向他者，卻從他者審視的目光中發現自己是如此的殘缺。」在這個意義上，殘疾和愛情互為因果，「一切心魂的福樂與危懼中都攜帶了這樣的消息」。〔註15〕為此，故事中的女導演 N 想要拍攝一部關於愛情與尋找的電影。她設想的情節非常簡單：「男女主人公在萬頭攢動的人群中憂心如焚地互相尋找。」N 的三本膠片全部用來拍攝這一個情節，因為她相信，「不管什麼時候，我們可能丟失和我們真正要尋找的都是——愛情！」（第 32 節）顯然，「愛情」在這裏已超越了狹義的兩性情感，成為關乎生命終極意義的博遠深沉的呼喚。

四、關於愛的夢想與性的欲望

性的問題與愛的問題往往是一同提出的。詩人 L 就曾陷入這樣的漩渦之中，面對戀人「愛，是不是就是性的實現」這一質問，他無言以對。然而，往往有這樣的情景：當情感和肉體處於分離狀態時，男人和女人似乎相處得比較容易些。小說中，在「文革」大串聯的火車上，詩人 L 和一位姑娘擠在一起。一片黑暗的夜色中，滿滿一車廂的人堆裏，姑娘認可了他探試性的撫摸，甚至允許他把手伸到內衣裏。他並不知道她是誰，長得什麼樣；而她也

〔註14〕史鐵生：《隨筆十三‧4》，《收穫》1992 年第 6 期。
〔註15〕史鐵生：《愛情問題》，《鍾山》1994 年第 4 期。

不想讓他知道。天亮後，當他從朦朧中醒來時，身邊已經沒有了那個姑娘，雖然她肯定仍在同一節車廂裏，但對於他來說，這個姑娘已永遠消失在茫茫人海中。

在史鐵生看來，性對愛起著評判的作用：不是完全肯定，就是徹底否定：「性，可以是愛的儀式，也可以是不愛的儀式，也可以是蔑視愛的儀式，也可以是毀掉貌似神聖實則虛僞之愛的儀式，也可以是迷途中對愛的絕望之儀式。」（第 223 節）當女教師 O 發覺自己已經愛上畫家 Z 的時候，她回到家裏面對丈夫想到的第一個問題是：今晚睡在哪裏？當時的 O 對畫家並未負有什麼責任，本來完全可以照舊與丈夫同床共寢；並且，O 相信自己對丈夫過去沒有、現在也仍然沒有什麼生理上的厭惡，如果換一種心境，她仍然是可以和他做愛的。但 O 就是無法做到，儘管這似乎僅僅是形式的障礙，或者說儀式的錯位。「關鍵就在這兒，任何形式都是要說話的，一種形式不是表達一種眞意，就是變賣一種眞意。」（第 20 節）

當愛與性分離的時候，便可能面對夢想與欲望的對壘。醫生 F 很長時間裏都在爲寫一篇論文做準備。這篇論文中除了「靈魂」之外，還有一個關鍵詞叫做「欲望」。醫生認爲，「欲望」隱藏著，看不見、摸不著，但它與「靈魂」異曲同工，哪怕是在螞蟻、鳥兒、蜂群身上，「你不得不猜想，那裏面有著最神秘的意志，那是整個宇宙共有的欲望。……人們迷戀著各種力，怎麼不注意一下欲望呢，欲望是多麼偉大神奇的力量呀，它才是無處不在的呢……」（第 205 節）「欲望是不會死的，而欲望的名字永遠叫作『我』」（第 118 節）。但是，在詩人 L 與戀人之間關於「愛情」本質的對話中，愛的故事追隨欲望變成了一個陷阱；而畫家 Z 與女教師 O 關於「差別」的討論，則將他們的故事前景引向了婚姻和 O 的生命的死亡。可以說，史鐵生在講述欲望故事的同時，已經瓦解了那種與愛分離的「欲望」。

欲望要在遼遠的夢想裏才能找回它的語言，直接走向性只能毀掉無邊的夢想。就像高位截癱的殘疾人 C 獨特的做愛方式一樣，「如果觸動不能使它勃發，毫無疑問，夢想可以使它重新昂揚。」（第 119 節）史鐵生拒絕對性事細節的敘描，拒絕讓分解了的承載欲望的個別器官在文本中得到虛假的滿足，儘管這似乎是「欲望敘事」的常態。他清醒地看到，那「近乎枯萎的現實」不能夠指望現實的拯救，甚至也不能指望夢境。因爲夢境與夢想並不等同，後者的本質是帶給人自由的創造。最終，殘疾人 C 靠著「凝望」融化現實，

走進夢想。這裏，作者用「欲望」化解了「夢想」的虛無，同時也以「夢想」拯救了「欲望」的墮落。

事實上，在整部小說關於「欲望」的講述中，史鐵生並不僅止於描寫感官欲望，更重要的是將被分解開來的兩個詞——「靈」與「欲」的內涵融合爲一。例如小說中殘疾人 C 和他的女人在「愛的儀式」中所感受的：「看哪，這就是我，我們在黑暗中互相找到了，在孤獨中我們互相找到了……那是個儀式那是說：看哪這就是我，我的靈魂我的肉體，我的胸，我的腰，我的腿我的腳丫，我的屁股，我的旺盛我的茂密我的欲望，我的被埋藏和忽略了數萬年的全部秘密如今一心一意向你敞開……」（第 120 節）這裏，「愛的儀式」不僅包含著肉體的相融，更還有靈魂的相依。

史鐵生在《愛情問題》一文中曾說：「上帝把性和愛聯繫起來，那是爲了，給愛一種語言或一種儀式，給性一個引導或一種理想。」〔註16〕這大體反映了他的性愛觀。於是，《務虛筆記》中，在那個被 N 稱之爲「最美麗」的時刻，「寫作之夜」的每一個女人面對心愛的男人都不約而同選擇了主動；所以，殘疾人 C 也一樣可以借助「夢想」得到性愛的實現；所以，母親與父親在山間的小水塘邊毫無顧忌地交合，而葵林中的女人也終於等到了失落多年的伴侶……歸根結底，作家心目中的性，是眞摯愛情的終極語言。它意味著，彼此之間沒有阻隔沒有距離；所擁有的，是如醉如癡的坦露，如癲如狂的交合。它不是「羞恥」，而是「自由」和「美麗」。

綜上，可以看到，在《務虛筆記》中，史鐵生一方面設置了相互對應的男女人物，另一方面又使用一些模棱兩可的文字消解人物與事件之間的對應關係。他有意將某個人物的苦樂與夢想、其所經歷的愛與恨的折磨加以普泛化，交織到每一個體的生命中。說到底，活躍在這個文本中的十幾個分別由英文字母加以標示的男男女女，並不適合被單獨抽選出來，當作「個性鮮明」的人物。不難發現，史鐵生很少對人物進行外在形貌和動作的描寫，他的筆鋒總是直指人物的心靈世界。「史鐵生以四十萬字的篇幅所欲眞正講述的，不過是人類兩性間的故事，所欲探測表現的也不過是他對男女兩性、也即人性深度的洞察與觀照。」〔註17〕

〔註16〕史鐵生：《愛情問題》，《鍾山》1994 年第 4 期。
〔註17〕王高林、王春林：《〈務虛筆記〉對「不確定性」的沉思與表達》，《名作欣賞》1999 年第 2 期。

　　饒有意味的是，在小說接近尾聲的第二十一章《猜測》裏，史鐵生描寫了 T 和 HJ 之間涉及「女權」的一段對話：

　　「你們呢，很平等？」我問。

　　「豈止平等？」HJ 說，「我們倆志同道合，都是女權主義者。」

　　T 也笑了：「我不過是比他潑辣……」

　　「豈止豈止，您太謙虛了，是厲害！」HJ 又轉而問我，「您可能聽說過我的長跑史吧？」

　　「曾有耳聞。」

　　「在第十五章，您可以返回去再看一下。到現在我還是那麼跑著呢，威信已經全盤出賣，可一直也沒從追求者的位置上跑出來。不不，別誤會，這是我的自由選擇。」

　　「那是因為你太窩囊了，」T 大笑著說，「不過你一直都有你的自由，你不承認？我強迫你了嗎？」

　　「當然沒有。我已經強調過了，我是一個自願的女權主義之男性信徒。」

　　「您還是那麼相信平等嗎？」T 問我，「您不如相信自由。」（第 211 節）

　　「您還是那麼相信平等嗎？……您不如相信自由。」這或可說是史鐵生的兩性觀借作品中人物之口的一種表達。我們知道西蒙·波伏娃有一個著名的論斷，女人不是天生的，而是變成的。在《務虛筆記》中可以發現，男人也同樣如此。每一個「愛情故事」的背後都有這種命定的規範，而作為「第一性」的男人也是在文化中長成並演化為「現在」的這副模樣。在小說中的每個愛情故事裏，當男女主人公分手時，女性當事人幾乎都發出了同樣的抱怨：「你的骨頭沒有一點兒男人！」這是在小說中多次出現、并被印為黑體字的一句話。身為男人，「骨頭」怎麼就「沒有一點兒男人」了呢？這種情形連同做出這種判斷的思維，自然也是社會文化塑造而成。那麼，文化究竟是怎樣地塑造著男人、女人？這一詰問無形中成為「寫作之夜」展開想像和質詢的內在驅動力。

　　對筆下的男性和女性，史鐵生平等待之。女性在他筆下是具有與男性對等的獨立人格的生命。而「差別」存在於兩性間則是生來注定，但它又不僅僅局限於兩性之間，而是存在於每一不同個體的相互關係中。絕對的平等並不存在，

值得人們信奉的平等也許只有一種——那就是承認差別以及自由選擇的權利。

史鐵生認為，男人和女人同樣孤獨，也注定需要彼此拯救。每個人都在孤獨中成長：「每一個人或每一種情緒，都勢必記得從這個世界獨自回家的時刻。每一個人或每一種情緒都在那一刻埋下命定的方向。以後，永遠，每當從這個世界獨自回家，都難免是朝著那個方向」（第50節）；人們對這個世界的張望開始於孤獨，開始於對命運的疑慮和恐懼以及對自由與平安（愛情的樂園）的呼喚與祈禱。因為你我都是「殘疾」，人類即是生活在「殘缺」的處境中。我們「因而焦灼、憂慮、思慮、祈禱，在黑夜裏寫作，從罪惡和『槍林彈雨』中，眺望自由與平安，眺望樂園」（第 121 節）。人類就這樣在永遠的孤獨體驗中掙扎。

那麼，如何才能消除孤獨？作者的回答是依靠愛情或者說夢想。尋找愛情，不僅僅是尋找性對象，根本上是尋找樂園，尋找心靈的自由之地。而性，理當是愛的儀式，是關於愛情的一種語言。它真摯、坦蕩，聯結著男女之間的彼此尋找、彼此承諾，是自由與平安的實現。儘管在漫長的「寫作之夜」裏，男人和女人都只是作者的一縷思緒，但史鐵生依然相信兩性間心靈的呼喚與應答，相信愛情的神聖。

總之，在史鐵生看來，男女兩性是各自分立、彼此映照而又互相彌補的；兩性關係，正是這個世界人與人相互依存的縮影。他的《務虛筆記》在兩性關係的思考方面體現出對女性主體性的尊重。他有關愛情以及人的廣義殘疾的思考，既有哲學的深度，又有對生活在形而下現實世界中的人們的真誠關懷。而在就愛的夢想與性的欲望二者關係進行探析時，他將「靈」與「欲」的內涵融為一體。於是，史鐵生的情愛書寫聖潔而富有詩意，其間所融入的有關性別文化以及兩性生存的思考，深刻、透闢，發人深省。

第三節　民族傳統與現代文明糾葛下的性別敘事

近年來，以少數民族生活為敘事題材的漢語文學創作發展迅速，一批頗具社會影響力的敘事文學作品相繼問世，豐富了當代文化的整體構成。然而，「人類文化並不是沒有性別的東西，絕對不存在超越男人和女人的純粹客觀性的文化」〔註18〕；作為主體認同基本內容的性別認同也成為探究敘事文本

〔註18〕（德）西美爾：《金錢、性別、現代生活風格》，顧仁明譯，譯林出版社，2000

之文化內涵的維度之一。在此，選取長篇小說《塵埃落定》（阿來）和《額爾古納河右岸》（遲子建）作爲研究個案進行閱讀比較，考察作品中性別敘事所隱含的深層文化邏輯。

一、「返魅」敘事的文化蘊含

《塵埃落定》以麥其土司的傻兒子「我」爲敘事人，解密了康巴藏族土司制度在現代文明的衝擊下逐漸土崩瓦解的傳奇歷史；《額爾古納河右岸》則通過年屆九旬、身爲本民族最後一個酋長的女人的自述，揭開了古老的鄂溫克部落百年間的榮辱興衰。小說在整體架構上不乏相似之處：首先，兩部作品均聚焦於處在本土文化邊緣地帶的少數民族生活，敘事視角取自民族內部，同時又帶有一定的間離性——《塵埃落定》中的「我」並非麥其家族理想的繼承人，卻陰差陽錯地成爲了「最後的土司」；《額爾古納河右岸》中的敘述人則以酋長女人的身份，始終置於權力秩序之外和民族秩序之內。其次，二者都以晚清以來中國社會現代化進程對傳統文化秩序構成的猛烈衝擊作爲敘事的時代語境。在這一特定的時空中，傳統與現代的對抗與博弈構成了文本在敘事結構和審美價值等層面的藝術張力。

兩部小說涉及的康巴藏族和鄂溫克族，分別位於西南高原和東北密林，一個以農耕畜牧爲業，一個在游牧遷徙中生活。前者信仰藏傳佛教，後者傳承薩滿文化。無論是地理位置、生活方式、文化信仰、風俗習慣還是民族心理，均有明顯差異。然而，相對於占人口絕大多數的漢族而言，他們又有著一個共同的身份特徵：少數民族〔註 19〕。在中華文化的總體格局中，如果我們將少數民族理解爲「一個處於邊緣文化的整體，內部有著相應的邏輯關係」〔註 20〕，那麼，不同的少數民族之間一定程度上便具有了同構性的身份屬性。基於特定的邊緣位置，這種民族文化身份有可能作爲一種「表達的策略」〔註 21〕，隱藏於作品的敘事結構之中。

年，第 141～142 頁。

〔註 19〕 本節中的「少數民族」這一稱謂，是在認同「中華民族的多元一體格局」的前提下，針對在中華民族中佔據核心、主流位置的漢族而提出的對應概念，其中包含了少數與多數、主流與邊緣的文化模式。

〔註 20〕 梁庭望、汪立珍、尹曉琳：《中國民族文學研究 60 年》，中央民族大學出版社，2010 年，第 28 頁。

〔註 21〕 張京媛在《彼與此：愛德華‧薩義德的〈東方主義〉》一文中寫道：「身份作爲一種表達的策略，用來拓展新的發言渠道」。參見張京媛：《後殖民理論與

　　除了整體架構相近，這兩部書寫不同民族生活的文本還存在一些具體的互文性敘事。例如，小說均描述了本民族對於傳統宗教（或類宗教）的信仰——康巴藏族的藏傳佛教、苯教；鄂溫克族的薩滿教、泛神崇拜（雷神、風神、火神、山神等）。又如，作品均用一定的篇幅描述民族日常生活中的巫術法事、祭祀儀式等——《塵埃落定》中的門巴喇嘛通過施巫術、薰香、念經的方式神奇地治癒了「我」的眼疾；《額爾古納河右岸》中尼都薩滿以「跳神」的方式為姐姐列娜治病，最終將列娜從死亡線上拉了回來。此外，每當古老的民族受到來自戰爭、災荒、社會變革等各方面的衝擊時，巫師的法術以及智者的箴言都會迸發出神奇的力量，助其轉危為安，從而有著頗為濃鬱的神秘意味。其間引起我們關注的是，這些具有前現代屬性的民族文化習俗的描述是以現代化飛速發展的二十世紀作為敘事語境的，小說因而具有了一定的「返魅」色彩。

　　「返魅」（Re-enchantment）一詞派生於「祛魅」。所謂「祛魅」（Disenchantment），源於馬克斯·韋伯所說的「世界之祛魅」，即「拋掉純粹是巫術性或秘儀性的恩寵追求手段」〔註22〕，「拒絕任何仰望巫術——聖禮以發揮救贖作用的心理乘虛而入」〔註23〕，也就是用現代的科學理性來消解傳統宗教一體化的神學世界觀。它是西方國家從宗教神權社會向現代世俗社會轉型的產物。此外，韋伯在《經濟與社會》中提出了社會學中「理性化、合理化（Rationalization）」的概念，即從一個以價值為取向和行動的體制轉變為一個以目的為取向和行動的體制，並認為「近代資本主義產生的最起碼的前提就是：合理的資本計算制度成為一切供應日常所需的大營利經營的規範」〔註24〕。因此衍生出學界對於現代化進程的一種表述：現代化是一種不斷祛魅化、理性化的過程，而「返魅」則是對現代化進程的帶有一定反動性的實踐。具體到這裏所考察的兩部長篇小說中的「返魅」〔註25〕敘事，一方面，它們依託本民族文化身份，對現代化予以帶有傳統

文化認同》，臺北麥田出版社，1995年，第16頁。

〔註22〕（德）馬克斯·韋伯：《宗教社會學·宗教與世界》，康樂、簡惠美譯，廣西師範大學出版社，2011年，第433頁。

〔註23〕（德）馬克斯·韋伯：《新教倫理與資本主義精神》，康樂、簡惠美譯，廣西師範大學出版社，2010年，第82頁。

〔註24〕（德）馬克斯·韋伯：《經濟與歷史·支配的類型》，康樂、簡惠美譯，廣西師範大學出版社，2010年，第150頁。

〔註25〕本節所指涉的「返魅」是吸收國內學界對西方語境下的學術概念進行的本土化思考，即並不是把「魅」嚴格限於宗教權威（馬克斯·韋伯理論中的基督

文化慣性內在需求的抵抗；另一方面，通過追溯傳統文明的方式探詢民族身份的建構與認同。於是，現代化進程中的「祛魅」與前現代民族文化所具有的「返魅」訴求之間的對抗與交織構成了兩者特色鮮明的互文性敘事。此時，「返魅」顯然已成為少數民族文化在現代化語境中面對危機尋求自救和自我認同的重要文化策略。

　　然而，借鑒性別視角深入文本便可發現，這一「返魅」的意味在不同性別的作家阿來與遲子建筆下，有著複雜的文化糾纏，呈現為不同的文學表達。

　　在《塵埃落定》的故事中，傳統文化的淪落始終與固有的統治危機緊密相連，現代化的浪潮不僅衝擊著「落後的」邊地文明，更威脅著土司制度的存亡。一種因固有統治秩序被破壞而不能完成或者被迫中止完成某種特定行為的焦慮感構成了小說的情感基調。這種政治領域的失落感，在作品中呈現為一組具有象徵意味的「閹割」敘事：小說開始，當麥其家族憑藉現代化武器所向披靡之時，本應雄姿勃發的麥其土司卻在自己奪來的女人央宗面前敗下陣來。面對央宗「身上撩人心扉的野獸般的氣息四處彌散」，麥其土司無奈地「知道自己作為一個男人，這一陣瘋狂過後，就什麼都不會有了」〔註26〕，悲觀情緒由此而生。後來，當聰明人哥哥被仇家殺害，「我」成為麥其土司唯一的繼承人時，寄託著傳承家族血脈的塔娜卻被印度傳來的「粉紅色藥片」（避孕藥）「燒乾了陰部」。「我」無法再要她，也「不會再生兒子」，家族的傳承被迫中斷。而在「土司們最後的節日」中，完成對土司制度致命一擊的，恰恰是一群身染「梅毒」的妓女。隨著土司們的男性生殖器不斷潰爛，「閹割焦慮」的情緒表達可謂達至頂峰。至此，「閹割」構成一條完整的敘事鏈條，貫穿了作品始終。

　　從弗洛伊德論述「俄狄浦斯情結」提出男性普遍的「閹割焦慮」心理，到波伏娃論述「陽具崇拜」對女孩性格成長的影響，「閹割」已超越生物學意義上的討論而成為一種重要的文化符號。「陽具與完整，閹割與傷口，這二者之間的對立與依存便成為人類認識自身的一個重要起點」〔註27〕。在父權文化背景下，男性生殖器不僅關聯著民族的傳承、生命的延續，同時也象徵著

教、印度教、佛教、儒教等），而是將它擴展到由準宗教或非宗教力量建立起來的一體化的神聖權威。

〔註26〕阿來：《塵埃落定》，人民文學出版社，1998年，第58頁。以下涉及《塵埃落定》的引文均出自該版本。

〔註27〕葉舒憲：《閹割與狂狷》，上海文藝出版社，1999年，第22頁。

至高的權力秩序。當現代化對康巴藏族的傳統秩序造成衝擊時，父權文化的統治地位自然也會受到相應的威脅與挑戰。民族文化身份的失重感以及對傳統文明淪落的焦慮與傷感便作爲一種潛文本蘊含在具體「閹割」敘事中。此時，小說中「返魅」的傳統文化訴求不僅指向古老的魅性文化，同時也夾雜了包括統治秩序、統治結構等更多的權力話語在內的糾葛。

《額爾古納河右岸》所呈現的卻是另一番情形。這裏沒有「世紀末」式的焦慮，而代之以溫婉詩意的敘述。儘管死亡的陰雲時刻籠罩在古老民族的上空，瘟疫、戰亂、政治鬥爭、經濟開發逐步侵蝕著這方淨土，鄂溫克人卻依然選擇用自己的方式堅守民族傳統。在這過程中，弱小民族所迸發出的頑強生命力，恰恰是通過作品中「生育崇拜」這一情節得以凸顯的。姐姐列娜在遷徙途中被意外凍死，母親陷入深深的憂傷久久不能自拔。而最終使母親從優傷走出來的，是「我」的月經初潮。失語許久的母親爲此興奮地喊道：「我們的小鳥娜長大了」〔註28〕。這一事件象徵著此時的「我」已從一個孩子成長爲可以孕育生命的女人，它所昭示的未來的希望驅走了死亡的陰霾。再如，作爲薩滿的浩妮一生濟世救人，可是每一次救人都會以失去自己的孩子爲代價。果格力、交庫托坎、耶爾尼斯涅、貝爾娜，先後在一次次的跳神中喪生，浩妮因此陷入極度的恐懼之中，甚至「將麝香終日揣在衣兜裏」，以免再次受孕。然而，死亡的陰影終究不能擊敗浩妮旺盛的生命力，生命的逝去總會迎來新生命的降臨，新生的喜悅一次次拯救了絕望中的浩妮。又如，瘸子達西在與狼的戰鬥中死去，他的靈魂卻保佑哈謝和瑪利亞有了自己的孩子——小達西；拉吉米因意外受傷不能生育，命運卻讓他在馬廄撿到一個女嬰，生命得以傳承；馬伊堪最終以跳崖自殺的方式結束了生命，西班卻替代了她的位置；伊芙琳病逝，瑪克辛姆卻死裏逃生……一生一死，一死一生，生死輪迴永相伴隨。民族生命得以延續。對生育的崇拜，對生命的尊重，亦成爲鄂溫克人面對傳統文化危機的最終選擇。而「生育崇拜」於此被賦予了濃鬱的神性色彩，它既是民族文化的性別表徵，更是民族信仰的堅守。在現代化進程面前，鄂溫克人是弱小、無奈的，但創造生命的勇氣多少彌補了民族精神的失落。

傳統文明秩序無疑是男性本位的。與此相關，當這一秩序受到現代化進程的猛烈衝擊時，在民族文化內部長期處於「他者」地位的女人相對於處在

〔註28〕遲子建：《額爾古納河右岸》，北京十月文藝出版社，2005年，第34頁。以下涉及《額爾古納河右岸》的相關引文均出自該版本。

文化中心位置的男性來說，所感受的文化焦慮也便相對爲輕。面對危機，她們有更多的可能以自己的方式尋找出路。《額爾古納河右岸》中，女性自我身體的感知、自我意識的復蘇以及這一過程中萌生的對自我價值的關注，構成了「生育崇拜」敘事的重要內核。「月經」、「分娩」等女性生理特徵不再是難以啓齒的禁忌或不潔的象徵，相反卻成爲孕育生命、維繫民族血脈的希望所在。此時民族身份的「返魅」訴求，也在某種程度上擺脫了複雜的權力糾葛，呈現出更爲接近傳統文明的自然屬性。

「技術——經濟體系的變革是直線型的，這是由於功利和效益原則爲發明、淘汰和更新提供了明確規定。生產效益較高的機器或工藝程序自然會取代效益低的。這其中的含義是進步。但是文化中始終有一種回躍，即不斷轉回到人類生存痛苦的老問題上去」〔註 29〕。少數民族文化所具有的前現代屬性，無疑是現代化進程中的異質性元素，其民族身份的訴求便成爲現代化進程中文化層面的「回躍」，同時也構成了兩部小說共同的敘事策略；然而由於文化本身的複雜性，其「返魅」的民族身份訴求又因文本內部的性別文化、歷史特性、權力結構的差異而呈現出不同的表象。《塵埃落定》中保留了更多的男性中心話語和歷史化敘事，在書寫傳統民族文化面臨的現代境遇時不免產生沉重的文化失落感，「閹割」及其產生的文化焦慮成爲文本敘事的重要邏輯。《額爾古納河右岸》則儘量迴避父權文化的影響，通過「生育崇拜」這一情結，體現了對自然文明、前現代文明的崇拜與認同，其「返魅」也因此而帶有一定的積極質素和理想色彩。

二、女性形象作爲民族文化的特殊表徵

從特定意義上說，現代性是在「線性不可逆的、無法阻止流逝的歷史性時間意識的框架中」〔註 30〕被建構出來的，自其誕生之日起便彰顯著與傳統決裂的線性姿態，因此，與現代化進程相生相伴的現象之一，便是對傳統文化的衝擊與顛覆。長篇小說《塵埃落定》和《額爾古納河右岸》中，現代文明狂飆突進的發展史同時也是古老民族的衰落史。在不可逆轉的歷史潮流裏，少數民族傳統文化受到前所未有的衝擊：康巴藏族傳統的農耕文明在嚚

〔註 29〕（美）丹尼爾・貝爾：《資本主義文化矛盾》，趙一凡、蒲隆、任曉晉譯，生活・讀書・新知三聯書店，1989 年，第 58～59 頁。

〔註 30〕（美）馬泰・卡林內斯庫：《現代性的五副面孔》，顧愛彬、李瑞華譯，商務印書館，2002 年，第 19 頁。

粟花編製的「白色的夢」中日漸淪落，鄂溫克族遷徙游牧的習性也在隆隆的伐木聲中逐步喪失；藏族武士揮舞的大刀在「現代化的槍炮」面前軟弱無力，鄂溫克族洞察自然的雙眼也不得不臣服於政府的正規教育；百年的土司制度在「邊境市場」的交易中失去根基，千年的原始部落在「開發大興安嶺」的政策下成為記憶；康巴草原的「大地」開始搖晃，額爾古納河右岸的「火種」在風中搖曳。兩位作家將筆端伸向古老民族由興盛到衰亡的歷史進程，敘述了現代文明衝擊下民族傳統「最後的歷史」，作品因而具有一定的民族寓言性質和民族史詩格調。值得注意的是，這樣的民族寓言有著特定的性別內涵。它促使我們進一步追問：對於民族危機而言，其民族內部的女性是帶有威脅性的存在還是擁有一定救贖性的文化力量？這之中又隱含怎樣的性別主體認同？

兩部作品同樣著力塑造了女性人物群。無論是《塵埃落定》中的土司太太、央宗、塔娜、卓瑪、妓女，還是《額爾古納河右岸》中的「我」、達瑪依、瑪利亞、伊芙琳、浩妮、依蓮娜，她們的存在都與民族的命運緊密相連。她們的身份已成為現代文明與傳統文明交鋒過程中的特殊表徵，同時也是推動故事發展的重要元素。

歷代文學作品中，曾出現諸多與女性相關的具有文化符號意味的原型意象。傾城傾國的「禍水」與純潔美麗的「女神」是女人的兩極，其間還有妖婦惡婆、妒婦怨妻、美人淑女、貞婦烈女、巾幗英雄等等。而對其無論是貶損還是讚揚，均出自男性中心標準。在此背景下，但凡涉及女人與民族以及國家之間的關係，女人往往被塑造成「紅顏禍水」。從獨吞仙藥的嫦娥到挑起特洛伊戰爭的海倫，從導致夏桀沉迷聲色、丟掉江山的妹喜到淫欲放蕩、迷亂後宮的楊玉環；從周幽王「烽火戲諸侯」只為博其一笑的褒姒到吳三桂「衝冠一怒為紅顏」的陳圓圓……，這些女人在傳統文學話語中無疑是作為民族國家、倫理道德的對立面存在。而那些為數不多的「巾幗英雄」的歷史功績，則往往是以隱藏自己的性別特徵甚至女扮男裝為前提的。「五四」以來，一批現代女作家努力嘗試擺脫男性話語的影響，以女性視角成就了獨具特色的文學敘事，「美救英雄」、「姬別霸王」的敘事模式破土而出，「對歷史書寫進行了大顛覆」〔註31〕。

在《塵埃落定》中，隨著少數民族封閉的世界被打開，新式武器、鴉片、

〔註31〕林丹婭：《當代中國女性文學史論》，廈門大學出版社，1995年，第123頁。

邊境市場等一系列具有現代性質的新鮮事物相繼衝擊著古老的康巴藏族。最終，存在數百年的土司制度土崩瓦解，塵埃懸浮終於落定。在這一歷史進程中，女人起著非同尋常的作用。小說開篇，正是在土司太太的建議和慫恿下，麥其家族才擁有了現代化的軍隊和武器，並開始種植鴉片；進而直接導致麥其土司陷入了權力欲望的深淵，接連與汪波土司、多吉次仁等人結下世仇，為日後的衰敗、滅亡埋下禍根。隨著小說敘事的展開，麥其家族逐步走向強盛。正值此時，麥其土司卻深深迷戀上查查頭人的妻子央宗，並且「為了一個女人殺掉了忠於自己的頭人」。他的統治逐漸危機四伏，於是「沒有人不以為央宗是個禍害」。隨著作品接進尾聲，「我」在土司聚會中將那些得了「把男人的東西爛掉的病」（梅毒）的妓女作為禮物獻給了各位土司。土司們隨即染病，能力盡喪，土司制度徹底崩潰。正如汪波土司在信中所寫：「女人、女人，你的女人把我毀掉了」。從土司太太對現代化入侵打開大門到央宗擾亂了麥其土司的統治，再到妓女們所完成的最後一擊，一系列如同妖魅的女人不斷將土司制度推向滅亡的深淵，「紅顏禍水」在《塵埃落定》中得到了生動的現代演繹。與此同時，「女人」也成為現代文明潛入傳統秩序並實現對傳統的衝擊、甚至致命打擊的載體，成為民族生存的異質性威脅。

　　《額爾古納河右岸》對民族歷史上的女性形象的書寫，則呈現出另一番面貌。雖然同樣是描摹一個民族最後的歷史，但伴隨著鄂溫克族走向衰亡的背影，我們看到的女人不僅不是將民族推向衰亡的始作俑者和罪魁禍首，相反卻成為民族傳統、民族血脈、民族精神堅實的捍衛和守護者。抗日戰爭期間，鄂溫克族面臨第一次真正意義的存亡危機。他們遭受日本殖民統治，男人們被送到「關東軍棲林訓練營」，接受集訓、生死難卜，延續民族生存的使命便落在了女人們身上。她們先後攻克「打獵」、「遷移」、「白災」等一個又一個難關，並舉行了「哭聲和歌聲相融合的晚會」，展現出女性獨特的堅強和樂觀。1998年初春，山中發生了大火，突發的災難又一次威脅著鄂溫克人賴以生存的家園。鄂溫克女人薩滿浩妮利用民族特有的薩滿文化施巫術、祈甘霖，最終換來了額爾古納河岸邊一場神奇的大雨，讓鄂溫克的土地轉危為安。而她自己卻在女人特有的優美舞姿中，「唱起了她生命中的最後一隻神歌」。最後，「山火熄滅了，浩妮走了」。就這樣，一個普通的鄂溫克女人用生命挽救了民族的危難。此外，文中有一處細節值得玩味：當「我」在林中遭遇黑熊之時，拯救「我」於危難的並非強大的武力或男性力量，而是我的「兩隻裸露的雙乳」，因為當

地有習俗認爲「熊是不傷害在它面前裸露乳房的女人的」。在這一情節的設置中，女性身體的性別特徵成爲一種具有拯救性的力量。

「形象是加入了文化的和感情的，客觀的和主觀的因素的個人的或集體的表現」〔註32〕。文學作品中的人物形象並非單純的藝術幻想，而是凝結了諸多文化因素。如前所述，儘管兩部小說都以書寫本民族的歷史爲主線，共同涉及「女人與民族」這一經典母題，然而作品卻呈現出截然不同的人物序列：《塵埃落定》中的女人美麗、妖豔、迷惑男人，將民族推向滅亡，是「紅顏禍水」的現代演繹；而《額爾古納河右岸》中的女人勤勞、善良、自立自強，捍衛民族的尊嚴、維護民族利益，顛覆了「英雄救美」的敘事原型。通過比較二者女性形象的刻畫以及對女人與民族關係的敘述可以清晰地看到，《塵埃落定》中的女性形象所折映的，依然是父權文化背景下的女性想像，男性本位的敘事傳統在此得以延續；《額爾古納河右岸》則打破了司空見慣的男性話語和慣性思維，賦予女性特徵一些新質，使之具有女性性別認同表徵的意味。

當然，這並不意味著可以簡單化地判定《額爾古納河右岸》徹底顛覆了傳統的性別秩序。應該說，張揚女性性別意識、突出女性身體特質，在女性書寫中確已構成重要的主體認同策略，相較於傳統的男性敘事中有關惡魔與天使的女性想像，其所具有的意義不可小視。然而，如若深入更爲複雜的話語機制便可發現，「這回歸一個原始的或是真正的女性特質，是一種鄉愁式的、視野局限的理想，它回絕了提出一套論述、視性別爲一種複雜的文化建構的當代要求」〔註33〕。一方面，小說中有關女性人物性別特質的書寫（諸如溫婉的雙眸、裸露的雙乳、聖潔的分娩等）所觀照的仍是傳統文化中女性的「自然」屬性；另一方面，女人在特定背景下的挽救民族危亡之舉（例如打獵、巫術等等），其實不過是在複製著傳統兩性分工中的男性行爲。此時，「這種非主位化的物質性成爲菲利斯邏各斯中心主義體系內部女性的場域、庫房和容器」〔註34〕。也正是在這樣的意義上，《額爾古納河右岸》女性性別認同的局限性不自覺地流露出來。

〔註32〕 （法）布呂奈爾等：《什麼是比較文學》，葛雷、張連奎譯，北京大學出版社，1989 年，第 89 頁。

〔註33〕 （美）朱迪斯‧巴特勒：《性別麻煩——女性主義與身份的顛覆》，宋素鳳譯，上海三聯書店，2009 年，第 50 頁。

〔註34〕 （美）朱迪斯‧巴特勒：《身體之重——論「性別」的話語界限》，李鈞鵬譯，上海三聯書店，2011 年，第 18 頁。

三、多元文化背景與兩性關係模式

傑姆遜指出:「第三世界的文本,甚至那些看起來好像是關於個人和利比多趨力的文本,總是以民族寓言的形式來投射一種政治:關於個人命運的故事包含著第三世界的大眾文化和社會受到衝擊的寓言」。〔註35〕此時,日常生活、個人命運等私人空間成爲公共政治領域的一個重要縮影,對於民族文化的訴求也具體地投射到人類生存的普世關懷之上。兩部文本中的相關內容也正有這樣的意味。阿來敘述土司制度由興盛到瓦解的傳奇歷史是以麥其家族的故事爲主線的;遲子建對古老游牧民族塵封往事的解密則通過講述「我」所在的「烏力楞」中的悲歡離合得以完成。兩部小說均是將宏大的歷史敘事濃縮在一個家族的命運之中,借助家庭的興衰來襯托整個民族的存亡,通過個人命運的沉浮來渲染少數民族文明的凋零與堅守。更爲重要的是,他們沒有將敘事停留在「布魯斯特式的個人回憶」上,而是「將它擴展爲一種集體時間之謎」〔註36〕,作品也從民族文化的起點更深一步地觸及了人類面臨的普遍生存困境。

小說中,現代文明的入侵不僅破壞了孕育傳統文明的土壤,同時也讓堅守本民族文化的個體喪失了生存的空間。《塵埃落定》中麥其家族的繼承人「我」是貫穿故事的核心人物。儘管「我」天資稟異、傻人傻福,總是無意地暗合著歷史發展的趨勢,然而現代化的絕對姿態卻並不能允許命運無常帶來的僥倖。作品結尾處,「我」的命運也和其它土司一樣,走向了必然的滅亡。這時的「我」終於明白,能安放靈魂的地方依然是我的故鄉、我的民族,於是發出了最後的呼喊:「上天啊,如果靈魂眞有輪迴,叫我下一生再回到這個地方,我愛這個美麗的地方」。《額爾古納河右岸》呈現了類似的主題。畫家伊蓮娜是在現代化教育體制下成長起來的新一代鄂溫克人,她的成長過程融入了多重體驗。儘管現代文明賦予她物質上的極大富足,然而面對精神家園的蒼白、自然體驗的缺失,她決定辭職「回到我們中間」,因為「她厭倦了工作、厭倦了城市、厭倦了男人」,並領悟到「令人不厭倦的只有馴鹿、樹木、月亮和清風」。只不過,伊蓮娜最終沒能承受來自外部的多重負荷,而是選擇

〔註35〕　（美）傑姆遜:《關於跨國資本主義時代中的第三世界文學》,見張京媛主編《新歷史主義與文化批評》,北京大學出版社,1993 年,第 235 頁。

〔註36〕　（捷）米蘭・昆德拉:《小說的藝術》,董強譯,上海譯文出版社,2011 年,第 21 頁。

了死亡。這些人物執拗地固守著傳統文明，卻終究在時代的漩渦中喪失了自我，個體命運也在顛沛流離中走向滅亡。

在兩種文明的衝突和多元文化的擠壓下，人們固有的生存空間與精神維度日益逼仄，這是現代化的必然產物，也是現代人不得不面對的時代症候。正如遲子建所言：「人類文明的進程，總是以一些原始生活的永久消失和民間藝術的流失做代價的」〔註 37〕。在時代生活的巨變中，作為個體的人往往不由自主地沉浮在歷史的洪流中，因為「歷史突然加速，原來的遊戲規則、應變方式，已經適應不了，於是這些人出現失重，找不到方向」。〔註 38〕那麼，面對現代化進程不可避免的諸多困境，「方向」在哪裏？如何在多元的當代文化語境中消除文化身份的焦慮？兩部小說不約而同地將敘述的視角「向後轉」，寄希望於具有某種「魅」性的前現代少數民族文化。小說不僅在一般意義上運用「返魅」敘事豐富了表現內容，且還更進一步表達了作者心目中具有普世價值的文化訴求。阿來申明：「我並不認為我寫的《塵埃落定》只體現了我們藏民族的愛與恨、生與死的觀念。愛與恨，生與死的觀念是全世界各民族所共同擁有的」〔註39〕；遲子建也坦言：「我其實是想借助那片廣袤的山林和遊獵在山林中的這支以飼養馴鹿為生的部落，寫出人類文明進程中遇到的尷尬、悲哀和無奈」。〔註40〕此時，民族文化的魅力成為用以抵抗現代文明弊端的重要資源。

不過，儘管兩部作品在這方面有著共通的情懷，但在有關兩性相處模式的書寫方面又顯現出頗具文化意味的不同。

波伏娃曾這樣評價女性的歷史境遇：「在任何情況下，她都以特權的他者出現，通過她，主體實現了他自己：她就是男人的手段之一，是他的抗衡，他的拯救、歷險和幸福」〔註41〕。《塵埃落定》中所塑造的女性幾乎都可以歸

〔註37〕 遲子建、胡殷紅：《人類文明進程的尷尬、悲哀與無奈──與遲子建談長篇新作〈額爾古納河右岸〉》，《藝術廣角》2006 年第 2 期。

〔註38〕 易文翔、阿來：《寫作：忠實於內心的表達──阿來訪談錄》，《小說評論》2004 年第 5 期。

〔註39〕 冉雲飛、阿來：《通往可能之路──與藏族作家阿來談話錄》，《西南民族學院學報》1999 年第 5 期。

〔註40〕 遲子建、胡殷紅：《人類文明進程的尷尬、悲哀與無奈──與遲子建談長篇新作〈額爾古納河右岸〉》，《藝術廣角》2006 年第 2 期。

〔註41〕 （法）西蒙‧德‧波伏娃：《第二性》，陶鐵柱譯，中國書籍出版社，1998 年，第 286 頁。

為波伏娃所說的「他者」。這裏，女人的存在價值始終取決於男人的衡量，兩性關係呈現出征服與被征服，統治與被統治的二元模式。例如小說所寫到的「我」和僕人桑吉卓瑪的關係。卓瑪忠心耿耿，她的生命意義在於讓十三歲的「我」「變成真正的男人」。然而，儘管她把女人的貞潔獻給了「我」，卻終究只是一個奴隸，並不能因此獲得認可與愛情。在「我」看來，「女人不過是一件唾手可得的東西」，卓瑪無非是發泄欲望的工具。一旦「她身上的香氣消失了，綢緞衣服也變成了經緯稀疏的麻布」，甚至連「聲音都顯得蒼老了」，「卓瑪也不再是那個卓瑪」，她作為女人的價值和意義很自然地就此終結。又如「我」和「世界上最漂亮的女人」塔娜的關係。在「我」與茸貢土司的戰爭中，塔娜以戰利品的形式進入了「我」的世界。「她為了麥子嫁給我，但不愛我。這沒有關係。因為她那麼漂亮，因為我愛她」。在「我」與她的關係中，只要「我愛她」便可以決定她命運的走向，即便「她不愛我」。此時的女人不過男性戰爭中的交易品，一旦她完成了被賦予的使命，其價值也不復存在。此外，無論是趾高氣昂的土司太太，還是美麗妖豔的央宗，或是守財如命的小塔娜，她們窮其一生的努力不過是博得男人的關注與同情。她們總是因男人的青睞而幸福，因男人的冷落而失望。「統治與服從」的兩性關係就這樣清晰地呈現在阿來筆下。在小說敘事中，由於兩性對立而產生的壓迫感、緊張感，不僅營造了特定的性別文化氛圍，同時也呈現出古老民族與現代文明之間的衝突與對抗。「《塵埃落定》提供的是：遵從歷史大勢。小說中所有的人都在跟命運搏鬥，跟命運搏鬥的人就是在跟歷史搏鬥」，而這種「搏鬥」精神才是阿來對自己這部作品所要呈現的「價值觀」的期許。〔註42〕少數民族文化認同在外來文明衝擊下的抗爭，以及民族內部傳統性別秩序的維護，共同彰顯著作者的文化訴求。

　　《額爾古納河右岸》中男女之間則在一定程度上呈現出平等獨立的夥伴關係。維繫這一關係的力量不再是父權文化所賦予的男性權威，而是源自兩性之間的情感與責任。一個個動人的愛情故事詮釋著作者對兩性關係的理解。例如，「我」因意外在山林的靠老寶中與拉吉達邂逅，一見鍾情墜入愛河。拉吉達為了「我」選擇「入贅」，離開了自己所在的烏力楞；而「我為了能夠更多地和他在一起，常跟他出去打獵」，儘管「獵人是忌諱有女人的」。此時，

〔註42〕易文翔、阿來：《寫作：忠實於內心的表達——阿來訪談錄》，《小說評論》2004年第5期。

世俗陳規在炙熱的愛情面前變得軟弱無力，女人不再是男人的依附。而「我」的第二段愛情發生在抗日戰爭接近尾聲的時候。作者通過描寫男女雙方彼此凝望，彼此傾心，進而愛由心生的過程，傳達出兩性關係的單純與質樸。又如小說中的林克與達瑪拉、哈謝與瑪利亞、伊萬與娜傑什卡、魯尼與妮浩，彼此之間都是互敬互愛，相互尊重，飽含親情。儘管他們的生活時時受到殘酷的自然環境和不可預知的歷史進程的威脅，然而氏族群體的溫情、拯救和愛，為他們提供了精神家園，使他們勇敢地面對困境和災難。

在《額爾古納河右岸》的兩性關係刻畫中，但凡男女之間順應了這種合作夥伴關係，便能夠克服重重困難，收穫愛情、信任與幸福。如果違背了這種關係模式，則往往會遭遇一生的不幸與遺憾。小說中，坤德和依芙琳的婚姻沒有愛的基礎，他們一生都在彼此折磨與「鞭打」，從而毀掉了兩個人的幸福；母親與尼都薩滿本來彼此相愛，卻因氏族的規矩不能走到一起，從而導致了極度的痛苦以至癲狂，強烈的悲劇氣氛由此而生。在這個神秘的古老民族，情感是原始的、粗獷的，有大愛，亦有大恨，但男男女女之間的感情是真誠、直率、無機心的。這種原始而真純、熱烈而執著、豪爽而仗義的情感關係，恰好折射出小說所隱含的性別文化關懷。

性別作為一種關係過程，使得各種社會發展均在這一視角下得到反映。文學作品中對於兩性關係的刻畫與建構，往往隱藏了深刻的性別文化背景與文化認同。從文本比較中可以看到，《塵埃落定》中的兩性關係模式依然是建立在男性對女性的絕對統治基礎之上的；而《額爾古納河右岸》則突破了這種慣有的文化邏輯，描述了一種帶有一定的平等合作意味的新型關係，從而顯示了性別敘事的差異。

總之，民族傳統與現代文明糾葛下的性別敘事，為我們透視文學與社會文化深刻關聯及其複雜性提供了一個窗口，其間所折映出的諸多問題值得進一步探索。

第四節　兒童小說話語層的文化解讀

本節借用敘事學理論中有關「故事」與「話語」作雙層劃分的操作方法與思維〔註43〕，以著名兒童文學作家程瑋等人的作品為例，對當代兒童小說

〔註43〕由法國敘事學家托多羅夫於 1956 年率先提出對小說的「故事」（所述內容）

性別意識形態中存在的文本表層與深層「內外分離」、尤其是文本的話語層面呈現出性別定見與他種權力話語共謀的現象作出分析。

一、《少女的紅襯衣》與雙重壓抑

　　程瑋在其作品中講述了一系列中西（主要是中德）文化碰撞環境下成長起來的少女的故事。這些少女大多具有聰慧、堅韌的品質和「被思想啓蒙」的特點，這種思想啓蒙不同於一般的青春期啓蒙，而是接受西方以開拓和競爭爲核心的由資本主義經濟關係帶來的現代性理念，其中又夾雜著歐洲貴族古典式的審美觀。而負責引導少女精神之路或者對少女的生活產生重大影響和幫助的往往是年長的西方人或是加入了彼國國籍的年長華裔。比如《少女的紅髮卡》裏的瀠和麥克爾，《少女的紅圍巾》裏的於阡和律師馮‧甘爾索，《少女的紅襯衣》裏湯妮的繼父，「周末與愛麗絲聊天」系列小說裏的德國老太太愛麗絲，等等。然而，假如我們借鑒後殖民女性主義的視角去觀察便可發現，這些以少女的異國奮鬥生存和尋找自己文化身份爲主題的小說流露出比較明顯的西方中心意識，並且這一價值傾向已呈現出與男權話語合流、共同對女性產生壓抑的態勢。

　　這一狀態首先表現在小說人物形象的設計上。以《少女的紅襯衣》爲例，文本中是這樣寫湯妮的母親和繼父的：

　　　　不過媽媽的運氣很好，很快找到了湯妮現在的爸爸。他是個德國人，大學教授。〔註44〕

　　　　剛到德國不久的一天下午，媽媽抱著很多書從大學圖書館出來，最上面的那本書突然滑落到了地下。媽媽低頭去撿，手裏的那摞書一本接著一本地滑落到地上。這時候大學有名的獨身主義教授剛好路過，就蹲下來幫她撿書。那是冬日的下午，正刮著風，媽媽的頭髮給吹得亂七八糟。在他的幫助下，媽媽重新把書摞到一起，她把凌亂地散落到臉上的頭髮撩到一邊，抬起頭向幫助她的人嫣然一笑。那一刻，一道淺淺的陽光突然從密集濃厚的雲縫裏透出來，

與「話語」（表達方式）加以區分，已被敘事學界普遍採納。敘事學論域中，對「話語」的考察往往從敘述視角、語氣等「敘述的形式」出發；在此借用的主要是敘事學這一「分層」思路，對「話語層面」的分析具體採用的是敘事學與符號理論相結合的方式。

〔註44〕程瑋《少女的紅襯衣》，江蘇少年兒童出版社，2009年，第29頁。

柔和明媚地落在媽媽的臉上。教授看得目瞪口呆，以爲自己到了天
堂。他不僅放棄了獨身的主張，而且還心甘情願地給三歲的湯妮當
上了爸爸。〔註45〕

不難發現，第二段文字其實是由湯妮轉述的德國繼父視角的敘述。這個故事
暗含著「落難灰姑娘得遇白馬王子挽救人生」的童話母題。然而造成讀者「不
實」感的根本原因其實並非這個戲劇化的情節，而是文本對夫妻二人的設計
和定位。小說中湯母的每次出現，幾乎都伴隨著其對湯妮自由發展的束縛，
就如小說總結的：「她雖然讀了很多書，卻仍然和國內那些媽媽沒什麼區別」；
而德國繼父則是開明民主的代表：「德國爸爸很少對湯妮說教。但他說的每一
句話，湯妮都會牢牢記在心裏，而且堅定不移地照著去做」。每次母女觀念分
歧，都是由德國繼父出面才得以順利解決。

在這個文本裏，有一個較爲明顯的思想等級序列：德國繼父＞湯妮＞湯
父＞湯母≥湯莉。德國繼父被敘述者毫不掩飾地安排在思想先行者的位置上。
這種設置容易讓讀者自然而然地形成如是印象：湯母得以嫁給教授並從此衣
食無憂確實「運氣太好」。而作爲孤身帶幼女去德國學習的女人（湯母還是國
內名校學生），按常理論應有著諸多辛酸與努力，她也應有著出眾的優秀品質
方足以吸引到那位「優秀的教授」，然而小說對此只是一筆帶過，卻以德國繼
父的視角將湯母的「吸引力」僅僅歸結至外貌的一次瞬間呈現。作品將這位
中國女性客體化、「他者」化，並用大量篇幅講述母女的屢次對峙以呈現湯母
的保守形象。

還應該注意到的是，小說多次強調德國繼父高級知識分子的身份，而對
湯母的職業卻沒有作任何交代，似乎她就是一個只會限制女兒追尋、構建主
體性的家庭主婦。湯母在小說中是存在大片空白的不完整書寫，就如同這段
重要關係的開始我們完全是通過德國繼父的視角去想像。在許多時候，或者
說除了發揮其「保守母親角色」功能之外，湯母是「沉默」的。而這一視角
敘述由德國繼父的精神繼承者湯妮轉述給湯莉，就更顯得意味深長。看似簡
單的一個情節，如果考慮上文所分析到的人物網絡設置，其實是西方中心意
識下國族隱喻在文本中的不自覺表現。

在湯父與湯母的比較上，作者清楚地交代了湯父的「前語言學高材生」
身份，並暗示其才華橫溢，下海後又成爲頗有手腕和名聲的房地產商，美麗

〔註45〕程瑋：《少女的紅襯衣》，江蘇少年兒童出版社，2009年，第49頁。

知性的著名女主持人是他的現任女友，其對湯父情有獨鍾。這樣的形象設置（包括對湯父形象描寫的文字篇幅）令湯母黯然失色。另外，湯母與湯父都不願提曾經的那段婚姻，但湯父向湯妮主動問起前妻的近況，反之湯母卻沒有。文本著意敘述了這兩個情節，敘述者也通過湯妮（湯妮是兩段情節中惟一的視角人物）明確地表現出在此事上對湯父的欣賞。對於婚姻失敗的歸因，敘述者認同了湯父總結的觀點：「貧賤夫妻百事哀」。而事實上，這段婚姻的結束理當歸結於湯建國骨子裏的男權意識：首先因為自己照顧孩子妻子在外工作而覺得憋悶，接著又冤枉妻子與其它男性有婚外情；小說最後又通過司馬棣判定：「其實湯妮這丫頭更像你。」其含義是湯妮的敢想敢為、獨立智慧相比湯莉的「小家子氣」、依賴性強更像湯建國。然而，正是在湯莉（而不是湯妮）的人格發育過程中湯建國起了基礎性的作用，湯妮接受的則是德國繼父為主導給予的「西式教育」。這樣的評價通過把中國女孩湯莉進一步邊緣化，實現了湯建國進入文本認可的意識形態文化圈的目的，完成了上文所解析的等級序列建構。實際上，湯建國的「成功房產商」標籤（故事文本並未提供具體細節）和文本給出的性格特點正是資本社會需要、認可的核心特質。

比起湯母，湯父更為隱含作者所欣賞。這一點在文本對幾位家長的稱謂上亦有體現：敘述者對湯父的稱呼從頭到尾都是「湯建國」，而對湯母則稱其為「媽媽」，「修麗」這個名字只在姐妹相認時出現過一次。也就是說，湯父是以完整的個體形象存在於該文本中，而湯母則僅僅作為母職實現者出場。齊澤克曾將「稱謂」的這一職能定義為「稱謂的意識形態維度」，認為「稱謂」協定的基石正是父繫律法〔註46〕。「稱謂」作為文本的一種修辭，暗示了所有權，它總與主體性相關。顯然，在隱含作者對這對中國夫妻的態度上，尊重與權力被更多地賦予了男性。而在跨國婚姻這部分，德國繼父顯得是個功能化的平面角色，他沒有名字，被稱為「德國爸爸」和「教授」。聯繫到文本對該形象的設計，前者的定語「國籍」通過重複強化、最後與「開明」、「進步」聯繫在一起；後者表明他有獨立的經濟能力、優越的社會地位甚至對「知識」話語的闡釋權。這樣的敘述可能是無意的，但卻成功地向讀者傳遞並強化了上文提到的人物等級序列，文本深層的意識形態傾向也漸漸清晰。

在《少女的紅襯衣》的話語層面，這種西方中心主義除了表現在人物修辭上，也體現於對情節的設置。譬如，為了表現湯妮與德國孩子的獨立和湯

〔註46〕Slavoj Žižek, The Sublime Object of ideology, London: Verso, 1989, p.87～102.

莉對家長的順從，作者讓幾個德國孩子慫恿湯莉抽煙，並笑話湯莉是「學校不允許就不抽煙的『乖女孩』」。湯莉在他們的鼓動下抽了一口煙，發現抽煙不是自己想像的那樣是所謂「好女孩與壞女孩」的界線。這裏潛在地暗示了西方意識的開放，而沒有顧及這種「開放」所具體指向的吸煙對未成年人健康的危害。

又如湯妮象徵獨立的紅襯衣的由來。湯妮在大街上被時裝雜誌的工作人員看中，得到做時裝模特的機會，紅襯衣是她做模特的酬勞。在對待此事的態度上，文本將湯母設置成橫加干涉的角色，還賦予了她低俗的特質——在湯妮第二次要接這樣的活時，她對女兒用了「不要出賣色相」這樣的表述，而湯妮最終得以證明她和媽媽頂撞不是爲了賺錢而是爲了爭取與父母對話的平等權益。作者完全忽略了湯妮輕易相信陌生人跟她上車存在風險的事實，也沒有對母親阻攔作直接的心理描寫，而是搬用湯妮對母親的理解——想要控制湯妮的自主權——去解釋母親的行爲。問題的關鍵在於，不論湯妮是去歌廳抽煙喝酒抑或是去街頭星探的公司，她似乎從來都沒有遭遇過任何風險。讀者沒有看到湯妮有什麼自我防護意識和自保技能，只能聽見她宣稱「世界上沒有那麼多壞人」，看到她一次又一次證明自己的正確。湯莉叮囑妹妹火車上要保管好行囊財物的技巧和母親不無道理的憂心顯得既多餘又狹隘。

通過以上分析，不難發現小說存在後殖民女性主義極爲關注的問題，即西方中心主義與男權話語的共謀現象。第三世界的女性不論是成年女性抑或兒童，都承受著雙重的壓抑而難以眞正自由地表達自我。表層鼓勵女孩獨立解放的小說文本很可能通過敘述策略在話語層面建立了另一種二元對立的等級制。這類文本複製著西方對東方的文化霸權，在其中塑造愚昧落後的、受傳統思維束縛的、被禁錮在家的東方女孩形象，「這與含蓄地把自己描繪成受教育的、現代的、對自己身體和性欲有控制權和能自由做出決定的西方女性形象形成了鮮明對照」〔註47〕。

二、同類文本中的性別之困

除了《少女的紅襯衣》，類似西方中心主義傾向的話語在程瑋的文本中流露頗多，更明顯地體現殖民性「國族／性別」隱喻的，是《少女的紅髮卡》

〔註47〕 肖麗華：《後殖民女性主義文學批評研究》，浙江大學出版社，2013年，第59頁。

和「周末與愛麗絲聊天」系列。

　　在《少女的紅髮卡》中，嫁到國外的濛雖然反感出席派對，卻始終按照丈夫的想像和要求去做一個溫柔的東方主婦，在派對上也儘量不讓自己掃別人的興。濛的反抗舉動都是被動的。從第三世界來到第一世界的濛找不到一個合適的位置去安頓自己，在國族和性別上，她都是一個「他者」，雙重的「凝視」使她無所適從。小說最後對她和丈夫的協議明顯作了美化，迴避了最關鍵的問題：濛只能通過麥克爾的同意才能去上學。她不能去住學生寢室，一個人旅遊時也無法自己決定回國的日期，因爲丈夫甚至買好了死期返乘機票。女孩接受了這個協議，對丈夫管制的放寬顯然還心存感激。而文本的隱含作者對此態度曖昧，甚至與濛的感受類同。

　　在《米蘭的秘密花園》裏，德國老太太愛麗絲被賦予了女先知、仙女教母般的功能。她教米蘭禮儀，然而這禮儀顯然是帶有上流社會融合著舊貴族與中產階級雙重特質且以功利爲核心規則的。不妨通過下面的文字作一個考察：

> 「客人應該根據他的身份去投宿。一個貴族出門在外，他應該去敲貴族家的門。一個窮人應該去敲窮人家的門。」〔註48〕

> 「貴族確實是有錢人，但事情遠不是那麼簡單。貴族的財產是通過很多代積纍起來的……貴族應該把生存的希望留給別人。總之，一個貴族，他應該是普通公民的榜樣……貴族是十分重視對自己孩子的禮儀教育的。因爲他們認爲講究禮貌和禮儀，是貴族的一個標誌，是通行無阻的名片……英國17世紀一個政治家把同樣的意思說得簡單明白了一些。他說，世界上最低微、最貧窮的人都期待從一個紳士身上看到良好的教養。」〔註49〕

> 「米蘭，德國有一句流傳了好幾百年的話，當人們形容一個有教養的女孩子坐著的姿勢的時候，他們會說，那女孩子坐得像蠟燭一樣筆直……一個女孩子，不管她穿裙子還是穿褲子，應該把雙膝併攏……在沒有比吃飯更能顯示出一個人的家庭教養和家庭背景了。有的人儘管身上穿的是名牌，說話的時候上肢天文下至地理，滔滔不絕。但他吃飯的樣子，已經偷偷泄露了他出身的秘密。」〔註50〕

〔註48〕 程瑋：《米蘭的秘密花園》，江蘇少年兒童出版社，2009年，第139頁。
〔註49〕 程瑋：《米蘭的秘密花園》，第222頁。
〔註50〕 程瑋：《米蘭的秘密花園》，第99頁。

　　「周末和愛麗絲聊天」系列都是這樣以德國老太太愛麗絲對米蘭的秘密教導與米蘭的日常生活互相穿插的方式進行敘事的。《米蘭的秘密花園》作為系列的第一部作品以禮儀教育為主。從上述引文可以發現愛麗絲對貴族禮儀十分推崇，尤其強調「女孩子」應該有這樣的貴族式教養。而從「門當戶對的求助」和「榜樣」說中隱隱流露出其重視禮儀的背後暗含著對等級制的固守。事實上，歐洲封建貴族也好，日本的武士道精神也好，不論其中包含多少看似正面的元素，其存在的根本都是鞏固和維繫封建等級制體系，是統治階層為了賦予權力以合理性與合法性而對整個社會進行的規訓，其中也包括對自身的種種設定。正如愛麗絲說到的，貴族之所以堅持這些規定，是因為這些具體到每一個身體行為細節的規則是他們區別於平民的身份標誌，是「通行無阻」的名片。一席宴飲就能讓「出身的秘密」暴露，新興資產階級（儘管穿的是名牌）、平民知識分子（哪怕上知天文下知地理）無論如何也「混不進」這個上流社會的圈子，社會各階級分野得到了固化，統治秩序自然就得到了鞏固。

　　現代禮儀對比舊貴族禮儀已經有了改變，也加入了現代意義上的「平等尊重」性，但愛麗絲引述宮廷管家科尼格的話「與人相處和交往，是一門重要的藝術，直接關係到一個人的前途的和地位」〔註51〕作為對米蘭「禮儀為何重要」的這一回答，才是一語道破了她所謂的「禮儀」背後蘊藏的功利秘密：「如果你想在這個世界上生活下去，或遲或早，你必須接受它的規則和秩序，並且嚴格地遵守它」〔註52〕。社會運行需要一定的規則法度，然而愛麗絲卻把順序排隊與等級話語的維護作類比等同，這是權力意識形態話語的典型詭辯，人類社會歷史上數不清的制度更迭、思想解放和弱勢話語的反抗平權都是對類似話語的最好反擊。對於禮儀教育而言，強調其核心是對對方不分等級的發自內心的尊重即可，任何以「美好」為名，行等級區分之實、或對對方作道德綁架的話語，皆與真正的現代性精神相違背。

　　與忽略貴族依靠世襲、等級制度保障財富積纍與社會地位的實質相類，在講述金錢觀的《芝麻開門的秘密》中，愛麗絲同樣合理化了西方開闢殖民地的侵略事實。她指出雇傭童工運作的殖民公司是需要承擔風險的，卻掩蓋了資本原始積纍初期的海外殖民者只需要通過並不高的代價就能獲得大片土

〔註51〕程瑋：《米蘭的秘密花園》，第214頁。
〔註52〕程瑋：《米蘭的秘密花園》，第216頁。

地的不對等貿易實質。正常的資本運作理應是風險與回報成正比，而在殖民貿易中顯然並非如此，遑論其中還充斥著槍炮、流血、奴隸貿易等非法、罪惡的行為。在如此事實前提下侵入他人生活的土地，事後除了美其名曰為當地人提供更多機會之外餘者不提，是典型的殖民帝國主義思維。

後殖民主義學者霍米・巴巴曾在《狡詐的文明》中提到，西方自由主義鼻祖、《論自由》的作者約翰・密爾撰寫那些經典自由主義論著時，正擔任東印度公司的新聞檢察官學者；而趙稀方認為拉康有關主體構成的「自戀」和「侵略」理論正可以用來解釋這一情況：「自戀」是西方內部的現代性而殖民性則是外在的侵略性。論者據此指出現代性與殖民性之間存在著奇妙的依賴性關係。〔註53〕

如果我們借用後殖民女性主義視角觀之，「愛麗絲系列」中的規訓已經明確起到了西方中心意識對東方移民者價值吞噬的作用。比如米蘭在接受了愛麗絲關於禮物的內涵和餐桌文明的理念後，對阿姨為自己買裙子的行為十分不悅（儘管那正是她渴望已久的裙子）；對媽媽大發雷霆，原因是媽媽邀請別人時以中國人的方式謙虛地表達「沒有什麼好吃的，請隨便做了幾個菜」，而米蘭也意識到自己發這麼大的火有點奇怪。再如，「米蘭爸爸批評媽媽說，她人住在德國，卻完全按著中國人的方式在過日子」。這一句原本沒什麼問題，但如果我們注意到文本曾交代米蘭的爸爸在德國有很好的職位和收入，媽媽卻是家庭主婦，以及爸爸比媽媽更加開明開放的形象塑造，就不免對文本此種敘事策略傳遞出的性別觀產生疑惑。

程瑋的各個文本中這樣的設置呈現出一種模式化現象：處於由「思想等級」劃定的「社會等級食物鏈」中最底層的、沒有言說自我權力的一定是以中國家庭主婦為代表的第三世界女性，而女孩主人公則充當著中西文化碰撞下逐漸傾向西方話語的家庭新舊文化交流者（主要就是和母親文化觀的碰撞與溝通），女孩的父親則往往是家庭的經濟來源或思想精神的巔峰代表，並且這種巔峰性往往和對西方文化的接受度緊密相連。於是，中國母親在帝國話語的編碼中被表述成鐵板一塊的「他者」，中國女孩成了毫無質疑與反抗餘地的無奈接受帝國話語改造的「模範」，她們共同承受著帝國話語與男權中心合流後的雙倍壓抑。

正如莫漢蒂指出的，這類文本中的「第三世界女性」是一種人為製造的

〔註53〕趙稀方：《後殖民理論》，北京大學出版社，2009 年，第 105 頁。

綜合體，是「一種似乎任意構成、但仍然攜帶著西方人本主義論述的權威性署名」〔註 54〕。即便程瑋這樣帶著啓蒙現代性意識（甚至明確帶有女性勵志與平權意識）進行創作的寫作者，也被強大的邏各斯中心主義的知識表述體系不自覺地「收編」。現代性的追求被權力話語場域重新編碼，訴諸摻雜著封建等級制度遺骸和男權話語的「混合型」西方中心主義話語。正如後殖民女性主義者斯皮瓦克所說，「當女性主義批評的激進視角，又重新產生了帝國主義的公理後，似乎特別的不幸。」〔註 55〕女性主義作爲激進的意識形態批判話語，若將第三世界女性排除在外、與西方男性共享殖民立場，自是無比令人遺憾的。

三、理想文本及相關思考

談及後殖民話語的分析，就不應該忽略對臺灣兒童文學相關文本的考察。在臺灣類似關涉中西文化碰撞的文本中，西方中心淡化了許多。儘管如此，仍然存在一些軟性壓抑。

以趙雪穎的《美國老爸臺灣媽》爲例。當嫁到美國去的臺灣媳婦向丈夫抱怨鄰居都是高學歷臺灣女性，她因此而覺得低人一等時，美國丈夫的回答是：沒有你幫助她們做所謂的家務，她們不可能騰出時間做研究，因此不必看不起自己。這看起來沒有問題，然而在具體實踐中會遭遇尷尬：擁有高學歷者往往更能夠掌握話語權。而當周圍都是高學歷者時，即使這位主人公媽媽能做到不看輕自己，恐怕也難以避免被圈子疏離。也許這本來就是無解的難題（因爲我們不能要求這位臺灣母親爲了加入談話圈去成爲知識女性），但美國丈夫表現出的「理所當然不是問題」的態度卻遮蔽了妻子的現實困境，並且他也不曾問過妻子是否願意進入學校或者學習更高薪的職業技能，亦如他兩次用哄騙欺瞞的方式帶著妻子去他自己想去的地方定居。而妻子與公婆產生矛盾的重要原因其實是美國丈夫沒能作好中介溝通者——這個家庭完全按照男方的既定觀念思考中國媳婦的心理活動，而不是想辦法讓她表達自己的眞實意見。而文本的隱含作者正與這位美國丈夫一般，表面上「不偏幫任

〔註 54〕 Chandra Talpade Mohanty, Under Western eyes: feminist scholarship and colonial discourses, In: Third World Women and the Politics of Feminism, India University Press, 1991, p.214.

〔註 55〕 Bart Moore-Gilbert, Gareth Stanton, Willy Maley. Postcolonial Criticis, Published by Addition Wesley Longman Limited 1997, p.154. 轉引自趙稀方《後殖民理論》，第 83 頁。

何一方」，卻形成了事實上的偏向效果。在這樣的夫妻權力關係中，「失語」的妻子若想維持婚姻，大抵會被導向隨遇而安，不停地迎合男方、改變自己。

這一類文本中處理得比較理想的，是大陸作者周銳的《中國兔子德國草》和臺灣作者張友漁的《西貢小子》。

拿最容易體現價值偏向的文化中的爭議面來看，談及兩國差異時，周銳沒有刻意貶低任何一方，也沒有為任何一方作晦飾；亦沒有將中國的母親和小女孩們塑造成「文化迷思」中的人物。譬如不單沒有設置催逼孩子得高分的「虎媽」或矜持靦腆的女生形象，反而通過愛爾安的壓力一定程度上拆解了「歐美國家素質教育」的神話。通過書寫比德國女孩更「野」、更具「武力值」、更張揚個性堅持自我的中國女孩，破除關於「東方少女」的諸多迷思。

在張友漁的《西貢小子》中，嫁到臺灣的越南媳婦也遭遇了「失語」「歧視」等困境。然而，文本以大篇幅呈現越南媳婦對「越式名字」的自我闡釋、認同和堅守，並以此與外籍媳婦互助組織「娘家護衛隊」的逐漸被認可和壯大作為象徵標誌，通過越南媳婦和新臺灣之子雙線交織的日記體書寫，展示了臺灣新移民奮鬥、生長的心路歷程，以及臺灣這片土地對多元文化的包容性。

薩義德在其著名的《東方主義》一書中，曾指出作家的「自我殖民化」現象：全球化大潮中，大量第三世界知識分子去往西方接受「東方主義」知識話語的訓練，回國後成為「本地權威」；而歐美學者則成為「本地信息提供者」。優勢文化的壓力下，現代東方參與了自身的東方化。〔註56〕隨著全球化進程的展開和深入，不論是「迎進來」或是「走出去」，中國都將面臨越來越多的文化撞擊，這也勢必更多地反映在文學創作中。兒童文學在書寫此類命題時，最關鍵的就是拆解二元對立框架中的等級思維，特別是在涉及性別話語的書寫中，需要更加注意殖民思維的編碼，尤其要避免殖民思維與男權話語合流，對「屬下」國度與民族的女性（不論是成人抑或兒童）形成多重的權力壓制。

〔註56〕趙稀方：《後殖民理論》，第50頁。

後　記

　　近十多年來，我和在南開大學文學院攻讀博士學位以及在博士後流動站工作的青年學人（而今他們多已進入高校任教）一道，借鑒性別研究的理論方法，圍繞豐富多彩的中國現當代文學文化現象進行探討。這項工作在突出性別視角的同時，從研究對象的實際出發，綜合吸收多樣的理論方法展開分析，以求獲得新的發現和啓迪。本書便是這一實踐所取得成果的一部分。

　　青年學人參與本書撰稿的具體情況如下：第二章：李振（第一節）、王寧（第二節）、李彥文（第三、四節）；第三章：劉堃（第一節）、何字溫（第二、四節）、劉釗（第三節）；第五章：景欣悅（第三節）、王帥乃（第四節）。其中一部分是師生合作完成。其餘章節的撰稿以及全書的加工、統稿工作由本人承擔。

　　在這部著作之前出版的，還有《性別視閾中的現代文學》一書。希望我們的努力有助於促進文學領域性別研究的進一步開展。

　　期待讀者的批評指正。

喬以鋼

2017 年 1 月